COLLECTION « BEST-SELLERS »

DÉJÀ DEAD, 1998

DEATH DU JOUR, 1999

DEADLY DÉCISIONS, 2000

VOYAGE FATAL, 2002

SECRETS D'OUTRE-TOMBE, 2003

LES OS TROUBLES, 2004

MEURTRES À LA CARTE, 2005

À TOMBEAU OUVERT, 2006

ENTRE DEUX OS, 2007

TERREUR À TRACADIE, 2008

LES OS DU DIABLE, 2009

L'OS MANQUANT, 2010

LA TRACE DE L'ARAIGNÉE, 2011

SUBSTANCE SECRÈTE, 2012

KATHY REICHS

PERDRE LE NORD

roman

Traduit de l'américain
par Viviane Mikhalkov et Dominique Haas

ROBERT LAFFONT

Titre original : BONES ARE FOREVER
© Temperance Brennan L.P., 2012
Traduction française : Éditions Robert Laffont, S.A., Paris, 2013

ISBN 978-2-221-13979-0
(édition originale : ISBN 978-1-4767-4402-5 Scribner, New York)
Publié avec l'accord de Scribner/Simon & Schuster, New York.

Pour mon très, très vieil ami
Bob «Airborne» Abel

Chapitre 1

Ce qui m'a impressionnée chez ce bébé, ce sont ses yeux : tout ronds et blancs, et qui palpitaient.

Comme sa bouche minuscule et ses narines.

Ignorant la masse d'asticots qui grouillaient sur son corps, j'ai glissé mes doigts gantés sous son petit torse et soulevé délicatement une de ses épaules. Il s'est redressé, le menton et les membres serrés contre la poitrine.

Un essaim de mouches s'est dispersé dans un vrombissement indigné.

J'ai enregistré mentalement les détails : les sourcils délicats, à peine visibles, sur un visage qu'on avait du mal à qualifier d'humain. Le ventre gonflé. La peau translucide et qui pelait sur de petits doigts parfaits. La flaque de liquide brun verdâtre accumulé sous la tête et les fesses.

Le bébé se trouvait à l'intérieur d'un meuble-lavabo, coincé en position fœtale, entre la paroi du fond et le S du siphon.

C'était une fille. Les missiles vert brillant jaillissaient de son petit corps et de tout ce qui l'entourait.

Je suis restée un long moment à la fixer, pétrifiée.

Ses yeux blancs et mobiles me rendaient mon regard, comme ébahis de la situation désespérée dans laquelle elle se trouvait.

Mille questions se bousculaient dans ma tête sur les derniers instants vécus par ce bébé. Était-il mort dans l'obscurité de l'utérus, victime d'un mauvais tour cruel joué par la double hélice d'ADN ? Avait-il lutté pour rester en vie dans les bras de sa mère en larmes, serré contre son cœur ?

Ou bien abandonné délibérément, était-il mort dans le froid et la solitude, incapable de se faire entendre?

Combien de temps faut-il à un nouveau-né pour renoncer à la vie?

Un torrent d'images a défilé devant mes yeux. Une bouche haletante. Des membres agités de soubresauts. Des mains tremblantes.

La colère et la tristesse me nouaient les tripes.

Concentre-toi, Brennan!

Avec un long soupir, j'ai laissé le petit corps reprendre sa place initiale. Quand je me suis redressée, mon genou a eu un soubresaut.

Les faits. Se concentrer sur les faits.

J'ai sorti de mon sac mon carnet à spirale.

Sur le dessus du meuble-lavabo il y avait un savon, un gobelet en plastique sale, un support de brosses à dents en céramique ébréché et un cafard mort. Dans l'armoire à pharmacie, un flacon d'aspirine contenant deux cachets, des cotons-tiges, un vaporisateur nasal, des comprimés décongestionnants, des lames de rasoir et un paquet de pansements adhésifs contre les cors aux pieds. Pas un seul médicament sur ordonnance.

Un souffle d'air chaud entrant par la fenêtre ouverte a fait voleter le papier hygiénique accroché à côté du siège des toilettes, attirant mon regard. Sur le réservoir, une boîte de mouchoirs en papier; dans la cuvette, au niveau de l'eau, un cercle brun et visqueux.

J'ai détourné les yeux.

Un bout de tissu à fleurs, dont les couleurs avaient depuis longtemps cédé la place à un gris terne, masquait le cadre de fenêtre à la peinture écaillée. La vue à travers la moustiquaire incrustée de saletés consistait en une station d'essence Petro-Canada et l'arrière d'une épicerie.

Depuis que j'étais entrée dans l'appartement, le mot «jaune» me tournicotait dans la tête. La façade de l'immeuble, au crépi taché de boue? Le morne jaune moutarde de la cage d'escalier? Le paillasson tristounet?

Quoi qu'il en soit, mes vieilles cellules grises continuaient à me rabâcher ce mot. Jaune.

Je me suis éventée à l'aide de mon calepin. J'avais déjà les cheveux trempés.

Il était neuf heures du matin en ce lundi 4 juin. À sept heures, j'avais été tirée du lit par un coup de fil de Pierre LaManche, chef du secteur médico-légal au Laboratoire des sciences judiciaires et de médecine légale de Montréal. Lui-même avait été réveillé par Jean-Claude Hubert, le coroner en chef de la province de Québec, qui avait été prévenu par un policier de la SQ nommé Louis Bédard. À en croire LaManche, le caporal Bédard avait rapporté les faits suivants :

Le dimanche 3 juin, à deux heures quarante du matin, une certaine Amy Roberts âgée de vingt-sept ans s'était présentée à l'hôpital Honoré-Mercier de Saint-Hyacinthe, se plaignant de saignements vaginaux. Le médecin de garde, le Dr Arash Kutchemeshgi, l'avait trouvée plutôt désorientée. Constatant la présence de restes placentaires et une dilatation de l'utérus, il avait pensé à un accouchement récent. Interrogée sur son éventuelle grossesse et la mise au monde de son bébé, Roberts était restée évasive. Comme elle n'avait pas de papiers d'identité sur elle, Kutchemeshgi avait décidé de prévenir les autorités locales de la Sûreté du Québec.

Mais sur les coups de trois heures vingt, sept ambulances avaient débarqué aux urgences, à la suite d'un carambolage de cinq voitures sur l'autoroute 20. Le temps que le Dr Kutchemeshgi finisse d'éponger tout ce sang, il était trop crevé pour se rappeler la patiente qui avait peut-être accouché. En tout état de cause, à ce moment-là, la patiente en question avait quitté les lieux.

Vers quatorze heures quinze, requinqué par quatre heures de sommeil, le médecin s'était souvenu d'Amy Roberts et avait contacté la SQ.

Vers dix-sept heures dix, le caporal Bédard s'était rendu à l'adresse inscrite sur la fiche d'entrée de Roberts.

N'obtenant pas de réponse à ses coups de sonnette, il était reparti.

Vers dix-huit heures vingt, en discutant avec Rose Buchannan, l'infirmière des urgences qui, comme lui, avait été de garde ces vingt-quatre dernières heures, Kutchemeshgi avait appris que Roberts avait tout simplement quitté les lieux sans prévenir personne. Toutefois, l'infirmière avait l'impression de l'avoir déjà vue à l'hôpital.

Vers vingt heures, en consultant les registres de l'hôpital, Kutchemeshgi avait découvert qu'Amy Roberts s'était déjà présentée aux urgences pour des saignements vaginaux onze mois plus tôt. Le médecin qui l'avait examinée à l'époque avait noté dans son dossier la possibilité d'un accouchement récent, sans autre précision.

Craignant pour la vie d'un nouveau-né, Kutchemeshgi avait de nouveau contacté la SQ, se sentant coupable de ne pas avoir donné suite plus rapidement à son intention de prévenir les autorités.

Vers vingt-trois heures, le caporal Bédard était retourné à l'appartement de Roberts. Pas de lumière aux fenêtres et pas davantage de réponse à ses coups à la porte. Cette fois-ci, il avait fait un petit tour des environs. Dans une benne à ordures derrière l'immeuble, il avait aperçu un tas de serviettes hygiéniques pleines de sang.

Bédard avait demandé un mandat de perquisition et appelé le coroner. Le lundi matin, une fois le mandat délivré, Hubert avait contacté LaManche qui m'avait prévenue à son tour, se disant que l'on découvrirait peut-être des restes décomposés.

Et voilà.

Voilà pourquoi, par cette belle journée de juin, je me retrouvais au troisième étage d'un immeuble miteux et sans ascenseur, dans une salle de bains qui n'avait pas vu un coup de pinceau depuis 1953. Dans mon dos, il y avait la chambre à coucher. Contre le mur sud, une commode au pied cassé, soutenue par une poêle posée à l'envers sur le plancher. Les tiroirs ouverts et vides. À même le sol, un sommier et un matelas entouré de draps sales. Dans le mur, un petit placard ne contenant que des cintres et de vieux magazines.

La chambre donnait sur un salon auquel on accédait par une double porte pliante dont un panneau, sorti de son rail, pendait de guingois. La pièce était meublée dans le style classique de l'Armée du Salut. Canapé bouffé aux mites. Table basse balafrée de brûlures de cigarettes. Télé antédiluvienne sur un socle en métal branlant. Une table et des chaises en formica et tubes chromés.

Seul charme architectural de tout l'appartement, la baie vitrée de la chambre à coucher, percée dans un petit renfoncement du mur et qui donnait sur la rue. Sous le rebord de fenêtre était encastrée une banquette en bois dont l'assise était en trois parties.

La cuisine, dans l'enfilade du salon, avait une cloison commune avec la chambre à coucher. Plus tôt, en y jetant un œil, j'avais repéré des appareils électroménagers aux formes arrondies, comme au temps de mon enfance. Les plans de travail étaient recouverts de carreaux craquelés dont les joints, noirs de crasse, indiquaient des années de non-entretien. L'évier rectangulaire et profond ressemblait à ceux que l'on trouve dans les fermes et qui font fureur aujourd'hui.

Par terre, à côté du réfrigérateur, un petit bol d'eau. Je me suis vaguement demandé si un animal n'habitait pas ici aussi.

L'appartement tout entier ne faisait pas soixante-dix mètres carrés. Chaque centimètre était envahi par une odeur écœurante, aigre et fétide, qui évoquait le pamplemousse pourri. Elle émanait principalement des ordures putrides entassées dans la poubelle de la cuisine, mais aussi de la salle de bains.

Un policier gardait l'unique porte d'entrée, qui était ouverte et barrée à l'aide d'un ruban de plastique orange arborant le logo de la SQ et les mots «Accès interdit — Sûreté du Québec. Info-Crime». D'après son badge, le flic avait pour nom Tirone.

C'était un gars baraqué, d'une trentaine d'années, qui avait viré gros. Il avait des cheveux blonds comme les blés, des yeux gris acier et un nez apparemment délicat, à en croire la trace brillante de Vicks VapoRub sur sa lèvre supérieure.

Près de la baie vitrée, LaManche discutait avec Gilles Pomier, un technicien d'autopsie du LSJML. Tous deux avaient l'air attristé et parlaient à voix basse.

Je n'avais pas besoin d'entendre ce qu'ils se disaient. En tant qu'anthropologue, j'ai bossé sur tant de scènes de mort que je ne les compte plus. Ma spécialité, ce sont les cadavres décomposés, brûlés, momifiés, démembrés, et les restes de squelettes humains.

Je savais que des collègues étaient déjà en route pour nous rejoindre. L'Identité judiciaire et la Division des scènes de crime, version québécoise de notre CSI américain. Bientôt, les lieux grouilleraient de spécialistes chargés de relever et d'enregistrer toutes les empreintes digitales, cellules épithéliales, traces de sang et jusqu'au moindre cil présents dans cet appartement sordide.

J'ai reporté les yeux sur le meuble-lavabo. De nouveau, j'ai senti mon ventre se serrer.

Je savais ce qui attendait ce petit être qui aurait pu devenir un bébé, quelle forme d'agression il allait subir. Ça ne faisait que commencer. Il allait devenir un dossier numéroté, rempli de preuves matérielles qui seraient contrôlées et évaluées. Son corps si frêle serait pesé et mesuré. On lui ouvrirait la poitrine et le crâne ; le cerveau et les organes en seraient extraits, puis découpés et examinés au microscope. Les os seraient utilisés pour établir son ADN. Un peu de son sang et de son humeur vitrée seraient prélevés et soumis à des tests de toxicologie.

Les morts sont impuissants, mais ceux dont on considère le décès comme pouvant résulter d'un acte répréhensible sont victimes d'un surcroît d'indignités. Ces morts-là deviennent des pièces à conviction, ils passent de laboratoire en laboratoire, de bureau en bureau. Techniciens de scènes de crime, experts, policiers, avocats, juges et jurés. Je le sais : pareille violation de la personne est indispensable pour que justice soit rendue. N'empêche, j'ai horreur de ça. Même si je suis moi-même l'une des premières à prendre part au processus.

En tout cas, et c'était déjà ça, cette toute jeune victime ne connaîtrait pas les cruautés que la machine judiciaire réserve aux victimes adultes, comme celle qui consiste à étaler sur la place publique les détails de leur vie privée : leurs habitudes vestimentaires, les boissons qu'elles ingurgitaient, leurs fréquentations et leurs amours. Dans le cas présent, rien de tout cela n'aurait lieu. La petite fille découverte ici n'avait pas eu une vie susceptible d'être scrutée au microscope. D'ailleurs, elle ne connaîtrait ni première dent, ni bal de fin d'études, ni robe-bustier provocante.

D'un doigt rageur, j'ai tourné une page de mon calepin.

Repose en paix, ma toute petite. Je veillerai sur toi.

J'étais en train d'inscrire une observation quand une voix que je ne m'attendais pas à entendre a soudain capté mon attention. Je me suis retournée pour apercevoir par la porte disloquée de la chambre une silhouette bien connue.

Mince et tout en jambes. La mâchoire carrée. Les cheveux couleur de sable. Vous voyez le tableau.

Cette image s'accompagne pour moi d'une longue histoire.

Le lieutenant-détective Andrew Ryan, de la Sûreté du Québec, Section des crimes contre la personne.

Ryan est un flic des homicides. Au fil des ans, nous avons passé beaucoup de temps ensemble. Au boulot et en dehors.

La partie hors-boulot est aujourd'hui révolue. Ce qui ne veut pas dire que ce type ne me fait plus ni chaud ni froid.

Ryan a rejoint LaManche et Pomier.

Mon stylo glissé dans la spirale, j'ai refermé mon carnet et me suis dirigée vers le salon.

Pomier m'a saluée. LaManche a relevé sur moi ses yeux de bon toutou.

Quant à Ryan, il s'est contenté d'une formule strictement professionnelle, notre mode opératoire, même au temps de nos bons moments. Surtout en ce temps-là.

— Dr Brennan.

— Détective…

J'ai retiré mes gants.

— Alors, Temperance ?

LaManche est bien le seul être au monde à employer la forme officielle de mon prénom. Dans son français parfait, il rime avec « France ».

— Depuis quand cette petite personne est-elle décédée ?

LaManche, qui est médecin-légiste depuis plus de quarante ans, n'a pas besoin de mes lumières pour connaître avec précision le laps de temps écoulé depuis la mort. S'il recourt à cette tactique, c'est pour que ses collègues se sentent égaux à lui. Ils sont bien rares à l'être.

— La première vague de mouches a probablement pondu ses œufs entre une heure et trois heures après la mort. Quant aux œufs, ils ont pu éclore dès la douzième heure après la ponte.

— Surtout qu'il fait pas mal chaud dans cette salle de bains, est intervenu Pomier.

— Vingt-neuf degrés. La nuit, il devait faire plus frais.

— Autrement dit, la présence des vers dans les yeux, le nez et la bouche suggère un intervalle minimal de treize à quinze heures après la mort.

— Oui, ai-je répondu. Mais certaines espèces de mouches sont inactives dans l'obscurité. Il faut qu'un entomologiste détermine quelles mouches sont présentes et à quel stade de développement elles en sont.

Le gémissement d'une sirène au loin nous est parvenu par la fenêtre ouverte.

— Comme la rigidité cadavérique est à son niveau maximal, ai-je ajouté, principalement à l'intention de Ryan, car les deux autres le savaient déjà, cette estimation du temps est donc cohérente.

La rigidité cadavérique est due aux changements chimiques qui se produisent dans la musculature d'un corps, une fois qu'il est privé de vie. C'est un état transitoire, qui débute à peu près trois heures après la mort, atteint son apogée au bout d'une douzaine d'heures et se dissipe en gros soixante-douze heures après le décès.

LaManche a acquiescé d'un air sombre, les bras croisés sur la poitrine.

— Ce qui place l'heure de la mort quelque part entre six heures et neuf heures du soir, avant-hier.

— La mère est arrivée à l'hôpital hier vers deux heures quarante du matin, a déclaré Ryan.

Pendant un long moment, plus personne n'a rien dit. Cette précision impliquait que le bébé avait peut-être vécu plus de quinze heures avant de mourir. C'était trop triste.

Jeté au fond d'un meuble de salle de bains ? Sans même une couverture ou une serviette sur lui ?

Une fois de plus, j'ai ravalé ma colère. Je me suis tournée vers Pomier.

— Vous pouvez emporter le corps.

Il a hoché la tête mais n'a pas fait un geste.

— Où est la mère ? ai-je demandé à Ryan.

— Apparemment, elle a déguerpi. Bédard est descendu parler au propriétaire, et il va interroger le voisinage.

Dehors, les hululements de la sirène allaient en s'amplifiant.

16

— L'armoire de la chambre et la commode sont vides, ai-je ajouté. Il y a bien quelques objets personnels dans la salle de bains, mais pas de brosse à dents, de dentifrice ou de déodorant.

— Parce que vous supposez qu'une sans-cœur pareille pourrait se soucier de l'hygiène?

J'ai regardé Pomier, surprise de le voir si amer. Puis je me suis souvenue: quatre mois plus tôt, sa femme avait fait une fausse couche pour la deuxième fois, alors que le couple espérait tant fonder une famille.

La sirène a hurlé son arrivée à destination et s'est tue. Des portières ont claqué. Des voix se sont interpellées en français. D'autres ont répondu. Des bottes ont ébranlé les marches de l'escalier en fer du trottoir au premier étage.

Peu après, deux hommes se sont glissés sous le ruban de scène de crime. Tous deux en combinaisons de travail. Alex Gioretti et Jacques Demers. Je les connaissais bien.

Sur leurs talons, un caporal de la SQ, probablement Bédard. De petits yeux noirs derrière des lunettes à monture métallique et le visage marbré de plaques rouges: l'excitation, sans doute. Ou l'effort. Je lui ai donné dans les quarante-cinq ans.

Ryan s'est avancé vers eux. Je suis restée avec LaManche et Pomier. Après un court échange, Gioretti et Demers ont commencé à déballer leur matériel, instruments et appareils photo.

Le visage tendu, LaManche a tiré sur une de ses manchettes puis regardé sa montre.

— Une journée chargée vous attend? lui ai-je demandé.

— Cinq autopsies, et le Dr Ayers est absente aujourd'hui.

— Si vous voulez rentrer au labo, je peux rester ici.

— Ce serait peut-être mieux.

Au cas où on découvrirait d'autres corps. Inutile de le préciser.

L'expérience m'a soufflé que la matinée serait longue. Dès que LaManche est parti, j'ai regardé autour de moi à la recherche d'un endroit où m'installer.

Deux jours plus tôt, j'avais lu un article sur la faune variée qui peuple les sofas. Poux, puces et punaises. Pour ne rien dire des acariens. Ce canapé miteux et sa vermine étaient loin d'avoir un charme irrésistible. J'ai opté pour la banquette en bois sous la fenêtre.

Vingt minutes plus tard, j'en avais terminé avec mes observations. Quand j'ai relevé les yeux de mon calepin, Demers passait au pinceau de la poudre noire sur la cuisinière, et des flashes intermittents dans la salle de bains indiquaient que Gioretti était en train de prendre des photos. Ryan et Bédard n'étaient visibles nulle part.

J'ai regardé par la fenêtre. Pomier grillait une cigarette, appuyé contre un arbre. La Jeep de Ryan avait rejoint ma Mazda et le camion des scènes de crime le long du trottoir, imitée par deux berlines. L'une d'elles avait le logo CTV sur la portière du côté conducteur. L'autre affichait «Le Courrier de Saint-Hyacinthe».

Les médias avaient flairé l'odeur du sang.

Pendant que je reprenais ma position première en pivotant sur les fesses, la planche sur laquelle j'étais assise a vacillé légèrement. En y regardant de plus près, j'ai remarqué le long du mur une fissure parallèle à la fenêtre. La partie centrale de l'assise dissimulerait-elle un rangement? Je me suis relevée, pour m'accroupir aussitôt et regarder sous la planche horizontale qui servait de siège.

Sa partie avant débordait au-dessus d'une sorte de coffre. À l'aide de mon stylo, je l'ai poussée de bas en haut. La planche s'est soulevée, puis a basculé en arrière contre le rebord de la fenêtre.

Une odeur de poussière et de moisi s'est échappée de l'obscurité de ce coffre.

J'ai scruté l'ombre.

Et vu ce que je redoutais d'y trouver.

Chapitre 2

Le second bébé avait pour linceul une serviette éponge. Du sang ou de ces liquides qui accompagnent la décomposition avaient laissé une floraison de taches marron sur le jaune du tissu.

Le petit cadavre gisait dans un coin, au fond de la banquette-coffre située sous la fenêtre. Lui tenaient compagnie un gant de baseball craquelé et décoloré par le soleil, une raquette de tennis cassée, un camion en plastique, un ballon de basket dégonflé et plusieurs chaussures de sport éculées. Poussière et insectes desséchés complétaient le tableau.

À un bout de l'amoncellement, on apercevait le haut d'un tout petit crâne, et les ondulations des sutures ouvertes, typiques des nouveau-nés. Un doux duvet recouvrait l'os aussi mince qu'une membrane.

J'ai fermé les yeux. Et vu un autre visage d'enfant. Des cercles sombres entourant des yeux d'un bleu saisissant. Des joues potelées plaquées contre des os délicats.

— Oh non ! s'est exclamé quelqu'un.

J'ai relevé les paupières, je n'ai pas regardé en direction de la voix, mais de la rue. Un fourgon mortuaire avait rejoint les véhicules garés le long du trottoir. Les journalistes discutaient entre eux, près de leurs voitures.

À travers la moustiquaire, une légère brise a projeté un souffle d'air chaud contre mon visage. Mais peut-être était-ce mon sang gorgé d'adrénaline qui enflammait mes joues.

— *Avez-vous quelque chose* * ?

Je me suis retournée.

Demers, les yeux rivés vers moi, tenant son pinceau en l'air.

J'ai soudain pris conscience que c'était moi qui avais lâché cette exclamation.

Je me suis contentée de hocher la tête, n'osant parler, de crainte que ma voix se brise.

Demers a appelé Gioretti, puis s'est avancé vers moi. Après avoir fixé très longtemps le bébé, il a extrait son cellulaire de sa ceinture et composé un numéro.

— Je vais essayer de faire venir l'escouade cynophile.

Gioretti nous a rejoints peu après et a inspecté du regard la banquette-coffre.

— *Tabarnouche* *.

Ayant préalablement positionné une étiquette permettant d'identifier le cas, Gioretti a entrepris de photographier la scène sous différents angles et en variant les distances.

Je me suis écartée de quelques pas pour appeler LaManche. Ses instructions ont été celles auxquelles je m'attendais : déranger les restes le moins possible, et continuer les recherches.

Vingt minutes plus tard, Gioretti en avait terminé avec sa séance photos et vidéo.

Demers avait passé à la poudre à empreintes tout le meuble sous la fenêtre et son contenu.

Pendant que je réenfilais des gants en latex, Demers a étalé un sac mortuaire sur le sol, à côté des chaussures et des accessoires de sport extraits du coffre. Les muscles de sa mâchoire ont sailli quand il a descendu la fermeture à glissière.

J'ai plongé les bras à l'intérieur de la banquette et soulevé délicatement notre deuxième victime. Compte tenu de son poids et de l'absence d'odeur, je me suis dit qu'elle devait être momifiée.

Me servant de mes deux mains, j'ai transféré l'ensemble du paquet dans la housse mortuaire. Dans cette enveloppe

---

* Les mots en italique suivis d'un astérisque sont en français dans le texte. (N.d.T.)

destinée aux adultes, ce second bébé paraissait d'une petitesse pitoyable, tout comme le bébé du meuble-lavabo qui reposait déjà dans un sac, par terre, près du canapé.

Éclairée par Demers au moyen d'une lampe de poche, j'ai recueilli à l'aide d'une pince à épiler une demi-douzaine d'os épars au fond de la banquette. Trois phalanges. Deux métacarpiens. Une vertèbre. Aucun de ces os ne dépassait la taille d'un ongle.

Je les ai enfermés séparément dans des flacons en plastique sur le bouchon desquels j'ai inscrit au marqueur indélébile le numéro du dossier, la date et mes initiales. Puis je les ai rassemblés dans une boîte que j'ai glissée sous un coin du linceul taché en tissu éponge jaune.

Ensuite, avec Demers, j'ai regardé Gioretti prendre ses dernières photos.

Dehors, une portière de voiture a claqué, suivie d'une autre.

Des pas ont résonné dans l'escalier.

Gioretti m'a interrogée du regard. J'ai acquiescé.

Gioretti venait tout juste de remonter la fermeture éclair du sac mortuaire, de le replier et d'en attacher les extrémités quand Pomier est réapparu. L'accompagnaient une femme et un border collie. Elle, c'était Madeleine Caron; le collie avait pour nom Pepper. Les chiens dressés pour réagir à l'odeur de chair humaine en décomposition retrouvent les corps dissimulés comme les systèmes infrarouges localisent les sources de chaleur. Les vraiment bons renifleurs peuvent même repérer l'endroit où a reposé un cadavre, bien après qu'il en a été retiré. Mais ces chiens sont aussi divers et variés que leurs maîtres. Les uns sont bons, les autres mauvais, d'autres encore sont tout simplement des fumistes.

Ça m'a fait plaisir de voir débarquer ces deux-là. C'était un tandem hors pair.

Je me suis avancée vers Caron, en tenant mes mains gantées loin de mon corps.

Pepper m'a regardée approcher de ses grands yeux caramel.

— Jolie, la baraque, a déclaré Caron.

— Un vrai palace. Pomier vous a mise au courant?

Caron a fait oui de la tête.

— Pour le moment, nous en avons deux. Un trouvé dans la salle de bains, l'autre dans la banquette sous la fenêtre.

J'ai désigné l'endroit d'un geste du pouce par-dessus mon épaule.

— Je suis sur le point de les faire enlever. Attendez que les sacs aient été sortis pour faire le tour des lieux avec Pepper et voir si un truc l'intéresse.

— Pigé !

— Il y a des ordures dans la cuisine.

— Elle ne réagira que s'il s'agit de restes humains.

Caron a d'abord fait sentir à Pepper les endroits où les bébés avaient été dissimulés. Certains animaux dressés donnent l'alerte en aboyant, d'autres en s'asseyant ou en se couchant au sol. Pepper était du genre qui s'assied. Aux deux endroits, la chienne s'est carrée sur son arrière-train et a poussé un gémissement. Les deux fois Caron l'a grattée entre les oreilles en lui donnant du «Bonne fille !» Puis elle a détaché la laisse.

Après avoir reniflé la cuisine et le salon, Pepper est entrée dans la chambre à pas feutrés. Caron l'a suivie à distance polie. J'ai fait de même.

Pas de réaction près de la commode. Légère hésitation devant le lit. Et la chienne s'est immobilisée. A fait un pas. S'est arrêtée, une patte levée à quinze centimètres du sol.

— Bonne fille, a répété Caron d'une voix douce.

Pepper a traversé la pièce très lentement en pointant le museau tantôt à droite, tantôt à gauche. Arrivée au placard, qui était ouvert, elle a levé la tête et humé l'air.

Cinq secondes plus tard, son examen achevé, elle s'est assise, la tête tendue vers nous, et a gémi.

— Bonne fille, a déclaré Caron. Couché !

Les yeux rivés sur sa maîtresse, la chienne s'est affalée sur le ventre.

— Et merde, a lâché Caron.

— Quoi ? Qu'est-ce qu'il y a ?

Nous nous sommes retournées. Ni Caron ni moi-même n'avions entendu Ryan arriver derrière nous.

— Elle a trouvé quelque chose, a révélé Caron.

— On peut s'y fier ?

— Absolument.

— Elle a signalé un autre endroit ?

Caron et moi avons secoué la tête.

— Ça ne lui arrive jamais de rater quelque chose ?

— Jamais jusqu'à présent, a répondu Caron sur un ton qui était tout, sauf enjoué. Je vais lui faire refaire un tour des lieux et l'emmener dehors, a-t-elle ajouté.

— Vous pouvez dire au chauffeur du fourgon d'attendre, s'il vous plaît ? ai-je demandé. Et prévenir Pomier. Qu'il accompagne les dépouilles à la morgue.

— Oui, comptez sur moi.

Laissant Caron emmener Pepper en promenade, je me suis dirigée vers le placard avec Ryan.

Le garde-robe ne faisait pas plus d'un mètre sur un mètre cinquante. J'ai tiré la chaînette de l'ampoule électrique au-dessus de ma tête.

La lumière a révélé une barre de fer du genre solide, qui avait dû être installée voilà des décennies. Les cintres avaient été regroupés sur un côté. Par Demers, je suppose. Une étagère en bois surplombait la barre.

Une collection de magazines avait été transférée par terre, dans la chambre. Demers les avait recouverts de poudre à empreintes, tout comme l'étagère, la porte, la tige et le bouton de porte.

Ryan et moi avons repéré la bouche d'aération en même temps. Elle était située au plafond, à peu près au centre du placard. Au moment où nous échangions un regard, Gioretti s'est encadré sur le seuil de la chambre.

Je lui ai demandé s'il avait photographié l'endroit. Il a répondu que oui.

— Nous allons avoir besoin d'un escabeau et d'une caméra endoscopique.

Ryan a profité du temps d'attente pour me renseigner sur le propriétaire.

— Stephan Paxton. Un gars qui ne risque pas de prononcer un discours pour la remise des diplômes à Harvard.

— Ce qui veut dire ?

— Qu'il a un QI d'acarien. Comment il peut posséder trois immeubles, ça me dépasse ! a-t-il ajouté en secouant la tête. La fille à qui il loue cet appart' s'appelle Alma Rogers. Il dit qu'elle paie comptant, généralement avec trois ou quatre mois d'avance. En tout cas, c'est ce qu'elle fait depuis trois ans.

— Rogers aurait donc donné un faux nom à l'hôpital ?

— Ou ici. Mais c'est la même fille. La description fournie par Paxton correspond à celle du médecin des urgences.

— Pourtant, elle a donné sa vraie adresse.

— Apparemment.

Ça m'a paru bizarre, mais je n'ai pas relevé.

— Elle a un bail ?

— Elle a emménagé ici avec un gars du nom de Smith. Paxton pense que c'est peut-être Smith qui a signé un papier au départ, mais il n'est pas très bon pour tenir les registres. Le loyer payé à l'avance, ça lui suffisait comme bail.

— Cette Rogers a un emploi ?

— Paxton n'en a pas la moindre idée.

— Et Smith ?

Ryan a levé les épaules en signe d'ignorance.

— Qu'en disent les voisins ?

— Bédard est en train de les interroger.

C'est alors que le matériel réclamé est arrivé. Pendant que Demers positionnait l'escabeau, Gioretti a branché un moniteur vidéo portable à un tuyau qui ressemblait à ceux qu'utilisent les plombiers, et a appuyé sur un bouton. Un bip-bip a retenti, et l'écran s'est ouvert à la vie.

Juché sur l'escabeau que lui tenait Ryan, Demers a testé la résistance de la grille. Elle a bougé et une cascade de poussière de plâtre est tombée du plafond.

Il a pris un tournevis à sa ceinture, fait deux petits tours, et les vis se sont desserrées. Il a retiré la grille, provoquant une nouvelle pluie de plâtre, et nous l'a tendue. S'étant recouvert la bouche d'un masque, il a plongé un bras dans le sombre rectangle ouvert au plafond et, du plat de la main, l'a exploré avec précaution.

— Il y a une poutre…

J'ai retenu mon souffle pendant qu'il promenait le bras à l'intérieur du trou.

— … Une matière isolante…

Enfin, il a secoué la tête.

— Je vais avoir besoin de la caméra.

Gioretti lui a tendu l'outil qui ressemblait à un serpent, en réalité un tube optique pourvu à l'une des extrémités d'un système d'éclairage et d'une caméra vidéo dont l'objectif ne dépassait pas quatre millimètres de diamètre. Cette petite caméra allait filmer l'intérieur du mur et nous permettre de visualiser les images en temps réel.

Demers a tourné un interrupteur, un faisceau lumineux a jailli dans l'obscurité. Après avoir ajusté la courbure du serpent, il l'a inséré dans le trou. Une image grise et floue est apparue sur l'écran.

— On te reçoit.

Gioretti a tourné un bouton. La grisaille s'est cristallisée en une poutre en bois, protégée en dessous par quelque chose qui ressemblait à un bon vieil isolant en vermiculite.

— Ça doit être l'une des solives qui soutiennent la toiture, a décrété Ryan.

Nous avons suivi à l'écran le lent cheminement de la caméra le long de la solive.

— Essayez de l'autre côté, a suggéré Ryan. Vous devriez tomber sur un poteau et un chevron.

Demers a obtempéré.

Ryan ne s'était pas trompé. À quatre-vingts centimètres de la bouche d'aération, des poutres venant d'en haut et d'en bas se croisaient à angles aigus au niveau de la solive.

Un autre paquet roulé dans une serviette était coincé dans la gorge du V supérieur.

— Enfant de chienne ! s'est exclamé Gioretti.

Une heure et demie plus tard, il ne restait plus rien du plafond du placard, et un troisième bébé gisait dans un sac mortuaire de quatre-vingt-dix centimètres sur deux mètres vingt.

Par bonheur, ce recoin dans les combles n'hébergeait pas d'autres bébés.

Et, dehors, Pepper n'avait rien signalé d'alarmant.

À présent, les sacs mortuaires reposaient côte à côte dans le fourgon, trois enveloppes plates en dehors d'une pathétique petite bosse au milieu.

Des journalistes étaient massés un peu plus loin sur le trottoir, avides de sensations à en mouiller leur culotte.

Pourtant, ils demeuraient à distance. Je me suis demandé de quoi Ryan avait bien pu les menacer pour parvenir à ce résultat.

J'étais maintenant à l'arrière du fourgon, debout contre le pare-chocs. J'avais retiré ma combinaison, et le soleil me chauffait la tête et les épaules.

Il était plus de deux heures de l'après-midi. Je n'avais rien avalé depuis le lever du jour, mais je n'avais pas faim. Les yeux fixés sur les sacs, je ne cessais de me demander quel genre de femme avait pu faire une chose pareille. Éprouvait-elle des remords pour avoir tué ces nouveau-nés ? Ou menait-elle son petit bonhomme de chemin sans seulement s'interroger sur l'énormité de ses crimes ?

Des images issues de mon propre passé continuaient à me tarauder, surgissant malgré moi. Je m'en serais volontiers dispensée.

Mon petit frère, Kevin, mort de leucémie à l'âge de trois ans. On m'avait interdit de le revoir. Pour une petite fille de huit ans, cette mort avait quelque chose d'irréel. Du jour au lendemain, Kevin n'avait plus été là, alors que la veille encore il était parmi nous.

Dans mon esprit d'enfant, j'avais très bien compris que Kevin était malade et qu'il ne vivrait pas longtemps. Pourtant, lorsque c'était arrivé, j'en étais restée comme sidérée. Il m'avait manqué un dernier au revoir.

Plus loin, Ryan était en train de parler avec Bédard. Une fois de plus.

Le caporal nous avait déjà informés des résultats de son enquête de voisinage. Pour l'heure, une seule personne se rappelait avoir vu Alma Rogers, une dame âgée, veuve, du nom de Robertina Hurteau. Elle habitait de l'autre côté de la rue et surveillait tout ce qui se passait dans le quartier à travers les stores de son salon. Elle avait décrit sa voisine d'en face comme une personne ordinaire. Elle ne se rappelait pas quand elle l'avait vue entrer ou sortir de chez elle pour la dernière fois. Elle l'avait aperçue quelquefois en compagnie d'un homme, mais jamais avec un bébé. L'homme en question était *barbu**.

Roberts/Rogers avait-elle un chien ? Ou un chat ? La question de l'animal continuait à me titiller. Qu'était-il

26

devenu? L'avait-elle emmené avec elle? L'avait-elle abandonné ou tué comme ses propres enfants? Est-ce qu'on avait interrogé les voisins sur ce point?

Trois cadavres de bébés, et je m'inquiétais de la disparition d'un toutou. Allez y comprendre quelque chose!

Et je me disais: vous êtes là, quelque part, Amy Roberts ou Alma Rogers. Vous passez inaperçue. Est-ce que vous vous déplacez à bord d'une voiture? D'un autobus, d'un train? Seule? Avec le père de vos pauvres enfants morts? Avec l'un d'entre eux? Mais combien de pères y a-t-il eu en tout?

Pourvu que Ryan obtienne d'autres renseignements.

Demers et Gioretti étaient en train de ranger leur matériel. Je les regardais faire quand une Kia verte s'est garée juste derrière leur camion. La portière s'est ouverte, le conducteur s'en est extrait lourdement. Un type en jeans, moulé dans une camisole qui laissait voir bien trop de son individu. Un visage rouge et tavelé encadré par des cheveux raides, une barbe mal taillée.

Le bras passé autour de la portière, il a détaillé les véhicules stationnés dans la rue. Puis il s'est retourné et s'est rassis au volant.

Mon cerveau, malgré sa fatigue, a su accoucher d'une traduction.

Barbu.

Je me suis retournée pour appeler Ryan.

Il piquait déjà un sprint vers la voiture.

Chapitre 3

Ryan a atteint la Kia juste au moment où le conducteur en claquait la portière.

Passant le bras par la vitre ouverte, il a arraché la clé de contact.

De l'endroit où j'étais, au milieu du trottoir, j'ai entendu crier :

— *Fuck !* C'est quoi ça ?

Bédard est arrivé pendant que Ryan montrait son badge au gars.

— C'est quoi ça ?…

Un anglophone. Au vocabulaire limité.

— Sors de là !

Ryan a tiré violemment sur la poignée.

— Qu'est-ce…

— Tout de suite !

Des pieds chaussés de sandales ont basculé dehors, suivis d'un corps de baleine.

Pendant que Bédard dégainait son Glock, Ryan a fait pivoter le conducteur. D'un coup de pied dans les mollets, il l'a obligé à écarter les jambes avant de le fouiller.

— Ben quoi ? Tu me payes pas un verre d'abord… ?

Côté Ryan, la plaisanterie est tombée à plat.

En revanche, une poche arrière du jeans a accouché d'un portefeuille en toile. Comme le suspect n'était pas armé, Ryan s'est reculé pour en examiner le contenu. Bien campé sur ses deux pieds, Bédard tenait le type en joue.

— Retourne-toi, mais tu gardes les mains en l'air…

La Baleine a fait comme on le lui ordonnait.

— Ralph Trees?

Ryan a relevé les yeux d'une carte en plastique qui devait être un permis de conduire et en a fixé le porteur.

La Baleine a gardé le silence, les mains levées au-dessus de la tête. De grosses touffes de poils s'échappaient de ses aisselles.

— C'est toi, Ralph Trees?

Silence radio côté Baleine.

Ryan a détaché les menottes pendues à sa ceinture dans son dos.

— C'est quoi ça, *shit*? a réagi la Baleine en écartant ses gros doigts. OK. OK. Mais c'est Rocky, pas Ralph.

— Qu'est-ce que tu fiches ici?

— Ce que je fiche ici?

— T'es un comique, toi, hein, Rocky?

— Dis donc à Dirty Harry de se calmer un peu avec son arme.

Ryan a fait un signe de tête à Bédard. Le caporal a baissé son Glock sans le rengainer pour autant.

Ryan est revenu à Trees en agitant son permis. L'autre a marmonné une réponse que je n'ai pas entendue de là où j'étais.

Je me suis rapprochée du trio. Ils ne m'ont pas prêté attention.

De près, j'ai constaté que Trees avait les yeux sillonnés de veinules rouges. Il devait mesurer un bon mètre quatre-vingt-dix et peser dans les cent trente kilos sinon plus. Un tatouage entre sa lèvre inférieure et le haut de sa barbe représentait un sourire à l'envers hérissé de dents. Très classe.

— Je viens voir ma dame. J'ai vérifié, c'est pas un crime.

— Le meurtre, oui.

— *Fuck!* De quoi tu parles?

— C'est qui, ta petite amie?

— C'est pas ma petite amie.

— Tu commences à me faire chier, Rocky.

— Bon, je la saute quand ça me démange. Ça veut pas dire que je lui refile des chocolats à la Saint-Valentin.

Ryan s'est contenté de faire peser sur lui son regard.

— Alva Rodriguez.

Ses yeux injectés de sang ont brièvement dévié sur Bédard.

— Quoi ? Alva s'est fait descendre ?

— Quand est-ce que tu as vu ou parlé à Mme Rodriguez pour la dernière fois ?

— *Shit*, j'sais pas. Y a deux ou trois semaines.

— Essaye d'être un peu plus précis.

— C'est du harcèlement.

— T'as qu'à porter plainte.

Le regard de Trees s'est décalé sur moi.

— C'est qui, la poule ?

— Te déconcentre pas.

— C'est de la *bullshit*.

— Quand as-tu été en contact avec Mme Rodriguez pour la dernière fois ?

Trees a fait celui qui réfléchissait à la question. Mais son regard nerveux et la sueur au ras de ses cheveux montraient bien qu'il crânait et qu'en réalité il n'en menait pas large.

— Ça fera deux semaines jeudi. Non, mercredi. Je rentrais juste d'une virée du côté de Calgary...

— Pourquoi Calgary ?

— De temps en temps, je fais le camionneur pour mon beau-frère.

— Où est Mme Rodriguez, maintenant ?

— Eh, *man*, je peux baisser les bras ?

— Non.

— Comment je pourrais le savoir ? Elle me rend pas de comptes. Comme je l'ai dit, je passe la voir, je la baise, et je retourne à mes affaires.

— Tu payes pour ces petits rendez-vous ?

— Moi ? Tu veux rire !

Son sourire gras m'a donné l'envie d'une douche bien chaude.

— J'y apporte une bouteille, la salope est contente. Tu vois ce que je veux dire ?

— Tu lui apporterais pas aussi un peu de dope de temps en temps ?

— C'est pas mon genre. J'tire un coup, j'lui apporte de quoi boire, ça s'arrête là.

— Tu sais quoi, Rocky ? Je pense que tu mens. Je te regarde, je vois un gars complètement défoncé. Peut-être bien un gars qui deale. Qu'est-ce que tu dirais si j'embarquais ta jolie petite bagnole ?

— Vous pouvez pas faire ça !

— Qu'en pensez-vous, caporal Bédard ? a lancé Ryan sans lâcher Trees des yeux. À votre avis, on peut faire ça ?

— Sûrement.

— Eh bien, vous pourriez vérifier l'identité de ce Roméo, a repris Ryan en lui passant le permis de conduire. Des fois qu'il aurait une biographie intéressante.

Bédard a rangé son arme et s'est dirigé vers sa voiture pour effectuer la recherche. Ryan et moi avons attendu le résultat sans rien dire. Trees a ressenti le besoin de remplir le silence, comme bien souvent les gens en état de stress.

— OK, je vous dis ce que je sais, et c'est pas grand-chose, parce qu'avec Alva on passe pas notre temps à bavarder.

— Où travaille Mme Rodriguez ? a demandé Ryan.

— Vous m'écoutez pas !

— Elle a un revenu stable ? Les moyens de payer son loyer ?

Trees a haussé les épaules aussi haut que ses bras levés en l'air le lui permettaient.

— Peut-être que tu l'envoies sur le trottoir, Rocky ? Que tu la fournis en coke, comme ça elle est là quand t'as besoin de tirer un coup ? C'est ça, les affaires dont tu parles ? T'as d'autres femmes qui travaillent pour toi, en plus de Rodriguez ?

— Pas du tout. Je m'occupe d'elle. Alva, c'est pas ce qu'on pourrait appeler une surdouée.

Ryan s'est mis à poser des questions en rafale, passant d'un sujet à l'autre pour déstabiliser Trees.

— Tu sais si elle utilise un autre nom que Rodriguez ?

Trees a secoué la tête.

— Où est-ce qu'elle habitait, avant de venir ici ?

— Elle est mexicaine, non ? Ou quelque chose comme ça...

— Qu'est-ce qui te fait penser ça ?

— Son nom. Et aussi, elle avait comme un accent, mais pas français. Je me suis dit qu'elle était mexicaine. Pour moi, ça a pas d'importance.

— Un gars aussi ouvert d'esprit et le reste, c'est vraiment touchant.

Trees a levé les yeux au ciel. Ses avant-bras, qui pendouillaient maintenant vers le bas, formaient un V à l'envers. Deux poids morts au bout de ses coudes toujours levés.

— C'est toi, le papa des bébés ?

— Hein ?

— Tu l'as aidée à les tuer ?

— Tuer quoi ?

— Tu montes le son de la radio pour couvrir leurs pleurs ?

— *Fuck*, es-tu malade ?

— Ou est-ce qu'elle les a zigouillés elle-même parce que tu lui en avais donné l'ordre ?

De Ryan, le regard de Trees a rebondi sur moi, puis sur sa voiture, plusieurs fois de suite. Je me suis demandé s'il n'allait pas essayer de déguerpir.

— Trois, Rocky. Trois nouveau-nés. En ce moment-même en route pour la morgue.

— T'es complètement sauté. Alva n'était pas enceinte. N'est pas enceinte. Où est-ce qu'elle est, d'abord ? Et qu'est-ce que vous me voulez ?

Il s'est frappé la poitrine du plat de ses deux mains, ayant complètement oublié qu'il était censé garder les bras en l'air.

— On pense que Mme Rodriguez a accouché dimanche matin. On a trouvé un bébé sous le lavabo, a continué Ryan en désignant d'un mouvement de tête le deux-pièces où nous avions passé la matinée. Il y en avait deux autres cachés dans l'appartement.

— *Jesus Christ !* a lâché Trees en blêmissant, si bien que son nez a pris l'aspect d'un phare écarlate au milieu de son visage grisâtre, grêlé comme un champ de bataille. Si Alva a été enceinte, j'suis pas au courant.

— Toi, son dévoué protecteur ? Mais comment est-ce possible, Rocky ?

— Alva est du genre ronde, comme on dit. Elle porte des vêtements amples. Ça ressemble à une tente sur deux pattes.

— T'inquiète pas. L'ADN répondra à toutes les questions de paternité. Si t'es le papa, tu peux déjà acheter des fleurs pour leurs tombes.

— C'est de la bouillie pour les chats, ça !

— Où est-ce qu'elle aurait pu aller, Rocky?

— Comment je pourrais le savoir? Je te dis que je sais pas d'où elle vient! Je sais juste qu'elle…

— Ouais. T'es un vrai romantique. Où est-ce que tu as fait sa connaissance?

— Dans un bar.

— Quand ça?

— Y a deux ans. Peut-être trois.

— Où tu as été depuis samedi?

Le visage de Trees s'est éclairé, comme s'il avait détecté une lueur d'espoir.

— Justement, j'ai fait une virée pour mon beau-frère du côté de Kamloops. Vous pouvez lui demander.

— Rassure-toi, on le fera.

— Je peux prendre quelque chose dans ma voiture?

Ryan a hoché la tête.

— Mais fais pas le cowboy.

Trees a attrapé sur la banquette arrière des papiers éparpillés sous un sac vide de PFK et les a tendus à Ryan.

— Celui-là, sur le dessus, c'est la pub de l'entreprise de mon beau-frère. Le vert, c'est mon bon de travail. Vérifiez la date. J'étais à Kamloops.

Ryan a lu tout haut l'accroche publicitaire:

— «Vous l'avez ici? Vous le voulez là-bas? On vous le transporte en vitesse.» De la poésie à l'état pur.

— Ouais, il a le tour avec les mots, Phil, s'est exclamé Trees, manifestement imperméable au sarcasme.

— Il ressemble à une mouffette.

— C'est pas de sa faute. Il a pas été aidé par la nature.

Ryan a examiné le bon de travail, puis m'a remis les deux documents.

Étonnée par son commentaire, j'ai regardé le feuillet.

Un joyeux chauffeur que j'ai supposé être Phil était assis au volant d'un camion et souriait en agitant la main. Il avait des cheveux noirs peignés vers l'arrière, séparés par un croissant blanc qui partait du front et remontait vers le sommet de la tête.

Bédard est revenu. Secouant la tête.

Ryan a écarté les pieds et dévisagé Trees comme s'il pesait le pour et le contre d'une décision. Et puis:

— Voici ce que tu vas faire. Tu vas suivre le caporal Bédard et mettre par écrit tes coordonnées et celles de ton beau-frère, ainsi que celles de toute personne susceptible de confirmer tes dires de pauvre tache que tu es. Tu sais écrire, n'est-ce pas, Rocky ?

— T'es un comique, toi, hein !

— Je suis même carrément hilarant quand je fouille les boîtes à gants des bagnoles.

— OK. OK, a fait Trees avec un geste apaisant des deux mains.

— Tu vas inscrire tout ce que tu te rappelles sur Alva Rodriguez. Jusqu'à la dernière fois où elle a tiré la chasse d'eau. Pigé ?

Trees a opiné.

Ryan s'est tourné vers moi, les sourcils levés. J'ai demandé :

— Est-ce qu'Alva a un chien ou un chat ?

— Un chien.

— Quelle race ?

— Ben un chien, a répondu ce balourd, apparemment troublé par ma question.

— Gros ? Petit ? Avec de longues oreilles ? Blanc ? Brun ?

— Une petite boule grise qui aboie tout le temps et qui chie partout.

— Il s'appelle comment ?

— *Fuck*, je sais pas.

— Si Alva est partie, est-ce qu'elle a pu emmener le chien avec elle ?

— *Fuck*, je sais pas.

Ryan m'a lancé un regard interrogateur, mais n'a rien dit. Puis, revenant à Trees :

— Allez, Rocky. Et fouille bien ta mémoire.

Tandis que Trees suivait Bédard jusqu'à sa voiture, Ryan m'a raccompagnée à la mienne. Je lui ai demandé ce qu'il pensait de ce type.

— Il ne retrouverait pas son cul avec un GPS. Il a dû se griller la cervelle.

— Tu crois qu'il se dope ?

J'ai eu droit à la grimace de Ryan signifiant : tu veux rire !

— J'ai trouvé qu'il avait l'air vraiment choqué quand on a mentionné les bébés.

— Peut-être, a admis Ryan. N'empêche que je vais lui coller au cul comme des puces sur le dos d'un chien.

— Rien de nouveau à propos de Roberts ?

— Demers doute de pouvoir exploiter les empreintes qu'il a relevées. Et s'il arrive à en tirer quelque chose, ça prendra un moment. De toute façon, si Roberts n'est pas fichée, ça ne servira à rien. C'est le propriétaire qui paie l'eau et l'électricité. Il n'y a pas de téléphone. Pas d'ordinateur. Pas trace d'un papier quelconque. Si jamais elle a pris la poudre d'escampette, on risque de mettre du temps à la retrouver.

— Et ce n'est pas le bébé qui nous y aidera.

Ce en quoi je me trompais lourdement.

Chapitre 4

Le lendemain matin, j'ai tourné pendant vingt minutes dans les rues étroites d'Hochelaga-Maisonneuve, un quartier ouvrier situé à un saut de puce du centre-ville. Je suis passée devant deux immeubles avec des escaliers de secours sur la façade, plusieurs magasins, une école, un petit square. À huit heures du matin, en ce mardi du mois de juin, pas une place où se garer.

Ne me lancez pas sur le sujet. Il faut avoir un diplôme en génie civil pour comprendre où et quand le stationnement est autorisé à Montréal. Et pour ce qui est de trouver l'emplacement adéquat, il faut en plus la chance d'un gagnant au loto.

À mon cinquième passage dans la rue Parthenais, une Mini Cooper a démarré à moins d'un pâté de maisons de moi. J'ai foncé. Avec force jurons et changements de vitesses, j'ai réussi à insérer ma Mazda dans la place libérée.

8 h 39 à l'horloge du tableau de bord. Génial. La réunion du matin allait commencer dans à peu près six minutes.

Ayant attrapé mon ordi et mon sac sur la banquette arrière, j'ai fait le tour de la voiture pour admirer mon œuvre. Quinze centimètres devant, dix-huit derrière. Pas mal !

Fière de mon exploit, j'ai pris la direction de l'immeuble de treize étages en verre et acier, récemment rebaptisé Édifice Wilfrid-Derome en l'honneur du fameux criminaliste québécois, pionnier dans cette discipline. Célèbre selon les critères d'ici. Et dans le milieu médico-légal.

36

Tout en me hâtant, j'ai regardé la masse noire en forme de T qui domine le quartier. Sur ce fond de ciel bleu et joyeux, elle avait quelque chose de sinistre.

Les vieux de la vieille continuent d'appeler ce bâtiment par ses initiales. QPP, pour Quebec Provincial Police, ou SQ, pour Sûreté du Québec, selon qu'ils sont anglophones ou francophones. Normal, puisque pendant des décennies la police provinciale en a occupé la quasi-totalité.

Mais les flics ne sont pas les seuls à travailler ici. L'immeuble abrite également, aux deux derniers étages, le Laboratoire des sciences judiciaires et de médecine légale qui, au Québec, regroupe les labos de la police criminelle et ceux de la médecine légale. Le Bureau du coroner se trouve au onzième. La morgue et les salles d'autopsie sont situées au sous-sol. Pas mal d'avoir toute l'équipe sur place. À bien des égards, ça me facilite la tâche ; à d'autres, ça la complique : Ryan, par exemple, a son bureau huit étages en dessous du mien.

J'ai dû scanner mon laissez-passer à plusieurs reprises : dans le hall, dans l'ascenseur, à l'entrée du douzième étage et à la porte en verre qui sépare l'aile médico-légale du reste du T. 8 h 45. Un calme relatif régnait dans le couloir.

En passant devant les sections de microbiologie, d'histologie et les labos de pathologie, j'ai vu par les baies vitrées quantité d'hommes et de femmes en blanc déjà installés à leur microscope, leur bureau ou leur comptoir.

Plusieurs d'entre eux m'ont fait un signe de la main ou m'ont articulé des bonjours à travers la vitre. Je leur ai rendu leur salutation tout en filant vers mon bureau. Je n'étais pas d'humeur à bavarder. Je déteste être en retard.

Je venais juste de déposer mon ordinateur sur la table et de ranger mon sac quand le téléphone a sonné. LaManche. Impatient de commencer la réunion.

Quand je suis entrée dans la salle de conférence, seul le patron et Jean Pelletier, tous deux pathologistes, s'y trouvaient. Ils ont l'un et l'autre esquissé ce geste propre aux hommes de l'ancienne génération quand une dame entre dans la pièce, à savoir : se lever à demi de leur chaise.

LaManche a voulu savoir ce qui s'était passé dans l'appartement de Saint-Hyacinthe après son départ. Pelletier a écouté mon récit en silence. C'est un type trapu et de petite taille, avec des cheveux gris et des poches sous les yeux de la taille d'un poisson-chat. S'il est le subordonné de LaManche, il l'a cependant précédé dans ces murs pendant une bonne décennie.

— Je commencerai l'autopsie du premier enfant sitôt la séance levée, a déclaré LaManche dans son français digne de la Sorbonne. Si les autres sont effectivement réduits à l'état de squelette, comme vous le supposez, vous vous en chargerez.

J'ai acquiescé. Je savais déjà qu'ils seraient en effet momifiés.

Pelletier a laissé échapper un soupir. L'ayant entendu, j'ai regardé dans sa direction.

— C'est vraiment affreux, a-t-il ajouté en tambourinant sur la table de ses doigts jaunis par un demi-siècle de Gauloises. Affreux, affreux.

À cet instant, Marcel Morin et Emily Santangelo ont fait leur entrée. Encore des pathologistes. Encore des *Bonjour** et des *Comment ça va** à la ronde.

Après avoir distribué le programme de la journée, LaManche a commencé à présenter les cas et à les attribuer.

À Longueuil, une femme de trente-neuf ans avait été retrouvée morte, empêtrée dans une housse de nettoyeur en plastique. Cause présumée du décès : intoxication alcoolique.

Le corps d'un homme avait été découvert sur le rivage de l'île Sainte-Hélène, sous le pont des Îles.

Une femme de quarante-trois ans avait été frappée à coups de matraque par son mari, à l'issue d'une dispute à propos de la télécommande du téléviseur. C'est leur fille de quatorze ans qui avait appelé la police de Dorval.

Un agriculteur de quatre-vingt-quatre ans avait été retrouvé mort dans la maison qu'il partageait avec son frère de quatre-vingt-deux ans, à Saint-Augustin. Tué par balle.

— Où est le frère ? s'est enquis Santangelo.

— Vous direz que je suis fou, mais j'ai comme l'impression que la SQ se pose la même question, a répliqué Pelletier, et il a ponctué sa déclaration en faisant claquer ses prothèses dentaires.

Les nourrissons de Saint-Hyacinthe s'étaient vu attribuer les numéros LSJML 49276, 49277 et 49278.

— Le détective Ryan essaie de localiser la mère? a demandé LaManche sur un ton plus proche du constat que de l'interrogation.

J'ai répondu que oui.

— Il n'a pas grand-chose sur quoi s'appuyer, de sorte que ça pourra prendre du temps.

— M. Ryan a de multiples talents, a déclaré Pelletier d'une voix neutre.

Je n'ai pas été dupe. Ce vieux bonhomme savait que Ryan et moi avions été ensemble, et il aimait me taquiner. Je ne suis pas tombée dans le panneau.

Santangelo a écopé du noyé et de la victime dans la housse en plastique. Le matraquage est allé à Pelletier, le mort par balle à Morin.

Dès qu'un cas était attribué, LaManche inscrivait en abrégé sur sa feuille le nom du pathologiste concerné. Pe. Sa. Mo.

Le dossier LSJML-49276, c'est-à-dire le nouveau-né retrouvé dans le meuble-lavabo, s'est ainsi vu accoler les lettres La. Les dossiers LSJML-49277 et LSJML-49278, respectivement le bébé de la banquette et celui de la bouche d'aération, ont eu droit aux lettres Br.

De retour dans mon bureau, après la réunion, j'ai pris deux formulaires de cas dans mon échafaudage de corbeilles en plastique, et les ai glissés dans une chemise. Ensuite j'ai attaché le tout sur une planchette. Au labo, chaque spécialiste a une couleur particulière. Le rose correspond à Marc Bergeron, l'odontologiste ; le vert à Jean Pelletier. LaManche utilise le rouge. Quant aux rapports d'anthropologie, ils sont jaunes.

En piochant un stylo dans mon tiroir, je me suis rendu compte qu'un voyant rouge clignotait sur mon téléphone.

Aussitôt, un petit flottement. *Ryan ?*

Arrête, Brennan. Entre vous, c'est fini.

Je me suis laissée tomber sur ma chaise et j'ai attrapé le combiné. Tout d'abord, accéder à la messagerie vocale, ensuite composer mon numéro de code.

Un journaliste du *Courrier de Saint-Hyacinthe*.

Un autre d'*Allô Police*.

J'ai supprimé les messages.

Après, je me suis changée dans le vestiaire des femmes. Revêtue de ma tenue chirurgicale, j'ai quitté le secteur médico-légal par un couloir latéral qui passe devant le secrétariat et débouche sur la bibliothèque et un ascenseur strictement réservé aux personnes munies d'autorisation.

Dans la cabine, j'ai appuyé sur le bouton de la morgue. Il n'y en avait que deux autres : pour le Bureau du coroner et pour le LSJML.

Au sous-sol, après deux tournants à gauche puis un à droite, je me suis retrouvée devant une porte peinte en bleu Santorin, marquée : *Entrée interdite*. De nouveau, recours à la carte d'accès avant de pouvoir m'engager dans l'étroit couloir qui court sur toute la longueur du bâtiment.

Sur la gauche, une salle de radiographie et quatre salles d'autopsie, dont trois n'ont qu'une seule table, alors que la quatrième en a deux.

À droite, le long du mur, des séchoirs pour vêtements détrempés et des étagères où ranger les pièces à conviction et autres effets personnels récupérés avec les corps, puis des postes informatiques, des cuves montées sur roulettes et des chariots pour transporter les échantillons à l'étage des laboratoires.

Les petits carrés vitrés pratiqués dans les portes m'ont permis de constater qu'en salle 1 et 2, Santangelo et Morin avaient déjà commencé leur examen externe, assistés chacun d'un photographe de la police et d'un technicien d'autopsie.

Dans la grande salle, Gilles Pomier et un technicien du nom de Roy Robitaille déployaient leurs instruments. Aujourd'hui, ils étaient respectivement attachés à LaManche et à Pelletier.

J'ai poursuivi ma route jusqu'à la salle n° 4, qui est dotée d'une ventilation spéciale. C'est là que sont traités les corps décomposés, les noyés, les cadavres momifiés, et autres victimes particulièrement odorantes. Les cas dont je m'occupe.

Comme toutes les autres salles d'autopsie, la 4 donne par une porte à double battant sur un grand hall bordé de grands compartiments réfrigérés pouvant accueillir une civière chacun.

40

Mon dossier déposé sur un comptoir, j'ai sorti d'un tiroir un tablier en plastique et d'un autre des gants et un masque. Les ayant enfilés, j'ai franchi la double porte.

Petit décompte mental : sept cartes blanches ; par conséquent, sept résidents temporaires.

Les cartes portant les premières lettres de mon nom étaient apposées sur une seule et même porte. Elles correspondaient aux cas LSJML-49277 et LSJML-49278.

Un bébé mort a besoin de si peu de place, n'ai-je pu m'empêcher de penser.

Inscription identique sur les deux cartes : *Ossements d'enfant. Inconnu**.

Image surgie de mon propre passé : moi-même berçant Kevin dans mes bras et craignant de le serrer trop fort, de casser ses petits os fragiles ou de faire d'autres bleus sur sa peau d'un blanc laiteux.

Debout au milieu de tout cet inox glacé, je sentais encore le corps si léger de mon frère contre ma poitrine, je percevais la cadence à peine audible de sa respiration, j'avais dans les narines son odeur de petit garçon en sueur et de shampoing pour bébé.

Secoue-toi, Brennan. Fais ton boulot.

J'ai tiré la poignée vers moi. La porte s'est ouverte. De l'air froid s'en est échappé et, avec lui, l'odeur de la mort réfrigérée.

Sur l'étagère supérieure d'un chariot, deux housses mortuaires côte à côte, leurs bords repliés. Du pied, j'ai libéré le frein et roulé le chariot jusqu'à ma salle.

Lisa s'y trouvait déjà, en train d'étaler les instruments sur un comptoir latéral. Ensemble, nous avons fait entrer le chariot et l'avons placé parallèlement à la table en inox vissée au centre de la pièce.

— Ils sont en panne de personnel à l'Identité judiciaire, a déclaré Lisa en s'exprimant dans ma langue, comme elle le fait le plus souvent avec moi pour améliorer son anglais. Nous partagerons donc le photographe avec le D^r LaManche.

— Très bien. On prendra nous-mêmes nos photos.

Âgée d'environ quarante ans, Lisa travaille comme technicienne d'autopsie depuis l'obtention de son diplôme, à dix-neuf ans. Vive d'esprit et efficace, elle est aussi habile de

41

ses mains qu'un chirurgien. C'est, et de loin, la meilleure technicienne d'autopsie de tout le LSJML.

C'est aussi la chouchou de tous les flics du Québec. En plus de son talent et de sa bonne humeur, sa blondeur et sa poitrine généreuse y sont sûrement pour quelque chose.

— Ils ont l'air si petits !

Elle fixait les sacs mortuaires, le visage empreint de tristesse.

— Prenons une série de photos avant de les sortir des sacs.

Pendant que Lisa remplissait les étiquettes identifiant les dossiers et vérifiait le bon fonctionnement du Nikon, j'ai reporté sur le formulaire du premier cas les renseignements déjà en ma possession.

Nom : *Inconnu**. Date de naissance : laissée en blanc. Numéro du Laboratoire des sciences judiciaires et de médecine légale : 49277. Numéro de la morgue : 589. Numéro du rapport de police : 43729. Pathologiste : Pierre LaManche. Coroner : Jean-Claude Hubert. Enquêteur : Andrew Ryan, de la Sûreté du Québec, Section des crimes contre la personne.

Pendant que j'ajoutais la date et m'attaquais au second formulaire, celui consacré au bébé caché derrière la bouche d'aération des combles, Lisa a pris des photos des deux housses noires. Ayant prestement enfilé des gants, elle a sorti un drap en plastique d'un placard situé sous un comptoir et l'a étalé sur la table d'autopsie.

— Défaites les fermetures à glissière, lui ai-je indiqué, en réponse à son regard interrogateur.

Les serviettes enroulées autour des petits corps étaient bien telles que dans mon souvenir, l'une verte, l'autre jaune, toutes les deux maculées de ces taches brunâtres laissées par les fluides qui accompagnent la décomposition des corps. Les prenant à deux mains, Lisa a transféré les bébés sur la table, l'un après l'autre. Puis elle en a pris d'autres photos pendant que je couchais par écrit mes premières observations.

— Nous allons commencer par le bébé de la banquette, ai-je décidé et j'ai désigné le paquet jaune.

Sans autre instrument que le bout de ses doigts, Lisa a entrepris de défaire la première couche de tissu éponge en tirant dessus délicatement. Après quoi elle a fait rouler le paquet d'un côté puis de l'autre pour en révéler le contenu.

Un bébé constitue une biomasse minuscule. Et le corps, après la mort, peut se momifier au lieu de se putréfier en raison de la très petite quantité de graisse contenue dans les tissus. Tel était le cas pour le bébé de la banquette.

Le petit cadavre avait été fortement comprimé : la tête était baissée sur la poitrine, les bras et les jambes repliés et croisés l'un sur l'autre. Son thorax, son abdomen, ses membres et même les os délicats de son visage étaient recouverts d'un amas de peau, de muscles et de ligaments desséchés. Ses orbites évidées contenaient de petites boules qui rappelaient des grains de raisin flétris.

Lisa tendait le bras vers le Nikon quand Pomier a passé la tête par la porte en s'adressant à moi.

— Le Dr LaManche a une question à vous poser.

— Tout de suite ? (Sur un ton peu agacé.)

Pomier a fait signe que oui.

J'avais hâte de commencer mon analyse, mais le patron ne m'aurait jamais interrompue pour une futilité.

— Prenez des clichés sous tous les angles. Gros plans et plans généraux, ai-je ordonné à Lisa. Après, vous ferez une série complète de radios.

— Les os seront tous superposés, je n'y peux rien.

— Je sais. Ces radios des bébés ne permettront sans doute pas d'estimer leur taille à partir des os, mais faites de votre mieux. Si vous finissez avant mon retour, passez à l'autre bébé. Et si vous avez des questions, vous savez où me trouver.

Lisa a acquiescé.

— Allons-y, ai-je dit à Pomier.

Chaque morgue possède une odeur bien à elle, parfois subtile, parfois étouffante, mais toujours là et bien là. Ces odeurs font partie de ma vie depuis si longtemps que je les sens parfois dans mon sommeil. Les corps retirés de l'eau sont parmi les plus nauséabonds.

Dans le couloir, la puanteur du noyé confié à Santangelo prenait le pas sur les senteurs toujours présentes de désodorisant et de désinfectant.

En salle n° 3, la victime du matraquage était étendue sur la table la plus éloignée de la porte. Elle avait le visage tuméfié, déformé, et le côté gauche violacé en raison de la *livor mortis*, la masse de sang accumulée *post-mortem* dans les parties déclives du cadavre.

Robitaille inspectait méthodiquement son cuir chevelu, lui écartant les cheveux, une mèche après l'autre, tandis que Pelletier examinait ses orteils.

Sur la table la plus proche de l'entrée, où officiait LaManche, reposait le bébé de la banquette. La photographe du SIJ se tenait près de lui : une femme très grande et très pâle, que le badge sur sa chemise identifiait comme étant « S. Tanenbaum ». Je ne l'avais jamais vue.

Ce qui n'était pas le cas pour la tierce personne présente dans la salle. Andrew Ryan.

Pendant que j'avançais vers lui, Pomier sur les talons, le patron a reposé la main droite de l'enfant pour s'emparer de la gauche et l'examiner à son tour.

Ni commentaire ni note écrite.

Pour autant, le cours de ses pensées était facile à deviner : pas de blessures révélant une manœuvre défensive.

Évidemment ! Un nouveau-né est bien trop faible pour tenter de se défendre ou en avoir seulement le réflexe. De toute façon, celui-ci n'était probablement pas mort d'avoir reçu des coups.

Un détail dans cette salle m'a tout de suite frappée : le fait que tout le monde travaille dans la tranquillité, réponde à voix basse aux questions posées ou aux ordres donnés, évite les blagues et les quolibets. L'impasse totale sur ce qui constitue d'ordinaire l'humour irrévérencieux des scènes de crime ou des salles d'autopsie, moyen comme un autre de relâcher la tension. Le bébé, étendu nu sur cette froide plaque d'acier, paraissait bien trop vulnérable.

— Ah, Temperance. Je vous remercie.

Au-dessus de son masque, les yeux de LaManche avaient un regard triste et las.

— L'enfant mesure trente-sept centimètres de long.

Règle de Haase : au cours des cinq derniers mois de grossesse, la longueur du fœtus mesurée en centimètres et divisée par cinq correspond au nombre de mois de gestation.

Rapide calcul, et j'ai déclaré :

— Elle est petite pour un bébé né à terme.

— Oui. Longueur cranio-caudale. Diamètre bipariétal. Toutes ces mesures indiquent la même chose. Nous nous demandions, le détective et moi-même, avec quelle précision vous pouviez déterminer son âge.

Un fœtus est considéré comme viable après sept mois de gestation. S'il naît plus tôt, il a peu de chance de survivre sans intervention médicale. Devinant ce que LaManche attendait de moi, j'ai demandé :

— C'est pour le cas où vous ne trouveriez pas d'anomalie et où la mère prétendrait avoir accouché prématurément d'un bébé mort-né ?

— Le baratin habituel, est intervenu Ryan. L'enfant était mort, j'ai paniqué et dissimulé le corps.

Les muscles de sa mâchoire se sont crispés un bref instant.

— En l'absence de témoin ou de preuve contradictoire, c'est toujours un vrai bordel, ce genre de cas.

J'ai pris un temps de réflexion avant d'ajouter :

— Je n'ai pas encore examiné le bébé de la bouche d'aération, mais celui de la banquette est complètement desséché et contorsionné. Les tissus sont tellement imbriqués les uns dans les autres qu'il sera difficile d'en extraire les os sans les endommager. Quant aux radios, elles ne donneront pas grand-chose, à cause de toute cette superposition de tissus et d'os. Pour ces restes momifiés, le mieux, me semble-t-il, serait de pratiquer une MSCT.

En retour, quatre regards hébétés. Mieux valait développer :

— Une tomodensitométrie multicoupes. Je propose qu'on y recoure aussi pour ce bébé-là. Un scanner multibarrettes permettrait d'observer le squelette lorsqu'il est maintenu par les tissus mous. Le gros avantage de cette technique, c'est qu'elle donne une image isotopique où la réalité anatomique n'est pas faussée. On pourrait mesurer les os longs grâce à des reconstructions en 2D et obtenir directement leur taille anatomique, sans qu'il faille utiliser un facteur de correction. Ensuite, en vous appuyant sur ces scans, vous pourriez procéder à l'autopsie habituelle.

Tout en parlant, je détaillais la petite fille sur la table. Son corps avait été nettoyé à sec, pas encore lavé à l'eau.

— Ça ne peut pas faire de mal, a réagi LaManche et il s'est tourné vers Pomier. Appelez St. Mary, ils nous ont déjà sortis du pétrin. Voyez avec le service de radiologie si nous pourrions utiliser leur scanner.

Dans sa hâte d'obtempérer, Pomier a pivoté trop vite. Sa chaussure a heurté la roulette du socle de la lampe portable, commodément installée à un bout de la table. La lampe a vacillé. Ryan l'a stabilisée en attrapant le bras articulé qui supportait l'ampoule halogène.

Dans le déplacement saccadé de la lumière, mon œil a perçu un détail que mon cerveau n'a pas su interpréter.

Quoi donc ?

— Bougez encore la lampe.

Ryan s'est exécuté. Je me suis penchée sur le bébé.

Oui, là ! Dans le creux de la courbure, là où l'épaule droite rejoignait le cou. Pas vraiment une tache, plutôt une absence de luminosité, un endroit où la peau était plus terne.

Un petit groupe de cellules grises m'a proposé une explication.

N'osant y croire, je suis allée prendre une loupe sur le comptoir.

Sous le verre grossissant, la différence était bien visible.

— Regardez-moi ça !

Chapitre 5

— Câlisse, a murmuré LaManche.

— Vous pensez que c'est une empreinte.

Ryan avait parlé sur un ton si neutre que je me suis demandé s'il en doutait ou s'il essayait simplement d'être objectif.

— Vous voulez une lumière alternative? a demandé Pomier.

— S'il vous plait, ai-je répondu.

— Je vais chercher la poudre à empreintes, a déclaré Tanenbaum.

Les deux techniciens ont quitté la salle pour y revenir peu après, Pomier portant plusieurs paires de lunettes ainsi qu'une boîte noire avec une poignée sur le dessus et une baguette souple sur le côté; Tanenbaum, chargée d'un kit de prise d'empreintes.

J'ai demandé à Pelletier si on pouvait faire le noir.

— Pas de problème, a-t-il répondu. Madame va passer aux rayons X.

J'ai délimité la zone concernée. Tanenbaum a déposé une poudre orange sur le cou du bébé, tandis que Pomier installait en hauteur le CrimeScope CS-16-500, une source de lumière alternative qui produit des ondes lumineuses allant de l'infrarouge à l'ultraviolet.

Cette étape achevée, il a distribué les lunettes en plastique orangé aux personnes rassemblées autour de la table — LaManche, Ryan, Tanenbaum et moi-même. Tout le monde s'en est affublé.

— Prêts ? a demandé Pomier.

LaManche a fait signe que oui.

Pomier a éteint le scialytique. Remontant ses lunettes sur son nez, il a réglé l'éclairage du CrimeScope et positionné la baguette au-dessus du corps du bébé. Lentement, la lumière s'est déplacée le long des petits pieds blancs, explorant les collines et les vallons de ses orteils parfaits, puis ses genoux, l'aine, le ventre, éclairant le creux où était encore accroché un cordon ombilical tout ratatiné.

Ça et là, des filaments s'illuminaient comme des câbles chauffés à blanc.

Des poils ? Des fibres ?

En tout cas, quelque chose qui pouvait se révéler utile. Je les ai tous récupérés à la pince à épiler et les ai transférés individuellement dans des fioles en plastique.

Enfin, la lumière a balayé la courbe délicate entre le cou et l'épaule. Pomier a tourné un bouton pour revenir à l'extrémité inférieure du spectre vert, puis il a lentement augmenté la longueur d'onde.

Une forme ovale est apparue, bien visible. Constituée de cercles concentriques et de sinuosités.

Nous nous sommes tous penchés au-dessus.

— *Bonjour**!

La voix de Pomier. Puis tout de suite, celle de Ryan :

— Ça parle au diable.

Ce n'est qu'à cet instant que j'ai pris conscience d'odeurs qui n'étaient décidément pas celles de la salle où nous nous trouvions : senteurs d'eau de Cologne Bay Rhum et de coton amidonné pimentées d'un soupçon de transpiration masculine.

Déstabilisée, je me suis redressée et c'est sur un ton sec que j'ai expliqué :

— La peau d'un bébé est si douce et si fine qu'il est plus facile d'y repérer un défaut que sur celle d'un adulte.

Un cliquetis m'est parvenu : certainement Tanenbaum en train de placer un filtre orange sur l'objectif de son appareil photo numérique. Maintenant, tout le monde s'attendait à une longue série de déclics, mais les bruits suivants ont indiqué qu'elle s'apprêtait à relever l'empreinte à l'aide d'un ruban adhésif afin de la transférer sur un autre support.

48

Quelques minutes se sont écoulées, puis :

— Ça y est. Je l'ai.

Nous avons travaillé encore une demi-heure dans le noir, sans rien trouver d'intéressant. N'empêche, on était tous excités comme des puces.

Pomier a redonné de la lumière, puis il est allé se renseigner sur la possibilité d'utiliser le scanner de l'hôpital St. Mary.

Tanenbaum a filé porter notre trophée au CIPC, le Centre d'information de la police canadienne. À l'instar de l'AFIS américain, ce système d'identification automatisé fonctionne à la manière d'une base de données regroupant non seulement les empreintes digitales, mais bien d'autres renseignements d'une importance capitale pour résoudre les enquêtes policières.

LaManche a repris son examen externe du bébé. Ryan est remonté à son étage pour voir s'il avait reçu des réponses à ses demandes de renseignements sur Ralph Trees et Amy Roberts/Alma Rogers/Alva Rodriguez. Quant à moi, j'ai réintégré ma salle d'autopsie n° 4.

Lisa avait fini de photographier les deux cas LSJML-49277 et LSJML-49278. Elle avait également fait des radios du premier bébé, qui s'étalaient maintenant sur les négatoscopes disposés tout autour de la salle.

Je les ai étudiées l'une après l'autre, sans grand espoir. J'avais raison. Le bébé de la banquette avait été enveloppé si serré que l'enchevêtrement de ses os rendait bien difficile d'en évaluer l'état, et carrément impossible de les mesurer. Frustrée, je me suis occupée du cas LSJML-49278 qui reposait sur sa serviette à présent déroulée, à côté du bébé de la banquette, sur la table d'autopsie.

De ce bébé-là, celui de la bouche d'aération, ne restaient que le squelette et des fragments de ligaments desséchés. Lisa avait déjà réparti plusieurs de ses os selon leur positionnement anatomique de façon à obtenir un petit être miniature. Mais la plus grande partie d'entre eux reposaient encore à côté de lui, sur la crasseuse serviette éponge verte.

Pas surprenant qu'elle n'ait pas su en identifier davantage. Chez les nouveau-nés, les os du crâne sont inachevés et ne sont pas fusionnés. Les arcs vertébraux sont encore séparés des minuscules disques. Les trois parties qui composent chaque moitié du bassin sont toujours déconnectées. Dépourvus des détails anatomiques et des surfaces articulaires qui font d'eux sans erreur possible des fémurs, des tibias, des péronés, des humérus, des radius ou des cubitus, les os longs ne sont que des tiges amorphes. Même chose pour les tout petits os des mains et des pieds.

Résultat : la plupart des gens ne sauraient pas reconnaître le squelette d'un fœtus s'il leur en tombait un sur la tête. Et la classification des divers éléments peut se révéler un vrai casse-tête, même pour ceux qui ont suivi une formation en ostéologie infantile.

Coup d'œil à la pendule : bientôt onze heures. Déjà.

— Ça va prendre du temps, Lisa. Si vous avez des choses à faire, ça ne me dérange pas de continuer seule.

Elle a hésité une seconde puis a acquiescé.

— Au besoin, vous savez où me trouver.

Tout d'abord, le crâne : os du front, pariétaux, sphénoïde, segments temporaux et occipitaux. Je l'ai reconstitué en lui donnant la forme d'une rose éclatée, examinant soigneusement tous ces os en même temps que je les triais.

L'os occipital contribue à former l'arrière et la base du crâne. Chez un fœtus, il se compose de quatre éléments. La partie supérieure arrondie s'appelle la *pars squama*. Le *foramen magnum*, le trou par lequel la moelle épinière pénètre dans le cerveau, est délimité par les deux parties latérales, ou *pars lateralis*, et par la partie basilaire, ou *pars basilaris*.

J'ai mesuré ce dernier élément à l'aide d'un pied à coulisse. Plus large que long. Ce qui laissait supposer un fœtus ayant plus de sept mois.

Au tour de la *pars lateralis*. Les lames de l'instrument bien positionnées de part et d'autre du trou occipital, j'ai regardé le résultat. Longueur supérieure à celle de la *pars basilaris*. Voilà qui augmentait d'un cran l'âge gestationnel et le faisait passer à huit mois.

J'ai pris ensuite la partie du temporal qui est plate avec des bords dentelés, celle qui avait constitué autrefois le côté droit du crâne de ce bébé. Un délicat cercle de tissu osseux, l'anneau tympanique, avait déjà fusionné avec le canal auditif.

Le fait que ces deux éléments aient fusionné faisait grimper l'âge gestationnel à neuf mois.

Je suis passée aux os de la face. Les maxillaires et les zygomatiques, l'ethmoïde, l'os nasal et les os palatins, les petits os de l'intérieur du nez, en forme de coquillage étiré. La mandibule.

Chez les êtres humains, la mâchoire inférieure ne fusionne en son milieu qu'un an après la naissance. Jusque-là, elle se compose de deux moitiés séparées. Pendant que je les examinais, de petites dents ont roulé au fond des alvéoles. Normal, les bourgeons dentaires apparaissent chez le fœtus entre neuf et onze semaines. Ici, les couronnes des dents étaient déjà partiellement formées, mais il faudrait une radio panoramique pour savoir à quel stade de son développement la dentition était parvenue.

Poursuite de l'examen. Reconstitution de l'arrière du crâne ; mesure des os des bras et des jambes ; comparaison des résultats avec les données standard. Pour tous ces os, la longueur correspondait à l'âge qu'indiquait le développement crânien.

Contente d'avoir tiré de ce bébé tout ce qu'il était possible de savoir sur son âge, j'ai entrepris de détacher les tissus desséchés des os minuscules.

À midi, Pomier a déboulé pour m'annoncer que St. Mary se débrouillerait pour nous trouver un scanner disponible, ce soir après neuf heures. Un radiologue appelé Leclerc m'attendrait dans le hall de l'hôpital. Il requérait la plus grande discrétion. Inutile que les patients entendent parler des bébés morts. J'étais à l'unisson.

Lisa était passée toutes les demi-heures. Chaque fois je lui avais dit que je me débrouillais très bien toute seule.

Ce qui était vrai.

Et puis trop d'émotions tourbillonnaient en moi : les souvenirs de Kevin ; la peine infinie que m'inspirait le sort de ces nourrissons ; la fureur à l'égard de la femme qui les avait tués. Je préférais la solitude.

Vers treize heures, j'en avais terminé avec le nettoyage des os. Mon estomac grognait tout ce qu'il savait, et un mal de tête commençait à me ronger le lobe frontal. Je devais faire une pause. J'en étais incapable. Quelque chose me poussait à en apprendre le plus possible sur ces bébés avant de les remettre dans cette sinistre chambre froide.

J'ai tiré un tabouret devant le microscope à dissection et me suis attaquée à l'examen de tous les os. Processus laborieux. Tiges axiales, métaphyses, épiphyses, sillons, foramens, sutures et autres fosses, il faut tout inspecter, un millimètre après l'autre, débusquer le moindre signe de maladie, de malformation ou de traumatisme.

Coup de fil de Ryan, juste après trois heures : Ralph « Rocky » Trees n'avait pas de casier judiciaire. En revanche, il avait un passé de délinquant juvénile. L'affaire était classée, mais Ryan avait demandé à consulter le dossier.

L'alibi avait été vérifié : de temps à autre, Trees bossait effectivement pour son beau-frère, Philippe « Phil » Fast, qui possédait une petite entreprise de transports : deux camions et un entrepôt. De mardi dernier à dimanche en fin d'après-midi, il se trouvait en effet à des kilomètres de Saint-Hyacinthe. À la mention que Trees pourrait avoir une petite amie, Phil s'était tordu de rire.

C'est tout. Ni bonjour ni comment ça va. Pas d'au revoir non plus.

Vers cinq heures moins vingt, l'acide gastrique me brûlait l'estomac, j'avais la tête en compote et le dos en feu. Je tenais quand même à terminer mon analyse. Jusque-là, mon formulaire était quasiment vierge.

Sexe : Inconnu.

Certaines études prétendent qu'il serait possible de déterminer le sexe d'un fœtus ou d'un nouveau-né d'après la mâchoire, la forme du bassin ou le développement des os de l'arrière du crâne. J'ai du mal à le croire.

Race : Inconnue.

Les pommettes larges, tout comme le pont nasal assez prolongé, tendaient à indiquer un apport non européen. Pour autant, impossible d'établir l'ascendance.

Anomalies congénitales : Néant.

Pathologies : Néant.

Trauma : Néant.

Âge : Fœtus à terme.

Une fiche bien courte. Comme la vie de ce bébé.

Mon enthousiasme, déjà en berne, a sombré définitivement.

À quoi bon appeler Lisa ou Tanenbaum pour les dernières photos? Autant les prendre moi-même.

Après, j'ai rassemblé tous les os dans une petite boîte en plastique portant l'inscription «LSJML-49278» sur le couvercle et le côté, que j'ai placée ensuite sur le chariot et roulée à travers les doubles portes jusque dans la morgue proprement dite. J'agissais comme un robot.

Quand a retenti le déclic de la porte de la chambre froide en se refermant, j'ai dit doucement: «Adieu, mon tout-petit.»

J'étais en train d'envelopper le LSJML-49277 dans un drap en plastique matelassé lorsque le téléphone de l'antichambre a sonné. Je l'ai laissé faire. Je n'étais pas d'humeur à bavarder ni même à être aimable.

Le bébé de la banquette bien installé dans une boîte en plastique carrée capitonnée, je l'ai recouvert d'autres feuilles de rembourrage pour bien le protéger. J'ai inscrit le numéro de dossier sur un côté de la boîte, puis j'ai rempli et signé le formulaire de transfert de pièces à conviction. Que de procédures fallait-il encore respecter pour sortir ce bébé momifié de la morgue!

J'en avais fini avec les restes humains; aux serviettes, maintenant.

Elles iraient à la section cheveux et fibres, comme les filaments recueillis sur le bébé du meuble-lavabo. De là, elles iraient peut-être au labo de biologie et d'ADN où l'on en tirerait quelque chose, qui sait? Ou rien du tout.

La serviette de la bouche d'aération dûment enfermée dans un sachet pour pièces à conviction, j'ai reporté sur l'étiquette les renseignements pertinents et repoussé le sac sur un côté du comptoir.

Comme je soulevais la seconde serviette, quelque chose en est tombé en produisant un léger bruit de graines qu'on secoue.

Un petit sac en velours, fermé par un cordon.

Étonnée, je l'ai ramassé. À l'intérieur, une sorte de gros gravier.

J'en ai versé un peu dans le creux de ma main gantée. Dans le mélange, il y avait deux, trois cailloux verts d'à peine quelques centimètres.

— Eh bien, voilà qui va nous aider à résoudre l'affaire en deux coups de cuiller à pot !

L'ironie a fait chou blanc, vu l'absence de public.

Plusieurs photos de ce mystérieux gravier puis je l'ai enfermé dans un flacon, que j'ai rangé avec la serviette jaune dans un deuxième sachet pour pièce à conviction.

Là, j'ai appelé Lisa. Pas de réponse.

Et pour cause. La pendule marquait dix-huit heures dix. Elle était partie, comme tout le monde !

Accablée par une masse d'un poids atomique voisin de celui de l'uranium, j'ai emporté la boîte avec le bébé de la banquette dans la chambre froide à côté de la salle d'autopsie n° 3, et je l'ai déposée sur le chariot, à côté du bébé du meuble-lavabo, lui aussi enfermé dans sa boîte.

Et j'ai pris le chemin de l'ascenseur. Le sous-sol était désert. Tout comme mon douzième étage. Le bâtiment bourdonnait de ce silence un peu angoissant typique des lieux de travail abandonnés.

De retour dans mon bureau, j'ai laissé un message à Lisa pour lui demander de remettre les sachets contenant les serviettes au service des pièces à conviction.

Au moment où je reposais le téléphone, mon regard a dévié sur la baie vitrée à côté de mon bureau. Plusieurs étages plus bas, une quantité de toits, des flèches d'églises, de petits carrés de verdure. Plus loin, sur le boulevard René-Lévesque, le gigantesque cylindre en brique de la Maison de Radio-Canada et, derrière, la bouche grise et béante du Saint-Laurent, menaçante même en juin.

Au-delà des poutrelles noires du pont Jacques-Cartier, la découpe précise des gratte-ciel du *centre-ville** sur fond de crépuscule naissant. On reconnaissait la Place-Ville-Marie, le Complexe Desjardins, les Cours Mont-Royal, le Marriott Château Champlain.

Les rues que j'avais parcourues le matin même à la recherche d'une place de stationnement étaient noires de monde. Parents qui rentraient en banlieue pour dîner avec leurs enfants et surveiller leurs devoirs ; amoureux pressés de se retrouver pour la soirée, travailleurs de nuit se traînant vers des pointeuses dont l'horloge semble toujours indiquer la même heure.

Que de fois Ryan et moi étions-nous rentrés ensemble en voiture de Wilfrid-Derome, discutant des victimes, des suspects, des divers aspects d'une affaire ou d'une autre, autant de sujets que je ne peux aborder avec mes proches. Pete, Katy, Harry, Anne, ma meilleure amie, ne sont pas du métier. Comment leur dire sur quoi je suis tombée à l'intérieur d'une benne à ordures ou au fond d'un trou, sous quelques centimètres de terre ? Comment leur décrire le sang coagulé, les corps boursouflés, les vers grouillants ? Ça me manquait d'avoir quelqu'un à qui parler, quelqu'un qui comprenne. Ryan m'avait permis de conserver mon équilibre. Mon sens de l'autre.

Sa froideur actuelle était incompréhensible. Il est vrai que nous avions toujours tourné autour de nos émotions sans vraiment les dévoiler, que nous avions l'habitude de garder pour nous-mêmes nos sentiments les plus intimes. Même au temps où tout allait bien entre nous.

Il est vrai aussi que la vue de victimes innocentes lui était insupportable, qu'il s'agisse de femmes, d'enfants ou de personnes âgées. Je le savais. Mais sa morosité présente semblait venir d'ailleurs. Pas seulement de moi. Pas seulement de ces bébés morts.

Qu'importe. Il m'en parlerait quand il se sentirait prêt à le faire. Ou pas.

Je me suis changée, bien décidée à dîner à la maison avant d'aller à St. Mary.

— Et merde !

Rappel brutal de la réalité. Je déteste faire les courses. C'est idiot mais c'est comme ça. Je trouve toutes sortes d'excuses pour ne pas aller au supermarché. Résultat : j'en paie le prix. Comme ce soir, puisque je n'avais rien acheté à manger depuis mon retour à Montréal, deux jours plus tôt.

Autre pensée désespérante, qui a surgi au moment où je balançais ma tenue de travail dans la poubelle des déchets biologiques.

Mon chat.

Quand j'avais quitté ma ville de Charlotte, Birdie se remettait d'une infection des voies urinaires. Comme il déteste prendre l'avion et que le voyage risquait d'avoir de fâcheuses conséquences sur sa vessie, je l'avais laissé à Dixie.

Pour son plus grand plaisir.

J'écopais donc ce soir d'une double peine : des surgelés au menu, à manger en solitaire.

J'ai remonté le couloir, le moral à terre. Bon, j'allais m'arrêter chez un traiteur.

Soudain, j'ai aperçu quelqu'un dans mon laboratoire, de l'autre côté du couloir.

Je me suis figée sur place.

Et j'ai reconnu Ryan. En train de taper un numéro sur son cellulaire.

À six heures et demie ? Qu'est-ce qui se passait ?

Il s'est retourné quand j'ai poussé la porte du labo. Pas le temps de dire un mot qu'il m'interrompait déjà.

— On l'a retrouvée.

— Amy Roberts, et cœtera ?

— Ouais.

— Et alors ?

— Tu ne vas pas le croire.

Chapitre 6

— Son vrai nom est Annaliese Ruben. Elle s'est fait coffrer deux fois pour prostitution, en 2005 et 2008, les deux fois à Edmonton. La première fois, elle a été libérée sur parole. La seconde, elle ne s'est pas présentée au procès.

Ryan m'a tendu trois tirages d'imprimante.

Le premier était une réponse à la recherche d'empreintes. J'ai sauté le passage sur les points de correspondance pour m'intéresser à la description physique. Annaliese Ruben, cheveux noirs, yeux bruns, 1,52 m, 88 kilos.

La deuxième feuille était un extrait de casier judiciaire, la troisième, sa photo la plus récente, obtenue à l'aide du fichier des empreintes. Le portrait, format timbre-poste, montrait un visage lunaire, encadré par des cheveux noirs, emmêlés, qui auraient bien mérité un shampoing.

Je lui ai rendu les feuilles.

— Elle devait faire de l'hyperthyroïdie.

— Ah ouais ?

— Les yeux globuleux. À moins que ce soit l'éclairage. Les photos d'identité judiciaire ne sont jamais très flatteuses.

— La police d'Edmonton dit que l'adresse fournie par Ruben lors de sa seconde arrestation était celle d'un entrepôt abandonné. Ils ont perdu sa trace en 2008 et n'ont aucune idée de ce qu'elle a pu devenir.

Ryan a rempoché son iPhone et mis ses mains sur ses hanches. Il y avait de la raideur dans ses mouvements, une crispation dans ses épaules et sa mâchoire. Des signes familiers. Il prenait le dossier à cœur.

Mais il y avait autre chose. Une dureté dans ses yeux que je n'avais encore jamais vue.

J'avais envie de lui demander s'il y avait quelque chose qui n'allait pas, de lui dire que j'étais là s'il voulait en parler, mais je n'en ai rien fait. Mieux valait attendre.

— Tu as entendu parler du projet KARE ?

Ryan m'a épelé l'acronyme.

— Ce n'est pas une force spéciale d'intervention, créée par la GRC pour enquêter sur les morts et les disparitions de femmes à Edmonton et aux alentours ? J'ai cru comprendre qu'il y en avait eu un paquet.

— C'est pas peu dire. En gros, c'est bien ça. Ils ont pour mission d'arrêter les salauds responsables de la disparition des HRMP.

— *High-risk missing persons ?* Les personnes disparues que l'on suppose être en situation de grand danger ?

— C'est ça, a-t-il acquiescé sur un ton mesuré.

— Ce qui veut dire les prostituées et les droguées.

Je voyais d'ici où ça allait nous mener.

— Oui.

— Et si je comprends bien, Annaliese Ruben figure sur cette liste du projet KARE ?

— Depuis 2009.

— Qui a signalé sa disparition ?

— Une autre prostituée.

Étrange.

— Généralement, les travailleuses du sexe ont plutôt pour habitude d'éviter les flics, ai-je commenté.

— Comme tu dis. Mais à Edmonton, elles sont littéralement terrorisées.

— Je croyais qu'ils avaient arrêté quelqu'un pour ces meurtres ?

— Thomas Svekla. Un sacré dossier. Accusé de deux meurtres, condamné pour un seul, a-t-il ajouté, écœuré. Il avait fourré sa victime dans un sac de hockey et l'avait trimbalée de High Level à Fort Saskatchewan.

— Au moins, ils l'ont bouclé.

— Sauf qu'il y aurait apparemment plus d'un coupable.

— Et donc, un prédateur rôderait encore dans le coin.

— Ouais. Un prédateur, ou plusieurs, a-t-il rectifié, le regard troublé, et d'un bleu trop intense pour être vrai.

— Mais si Annaliese Ruben a accouché à Saint-Hyacinthe dimanche dernier, c'est qu'elle est encore vivante, ai-je objecté.

— Et elle assassine des bébés.

— Ça, on n'en sait rien.

— Qui, à part leur mère, pourrait tuer trois nouveau-nés différents à trois moments différents ? Ça expliquerait qu'elle soit en cavale.

— Qu'est-ce que tu vas faire maintenant ?

— Montrer sa photo à Ralph Trees. Voir si cette Annaliese Ruben n'est pas Amy Roberts / Alma Rogers / Alva Rodriguez.

— Et puis ?

— Et puis la retrouver et la traîner au poste par le cul.

J'ai commandé une salade thaïlandaise au Bangkok, au Faubourg Sainte-Catherine. Il n'y avait pas beaucoup de monde, et je commençais à être en retard.

L'hôpital St. Mary a vu le jour en 1924. Au début, ce n'était qu'un ensemble de quarante-cinq lits dans la Shaughnessy House, qui abrite maintenant le Centre canadien d'architecture. Dix ans plus tard, les installations ont été transférées avenue Lacombe, dans le quartier Côte-des-Neiges, juste de l'autre côté de la montagne par rapport au *centre-ville**. Aujourd'hui, cette vénérable institution de 316 lits est constituée de plusieurs pavillons, et son personnel se consacre également à l'enseignement et à la recherche.

Pour me garer, j'ai revécu ce que j'avais connu douze heures auparavant. À neuf heures moins dix, une voiture a fini par quitter sa place. Je me suis précipitée pour la prendre, j'ai attrapé mes affaires et j'ai filé.

Le coin était étonnamment fréquenté pour un mardi, à neuf heures du soir. Les rues étaient pleines de voitures, et les piétons se bousculaient sur les trottoirs, des gens avec des sacs en plastique, qui magasinaient ; des gens, les mains vides, venus voir des malades à l'hôpital et rentrant sans doute chez eux ; des étudiants de l'Université de Montréal ou du Collège Notre-Dame, avec leur sac à dos.

St. Mary n'est pas un fleuron de l'architecture du Québec. Le bâtiment principal est un cube de plusieurs étages en béton et en briques, au milieu duquel se dresse une tourelle digne d'un château. J'ai foncé droit vers l'entrée et poussé les portes de verre.

Le hall était quasiment vide. Un vieil homme ronflotait doucement, les jambes tendues devant lui, le menton sur la poitrine. Une femme tournait en rond en poussant un landau, l'air épuisé. Deux infirmiers commentaient l'ordonnance d'un pharmacien tapée à la machine, à moins que ce ne soit un menu, ou une recette de soupe aux lentilles.

LaManche était planté à l'autre bout du hall, devant une batterie d'ascenseurs. Pomier se tenait à côté de lui, les doigts serrés sur des sacs à poignées. Avec eux se trouvait un grand homme qui portait des lunettes à fine monture métallique. Sans doute le Dr Leclerc.

J'ai rejoint le trio, et Leclerc a écarté les pieds et croisé les bras dans une posture qui aurait mieux convenu à un videur de boîte de nuit qu'à un médecin.

— On attend encore quelqu'un?

Il parlait français avec un accent qui évoquait les arrondissements parisiens et les vieilles gargouilles de pierre. J'ai supposé qu'il n'était pas du coin.

— Nous sommes au complet, a répondu LaManche.

— L'affaire requiert la plus extrême délicatesse.

— Naturellement.

Leclerc a hoché la tête et continué à la hocher comme un chien à l'arrière d'une voiture, tout en appuyant à plusieurs reprises sur le bouton d'appel des ascenseurs. Quand la cabine est arrivée, je suis montée dedans la première et suis allée jusqu'au fond. Alors qu'elle s'élevait, j'ai observé notre hôte.

Leclerc avait les cheveux qui se raréfiaient, séparés par une raie d'une rectitude militaire. Sa blouse de labo était d'un blanc éclatant, le pli de son pantalon kaki assez tranchant pour vous faire une entaille. La souplesse ne devait pas être son principal trait de caractère.

Quand les portes se sont rouvertes, Leclerc nous a conduits par un couloir au carrelage étincelant jusqu'à une salle de radiologie qui rappelait celle du LSJML. Il y avait quand même une différence : à Wilfrid-Derome, il n'y a pas de vestiaires pour se changer. Nos patients arrivent et repartent tout nus.

Par une vitre, on apercevait une femme assise à côté d'une machine qui ressemblait à un grand beigne carré. Du trou sortait un étroit berceau. La femme avait les cheveux noirs et la peau noisette. Sans doute une technicienne ou une infirmière en électroradiologie, à en juger par sa tenue.

— Mme Tong va vous assister. Je lui ai expliqué… la situation, a conclu Leclerc.

Ses lèvres se sont tordues d'un côté tandis qu'il cherchait le terme approprié.

Il a tapoté sur la vitre pour attirer l'attention de Mme Tong. Elle a posé son magazine et s'est dirigée vers la porte qui donnait sur la salle du scanner.

— J'ai autorisé Mme Tong a procéder à une TDM MC — une tomodensitométrie multicoupes du corps entier des deux sujets. Chacun des scans axiaux sera effectué à l'aide d'une collimation de 16 sur ¾ de millimètres. L'appareil est un Sensation 16. J'ai ordonné à Mme Tong d'utiliser deux filtres, un pour le squelette et l'autre pour l'analyse des tissus mous.

Il parlait avec une telle raideur qu'on aurait cru entendre un enregistrement.

— Mme Tong a accepté de rester après son service. Vous voudrez bien ne pas la retenir plus que le strict nécessaire. Et vous plier à ses directives.

— Oh, mon Dieu ! Mais je suis ravie de vous rendre service, est intervenue Mme Tong avec un sourire chaleureux. Je n'ai pas de bébé qui pleure à la maison ni de messe ce soir. En fait…

— Nous vous remercions, madame Tong, l'a coupée Leclerc, et son ton glacial a effacé le sourire de la femme. Qui va positionner les sujets ? a-t-il repris en se tournant vers LaManche.

Le regard de LaManche s'est porté sur moi. J'ai hoché la tête et pris les sacs des mains de Pomier. Celui-ci en a profité pour me souffler tout bas :

— Ce gars-là a dormi avec un balai planté dans le cul.

Trois paires d'yeux m'ont suivie tandis que j'emboîtais le pas à Mme Tong. Direction : la salle de radiologie. Sitôt la porte refermée, elle s'est mise à babiller.

— Je l'ai surnommé Félix le Chat, a-t-elle expliqué en désignant le scanner. Le Chat, pour CAT scan. C'est comme ça qu'on les appelle. C'est idiot, je sais, mais beaucoup de patients sont aussi nerveux que des lapins quand on les fait entrer dans cette grande machine bourdonnante. Alors, lui donner le nom d'un personnage de dessins animés, ça les met un peu à l'aise.

— Madame Tong…

— Quoi, on dîne à la table de la reine d'Angleterre, là ? Appelez-moi Opaline. Vous savez comment il marche, Félix ?

Tout en parlant, elle a ajusté des cadrans et actionné des interrupteurs.

— Je comprends…

— Ça n'a rien de magique. Ce vieux machin utilise un ordinateur et un système à rayons X rotatif pour créer des images à section croisée des organes et des parties du corps. Je vais vous en mettre plein la vue avec mes images !

Un vrai moulin à paroles, cette Opaline Tong. Ou alors le fait de se retrouver autour de bébés morts la mettait mal à l'aise. Elle m'a évitée du regard pendant que j'ouvrais la première boîte.

— Le T de « CT » signifie Tomographie. Vous savez ce que ça veut dire ?

— Imagerie par sections à l'aide d'ondes pénétrantes, ai-je répondu tout en déposant la petite momie baptisée LSJML-49277 sur la table destinée aux patients.

Je l'ai couchée sur le dos et l'ai attachée en bouclant les courroies.

— C'est ça. Vous êtes futée, vous.

Opaline a appuyé sur un bouton pour faire monter la table, puis elle l'a fait avancer et enfin reculer à l'intérieur du trou. Le bébé correctement positionné, elle s'est écartée et a donné une tape sur le côté de l'appareil.

— Le scanner proprement dit, c'est ce cadre circulaire rotatif. D'un côté, il y a un tube émetteur — une lampe à rayons X —, et de l'autre, un détecteur, ou capteur. C'est une chose qui ressemble plus ou moins à une banane. Le cadre rotatif fait tourner le tube émetteur et le détecteur autour de notre pauvre petit copain, là, créant un faisceau de rayons X en forme d'éventail. Le détecteur prend des clichés qu'on appelle des coupes. Généralement un millier de fois à chaque tour. Et c'est comme ça qu'à chaque rotation complète on a une coupe transversale.

Opaline a ensuite poursuivi sur un ton un peu moins maîtresse d'école.

— L'ordinateur utilise un traitement géométrique numérique pour générer des images en 3D de l'intérieur du corps à partir d'images en deux dimensions prises autour de notre axe de rotation. Vous suivez?

— Oui, merci.

— Vous êtes prête?

— Oui.

— Eh bien, c'est parti.

Quarante-trois minutes plus tard, nous nous sommes tous retrouvés dans l'antichambre autour de Mme Tong assise à son poste de travail. Tout en entrant des paramètres, elle nous a expliqué comment les données fournies par le scanner allaient être retraitées par un procédé appelé «fenêtrage», qui mettrait en évidence les diverses structures corporelles, en fonction de leur faculté à absorber les rayons X. Elle nous a dit que, au départ, les images générées étaient, dans le plan axial ou transversal, perpendiculaires à l'axe longitudinal du corps, mais qu'aujourd'hui les scanners de dernière génération permettaient de reformater les données obtenues selon des plans différents, ou même sous forme de représentations volumétriques — c'est-à-dire en 3D, ou trois dimensions.

Pour commencer, nous allions visionner des images en deux dimensions, acquises par MPR, ou reconstruction multiplanaire. Coupe par coupe, nous nous déplacerions de la tête du bébé de la banquette jusqu'à ses orteils, interprétant des images qui ressemblaient à des tableaux abstraits de Miró.

Et de fait, nous avons pu noter que le crâne était déformé à la suite de l'effondrement des os pariétaux, des deux côtés. Nous avons vu que les canaux auditifs étaient bien définis, que les minuscules osselets — le marteau, l'enclume et l'étrier — étaient bien présents dans l'oreille moyenne. Leclerc a indiqué la cochlée, le vestibule de l'oreille interne, le segment labyrinthique du canal facial, le faisceau pyramidal et d'autres détails anatomiques.

J'ai pu mesurer la *pars squama* et la *pars basilaris* de l'os occipital, ainsi que les os dits longs, le tibia et le fémur.

Et nous sommes tous tombés d'accord : le fœtus était né à terme.

— On passe à la 3D ? a demandé Mme Tong.

— Oui, a répondu Leclerc.

— Ces images seront reformatées à l'aide de la technique de reconstruction tridimensionnelle et du mode d'intensité maximale, a-t-elle ajouté.

À présent, toute abstraction avait disparu. Le bébé est apparu dans des nuances de gris et de blanc détaillées, incliné vers le bas, ses petits membres repliés sur l'intérieur du corps comme deux paires d'ailes.

Leclerc a indiqué avec son doigt des éléments tout à fait reconnaissables :

— Les vestiges des hémisphères cérébraux, du cervelet, du pont, du bulbe rachidien, de la moelle épinière.

Son doigt s'est déplacé du crâne au thorax :

— L'œsophage, la trachée, les poumons. Et le cœur, bien que je n'arrive pas à en différencier les différentes cavités.

Il est ensuite passé à l'abdomen :

— Voilà l'estomac, le foie. Ce qui reste des autres organes est impossible à identifier.

— C'est un pénis ? a fait Pomier d'une voix étranglée.

— En effet, c'est bien ça.

— Je ne distingue ni malformation squelettique ni traumatisme, ai-je dit.

Leclerc et LaManche ont acquiescé, puis ils ont échangé des commentaires sur quelques repères anatomiques.

Je n'ai pas vraiment entendu. Mon attention s'était reportée au niveau de la trachée, sur un point opaque à la radio en partie dissimulé par la superposition de la minuscule mâchoire.

— Et ça, qu'est-ce que ça peut bien être ?

Chapitre 7

LaManche a hoché la tête, non comme si j'avais posé une question, mais comme si j'y avais apporté une réponse. Apparemment, il avait vu l'ombre, lui aussi.

— Je l'avais remarquée, a dit Leclerc, mais j'ai pensé que c'était un artéfact. Je n'en suis plus si sûr, à présent.

— Il n'y a pas moyen d'avoir une image plus nette de la zone ? ai-je demandé.

Mme Tong est retournée aux coupes en 2D, et nous avons examiné celles du cou du nouveau-né. Ça ne nous a pas été d'une grande aide. L'opacité radio paraissait centrée sur la trachée ou l'œsophage. En dehors de ça, impossible de distinguer beaucoup de détails.

— Peut-être de la poussière, ou des sédiments filtrés à travers la bouche après la décomposition, a suggéré LaManche.

— Peut-être, ai-je acquiescé sans vraiment y croire.

La tache blanche, intense, évoquait une substance solide.

Pendant toute une minute, nous avons scruté l'écran du moniteur, et puis j'ai pris une décision.

— Je pourrais vous emprunter un scalpel et une pince ?

— Bien sûr.

Leclerc s'est précipité hors de la salle. Il est revenu quelques instants plus tard et m'a tendu les instruments réclamés.

Retour au scanner sous le regard de mes compagnons. Là, j'ai sorti des gants de ma poche. Le latex a claqué sur le dessus de ma main quand je les ai enfilés.

Pardonne-moi, mon tout-petit.

Tout en tenant le bébé de la main gauche pour l'empêcher de rouler, j'ai planté le scalpel dans sa petite gorge ratatinée.

Les tissus parcheminés se sont fendus avec un léger claquement. J'ai reposé le scalpel, et inséré la pince dans l'incision. À deux centimètres de profondeur, j'ai rencontré un obstacle.

J'ai agrandi l'ouverture de la pince, l'ai repositionnée et tiré, délicatement. La masse n'a pas bougé.

Retenant mon souffle, j'ai écarté davantage les mâchoires de la pince et l'ai enfoncée plus profondément avant de recommencer à tirer.

L'objet qui obstruait la trachée a fini par céder et par remonter, millimètre par millimètre, en raclant les bords de l'incision. Je l'ai laissé tomber dans le creux de ma main.

Une matière pelucheuse, froissée. Blanc sale.

Je l'ai tapotée avec le bout de la pince. Une couche presque aérienne s'est soulevée, révélant une perforation en pointillé.

Sainte mère de Dieu !

Une sorte de feu d'artifice a embrasé mes connexions cérébrales, suscitant une image trop horrible pour être appréhendée.

Je suis restée un instant figée sur place, un froid glacial au creux de la poitrine et les paupières en feu.

Quand j'ai retrouvé mon empire sur moi-même, j'ai à nouveau regardé le bébé.

Je suis désolée. Tellement désolée, tellement.

Une profonde inspiration, et j'ai rejoint le groupe derrière la vitre.

Sans un mot, j'ai ouvert mes doigts, révélant la chose horrible que je tenais dans la main. Tout le monde m'a regardée, intrigué.

C'est LaManche qui a pris la parole en premier.

— Une boulette de papier toilette.

Je n'ai pu que hocher la tête.

— Enfoncée dans la gorge de l'enfant pour l'empêcher de respirer.

— Ou de pleurer.

C'en était trop pour Mme Tong, qui a fondu en larmes. Pas avec de bruyants hoquets, mais avec des gémissements entrecoupés. Les autres demeuraient plantés là, dans un silence gêné.

J'ai posé la main sur son épaule. Elle a tourné la tête et m'a regardée.

— Quelqu'un aurait tué ce petit ange volontairement?

Mon regard a constitué une réponse suffisante.

D'une voix basse, très neutre, j'ai dit à LaManche:

— Le détective Ryan aura envie de savoir.

— Oui. Veuillez lui transmettre l'information.

Je me suis précipitée vers la porte alors que Leclerc demandait à Mme Tong si elle préférait rentrer chez elle.

— Pour rien au monde.

Le couloir était désert. Ignorant l'interdiction d'utiliser les téléphones portables dans l'enceinte de l'hôpital, j'ai fait défiler ma liste de contacts sur mon iPhone et appelé le numéro personnel de Ryan. Trois sonneries, et sa messagerie a pris l'appel.

Merde.

J'ai laissé un message.

— Rappelle-moi, c'est important.

J'ai regardé ma montre. Onze heures dix.

J'ai marché jusqu'au bout du couloir. Cet endroit était une vraie ville fantôme.

Je suis retournée vers la radiologie. Ai à nouveau regardé l'heure.

Onze heures quatorze.

J'ai fait les cent pas pendant un moment. Onze heures vingt-deux.

Bon sang, où était-il passé?

J'allais laisser tomber quand Ryan a fini par me rappeler. Je suis allée droit au but.

— Au moins deux des bébés étaient nés à terme. Pour le troisième, nous n'allons pas tarder à le savoir.

— Des problèmes médicaux?

— Non. Le bébé de la banquette est de sexe masculin.

Je lui ai parlé de la boule de papier hygiénique.

Pendant un long moment, la ligne ne m'a transmis que du bruit de fond. Des voix. Des verres entrechoqués.

— C'est tout?

Plus sec, on meurt. Ryan s'efforçait de masquer ses émotions, tout comme je l'avais fait.

— On est en train de scanner le bébé du meuble-lavabo.

J'ai attendu une réponse. Comme rien ne venait, j'ai relancé :

— Et de ton côté, quoi de neuf?

— Trees a identifié la photo. Même chose pour le médecin des urgences et le concierge. C'était bien Ruben, à l'hôpital, de même que la locataire de l'appartement de Saint-Hyacinthe. D'après Paxton...

— Le propriétaire de l'immeuble.

— Exactement. Paxton prétend maintenant qu'il avait d'abord loué l'appartement à Smith. Et puis Smith a comme qui dirait disparu du paysage. Tant que Rogers continuait à payer, il n'a pas posé de questions.

— Et du côté d'Edmonton, du nouveau?

— Le sergent de la GRC à qui j'ai parlé ce matin arrive à Montréal ce soir. On doit le voir demain matin.

Normalement, Ryan aurait dû me proposer de participer à la réunion. C'était aussi mon affaire. Mais il ne l'a pas fait. Je me suis donc imposée :

— À quelle heure?

— Huit heures.

— J'essaierai de passer.

Quand j'ai regagné la salle du scanner, les scans de LSJML-49276 étaient achevés et tout le monde était à nouveau réuni autour de la console de visualisation. Mme Tong avait les yeux rouges et gonflés des gens qui ont pleuré.

L'image en 2D affichée à l'écran était une coupe axiale de la poitrine. Leclerc a dit :

— Il y a de l'air dans les bronches souches et l'œsophage. Apparemment les deux poumons ont été aérés.

Mme Tong a pianoté sur son clavier, faisant apparaître des coupes de l'abdomen.

Leclerc a poursuivi son monologue.

— Il y a eu de l'air dans l'estomac.

— Donc, le bébé respirait et avalait, a dit Pomier.

— Peut-être.

LaManche avait toujours eu des poches sous les yeux, mais je lui ai trouvé l'air plus las, les traits plus marqués que d'habitude.

— L'air peut aussi être dû à la décomposition. À l'autopsie, nous prendrons des échantillons pour les faire analyser par la toxicologie.

LaManche n'avait pas besoin de s'étendre. Je savais que l'air inhalé contiendrait de fortes quantités d'azote et un peu d'oxygène, alors que les gaz résultant de la décomposition étaient principalement constitués de méthane.

Je savais aussi qu'au moment du retrait de la plaque sternale, après l'incision en Y, un gonflement du parenchyme pulmonaire traduirait la présence d'air dans les lobes. Et que, placés dans l'eau ou le formaldéhyde, ces poumons aérés flotteraient.

Toutes choses dont Mme Tong n'avait pas besoin d'entendre parler.

Nous avons analysé la petite fille comme nous l'avions fait du petit garçon momifié. J'ai mesuré ses os longs, la partie basale de l'occipital.

Nous avons observé la maturation osseuse et l'état du squelette et sommes tous arrivés à la même triste conclusion.

Le LSJML-49276 était un nouveau-né de sexe féminin né à terme, qui ne présentait ni malformation ni traumatisme squelettique.

À deux heures moins vingt du matin, nous avons remis les bébés dans leurs boîtes et leurs sacs pour le trajet de retour avec Pomier vers la morgue.

Je suis rentrée chez moi à deux heures dix. Et à deux heures et quart, je dormais.

J'ai été réveillée par des cloches d'église. J'ai flanqué par terre mon iPhone en essayant de le réduire au silence.

Les chiffres affichés sur l'écran annonçaient sept heures du matin.

J'ai essayé de me rappeler pourquoi j'avais mis le réveil. *Ryan. Edmonton. La GRC.* Bien sûr.

Encore endormie, je me suis traînée dans la salle de bains, le garde-robe, puis la cuisine. Dans le placard, il n'y avait que des Frosties hors d'âge. J'ai récupéré du café moulu dans le congélateur. La combinaison des deux m'a un peu aidée à me réveiller, mais quand je dors moins de cinq heures, la caféine et le sucre ne peuvent pas faire de miracle.

Une demi-heure plus tard, j'ai glissé ma carte dans le lecteur du Wilfrid-Derome. D'accord. Le fait de se lever tôt comporte certains avantages, notamment celui de se garer en un clin d'œil.

Après avoir largué mon sac à main dans mon bureau, je suis redescendue au quatrième. *Section des crimes contre la personne**.

L'escouade disposait d'une salle équipée d'une douzaine de bureaux. Et sur chacun, l'arsenal habituel des flics: un téléphone, des classeurs et des enveloppes en papier bulle, des piles de corbeilles arrivée-départ, des trophées et des souvenirs gadgets, des tasses de café encore à moitié pleines.

Sur la droite, le bureau du chef et la salle de photocopie. Sur la gauche, des portes donnant sur les salles d'interrogatoire.

Il n'y avait que quelques détectives dans la pièce, au téléphone ou devant leur ordinateur, dont un en complet. Probablement qu'il se préparait à témoigner au tribunal. J'ai mis le cap sur le fond de la pièce.

— Salut, Rochette. On est bien mardi ? a demandé une voix dans mon dos, celle d'un détective appelé Chestang. Ça veut dire les petites roses ?

— On est mercredi. Ça sera les petits pois.

Comme Chestang, Rochette parlait fort, pour que je ne rate rien de leur échange.

Allusion peu subtile à un incident au cours duquel j'avais été tirée d'un incendie et déposée à terre, cul par-dessus tête, permettant au monde entier de contempler ma culotte imprimée léopard.

L'épisode remontait à plusieurs années, mais il fournissait un matériau de choix pour alimenter les plaisanteries. Ignorant celle d'aujourd'hui, j'ai poursuivi mon chemin.

Ryan était assis une fesse au bord de son bureau. L'homme en face de lui n'avait ni pantalon à rayures jaunes ni chemise grise. J'ai supposé néanmoins que c'était le gars de la GRC, venu d'Edmonton.

Et non, il ne portait pas non plus de veston rouge, de jodhpur ou de Stetson, cette tenue-là étant strictement réservée aux cérémonies.

Un mot sur la GRC, la police montée du Canada. Dans le monde entier, on les appelle les *Mounties*. Entre eux, ils s'appellent la Force. Ils ont trop regardé *La Guerre des étoiles*, croyez-vous? Non. Leur tradition est beaucoup plus ancienne.

La GRC a ceci d'unique qu'elle agit à la fois aux niveaux national, provincial et municipal, fournissant des services de police fédérale dans le Canada tout entier, et, de façon contractuelle, à trois territoires, huit provinces, plus de cent quatre-vingt-dix municipalités, cent quatre-vingt-quatre communautés aborigènes, et trois aéroports internationaux.

Si les deux provinces les plus peuplées, le Québec et l'Ontario, conservent leurs propres forces provinciales, la Police provinciale de l'Ontario et la Sûreté du Québec, toutes les autres font plus ou moins appel à la GRC. Dans les trois territoires, le Yukon, le Nunavut et les Territoires du Nord-Ouest, la police montée est seule gardienne de l'ordre.

Vous trouvez ça compliqué? Eh bien, pour simplifier les choses, sachez que certaines grandes villes, comme Edmonton, Toronto et Montréal, possèdent leur propre police municipale.

Pensez seulement au FBI, aux polices des différents États, au département du shérif, aux polices municipales. Même affaire.

Le visiteur de Ryan me tournait le dos, le bras sur l'accoudoir de son fauteuil. Ses tempes grisonnantes laissaient supposer qu'il avait de l'expérience.

Ryan n'avait-il pas dit que le type était sergent? Donc la Force ne se dépêchait pas de l'expédier vers l'OCDP, c'est-à-dire le programme de perfectionnement pour aspirants officiers. Je me suis demandé s'il n'avait pas plafonné. Si, comme tant d'officiers subalternes, il en voulait aux «cols blancs», surnom que les sous-officiers donnent aux officiers en titre.

Enfin, peu importait. Bien qu'il ne soit pas très impressionnant, s'il travaillait au quartier général à Ottawa, ou dans le QG de division, le grade de sergent était assez convenable pour un gars de terrain.

Pourquoi donc alors Ryan le regardait-il comme si c'était une flaque de vomi sur le trottoir?

Je me suis rapprochée et j'ai distingué davantage de détails. De taille moyenne, le sergent n'en était pas moins un costaud. Ses bras et sa poitrine tendaient au maximum le tissu de sa chemise.

Ryan a dit quelque chose que je n'ai pas saisi. Son visiteur a répondu affirmativement en avançant et en relevant le menton.

Cette étrange mimique a déclenché un rapprochement de neurones à l'endroit où un souvenir était stocké.

J'ai ralenti. Pas vrai.

Le sergent a reposé un verre en polystyrène sur le bureau de Ryan. L'espace d'un instant, sa main gauche m'est devenue visible.

Mon rythme cardiaque a battu tous les records.

Chapitre 8

Le sergent Oliver Isaac Hasty !

J'ai envisagé un instant de battre en retraite. De remonter quatre à quatre dans mon labo. Mais mon cortex cérébral a commencé à m'envoyer des messages intitulés « professionnel » et « adulte ».

En dehors des rides d'expression plus creusées et des tempes grisonnantes, le représentant d'Edmonton était égal à lui-même. Pas de flaccidité des bajoues. Pas un gramme de graisse superflue.

À l'époque, Ollie était caporal, temporairement affecté à l'Académie du FBI à Quantico. Il suivait une formation en sciences du comportement ou quelque chose dans ce goût-là, tandis que j'enseignais aux agents spéciaux la récupération des corps.

On se retrouvait parfois autour d'une bière dans une salle de réunion. Il était canadien et, justement, j'étudiais une proposition du LSJML de Montréal qui m'offrait un poste de consultante. Toute cette semaine-là, il m'avait entretenue sur mes étranges voisins du Nord.

Entre nous, l'alchimie avait fonctionné, je ne peux pas le nier. C'était torride. Mais Ollie avait de lui-même une si haute opinion que ça m'avait refroidie. Quel que soit le sujet, le caporal Hasty était un expert, et les autres des ignares.

Après le séminaire, j'étais rentrée chez moi, en Caroline du Nord, la libido en berne, mais mon estime de moi intacte. À la fin de sa propre formation, Ollie était venu me voir à

Charlotte. Je ne l'avais pas invité, mais dans son monde les fins de non-recevoir n'existaient pas.

Mon mariage venait d'imploser, j'étais encore ébranlée par la trahison de Pete, et je vivais seule pour la première fois depuis vingt ans. Une future divorcée en rut. Un membre de la police montée bien monté. On ne peut pas éternellement tourner le dos à Éros. Je n'étais pas folle d'Ollie, mais pendant une bonne semaine nos parties de jambes en l'air avaient fait trembler les murs de la maison.

Alors, vous demandez-vous. Que s'était-il passé ?

Eh bien, Ollie avait vingt-neuf ans. J'étais, disons, un poil plus âgée. Je vivais dans le Sud profond et lui dans le Grand Nord — l'Alberta, autant dire le bout du monde. Nous n'avions ni l'un ni l'autre l'intention de nous engager. Il n'avait pas été envisagé d'autres occasions de rencontre.

Nous avons échangé de brèves lettres et quelques coups de fil pendant un moment ; il n'y avait pas de courrier électronique, à l'époque. Et comme il fallait s'y attendre, notre relation était morte de sa belle mort.

Et voilà qu'il était là ! Assis devant le numéro Deux de ma très brève liste d'amants post-conjugaux.

M'entendant approcher, les deux hommes se sont retournés.

— Docteur Brennan, a fait Ollie en se levant, les bras écartés.

La main gauche quasiment amputée de son annulaire.

— Sergent Hasty.

Ignorant la proposition d'embrassade, je lui ai tendu la main. Alors qu'il la serrait, mes pensées ont bizarrement vagabondé en direction du doigt disparu. Je me suis demandé comment il l'avait perdu.

— J'ai cru comprendre que vous vous connaissiez, tous les deux, a fait Ryan, une demi-fesse toujours appuyée au bord de son bureau.

— Nous nous sommes rencontrés à Quantico, le Dr Brennan et moi, a confirmé Ollie, ses yeux bruns, liquides, rivés aux miens. Quand est-ce que c'était, déjà ?

— Oh, ça fait un bail, ai-je répondu, en m'efforçant d'empêcher mes joues de devenir écarlates.

— Super, a fait Ryan. Bon, si on parlait d'Annaliese Ruben ?

Je me suis glissée derrière Ollie jusqu'au fauteuil à sa gauche tout en me demandant ce que Ryan savait au juste. Avait-il été question de nos frasques d'autrefois au cours de leur conversation sur Annaliese Ruben? Ollie n'avait sûrement pas pu tomber aussi bas.

Mon histoire avec Ollie était-elle la raison de la froideur de Ryan à mon égard? Ridicule. Au mieux, je dirais que nous nous étions mutuellement pêchés et rejetés à l'eau. De l'histoire ancienne, le temps que je débarque à Montréal. Et puis, entre Ryan et moi, l'affaire était terminée depuis plus d'un an. Il ne pouvait pas être assez puéril pour m'en vouloir d'une passade morte et enterrée bien avant que je ne le rencontre. À moins que… Ryan était d'une froideur polaire avec moi depuis déjà un certain temps, alors, s'il était au courant, c'était forcément tout récent.

— Allons-y, a répondu Ollie.

— Si nous commencions par la raison de votre présence ici? a suggéré Ryan.

— Il y en a deux. D'abord, Ruben fait l'objet d'un mandat d'arrêt et vous dites qu'elle est ici, au Québec. Ensuite, elle appartient à la catégorie des personnes à haut risque dont on signale la disparition sur mon territoire. En tant que membre de l'équipe attachée au projet KARE, je me dois de suivre les pistes concernant les personnes disparues qui collent avec le profil.

Sans attendre de réponse, Ollie a ouvert les fermoirs de laiton de son attaché-case, en a tiré un dossier. Fort maigre: juste deux petites pages.

Une idée angoissante. Quelqu'un s'était-il seulement donné la peine d'enquêter sur la disparition d'Annaliese Ruben? Quelqu'un s'en était-il seulement inquiété?

— Le rapport a été rempli après le dépôt d'une déclaration, a commencé Ollie. Dépôt effectué par Susan Forex, connue dans la rue sous le nom de Foxy.

— Curieuse démarche de la part d'une prostituée, a commenté Ryan.

— Foxy est un drôle de numéro.

— Vous la connaissez?

— Oui. Et ce n'était pas si bizarre. À Edmonton, ces dames crèvent de peur.

— Les filles sont prises entre l'arbre et l'écorce. Les flics ou les psychopathes.

Petit geste d'Ollie signifiant son approbation, puis :

— C'est une recrue appelée Gerard qui a pris la déposition. Forex a déclaré que Ruben louait une piaule dans sa maison. D'après elle, Ruben avait rendez-vous avec un bonhomme qu'elle a décrit comme « plein aux as ». Ils devaient se rencontrer au Days Inn, dans le centre-ville.

Ollie pêchait les informations dans le dossier.

— Ruben n'est jamais rentrée chez elle. Au bout de quatre mois, Forex s'est décidée à signaler sa disparition.

— Ça lui a pris du temps pour s'inquiéter, a remarqué Ryan.

— Elles étaient colocataires depuis longtemps ? ai-je demandé.

— Depuis six mois, environ.

— Quelqu'un a donné suite à la plainte ?

— Il n'y avait pas grand-chose à suivre. Les filles de rue changent d'adresse comme de chemise. Et la plupart d'entre elles refusent de parler aux flics. Une pute appelée Monique Santofer cohabitait avec Forex, à l'époque. Elles ont été interrogées toutes les deux, ainsi que quelques autres. Personne ne savait quoi que ce soit.

Pas de réaction de ma part, ni de celle de Ryan. Facile d'imaginer la suite.

Après ces enquêtes, il est probable que le dossier avait circulé dans le bureau des enquêteurs, sans éveiller d'écho sur les écrans radars. De là, il était parti pour une division centralisant les dossiers des personnes disparues où un nombre bien trop insuffisant de détectives étaient chargés d'enquêter sur le bien trop grand nombre de cas signalés tous les ans. Et il avait fini enterré sous la pile de dossiers semblables.

Et puis, grâce au ciel, il avait fini par rencontrer le projet KARE.

— À ton avis, pourquoi Forex a-t-elle pris cette peine ? ai-je demandé.

— Pour ces femmes, Edmonton est l'antichambre du cimetière. Elles sont tellement terrorisées, pour la plupart, qu'elles donnent volontairement un échantillon d'ADN pour permettre l'identification de leur cadavre au cas où elles se feraient massacrer.

— Il y a déjà eu tellement de victimes?

— Une vingtaine au moins, depuis 1983. Et on signale un nombre encore plus important de disparitions. Vous savez, personne n'a oublié cet enfoiré de Pickton.

Ollie faisait allusion à Robert William «Willie» Pickton, un éleveur de cochons de Port Coquitlam, en Colombie-Britannique, condamné en 2007 pour le meurtre de six femmes, et accusé de l'assassinat de vingt autres. Nombre de ses victimes étaient des prostituées et des droguées des quartiers les plus déshérités de Vancouver.

Je n'avais pas travaillé sur l'affaire, mais certains de mes collègues avaient suivi le dossier. Les fouilles avaient commencé quand on avait découvert des restes sur le terrain de Pickton, en 2002. Les médias avaient complètement pété les plombs, et un jugement du tribunal avait interdit à la presse écrite et parlée de relayer la moindre information. Les rumeurs étaient allées bon train. On avait raconté que les cadavres décomposés avaient été donnés à manger aux cochons, hachés et mélangés à la viande de porc de la ferme.

Il avait fallu attendre le début du procès pour que les détails commencent à émerger. Les mains et les pieds enfoncés dans les crânes ouverts en deux, les restes balancés à la décharge ou enfouis près de l'abattoir, les vêtements féminins trempés de sang dans la roulotte de Pickton.

Inexplicablement, le jury l'avait décrété innocent de meurtre au premier degré — c'est-à-dire avec préméditation —, mais coupable d'homicide sans préméditation des six femmes. Il avait été condamné à la perpétuité, sans possibilité de libération avant vingt-cinq ans — le maximum prévu par la loi canadienne pour les homicides au deuxième degré.

L'enquête, qui avait coûté près de 70 millions de dollars, était la plus importante affaire de meurtre en série de l'histoire du Canada. En 2010, les charges avaient été abandonnées pour les vingt meurtres restants, mettant fin à tout espoir de procès dans l'avenir. L'accusation avait apparemment conclu que, comme Pickton avait déjà été condamné au maximum, il valait mieux arrêter les frais.

Triste post-scriptum : lorsque l'interdiction de publication avait été levée, en 2010, le public avait appris que Pickton avait été accusé en 1997 de tentative d'assassinat sur la personne d'une autre prostituée qui avait été poignardée. Les vêtements et les bottes en caoutchouc qu'il portait lors de son arrestation avaient été oubliés pendant sept ans dans un casier de consigne de la GRC. Quand on avait fini par les analyser, en 2004, on avait trouvé l'ADN de deux femmes disparues à Vancouver.

Trop tard pour obtenir la jonction de ces trois affaires.

La voix d'Ollie m'a ramenée au présent.

— … et pas qu'à Vancouver. Des femmes ont disparu ou ont été retrouvées mortes le long de la Yellowhead Highway 16, en Colombie-Britannique. Vous savez comment on appelle cette partie de l'autoroute, maintenant ? La Route des Larmes. Des sites web et des magazines entiers sont consacrés à cette région. La liste des personnes disparues continuant à s'allonger, la GRC a élargi la zone dans laquelle on pense que le meurtrier pourrait opérer. Qui sait combien d'autres victimes gisent dans les fossés de la région ou enfouies sous terre ? a fait Ollie d'une voix pleine de frustration et de compassion.

— D'où le projet KARE, ai-je dit.

— J'appartiens à la force d'intervention depuis deux ans. Notre mission est de retrouver ces dégénérés et de les mettre au trou.

— C'est un programme qui dépend de la GRC, c'est ça ?

— Plus maintenant. En Alberta, on en a eu marre. La force d'intervention comprend maintenant des enquêteurs rattachés à la police d'Edmonton et d'autres détachements compétents, en plus des membres de l'Unité des crimes majeurs d'Edmonton et de Calgary. Ces femmes ont besoin d'être protégées. Il faut mettre fin aux agissements des prédateurs.

Le massacre de ces créatures en marge de la société désespérait Ollie tout comme la mort des bébés consternait Ryan. Jadis j'avais entendu la même passion dans sa voix. C'était l'une des rares choses qui me plaisaient chez lui.

— Apparemment Ruben n'est pas une victime, ai-je observé.

— Dites-moi ce que vous savez, a demandé Ollie en sortant un stylo et un calepin de sa mallette.

Ryan s'est chargé de lui exposer les faits. La visite aux urgences d'Amy Roberts. L'appartement de Saint-Hyacinthe occupé par Alma Rogers. Alva Rodriguez, la petite amie de Ralph Trees. Les bébés. L'empreinte digitale. Les renseignements obtenus du fichier centralisé canadien.

— Et maintenant, Ruben a disparu des écrans radars, a conclu Ollie.

— Oui, a platement répondu Ryan.

— Vous pensez qu'elle a quitté la région?

— Les recherches auprès de l'aéroport, des gares routières et de chemins de fer comme des agences de location de voitures n'ont rien donné. Même chose pour les taxis.

— Vous avez regardé les bandes de vidéosurveillance de l'hôpital?

— Elle est arrivée et repartie à pied. Elle venait de la direction de son appartement, qui se trouve à un kilomètre et demi de là. Et elle est repartie dans la même direction.

— Qu'en est-il des commerces du coin, des bibliothèques, de tous les endroits où on aurait pu la repérer?

— Rien du tout.

— Ruben avait des amis ou de la famille dans le secteur?

— En dehors de Trees, de son propriétaire et d'une voisine fouineuse, personne ne semblait savoir seulement qu'elle existait.

— Elle ne travaillait pas dans la rue?

— Non, pour autant qu'on le sache, mais elle devait bien avoir un moyen de subsistance.

— Autrement dit, elle n'a jamais été arrêtée au Québec.

— Exact. Il faut croire que le programme de formation continue de l'Alberta est payant.

— Vous avez vérifié les surnoms vraisemblables?

Ryan s'est contenté de regarder Ollie d'un œil fixe.

— Ruben a été épinglée deux fois par la police d'Edmonton pour mendicité, a déclaré Ollie. Elle s'est évaporée après la seconde arrestation.

— En 2008, ai-je précisé.

— Ce qui coïncide avec les dates fournies par son proprio, a ajouté Ryan. Ruben et un dénommé Smith se sont installés là il y a trois ans à peu près, selon Paxton.

— Il a gardé les coordonnées de ce Smith?

— Même pas son prénom.

— Qu'est-ce qu'il vous en a dit?

— C'étaient des locataires géniaux. Qui ne se plaignaient jamais de la plomberie. Qui payaient rubis sur l'ongle, en espèces, et d'avance.

— Il est où, ce Smith, maintenant?

— Disparu dans la nature.

— Vous avez essayé de retrouver sa trace?

— Je n'y ai même pas pensé.

Piqué au vif par le sarcasme de Ryan, Ollie a plissé légèrement les paupières inférieures.

— Il a un job? Une voiture? Un cellulaire?

— Si vous voulez courir après un Smith dont vous ignorez le prénom, l'âge et le signalement, je vous souhaite bonne chance.

Ryan a flanqué une tape sur l'un des écrans d'ordinateur qui se trouvaient derrière lui.

Il y a eu un moment de silence tendu. Que j'ai interrompu.

— Tu penses que Smith pourrait être le client friqué que Ruben avait prévu de rencontrer au Days Inn? Peut-être qu'il l'a persuadée de partir dans l'Est avec lui?

Ryan a secoué la tête d'un air écœuré.

— C'était gentil de sa part de prévenir ses bien-aimées colocs, à la maison.

— Forex a eu l'occasion de le voir, ce client?

— Non.

— Et où sont Forex et Santofer, maintenant? ai-je demandé à Ollie.

— Santofer ne fait plus partie du tableau. Overdose, l'an dernier. Quant à Forex, elle habite toujours à la même adresse. L'endroit lui appartient.

— Vous l'avez placée sous surveillance? a demandé Ryan.

— Je n'y ai même pas pensé, a rétorqué Ollie, lui renvoyant son sarcasme en pleine face.

— Une raison de penser que Ruben aurait pu retourner en Alberta? me suis-je enquise. Ça pourrait être son mode opératoire: quitter la ville quand ça commence à chauffer. Elle connaît des gens à Edmonton. C'est sa zone de confort.

— Ben voyons! a laissé tomber Ryan. Elle sera partie dans l'Ouest au volant de sa Porsche Boxster sans permis, ou bien elle aura traversé le pays à bord d'une limousine avec chauffeur.

— Elle a pu faire de l'autostop, ai-je répliqué d'une voix tendue.

Ryan commençait à me taper sur le système à moi aussi.

— Dans ce cas, nous allons la pincer. Tous les flics du Canada ont sa photo et son signalement.

— Elle a un chien.

Décidément, j'y tenais! J'aurais été bien en peine de dire pourquoi.

— Ça existe, les gens qui font du stop avec leur animal, a renchéri Ollie en foudroyant Ryan du regard.

Celui-ci a rétorqué sans sourire :

— Le voyage avec Charley, comme aurait dit Steinbeck.

— Steinbeck ne faisait pas de stop, ai-je lancé. Il avait une roulotte.

Le regard d'Ollie est passé de Ryan à moi, conscient de sous-entendus qu'il ne comprenait pas, mais qui ne lui plaisaient pas. Il était sur le point de répondre quand le cellulaire qu'il avait à la ceinture s'est mis à vibrer. Il l'a détaché et a regardé qui l'appelait.

— Il faut que je réponde, a-t-il dit en se levant.

Ryan a eu un geste du bras en direction des salles d'interrogatoire.

Ollie a fait le tour du bureau et a disparu par la première porte.

Moment de gêne que Ryan a consacré à regarder ses chaussures. N'y tenant plus, j'ai dit :

— Vous avez un problème avec moi, détective?

Il s'est levé du bureau et s'est mis à tourner comme un ours en cage. Finalement :

— Contentons-nous de clore cette affaire.

J'allais ouvrir la bouche pour lui demander ce qu'il voulait dire quand Ollie est revenu. Son expression était annonciatrice de bonnes nouvelles.

— Tempe a peut-être vu juste.

Ryan s'est crispé en l'entendant m'appeler par mon prénom.

— Elle est à Edmonton, a poursuivi Ollie.

— Ruben ?

Je n'en revenais pas.

— On vient de la repérer dans un Tim Hortons non loin du centre-ville. À un kilomètre à peu près de la Transcanadienne.

— Et maintenant ?

— Maintenant, la partie continue sur mon territoire.

Chapitre 9

— J'ai fait réserver les billets, a dit Ollie en se tournant vers moi. Tu peux être à l'aéroport à onze heures?

— Moi?

Je n'ai même pas cherché à dissimuler ma surprise.

— Ruben a également fait le trottoir à Edmonton. Tu penses que dans l'Ouest elle avait davantage l'instinct maternel?

— Votre médecin légiste doit bien avoir des experts sous la main.

— Son bureau éprouve certaines difficultés.

— La SQ ne prendra jamais les frais de déplacement de Tempe à sa charge, a commenté Ryan.

— La GRC le fera. Je vais lui faire établir un contrat de MC temporaire. Membre civil.

— Merci pour la traduction, a déclaré Ryan avec un sourire glacial.

— Bon. Tu es partante? a demandé Ollie en braquant sur moi un regard flegmatique.

Dans mon esprit, un défilé d'images: de petits yeux pleins de vers, de minuscules mains momifiées, une boulette de papier hygiénique. Coup d'œil à ma montre, j'ai acquiescé et hoché la tête.

— Si vous ne pouviez pas vous libérer, détective, je comprendrais, a lancé Ollie, sans même se tourner vers Ryan.

— On se retrouve à l'aéroport, a répondu Ryan.

Au douzième étage, pas de nouveau dossier pour l'anthropologue que j'étais. Après avoir fait le point sur mon soudain changement de programme avec LaManche, je suis rentrée chez moi.

J'avais à peine franchi la porte de mon appartement que mon iPhone a sonné. Le vol de midi était complet, nous devrions prendre celui de treize heures. Une heure d'attente que j'ai mise à profit pour prendre une douche, imprimer ma carte d'embarquement et passer un coup de fil de politesse au médecin légiste d'Edmonton. Il m'a assurée que son service serait à ma disposition si besoin était.

À midi vingt, j'ai retrouvé Ryan et Ollie à la porte d'embarquement de l'aéroport Pierre-Elliott-Trudeau. Le vol 413 d'Air Canada était affiché « retardé ». Nous partirions maintenant à treize heures quinze. Information qui ne m'a guère rassurée. D'après la préposée au sol, c'était un problème mécanique. Bien sûr.

Nous avons fini par décoller à quinze heures quarante-cinq. Nous avions donc manqué la correspondance à Toronto. Par bonheur, le vol suivant pour Edmonton décollait à dix-sept heures. Grâce à une traversée au galop de tout l'aéroport, nous avons réussi à monter à bord à temps. Ô joies du transport aérien !

Ryan a de nombreuses et précieuses qualités — il est intelligent, spirituel, gentil, généreux. Comme compagnon de voyage, c'est une plaie.

Et la présence d'Ollie n'a rien fait pour améliorer ce trait de caractère. À moins que ce soit moi. Ou le *croque-monsieur** mangé à la cafétéria. Bref, l'ambiance dans notre petite équipe était à peu près aussi chaleureuse que dans un squat de drogués lors d'une perquisition.

Après l'atterrissage, Ollie a proposé de nous conduire, mais Ryan a insisté pour louer une voiture. Ollie a suggéré que je monte avec lui. Il m'a paru plus diplomatique de rester avec Ryan.

Plus d'une heure pour les formalités, car nous n'avions pas de réservation. Inutile de demander pourquoi.

Edmonton est la jumelle canadienne d'Omaha. Solide, sans prétention et environnée d'un tas de trucs qui forment le néant. C'est un endroit qui vous fait penser à de grosses chaussures moches mais confortables.

Le trajet jusqu'au quartier général de la Division K de la GRC nous a fait visiter une bonne partie de ce qui constitue la ville. Au début, me fiant aux indications du GPS de mon téléphone, j'ai proposé de tourner ici ou là, mais Ryan n'a ni suivi ni seulement fait mine de prendre en compte mes suggestions d'itinéraires. Tant et si bien que j'ai fini par me concentrer sur le monde qui défilait derrière la vitre de mon côté et sur les façades en brique qui s'y encadraient. Il y en avait un bon paquet.

Il était dix heures moins vingt quand nous nous sommes enfin engagés dans la 109ᵉ Rue. Mon estomac me reprochait amèrement de ne pas avoir grignoté un sandwich avec Ryan. J'ai refusé de prêter l'oreille à ses jérémiades.

Présentation de nos papiers d'identité et longues explications sur le but de notre visite à un vigile campé dans une attitude de sévérité quasi absolue, avant de nous voir remettre des badges à clip barrés d'un grand « T ». Ainsi marqués du sceau de l'infamie au point de nous sentir nous-mêmes devenus des individus temporaires et indignes de confiance, le Détective Tout-Sourire et moi-même avons suivi un caporal dans un ascenseur. Montée dans un silence abattu.

Arrivé devant un bureau marqué projet KARE, notre escorte nous a signifié de continuer tout seuls.

Ryan a ouvert la porte et s'est effacé pour me laisser passer. J'ai attendu ostensiblement qu'il la franchisse en premier.

Décor à peu de choses près identique au camp de base de Ryan à Wilfrid-Derome. Pas vraiment le quartier général d'une escouade selon la nomenclature de la GRC, plutôt un bureau. Mais qu'importe. Où qu'ils se trouvent, ces endroits, comme les crimes qui nécessitent leur existence, ont tous la même uniformité déprimante. Mêmes postes de travail, mêmes cafés imbuvables, mêmes objets souvenirs.

Et à dix heures du soir, les lieux étaient déserts.

Le bureau d'Ollie se trouvait sur un côté de la salle. Le sergent s'y trouvait déjà, un téléphone coincé entre l'oreille et l'épaule. En entendant la porte, il a levé les yeux et nous a fait signe d'approcher. Avec son pied, il a tiré une chaise à côté de celle qui se trouvait déjà devant son bureau. Il avait l'air en rogne. Ryan s'est assis, j'en ai fait autant.

Ollie a poursuivi sa conversation sur un rythme kalach-nikov :

— Quand ? Où ?

Et finalement :

— *Shit !* Bon, reste sur le coup.

Il a raccroché brutalement.

— Ils l'ont perdue.

Nous avons attendu qu'il s'explique.

— Ruben a poireauté au Tim Hortons jusqu'à midi. Et elle est allée au Northlands.

Je l'ai arrêté :

— C'est quoi, ça ?

— Disons que c'est un complexe de loisirs. On y trouve des machines à sous, et on y organise des événements sportifs, des courses de chevaux, des rodéos, des salons professionnels.

— Version moderne de l'opium du peuple, a commenté Ryan.

— C'est une façon de voir les choses.

Je me suis souvenue qu'Ollie aimait le rodéo et les courses de chevaux.

— Des lieux privilégiés pour le commerce sexuel, a insisté Ryan.

— C'est un quartier à problèmes.

D'un ton sec. Ollie tripotait un stylo. La plume, agitée de secousses, a tapoté le buvard.

— Ruben a dormi sur un banc de Borden Park pendant la majeure partie de l'après-midi. À cinq heures, elle est retournée au Tim Hortons. À sept heures, elle est allée à pied au Rexall Place.

— Pourquoi ne l'ont-ils pas arrêtée ?

— Parce que telles n'étaient pas leurs directives.

Manifestement, Ryan s'apprêtait à attaquer de nouveau. Je lui ai coupé l'herbe sous le pied.

— Et le Rexall Place, qu'est-ce que c'est ?

Ollie m'a regardée et a eu son fameux petit mouvement du menton.

— Eh, les Oilers d'Edmonton, tu connais pas ?

— L'équipe de hockey locale, a traduit Ryan d'une voix rigoureusement atone.

— Le Rexall Place est un aréna utilisé parfois pour des concerts, a repris Ollie. Nickelback s'y produit ce soir, justement.

— Et c'est là que vos gars l'ont perdue.

— Je ne me suis pas bien fait comprendre, détective. Nickelback est *le* groupe rock de l'Alberta. Le coin grouillait de monde. De milliers de gens.

— Suivre quelqu'un dans une foule n'est pas donné à tout le monde, a susurré Ryan.

Ollie, comme s'il écrasait des glaçons entre ses dents :

— On va la retrouver.

— Plus vite que vous l'avez perdue ?

Le stylo que torturait Ollie s'est immobilisé.

J'ai fait les gros yeux à Ryan et déclaré :

— Apparemment, Ruben cherchait à rencontrer quelqu'un.

— Probablement, a confirmé Ollie.

— Susan Forex ?

— J'attends d'être fixé sur ses allées et venues.

— Ruben a un *pimp* ? a demandé Ryan.

— Un petit con tordu, du nom de Ronnie Scarborough. On l'appelle Scar. Tout le charme d'une aiguille contaminée.

— Ce qui veut dire ?

— Il est laid, violent et a un sale caractère.

— Ce qui ne fait pas bon ménage.

— Son surnom n'est pas l'abréviation de son nom de famille mais du mot *scar*, « cicatrice », parce qu'un jour il a fait sur le visage d'une fille une marque de la taille de la main. Avec un tisonnier chauffé au rouge.

— Tu crois que Ruben aurait pu vouloir se raccrocher à lui ? ai-je demandé.

— Je crois qu'elle aurait d'abord essayé avec Forex. Mais qui sait ?

— Et maintenant ? ai-je demandé, sans m'adresser à personne en particulier.

— Maintenant, on attend que mes gars retrouvent la trace de Ruben. J'ai retenu deux chambres au Best Western, à une rue d'ici. Vous préférez y aller tout de suite, ou vous voulez manger un morceau avant ?

— J'ai une faim de loup, ai-je répondu.

— Gastronomique ou bon marché?
— Rapide.
— Un burger, ça te dit?
— Parfait.

Au Burger Express, à vingt-deux heures trente, il n'y avait que deux autres clients : un vieux schnock qui avait probablement mendié son repas, et un ado avec un sac à dos et des yeux qu'on n'arrivait pas à voir.

Le jeune qui faisait le service donnait l'impression de sortir tout juste d'une cure de désintox. Des dents délabrées, des cheveux comme de l'étoupe, des boutons plein le visage. Un vrai cauchemar.

Il en aurait fallu davantage pour me couper l'appétit. J'ai commandé le méga burger, ou quel que soit le nom qu'on donnait à ce mastodonte. Des rondelles d'oignons. Un Coke Diète.

Tout en mangeant, Ollie nous a parlé de Susan Forex.

— Après sa déclaration à propos de Ruben, elle a été arrêtée deux fois. La première, au cours d'une descente policière — ce coup-là, elle s'en est sortie. La seconde, pour racolage — et là, elle a écopé d'un an de probation.

— Et puis elle est revenue à la vraie vie, a lâché Ryan d'un ton dégoûté.

— Quelque chose comme ça, a commenté Ollie sur un ton aussi chaleureux qu'un sac de petits pois surgelés.

— Sans doute que les vernissages et les soirées chic lui manquaient.

— Forex n'est pas comme la plupart des filles qui font le trottoir.

— Ce qui veut dire?

— Laissez tomber.

Ryan s'est tourné vers moi.

— Un café?

— Non, merci.

Je commençais à regretter le menu que j'avais choisi. Et la rapidité avec laquelle je l'avais englouti.

Ryan s'est levé pour aller chercher sa dose de caféine. Ou peut-être pour aller en griller une. Il avait arrêté de fumer depuis des années, mais récemment j'avais senti l'odeur du tabac sur ses vêtements et ses cheveux. Ça, plus le fait qu'il était bizarrement hargneux — il était complètement à cran.

Nous étions en train de fourrer les papiers paraffinés dans les sacs en papier graisseux quand le cellulaire d'Ollie a sonné. Pendant qu'il prenait l'appel, je suis allée mettre nos détritus dans une poubelle qui débordait d'ordures.

Quand j'ai regagné notre table, Ollie ressemblait à un gamin qui aurait retrouvé son petit chien après l'avoir cherché des heures.

— Ils ont localisé Forex dans un bar près du Coliseum.

— Ruben est avec elle?

— Elle est toute seule. Et elle racole.

— Tu penses à une visite surprise?

— Débouler pendant ses heures, ça pourrait la rendre plus coopérative.

Nous avons échangé un sourire, et je me suis levée. J'étais à mi-chemin de la porte quand une main m'a attrapé le bras. Je me suis retournée.

Ollie. Avec la tête typique du mâle sur le point de se transformer en macho.

— Tu penses souvent... à nous? (Avec un petit geste désignant sa poitrine et la mienne.)

— Jamais.

— Tu parles!

— Il n'y a jamais eu de... «nous». (Accompagnant ma déclaration de guillemets tracés dans le vide avec mes doigts.)

— On s'est quand même payé du bon temps.

— Tu te comportais comme un vrai crétin, les trois quarts du temps.

— J'étais jeune.

— Alors que maintenant, tu es vieux et sage.

— Les gens changent.

— Tu as une petite amie, Ollie?

— Pas pour le moment.

— Pourquoi ça?

— Je n'ai pas trouvé chaussure à mon pied.

— L'amour de ta vie.

Il a haussé les épaules. J'ai repris:

— On devrait y aller.

— Tu ne veux pas faire attendre le sergent Crétin.

— Qu'est-ce que ça veut dire ?

— Ce type n'est pas un compagnon très agréable.

— Tu fais tout pour le provoquer.

— C'est un trou de cul.

— Ollie, ai-je commencé en rivant sur lui un regard d'où avait disparu toute trace de plaisanterie, as-tu parlé de… nous avec le détective Ryan ? (Imitant son geste de tout à l'heure.)

— J'ai peut-être dit en passant que je te connaissais.

Son regard fuyant était la meilleure des confirmations.

— Espèce de salaud sans scrupules !

Je n'ai pas eu le temps d'en dire plus. Ollie m'avait plaquée contre sa poitrine et me soufflait à l'oreille :

— Tu sais ce que tu voudras quand on aura résolu cette affaire : moi !

Des deux mains, je l'ai repoussé avec force et me suis dégagée.

— Ça risque pas d'arriver !

J'ai fait volte-face, propulsée par le dégoût.

Ryan était planté devant la porte et nous regardait à travers la vitre. À la lumière atroce des néons, son visage avait l'air crispé et émacié.

Shit. Shit. Shit.

Ne sachant trop ce qu'il avait vu de cette scène, j'ai levé les deux pouces en lui adressant un grand sourire. Bonne nouvelle !

Il s'est enfoncé dans l'ombre, les traits tellement tirés qu'on les aurait dits peints sur les os de sa face.

Chapitre 10

Ollie était au volant, moi à la place du passager, Ryan à l'arrière.

Il s'était mis à pleuvoir doucement. Le battement des essuie-glaces rythmait nos méandres dans la ville comme un métronome. De mon côté défilait un kaléidoscope d'ombres et de couleurs indistinctes.

Au bout de dix minutes, Ollie a tourné dans une rue bordée de bars, de boîtes de strip-tease et de fast-foods éclairés et prêts à accueillir les clients. Les reflets des néons éclataient en fragments sur les trottoirs, éclaboussaient les enseignes, les voitures, les taxis.

Quelques petites boutiques tentaient de défendre leur position : un magasin de pièces automobiles, un prêteur sur gages, un marchand de vins et spiritueux. Les devantures obscures étaient équipées de barreaux pour protéger les boutiques contre le vandalisme et les vols.

Une poignée d'hommes en sweatshirt et coupe-vent allaient et venaient, la tête rentrée dans les épaules. Quelques fumeurs, abrités dans des entrées d'immeuble, bravaient les éléments pour absorber leur dose de nicotine.

Ollie s'est arrêté le long du trottoir devant une maison de brique à un étage. Sur le côté, quelqu'un avait peint *XXX VIDÉOS POUR ADULTES.* Hormis la plus grande collection de films et d'images du monde, l'entreprise proposait des peep-shows à vingt-cinq cents, vingt-quatre heures sur vingt-quatre, et sept jours sur sept.

— Tout ce que votre cœur désire, moyennant espèces sonnantes et trébuchantes, a dit Ollie en englobant le décor miteux d'un large geste de la main. Drogue, femmes, jeunes gens, armes. Vous cherchez un homme de main? Vous le trouverez probablement aussi.

— Et Susan Forex? ai-je demandé.

— On va voir ce qu'on peut faire.

Ollie a appuyé sur la touche d'un numéro abrégé et porté son téléphone à l'oreille.

J'ai entendu une voix à l'autre bout de la ligne, mais impossible de saisir ce qu'elle disait.

— Devant le Trois-X, a dit Ollie quelques secondes plus tard.

Un silence.

— Combien de temps?

Silence.

— Et Ruben? Du nouveau?

Silence.

— Rappelle-moi aussitôt, a-t-il conclu et il a coupé la communication. On a de la chance. Elle n'a pas beaucoup de succès, ce soir.

Nous sommes tous descendus de voiture. Dehors, ça sentait l'huile de friture, l'essence et le béton mouillé. Ollie a actionné le verrouillage centralisé des portières pendant que j'enfilais un blouson tiré de ma petite valise à roulettes. Une vibration assourdie sortait d'une bâtisse, sur notre droite. Elle est devenue une musique tonitruante lorsqu'un client en est sorti puis s'est à nouveau estompée quand la porte s'est refermée.

Ollie nous a conduits à une cinquantaine de mètres de là vers une baraque à la façade crépie, audacieusement baptisée Cowboy Lounge. L'enseigne au néon représentait une cowgirl vêtue, en tout et pour tout, d'un énorme Stetson.

— Laissez-moi lui parler, a dit Ollie à l'intention de Ryan. Elle me connaît, elle se sentira moins menacée.

Ryan n'a pas répondu.

— Vous êtes d'accord avec ça, détective?

— Je suis d'accord avec ça, sergent.

Ollie est entré dans le bar. Je lui ai emboîté le pas, Ryan fermant la marche. Nous nous sommes arrêtés, à peine franchie l'entrée.

De prime abord j'ai été frappée par l'odeur agressive, mélange pestilentiel de bière aigre, de fumée de cigarette, de joint, de désinfectant et de sueur. Je me suis efforcée d'oublier la puanteur tout en laissant le temps à mes yeux de s'adapter à la pénombre.

De la gauche, dans une salle séparée par des demi-portes battantes, provenait un bruit de boules de billard entrechoquées. Droit devant nous se dressait un bar en bois sculpté avec son miroir gravé et ses tabourets.

Au milieu du bar, un homme en chemise unie et vilains grains de beauté en train de tirer la bière avec un robinet à long manche. Ses yeux qui tressautaient d'une chose à l'autre se sont posés sur nous l'espace d'une nanoseconde avant de passer à autre chose. Sur la droite, une dizaine de tables dépareillées. Aux murs des affiches encadrées de Gene Autry, de John Wayne et du Cisco Kid.

Willie Nelson s'égosillait dans un jukebox, derrière les tables. À côté, un piano offrait un spectacle de champ de bataille avec son couvercle fendu, sillonné par les brûlures de cigarette.

L'idée qui avait présidé à la décoration, au départ, devait être un repaire de cowboys. Aujourd'hui, on aurait plutôt dit un relais routier miteux à Yuma. Miteux et mal éclairé.

La moitié des tables et tous les tabourets du bar étaient occupés. La clientèle, principalement masculine, était surtout constituée d'ouvriers. Les rares femmes présentes étaient visiblement des racoleuses : cheveux peroxydés, tatouages, tenues conçues pour exhiber le maximum de chair.

Entre les tables naviguait une serveuse en bustier rouge et jeans taille douze ans, collant comme un coup de soleil. Les cheveux figés par le fixatif et le visage maquillé à outrance.

Ollie a eu un mouvement de tête en direction d'une grande femme tout en angles, à l'extrémité du bar.

— On dirait que notre chérie s'est mise sur son trente-six ce soir.

J'ai admiré Susan Forex. Elle avait les cheveux blonds, longs, une blouse paysanne artistiquement drapée de façon à révéler une épaule, une micro-minijupe en jeans, un ceinturon et des chaussures à talons aiguilles avec des lanières enroulées autour de la cheville.

Elle discutait avec un gros bonhomme chaussé de bottes western et coiffé d'un énorme chapeau de cowboy qui sifflait une bière. Elle, elle buvait quelque chose qui ressemblait à un whisky on the rocks.

Se rapprochant de Forex autant que le lui permettait son chapeau à large bord, le cowboy lui a dit quelque chose à l'oreille. Elle a fait courir son ongle long et rouge vers le haut du bras du type. Ils se sont mis à rire.

Nous avons traversé la salle, tous les sens en alerte.

Le barman nous observait, ses yeux naviguaient de notre groupe à la porte, à la serveuse, aux tables et à ses clients au bar. D'autres regards se sont tournés vers nous, mais la plupart des clients nous ont ignorés.

— Salut, Susan.

En entendant son nom, Forex s'est retournée. À la vue d'Ollie, son sourire s'est effacé.

— Des amis à toi ? a fait le cowboy en portant son attention sur nous, un sourire d'ivrogne affiché sur sa trogne pâteuse.

— Fous le camp, a fait Forex en congédiant son client potentiel comme on chasse une mouche, d'un mouvement de poignet.

— Ben quoi, poupée, j'croyais qu'on allait...

— Dégage, j'te dis, a lancé hargneusement Forex.

Le cowboy a d'abord froncé les sourcils, l'air troublé, puis, comprenant qu'elle l'envoyait promener, il s'est crispé.

— Ton verre, tu te le paieras toute seule, salope !

Sur cette réplique finaude, il est descendu de son tabouret. Debout, chapeau compris, il ne devait pas être plus grand que moi.

Ollie a attendu que le cowboy soit hors de portée de voix. Ça n'a pas pris longtemps. Stompin' Tom Connors chantait une chanson qui parlait d'un samedi soir à Sudbury.

— On n'est pas là pour t'embêter, Foxy.

Forex a levé les yeux au ciel et croisé les jambes. Des jambes spectaculaires.

Le barman s'est rapproché, en prenant bien soin de ne pas nous regarder.

Ollie est allé droit au but.

— Tu as fait une déposition concernant la disparition d'Annaliese Ruben.

Forex s'est soudain figée. Comme si elle s'apprêtait à recevoir une mauvaise nouvelle ? Ou comme si elle préparait un mensonge pour couvrir son amie ?

— Ça va, Foxy ? a demandé le barman, juste assez fort pour se faire entendre par-dessus le vacarme de la musique.

— Ça va, Minus.

— T'es sûre ?

— Elle en est sûre, a dit Ollie en lui montrant sa plaque.

Minus a battu en retraite et entrepris d'astiquer frénétiquement le bar.

De près, on voyait que la blonde Forex avait des racines de cheveux tout ce qu'il y a de plus noires. Ses dents jaunes étaient bien plantées et régulières. D'où j'ai déduit qu'elle avait vécu, étant enfant, dans un milieu assez aisé pour lui offrir des séances d'orthodontie. Elle avait la peau lisse, et elle était maquillée avec soin. Sous cet éclairage, on lui aurait donné aussi bien trente ans que cinquante.

— On pense que Ruben a vécu au Québec au cours des trois dernières années, a poursuivi Ollie. Il semblerait qu'elle soit revenue à Edmonton.

— Tant mieux. La petite novice m'a arnaquée avec son dernier mois de loyer.

Pendant qu'Ollie interrogeait Forex, j'ai regardé les deux hommes assis à quelques tabourets de là. Leur langage corporel me disait qu'ils nous écoutaient. L'un des deux était une vraie baraque avec des cheveux noirs et de petits yeux sombres qui ressemblaient à des raisins secs. L'autre, plus petit, avait des bracelets de cuir sur ses deux bras ornés de tatouages bleus faits en prison.

— Allez, Foxy, tu sais où elle est.

Ollie n'avait pas l'air conscient de l'intérêt que suscitait notre conversation.

— Elle t'a roulée, pas vrai ? Elle t'a demandé un coin où crécher ?

— J'aime bien cette petite pluie de printemps. Pas vous, sergent ?

— Ou bien elle a appelé Scar ?

— Qui ça ?

95

— Tu sais très bien de qui je veux parler.

Forex a repris son verre et fait tourner le glaçon dans le liquide. Elle avait les ongles bien faits, et n'avait pas de taches de nicotine sur les doigts.

— Aide-moi un peu, Foxy.

— Ruben était trop jeune pour vivre dans la rue. Je l'ai prise chez moi. Ça veut pas dire que j'aie acquis les droits sur sa biographie.

Cela ne collait pas avec la déclaration du médecin des urgences de Saint-Hyacinthe.

— Je pensais qu'elle était plus âgée que vous, ai-je dit.

Le regard de Forex a glissé jusqu'à moi. Pendant un instant, elle n'a rien dit. Et puis :

— Joli blouson.

— Ruben a déclaré qu'elle avait vingt-sept ans, ai-je insisté.

— La petite était à peine assez vieille pour se raser les jambes. Elle aurait dû être à l'école. Mais j'ai compris pourquoi ce n'était pas son truc.

— Ah bon ? Et pourquoi ?

Foxy a reniflé :

— Vous l'avez vue ?

— Juste en photo.

— Alors, on sait toutes les deux que ça sera pas la prochaine Miss America.

L'épaule dénudée s'est haussée, est retombée.

— Les enfants peuvent être cruels.

Du coin de l'œil, j'ai vu Z'yeux-de-Raisin-Sec pousser son copain du coude. Son visage, éclairé par le néon d'une enseigne représentant une grenouille qui proclamait : « Faisons la fête », était d'un vert glacial.

— Où habitait Ruben avant de s'installer chez toi ? a demandé Ollie.

Il n'avait apparemment pas encore repéré les deux gars du bar. Contrairement à Ryan, qui a incliné imperceptiblement la tête sur le côté. J'ai acquiescé tout aussi discrètement.

— Hé, je suis quoi ? Son amie sur Facebook ? a répliqué Forex.

— Pourquoi Ruben mentirait-elle sur son âge ? ai-je demandé.

— Pff, a soufflé Forex en haussant les sourcils. Pourquoi une enfant en fuite ferait-elle une chose pareille?

Bien vu. Question stupide.

— Et qu'est-ce qu'elle aurait fui? a demandé Ollie, rebondissant sur la phrase de Forex.

— Je n'en ai pas la moindre idée, a-t-elle répondu d'un ton catégorique.

Manifestement, elle n'en dirait pas plus long.

— On aimerait bien la retrouver les premiers, a poursuivi Ollie. Et l'empêcher de reprendre contact avec Scar.

— Vous n'avez pas écouté ce que je vous ai dit? La petite n'est restée chez moi que quelques mois. C'est à peine si je la connaissais.

— Tu tenais suffisamment à elle pour signaler sa disparition.

— Je ne voulais pas avoir d'ennuis.

— Je sais comment tu fonctionnes, Foxy. Ruben n'est pas la seule fille que tu aies prise sous ton aile.

— Ouais, je suis une putain de mère Teresa.

— Monique Santofer, a fait Ollie d'une voix soudain radoucie. Quel âge avait-elle?

Nouveau haussement d'épaule.

— Qu'est-il arrivé à Santofer?

— Quand je l'ai trouvée, elle était défoncée et dégueulait tripes et boyaux.

— Et toi, tu as des principes, c'est ça? Pas de drogue chez toi?

— Chez moi, c'est moi qui commande.

— Bon, reprenons du début: où habitait Ruben avant que tu la recueilles?

— À Buckingham Palace.

— Elle a laissé quelque chose chez toi?

— Un tas de cochonneries.

— Tu les as gardées?

Forex a hoché la tête.

— Il se pourrait qu'on ait besoin d'aller faire un tour chez toi, a fait Ollie, retrouvant le ton flic dur à cuire. Je sais que tu n'auras rien contre.

— Et comment, que j'aurai quelque chose contre!

Ollie s'est fendu d'un sourire.

— La vie est pleine de contrariétés.

— Vous avez un mandat ?

— Tu sais que je pourrais en avoir un.

— Eh bien, obtenez-en un.

— Compte sur moi pour ça.

Forex a plissé les paupières.

— Vous ne me dites pas tout. Il y a quelque chose derrière tout ça…

— On dirait que tu n'as pas confiance en moi.

— Dit le chat à la souris.

— Scouic, scouic, a répliqué Ollie, avec un clin d'œil.

Je n'ai pas pu m'empêcher d'esquisser la même grimace que Forex.

Ollie a pris une carte dans son portefeuille.

— Appelle-moi si tu as des nouvelles de Ruben.

Forex a vidé son verre et l'a reposé bruyamment sur le bar.

— *Shit.*

— Tu es une vraie vedette, Foxy.

— Bien trop vieille pour ce merdier.

Sur quoi elle a récupéré son sac et s'est éloignée sur ses talons vertigineux.

Tournant légèrement l'épaule, j'ai chuchoté à l'oreille d'Ollie :

— Tu as apporté la photo de Ruben ?

Le visage neutre, il a tiré un papier d'une poche et me l'a tendu. Sous les yeux de Ryan et d'Ollie, je me suis approchée de Z'Yeux-de-Raisin-Sec et de son copain, le long du bar.

— Je n'ai pas pu faire autrement que de remarquer que vous vous intéressiez à notre échange, ai-je commencé en leur présentant la photo. Connaissez-vous cette fille ?

Les deux visages sont restés obstinément tournés vers leur bière.

— Vous voyez le monsieur, là-bas ? Il est policier. Et très performant. Lui, il prend son pied en arrêtant les gens. Juste au cas où ils auraient pu faire quelque chose d'illégal, vous voyez ? Il est pour une politique de prévention.

Z'Yeux-de-Raisin-Sec a pivoté sur son tabouret, m'expédiant dans les narines une vague d'odeur corporelle. J'ai agité la copie papier. Il a étudié la photo avec ostentation.

— Dans la rue, on raconte qu'elle aurait pu travailler dans le coin, ai-je ajouté.

— Et elle faisait quoi? Elle vendait des Popsicles? *Fuck*, elle ressemble à un camion de crème glacée.

Z'Yeux-de-Raisin-Sec a rigolé de sa propre blague.

— T'en penses quoi, Harp?

Harp a eu un ricanement.

— Un esquimau à la vanille, ouais!

— Vous ne la reconnaissez pas?

— Moi, je reconnais pas les crèmes glacées, je les suce.

Un sourire huileux.

— Et toi? T'as un bâton dans la gueule pour que je puisse bien m'accrocher?

Z'Yeux-de-Raisin-Sec n'a pas eu le temps de comprendre ce qui lui tombait dessus. Fonçant à mes côtés, Ryan lui a fait une clé au cou, lui a relevé le coude et l'a fait pivoter en arrière d'un seul mouvement, fulgurant. Plus Z'Yeux-de-Raisin-Sec se tortillait, plus Ryan resserrait sa prise.

Harp a foncé vers la porte. Minus a amorcé un pas dans notre direction.

— Évitons de faire des choses que nous pourrions regretter, l'a averti Ollie.

Minus a maintenu la position, les poings serrés sur ses hanches. Quelques clients du bar se sont prudemment dirigés vers la sortie. Les autres sont restés là à regarder, en faisant semblant de ne rien voir. Ollie nous a rejoints, mais il n'est pas intervenu.

— Vous me cassez le bras!

Z'yeux-de-Raisin-Sec avait la figure rouge comme une betterave.

— Fais des excuses à la dame.

— C'est elle qui...

Ryan a resserré la pression.

— Enfant de chienne! Ça va, ça va...

— Je commence à perdre patience, a ajouté Ryan d'un ton menaçant.

— *Fuck*. Je m'excuse.

Ryan a relâché la prise. Z'Yeux-de-Raisin-Sec a basculé vers l'avant, la main gauche frottant son épaule droite.

— Ton nom? a demandé Ryan.

— *Fuck*, qui veut savoir ça ?

— Moi.

Une voix tranchante comme une lame d'acier.

— Shelby Hoch.

— C'est un bon début, Shelby.

Ryan m'a fait signe de lui remonter la photo. Ce que j'ai fait. Ollie a continué à regarder la scène sans mot dire.

— Bon, on va reprendre du début, a dit Ryan. Tu connais cette dame ?

— Je l'ai vue dans le coin.

— Quand ça ?

— Hier soir.

— Où ça ?

Hoch a eu un geste du pouce en direction de la serveuse au bustier rouge.

— Elle sortait d'un motel avec l'autre connasse, là-bas.

Chapitre 11

Nous nous sommes retournés tous les trois comme un seul homme.

Maquillage plâtreux et lèvres géranium, la serveuse, qui naviguait dans la salle d'une table à l'autre, nous observait. Elle risquait de réagir avec une vitesse inattendue, à la manière des animaux de grande taille, quand ils ont peur. Et de fait, elle a reposé son plateau avec fracas et foncé vers une porte à droite du bar.

On s'est lancés à sa suite, Ollie, Ryan et moi. La porte donnait sur une ruelle. Au moment où je l'ai franchie, la serveuse, pliée en deux, reprenait sa respiration après son sprint de quelques secondes. Quant à mes compagnons, ils s'étaient déjà distribué les rôles de gentil flic et méchant flic. Ollie la tenait ferme par l'un de ses bras rondouillets, tandis que Ryan lui passait une main rassurante dans le dos.

Il pleuvait sérieusement, maintenant. La pluie tambourinait sur les bennes à ordures et les caisses de bière vides empilées à côté. Un sac en plastique détrempé qui voletait le long de l'immeuble, gonflé par le vent, s'est retrouvé plaqué contre la brique humide.

Petit moment d'attente, le temps que la fille ait récupéré son souffle. Dans la lumière saumon du réverbère, sa peau paraissait pâle et molle, enrobée qu'elle était d'un petit gras de malbouffe. Le haut d'une culotte noire dépassait de la ceinture de son jeans bien rempli.

Enfin, elle s'est redressée. Encore haletante, elle a sorti un paquet de Marlboro d'une de ses poches arrière, l'a secoué pour en extraire une cigarette qu'elle a attrapée avec ses lèvres.

— Ça va ? a demandé Ryan en retirant sa main.

Les yeux obstinément baissés, elle a extirpé la pochette d'allumettes glissée sous la cellophane du paquet, en a enflammé une, puis a allumé sa clope et inhalé la fumée jusqu'au plus profond de ses poumons.

— Alors, beauté, pourquoi le coup du lapin qui s'enfuit ? (Ollie, en méchant flic.) T'as des choses à cacher ? Du genre qu'on devrait pas savoir ?

Deux cônes argentés se sont formés sous ses narines quand elle a relâché la fumée.

— J'te parle.

Le bout de sa cigarette a brillé de nouveau, baignant son visage clownesque d'une douce lueur orangée.

— T'as un problème d'audition ?

Elle a exhalé comme la fois d'avant et balancé son allumette au loin, les yeux toujours rivés au sol.

— Bon, ça suffit ! a jeté Ollie en décrochant des menottes de son ceinturon.

Gentil flic a fait un geste d'apaisement en direction de Méchant flic.

— Comment vous vous appelez, madame ?

— Phoenix. (D'une voix à peine audible.)

— Puis-je vous demander votre nom de famille ?

— Phoenix Miller. Mais on m'appelle juste Phoenix.

— Une de mes villes préférées.

— Ouais. J'ai entendu dire que c'était joli, l'Arizona.

— Moi, je suis le détective Ryan et mon ami un peu bourru, là, c'est le sergent Hasty.

D'un ongle ébréché, Phoenix a fait tomber la cendre de sa Marlboro. Laquelle a atterri dans une flaque irisée.

— On aimerait vous poser quelques questions, Phoenix.

— À quel sujet ?

— Un gentleman assis au bar dit qu'il vous a vue avec Annaliese Ruben, hier soir.

— Shelby Hoch n'est pas un gentleman. C'est une limace qui parle comme un charretier.

— Merci pour cette analyse de caractère tout à fait perspicace. (Ollie, en prince du sarcasme.) Annaliese Ruben, on disait ?

— Qu'est-ce que vous lui voulez ?

— Je suis son dentiste et j'm'inquiète. Des fois qu'elle négligerait la soie dentaire.

— C'est pas vrai.

— Hoch dit qu'il vous a vues toutes les deux dans un motel. C'est quoi, ce palace, chérie ?

Phoenix a fixé sa Marlboro comme si elle en attendait un conseil sur la conduite à tenir. La cigarette tremblait entre ses doigts.

— Ta copine y est toujours ?

— Qu'est-ce que j'en sais ?

— Qui se ressemble s'assemble…

— J'en ai fini avec cette vie.

— C'est vrai, a grogné Ollie. Tu baisses plus ton slip pour vingt dollars ou une ligne de poudre.

La bouche s'est arrondie, rond géranium entourant un trou noir, sous cet éclairage surréaliste. Aucun son n'en est sorti.

— Nous ne nous intéressons pas à votre vie privée, a déclaré Ryan, nous voulons seulement trouver Ruben.

— Elle a des ennuis ? a demandé Phoenix et, pour la première fois, elle s'est autorisée à établir un contact visuel avec son interlocuteur.

Ryan a soutenu son regard.

— Nous voulons l'aider, a-t-il affirmé — manière à lui d'esquiver la question.

— C'est juste une pauvre fille stupide.

— Qui vend son cul dans une maison de passe. (Signé Ollie.)

— C'est pas ça du tout, je vous dis !

— C'est quoi, alors ?

— Ils me filent la chambre gratis en échange d'heures de ménage, a expliqué Phoenix, les yeux exclusivement rivés sur Ryan comme pour se rassurer.

— C'est là que vous habitez, dans ce motel ?

Elle a hoché la tête.

— Comment s'appelle-t-il ?

— Le Paradise Resort.

— 111ᵉ Rue ? a précisé Ollie.

— Vous z'allez pas me foutre dans le pétrin, j'espère ? J'ai besoin de mes pourboires ! (Ses yeux ont fait des allers-retours de Ryan à Ollie.) C'est un bon plan pour moi.

— Mme Ruben y est toujours ? a insisté Ryan.

— J'espère que non. Je lui ai dit qu'elle pouvait rester une nuit seulement.

— À cause de son chien ?

La question m'a échappée sans que j'y réfléchisse. J'étais obsédée, ou quoi ?

Les yeux lourds de mascara se sont décalés sur moi.

— M. Kalasnik, le propriétaire, veut pas d'animaux. Et vous d'abord, qui vous êtes ?

— Comment est-ce que Ruben vous a trouvée ? est intervenu Ryan.

— Tout le monde le sait, que je travaille au Cowboy Lounge.

— Pourquoi vous ?

— La petite avait pas trop le choix.

— Est-ce qu'Annaliese a quelqu'un d'autre qu'elle pourrait contacter ? a voulu savoir Ryan.

— J'sais pas.

— Elle a de la famille à Edmonton ?

— Je suis sûre qu'elle n'est pas d'ici.

— D'où, alors ? (Ollie.)

— J'sais pas.

— Quand a-t-elle débarqué à Edmonton pour la première fois ?

— J'sais pas.

— Tu t'répètes !

— On a pas parlé de son passé.

— Sauf que tu t'étais mis en tête de la faire changer de vie.

— J'ai jamais dit ça.

— Vous faites une sacrée équipe, Foxy et toi. Sainte Susan et sainte Phoenix. (Méchant flic jouant la provocation dans l'espoir que la fille explose et déballe des renseignements intéressants.)

— Dieu sait que je suis loin d'être une sainte, mais j'suis pas née de la dernière pluie. Les filles comme elle, j'en ai vu des centaines. (Elle a hoché lentement la tête.) J'en ai assez de ces petites filles qui feraient mieux de s'inquiéter de leurs boutons et de leurs problèmes de maths. Au lieu de ça, à peine descendues du bus, elles se retrouvent direct sur le trottoir.

Je savais exactement de quoi elle parlait. Elles sont des dizaines tous les jours, ces adolescentes de Spartanburg, Saint-Jovite ou Sacramento, à partir de chez elles dans l'espoir de trouver la célébrité comme mannequins ou rock stars à Charlotte, Montréal ou LA. Ou simplement pour fuir la monotonie, la violence ou la misère de leur quotidien. Et tous les jours, des proxénètes font le pied de grue au train ou au terminus d'autobus. Oh, ils savent parfaitement repérer les sacs à dos et les visages pleins d'attente, ces animaux. En bons prédateurs, ils s'avancent tout frétillants, proposent aux filles de faire une séance de photo, de participer à une fête, ou ils leur payent à bouffer au Taco Bell du coin.

La plupart finissent junkies ou prostituées, leurs rêves d'Hollywood transformés en une vie d'horreur : dealers, doses quotidiennes, passes et panier à salade. Si elles sont vraiment nées sous une mauvaise étoile, elles finissent à la morgue, les pieds devant.

Chaque fois que je croise une de ces enfants, je rage de mon impuissance. Je hais la destruction de l'homme par l'homme. Je sais que je ne peux pas arrêter ce carnage. N'empêche, je continue de m'inquiéter pour ces filles. Elles m'inspirent de la compassion, un vrai chagrin, et ce sentiment ne me quittera jamais.

Retour sur Phoenix, en train de parler :

— ... trois ans plus tôt. Je me disais : soit Annaliese s'est fait descendre par un de ces tordus qui détestent les femmes, soit elle a réussi à s'en sortir. (Phoenix a craché un brin de tabac qu'elle avait sur la langue.) Et voilà qu'il y a deux jours, elle débarque, la gueule de travers, me demandant un endroit où s'écrouler. La laisser dans la rue... pff, autant la jeter en pâture à des loups. Si c'est un crime que de l'avoir hébergée, alors arrêtez-moi.

— Elle est toujours au Paradise Resort ?

Un haussement d'épaules évasif.

— Annaliese a besoin d'aide, a dit Ryan sur un ton qui élevait la sincérité à un niveau inédit. Une aide d'un genre que vous ne pouvez pas lui apporter.

— Je ne finis pas mon service avant deux heures du matin. Faut bien que je me fasse mes pourboires.

Ryan a regardé Ollie, qui a baissé le menton. Et il a repris :

— On a juste besoin que vous nous autorisiez à pénétrer dans votre chambre.

— Vous n'y prendrez rien ?

— Bien sûr que non.

— M. Kalasnik, il aime pas les ennuis.

— Il ne saura jamais qu'on est passés.

Un klaxon a retenti. Un autre lui a répondu. Plus loin dans la ruelle, le sac en plastique s'était décollé du mur et s'élevait en spirale en claquant légèrement.

Phoenix a fini par se décider. Elle a retiré une clé accrochée à la boucle de sa ceinture, et l'a tendue à Ryan.

— Numéro 14, tout au bout du bâtiment. Laissez-la dans la chambre, j'ai un double.

— Merci. (Ryan, avec un sourire digne d'un curé.)

— Lui faites pas de mal, hein ?

Dans une gerbe d'étincelles, sa Marlboro a atterri sur la chaussée mouillée. Elle l'a écrasée du talon.

Pendant des années, la ville d'Edmonton a pu s'enorgueillir de l'honneur discutable de compter le taux d'homicides le plus élevé de toutes les grandes villes du Canada. En 2010, elle a reculé au troisième rang. Tout en roulant le long de ces rues tortueuses et mal éclairées, je me suis demandé si cette baisse de popularité avait fait naître chez les habitants d'Edmonton le désir de remettre en question le surnom de Ville des Champions que s'est officiellement attribué leur cité.

En route vers Paradise Resort, nous avons discuté — ou du moins essayé de discuter — du cas Susan Forex. En fait, mes deux compagnons se sont surtout bouffé le nez.

— Elle nous cache des choses, a déclaré Ryan.

— Oh ! Et pourquoi ça ?

— Probablement qu'elle écrit ses mémoires. Elle se dit qu'en éventant le sujet, elle ferait baisser la valeur du produit.

— Elle protège son cul, a décrété Ollie.

— Vous croyez vraiment que c'est aussi simple que cela ? ai-je demandé.

— Que veux-tu dire ?

Ne le sachant pas très bien, j'ai marqué un temps de réflexion. Sans grand résultat. J'ai fini par lâcher:

— Susan Forex et Phoenix Miller essayent toutes les deux de protéger Annaliese Ruben.

— Elles doivent admirer la façon dont elle assume son rôle de mère, a laissé tomber Ryan sur un ton acide.

— Même les prostituées détestent les tueurs de bébés. (Manière d'Ollie de souscrire à mes propos.)

— Mais alors, pour quelle raison lui viendraient-elles en aide? ai-je insisté.

Personne n'avait la réponse.

— Tu vas vraiment obtenir un mandat de perquisition pour la maison de Forex?

Ollie a secoué la tête.

— Y a peu de chances. Il faudrait que j'arrive à convaincre le juge que Ruben est une fugitive, qu'elle s'y trouve bel et bien, qu'elle fait l'objet d'une enquête criminelle au Québec, et que nous n'avons pas le temps d'obtenir un mandat d'arrestation du Québec.

Le Motel Paradise Resort, *Home Sweet Home* de Phoenix Miller, était un bâtiment à un étage en forme de L d'une trentaine de chambres desservies par une coursive. Le panneau signalant cette villégiature paradisiaque était écrit en lettres d'un kilomètre de haut. Une flèche clignotante dirigeait les clients potentiels jusqu'à la réception en les faisant passer sous un portique protégé par un auvent. De part et d'autre de la porte, les jardinières croulaient sous un enchevêtrement de plantes crevées.

Il était clair que l'endroit n'était pas le jardin des délices que laissait espérer son nom. «Dépotoir» lui aurait mieux convenu. Ou alors «Dernière Demeure».

Ça et là, des voitures et camionnettes occupaient la bande de béton le long du bâtiment. Plus loin sur la gauche, quelques autocaravanes et même un dix-huit roues.

Dans la plupart des motels, vous réfléchiriez à deux fois avant d'effectuer une visite surprise au beau milieu de la nuit. Au Paradise Resort, vous ne couriez aucun risque: le noir d'encre à la réception, pas l'ombre d'un gardien, pas une âme qui vive à l'horizon.

Le silence s'est établi dans la voiture dès qu'Ollie s'est engagé le long du bâtiment. La chambre 14 se trouvait tout au bout de la partie du L parallèle à la 111ᵉ Rue. La porte était à demi bouchée par un escalier en fer et béton menant à l'étage. Pas de voiture devant cette entrée ni devant celle d'à-côté.

Ollie a éteint les phares, s'est garé devant la chambre 13 et a coupé le moteur. Nous sommes descendus de voiture et avons fermé les portières le plus doucement possible.

Le silence était seulement troublé par la musique en provenance d'un restaurant mexicain à une cinquantaine de mètres, de l'autre côté d'une petite voie de desserte. Et aussi par le roulement continu des voitures sur l'autoroute voisine.

Nous nous sommes dirigés en procession vers la chambre de Phoenix Miller. Ollie s'est positionné d'un côté de la porte, Ryan de l'autre, en me faisant signe de rester derrière lui.

Pas un rai de lumière, ni sous la porte ni entre les rideaux. Pas non plus de scintillement bleuté indiquant une télé allumée.

Ollie a annoncé notre présence en frappant à la porte.

Pas de réponse.

Il a recommencé.

Pas le moindre bruit en retour.

Tambourinade du plat de la main.

Rien que les mariachis et le roulement incessant des voitures et des camions.

Ryan a fait un pas en avant et introduit la clé dans la serrure.

Chapitre 12

Une pièce sombre et paisible.

Arrêt sur le seuil, l'oreille tendue.

Aucun signe de présence humaine, mais des relents de désinfectant et de ce même Febreze que j'utilise chez moi. Bruine et pluie des prés.

À côté de moi, Ryan palpait le mur. Déclic d'interrupteur. Une lumière jaune blafarde est tombée d'un plafonnier qui remplissait en outre la fonction de sépulture pour insectes.

La chambre 14 faisait à peu près la taille de ma baignoire. Murs pêche, mince tapis brun, crasseux et criblé de brûlures de cigarettes.

Mes yeux ont fait le tour de la pièce dans le sens des aiguilles d'une montre. À gauche, un bureau esquinté soutenant une télé portable à l'antenne entourée de papier d'aluminium. Plus loin, des étagères en métal accueillant une maigre collection de vêtements, les uns pendus sur des cintres, les autres bien empilés sur les tablettes du bas.

Le lit, face à la porte, avec des draps bien tirés et une courtepointe à fleurs rouge et blanc, tout droit sortie d'un catalogue Target spécial pensionnaires. Des carrés de tissu rouge posés bien au centre de chaque oreiller.

À côté du lit, dans le coin gauche de la pièce, une table de chevet en plastique blanc avec une lampe rouge en plastique. Au-dessus de la tête de lit vissée au mur, une litho bon marché représentant un vase de tulipes rouges.

Devant, un peu sur la droite, une porte fermée donnant probablement sur la salle de bains. À côté de cette porte, dans le coin droit de la pièce, un meuble encastré avec un micro-ondes, une plaque chauffante et un mini-réfrigérateur.

Une petite table et deux chaises en plastique blanc sous l'unique fenêtre de la chambre, à droite de l'entrée. Au centre de la table, un mini cactus dans un petit pot en céramique. Sur les deux chaises, un coussin rouge.

J'ai senti mon cœur se serrer. On reconnaissait là, derrière ce mobilier minable, l'œuvre d'une main attentive. Les oreillers assortis au couvre-lit. La lampe. Le mobilier en plastique. Les plantes. Les coussins. Bien qu'ayant du mal à joindre les deux bouts, Phoenix Miller s'était efforcée d'apporter un peu de gaieté à cet intérieur déprimant.

— Annaliese Ruben ? a appelé Ollie.

Pas de réponse.

— Mme Ruben ?

Rien. Pas le moindre son indiquant un mouvement.

Comme tout à l'heure avant d'entrer, nous nous sommes décalés, Ryan et moi, sur un même côté de la porte, Ollie sur l'autre, et il a tourné la poignée.

La salle d'eau était véritablement minuscule, à peine aussi grande qu'une cabine d'essayage. Quand la porte était ouverte, impossible d'entrer dans la douche.

Des produits de maquillage et des laits pour le corps s'alignaient sur le réservoir des toilettes, une chemise de nuit rose pendue à un crochet à côté. Le porte-serviettes accueillait des draps de bain rouges et blancs soigneusement pliés, disposés en alternant les couleurs. Le rideau de douche en plastique était rouge, évidemment. Quant au carrelage, au miroir et au lavabo, ils étaient d'une propreté impeccable.

— Madame Blancheville, a fait remarquer Ollie, non sans condescendance.

À quoi j'ai répliqué :

— Elle fait de son mieux pour donner un peu de chaleur à cet endroit.

— Pas facile dans ce trou à rat.

Ollie a ouvert l'armoire à pharmacie et commencé à en examiner le contenu. Ses façons m'ont agacée.

— On est venu chercher Annaliese Ruben. Elle n'est pas là, on s'en va !

— T'es pressée ?

110

— Ce n'est pas Miller qui nous intéresse. Aucune raison de s'immiscer dans sa vie privée.

Sourire forcé d'Ollie à mon adresse, mais il a quand même refermé l'armoire.

Le bruit d'un rideau de douche qu'on pousse m'est parvenu juste au moment où je rejoignais Ryan dans la chambre. Puis Ollie est réapparu.

— Et maintenant, quoi ? lui ai-je demandé.

Il a vérifié son téléphone portable, apparemment sans rien y trouver d'intéressant.

— Maintenant, dodo ! Pendant ce temps-là, je fais mettre l'endroit sous surveillance ainsi que Miller.

— Quelqu'un devrait repasser ici demain pour interroger le propriétaire, a dit Ryan.

— Tiens, j'y avais pas pensé !

La mâchoire de Ryan s'est crispée, mais il n'a pas dit un mot.

Ollie a mis le cap sur la penderie de fortune. A déplacé les cintres, fouillé dans les piles de vêtements, puis, un genou à terre, a glissé un œil sous le lit.

— Je vérifie le micro-ondes ? a lancé Ryan en laissant choir la clé de la chambre sur le bureau.

Ollie a ignoré le sarcasme.

— On y va !

Et on a levé le camp.

Au Best Western, Ryan a disparu dans sa chambre, sitôt les formalités d'enregistrement achevées.

— Je t'accompagne, a dit Ollie quand j'ai reçu la clé de ma chambre.

— C'est inutile, je te remercie.

— J'insiste.

— Je refuse.

— C'est une ville dangereuse.

— Je suis dans un hôtel.

Ollie s'est emparé de mon bagage. J'ai voulu le reprendre. Il l'a fait pivoter et a monté la poignée pour le tirer lui-même. Puis il m'a fait signe de passer devant.

Ollie sur les talons, j'ai traversé les deux hectares du lobby d'un pas furieux, les roulettes de ma valise cliquetant sur le carrelage. J'ai ouvert ma porte dans un silence glacial.

— Disons huit heures demain matin, a déclaré Ollie.

— Tu appelles avant, s'il se passe quoi que ce soit.

— Oui, m'dame.

Comme il ne semblait pas décidé à lâcher la valise, je la lui ai arrachée des mains. Deux pas en arrière, et ma porte lui a claqué au nez.

La chambre était du plus pur style motel nord-américain. Un lit king size, une commode, un bureau avec une chaise rembourrée. Rideaux et couvre-lit assortis comme il se doit, et sélectionnés dans la section vert clair du nuancier. Des lithos encadrées sur tous les murs. Une décoration qui avait peu de chance de faire la couverture d'*Architectural Digest*, mais qui était quand même à des années-lumière de celle que nous venions de quitter, au Paradise Resort.

Enfin, qu'importe. Toilette, brossage des dents et au lit !

Quelques minutes plus tard, l'hymne national irlandais me tirait du sommeil. En tendant le bras vers la table de nuit, j'ai fait tomber mon iPhone une fois de plus. Il en aurait fallu davantage pour couper le sifflet aux petits chanteurs.

Récupération de l'appareil à tâtons dans le noir.

— Brennan. (En essayant d'avoir l'air vif, mais sans y parvenir, en ce milieu de la nuit.)

— Je ne vous réveille pas, j'espère ?

À l'autre bout de la ligne, une femme, et qui me parlait en français.

— C'est Simone Annoux.

À moitié endormie, j'ai fouillé ma mémoire. Sans succès.

— Du département d'ADN.

— Oui, bien sûr, Simone. Quoi de neuf ?

En mettant l'appel sur haut-parleur, j'ai vu que les chiffres à l'écran indiquaient 6:20. Huit heures vingt, à Montréal. Je n'avais pas dormi quatre heures. Je me suis rallongée, le téléphone posé sur la poitrine.

— Vous nous avez soumis des échantillons concernant une affaire de mort suspecte de nourrisson à Saint-Hyacinthe ? Quand nous en avons parlé, vous avez dit que l'identification posait problème ?

Simone est un petit bout de femme aux cheveux poil de carotte, affublée d'épaisses lunettes et dotée de l'assurance d'un moucheron. Cette timidité excessive a pour résultat que la plupart de ses phrases ressemblent à des questions. Ça me rend folle.

— Oui.

— Nous avons essayé un test un peu controversé. J'espère que ça vous conviendra.

— Controversé?

— J'ai pensé que vous voudriez en connaître le résultat?

— Quel genre de test, Simone?

— Vous connaissez l'ABG?

— L'aéroport Ben Gourion?

— L'ascendance biogéographique.

— Tony Frudakis.

— Oui, lui et bien d'autres. Mais je crois que M. Frudakis a laissé tomber les recherches dans ce domaine, non?

Au début des années 2000, alors qu'un tueur en série sévissait à Bâton-Rouge, en Louisiane, et que les enquêteurs recherchaient un jeune homme blanc, s'appuyant sur un profil établi par le FBI ainsi que sur la déclaration d'un témoin oculaire, ils ont fini par s'adresser à un biologiste moléculaire, le fameux Tony Frudakis.

À cette époque, l'ADN récupéré sur une scène de crime ou sur une victime ne pouvait être utilisé que pour des comparaisons avec les échantillons enregistrés dans le CODIS, *Combined DNA Index System*, une base de données regroupant près de cinq millions de profils. Quand les enquêteurs avaient un spécimen, mais pas de suspect, ils pouvaient vérifier si leur échantillon figurait dans cette base de données.

Le CODIS permet donc de relier des suspects inconnus à des individus fichés pour activité criminelle. En revanche, il n'est d'aucune utilité pour ce qui est de déterminer l'ascendance ou les caractéristiques physiques. Et cela pour des raisons bien précises. En effet, lorsque le Comité consultatif de la banque nationale de données génétiques a sélectionné les marqueurs génétiques pouvant être utilisés par le CODIS — c'est-à-dire les séquences d'ADN aisément détectables grâce à leur emplacement connu sur un chromosome —, il a délibérément exclu de la liste les marqueurs associés aux caractéristiques physiques ou aux origines géographiques. Pas question d'offenser un quelconque groupe ethnique! Je ne ferai pas de commentaire sur cette logique politique.

DNAWitness — « Témoin-ADN » — le test mis au point par Frudakis et utilisé dans l'affaire de Bâton-Rouge — prenait au contraire en compte un ensemble de marqueurs, sélectionnés justement parce qu'ils donnaient des renseignements sur les caractéristiques physiques. Certaines de ces caractéristiques se retrouvaient principalement chez les individus d'origine indo-européenne, d'autres surtout chez les personnes d'origine africaine, amérindienne ou sud-asiatique.

Frudakis fit savoir à la Louisiana Multi-Agency Homicide Task Force, l'escouade policière en charge de l'affaire, que le coupable recherché était à 85 pour cent d'origine africaine subsaharienne et à 15 pour cent d'origine amérindienne. Au bout du compte, le tueur en série, relié par son ADN à sept des victimes de Bâton-Rouge, s'est avéré être un Noir de trente-quatre ans, du nom de Derrick Todd Lee.

— … la répartition de ces marqueurs génétiques est associée à de larges zones géographiques. Résultat, la valeur du test ABG a été reconnue, et reconnue aussi l'utilisation des marqueurs en tant que composants génétiques essentiels dans l'étude de la race. Toutefois, il convient de garder à l'esprit que la diversification de ces marqueurs s'est encore complexifiée au cours des millénaires en raison des événements historiques — des mouvements migratoires, par exemple.

Pendant que je pensais à Frudakis, Annoux était passée en mode lecture pour parler science et, du coup, elle avait laissé tomber ses points d'interrogation tellement exaspérants.

— Les gens bougent, ai-je fait remarquer.

— Oui. Les paléoanthropologues estiment que tous les êtres humains vivants de nos jours descendent de populations qui ont émigré hors d'Afrique il y a deux cent mille ans à peu près. Ces populations se sont d'abord installées dans le Croissant fertile, puis elles se sont scindées en groupes qui ont divergé peu à peu dans toutes les directions. Certains d'entre eux se sont retrouvés en Amérique après avoir traversé le détroit de Béring. L'accroissement de la distance entre les différents groupes a entraîné l'isolement reproductif, lequel a provoqué la divergence des bassins génétiques.

— Qu'est-ce que ça a à voir avec mon bébé mort ? ai-je demandé.

114

Ce n'était pas une heure à discuter de biologie moléculaire évolutive.

— On peut utiliser les marqueurs ABG pour déterminer quel pourcentage d'ADN un individu partage avec les Africains, les Européens, les Asiatiques ou les Amérindiens. Cette technique a été employée dans plusieurs enquêtes criminelles très médiatisées. Dois-je vous expliquer le processus ?

— Oui, mais dans les grandes lignes.

— Ce test recherche la présence de cent soixante-quinze SNP, appelés MIA ou marqueurs informatifs d'ascendance. Vous me suivez ?

Un SNP, ou polymorphisme nucléotidique, est la variation d'une simple paire de bases du génome entre individus d'une même espèce, ou de deux chromosomes sur un segment donné par une seule paire de bases. En termes méga-sursimplifiés, ça signifie qu'un gène peut avoir plusieurs formes. Des millions de SNP ont été répertoriés dans le génome humain. Certains sont responsables de maladies comme la drépanocytose, d'autres sont simplement des variations normales.

— Oui…

— Par rapport à d'autres espèces animales, l'*Homo sapiens* présente une diversité génétique minuscule. C'est parce que nos liens communs sont très récents. Sur le plan de l'ADN, les hommes sont identiques les uns aux autres à quatre-vingt-dix-neuf virgule neuf pour cent. C'est ce minuscule dixième de pourcentage qui fait de nous des êtres différents.

Une série de bips puis le nom d'Ollie s'est affiché sur l'écran du téléphone. Malgré ma curiosité, j'ai tapé sur « Ignorer l'appel ».

— … selon Frudakis, et ils sont plusieurs à partager cet avis, environ un pour cent de ce dixième de pourcentage résulte de nos différences historiques. La méthode mise au point par Frudakis pour trouver les différences distinctives susceptibles de déterminer l'ascendance génétique exploite précisément ce zéro virgule zéro zéro un pour cent. De nos jours, plusieurs entreprises effectuent ce genre d'analyse à des fins généalogiques, d'autres offrent leur savoir-faire aux services médico-légaux, comme la Sorenson Forensics, qui exploite un programme appelé LEADSM. J'ai dans cette boîte une amie très chère…

Je l'ai interrompue, pressée de rappeler Ollie.

— Les marqueurs génétiques du bébé de Saint-Hyacinthe ont été comparés à ceux trouvés dans des populations spécifiques?

— Oui. À en croire les résultats, cette petite fille serait d'origine amérindienne à soixante-douze pour cent et originaire d'Europe de l'Ouest à vingt-huit pour cent.

Ce point a capté mon attention. J'ai voulu en savoir plus.

— Ses parents seraient amérindiens?

— Le père ou la mère pourrait être classé dans cette catégorie. Mais la race est un sujet si complexe…

— Merci infiniment. Vos renseignements me sont vraiment précieux. Désolée, mais je vais devoir prendre un autre appel.

J'ai raccroché et composé le numéro d'Ollie. Il a répondu à la première sonnerie.

— C'est Brennan. Tu m'as appelée?

— Bonjour, mon rayon de soleil. Excuse-moi de t'avoir réveillée.

— Je l'étais déjà.

Je lui ai rapporté ma conversation avec Simone Annoux.

— Il s'agit d'une méthode un peu controversée.

— En quoi?

— Tu sais bien, les tests ADN au service du profilage racial…

— C'est vrai. Donc, Ruben est indienne.

— Amérindienne. Elle ou le père du bébé.

— Ou les deux.

— Oui. Qu'est-ce que tu voulais me dire?

— J'ai une bonne nouvelle.

— Tu as mis la main sur Ruben?

— Non, pas aussi bonne que ça. Susan Forex vient de m'appeler. Elle n'aime pas la dernière en date de ses colocs et veut qu'elle se tire.

— Elle ne peut pas la mettre à la porte, tout simplement?

— La fille refuse de bouger.

Cela a frappé en plein dans le mille.

— C'est encore mieux qu'un mandat.

— C'est encore mieux qu'un mandat, a renchéri Ollie.

Chapitre 13

À la fin du XVIIIᵉ siècle, stimulée par la concurrence dans la traite des fourrures, la Compagnie de la Baie d'Hudson a étendu son réseau vers l'ouest de ce qui allait devenir le Canada. L'un des postes établis le long des grandes rivières, celui situé sur la Saskatchewan Nord, allait jouer par la suite, sous le nom d'Edmonton, un rôle essentiel au moment de la ruée vers l'or du Klondike dans les années 1890, puis, après la Seconde Guerre mondiale, lors du boom pétrolier. Aujourd'hui, c'est la capitale de l'Alberta.

Edmonton possède un parlement, édifice impressionnant par son architecture, une université, un conservatoire, un musée d'histoire vivante et une multitude de parcs et jardins. Tous ces sites attirent des milliers de touristes, mais aucun d'eux ne saurait rivaliser avec le West Edmonton Mall.

Ce centre commercial de cinq cent mille mètres carrés regroupe plus de huit cents boutiques. C'est le plus vaste de toute l'Amérique du Nord et le cinquième dans le monde par sa taille.

Loin d'être seulement consacré au magasinage, ce monstre propose toutes sortes de divertissements: un parc aquatique géant, un lac artificiel, une patinoire, deux mini-terrains de golf, vingt et une salles de cinéma, un casino, un parc d'attractions et d'innombrables autres sources de réjouissances.

Susan Forex vivait à un jet de pierre de là, un tout petit jet de pierre. Nous avons débarqué dans le quartier à huit heures moins le quart, après un petit déjeuner avalé dans la voiture. Ollie avait acheté du café et des beignes. Comme je n'aime pas ceux qui sont fourrés à la confiture et qu'ils l'étaient presque tous, j'ai fait main basse sur les trois qui étaient recouverts d'un glaçage au chocolat.

Dynamisée par ce solide apport de sucre et de caféine, j'ai étudié le voisinage. Les maisons, quasiment collées les unes aux autres, étaient plus ou moins toutes bâties sur le même modèle : une véranda qui pouvait être d'une taille imposante ou réduite à un perron ; un vide sanitaire dissimulé au choix derrière par des pots de fleurs ou par des platebandes, et un bout de gazon qui descendait jusqu'au trottoir. Ça et là, une bicyclette ou un jouet gisant dans l'herbe.

Ollie s'est garé devant une maison d'un étage en bardeaux gris et volets noirs, avec un perron décalé sur la gauche et une véranda qui courait sur toute la longueur de la façade. L'endroit était tout sauf ce à quoi je m'attendais.

— Très Brady Brunch, s'est exclamé Ollie.

On ne pouvait que souscrire à ce commentaire.

— La jolie madame aime bien fuir le travail, a-t-il ajouté.

— Comme la plupart d'entre nous, a déclaré Ryan.

— Mais les voisins n'ont pas la moindre idée du métier qu'elle pratique.

— Parce que vous parlez boulot avec votre voisin par-dessus la clôture ? (Ryan, sur un ton parfaitement plat.)

— Je vis dans un condo.

— Vous voyez ce que je veux dire.

— Mon boulot, c'est pas de sucer des queues dans une ruelle.

— *Mon Dieu**, on est à cheval sur la morale.

— Mon erreur. En fait, Forex est probablement du genre à organiser la fête des voisins, tous les ans.

— Et pourquoi pas ?

— À condition que ça se passe dans la journée…

— C'est l'avantage du travail autonome, on est seul maître de ses horaires.

— Je les vois d'ici, Forex et ses copines du trottoir, passant la salade de chou à la ronde.

Leur joute hostile commençait à m'énerver.

— Que sait-on de la coloc ? ai-je demandé.

— Elle s'appelle Aurora Devereaux. Nouvelle en ville. Jusqu'à présent, elle a réussi à rester sous le seuil de détection des radars.

— Vous avez vérifié auprès du fichier central ? a demandé Ryan.

Ollie s'est donné une tape sur le front.

— J'y aurais jamais pensé…

— T'es une vraie tête à claques, a lâché Ryan sur un ton polaire.

Ce coup-ci, la coupe était pleine.

— Ma patience a atteint ses limites, me suis-je exclamée en jetant un regard noir à Ollie puis à Ryan assis à l'arrière. Je ne sais pas quel est votre problème, mais vous allez vous calmer !

Ollie a articulé le mot « hormones ». Je me suis retenue pour ne pas le gifler.

— Devereaux, tu disais ?

— C'est le tout nouveau pseudonyme de la dame, qui en a déjà une belle collection. Pour de vrai, elle s'appelle Norma Devlin. Elle a vingt-deux ans, est originaire de Calgary et a atterri à Edmonton il y a quatre mois de ça. À en croire les flics de Calgary, elle a un dossier plutôt épais. Des affaires datant principalement de l'époque où elle était mineure, donc impossible de le consulter sans autorisation du juge. Cela dit, rien de très grave. Essentiellement vol à l'étalage, racolage et trouble de l'ordre public. Nombreuses périodes de probation, mais aucune peine d'emprisonnement.

— Ce qui a déclenché la colère de Forex, ce n'était donc pas de la prostitution ? ai-je demandé.

— Non, a répondu Ollie tout en détachant sa ceinture de sécurité. Eh bien, allons-y. J'adore les expulsions !

Forex a répondu au coup de sonnette en deux secondes à peine. Elle était vêtue d'un jeans et d'une chemise de coton bleu qui flottait par-dessus. Les cheveux tirés en arrière et sans maquillage, elle avait l'air beaucoup plus âgée qu'au Cowboy Lounge. Et fatiguée. L'air aussi de la maman qui vient de déposer son enfant au soccer.

— Vous en avez mis, du temps ! a-t-elle chuchoté, mais assez fort.

— Bonjour, Foxy. Oui, on va très bien, merci, et toi ?

119

Le regard de Forex a glissé sur Ollie pour inspecter la rue derrière lui et elle a aussitôt reculé en nous tenant la porte grande ouverte.

— Tu nous demandes de te suivre à l'intérieur? a lancé Ollie qui tenait à recevoir de Forex une invitation à entrer en bonne et due forme.

— Oui, a-t-elle répondu entre ses dents.

— Tous autant qu'on est?

— Oui, a-t-elle répété tout en nous faisant signe d'avancer en repliant rapidement les doigts plusieurs fois de suite.

Ollie a obtempéré, puis Ryan, et enfin votre humble servante. Et Forex s'est dépêchée de refermer la porte.

Coup d'œil autour de moi. Nous étions dans un salon encombré de meubles qui donnait sur une salle à manger, elle aussi bourrée à craquer. Des buffets noirs, lourds et sculptés, comme il y en avait chez ma grand-mère. Une moquette vert mousse, un canapé vert d'eau avec des rayures plus foncées, des fauteuils turquoise qui juraient avec le reste.

À gauche, un escalier menant à l'étage. Deux marches, un palier, puis un quart de tour et tout droit. Aux murs, accrochées de manière à former une ligne parallèle à la rampe, les photos souvenirs habituelles: bébés, remise de diplôme, jeunes mariés.

Droit devant, une cuisine et, dans un renfoncement, un Mac avec une feuille de calcul affichée à l'écran. De part et d'autre de l'ordi, des livres et des copies papier éparpillées sur le comptoir. Au-dessus, sur une étagère, des classeurs à feuilles mobiles noirs.

— Tu fais de la comptabilité à temps partiel? a demandé Ollie, à qui ce poste de travail n'avait pas échappé.

— Oui, pour deux ou trois sociétés. C'est parfaitement légal.

— Tu leur racontes quoi, aux voisins? Que tu es comptable?

— Ce que je dis aux voisins ne vous regarde pas!

— Tu as des compétences. Pourquoi tu fais le trottoir? a demandé Ollie, sincèrement curieux de le savoir.

— Parce que ça me plaît, a-t-elle répliqué sur un ton défensif. Bon, vous allez me débarrasser de cette salope, oui ou non?

— Dis-moi d'abord pourquoi tu veux la virer.

— Pourquoi? Je vais vous le dire, pourquoi! Parce qu'y a des règles à respecter, ici, et qu'elle a abusé de ma confiance.

— Aurora Devereaux?

— Ouais. Je lui ai ouvert ma porte pour quasiment pas un rond.

— Elle n'a pas payé sa part du loyer?

— C'est pas ça. Moi, j'ai joué cartes sur table dès le départ: si t'habites chez moi, t'es plus parfaite que Doris Day. Pas d'hommes, pas d'alcool, pas de drogue! (Devenant de plus en plus rouge à chaque mot.) Et comment elle me remercie? Elle est cokée à mort tous les soirs. Une fois, ça passe, j'peux fermer les yeux, on fait tous des conneries. Mais elle, c'est une junkie pure et dure. Elle fait ses saloperies ici-même, sous mon toit. Qu'elle sniffe, se shoote, fume ou se bourre de n'importe quoi, je veux pas le savoir!

Ollie a tenté d'endiguer le flot. Peine perdue, Forex était lancée.

— Je rentre du Cowboy et vous savez comment je la trouve? Assise à poil dans ma cour arrière! Et c'est pas tout! Elle chante à tue-tête! a-t-elle répondu en se frappant la poitrine du plat de la main. Du strip-karaoké dans le jardin à deux heures du matin!

— Qu'est-ce qu'elle chantait? a demandé Ollie.

— Quoi?! a-t-elle lancé dans un cri de rage et d'épuisement mêlés.

— Je m'interrogeais sur ses goûts musicaux.

— Mais qu'est-ce que ça peut foutre, bordel?

Sa tête, tendue en avant, a fait saillir les tendons de son cou.

— Moi, j'ai un faible pour *Fat Bottom Girls*.

— *Fuck*, elle me déteste, a jeté Forex, les bras levés au ciel, en mettant tout l'accent sur le verbe.

— Faudrait que tu t'endurcisses, Foxy, a conseillé Ollie.

Visiblement, la référence musicale de Forex lui a échappé. Je suis intervenue.

— C'est une chanson des Puddle of Mudd.

Trois visages ont pivoté dans ma direction.

— Un groupe de Kansas City. Le titre doit ressembler à ça, «elle me déteste», juron compris.

— Z'êtes normaux, tous les trois? s'est exclamée Forex en laissant retomber ses bras. J'vous parle d'une cinglée qui joue les naturistes sur ma pelouse, et vous, bande de crétins, vous jouez à *Fa Si La chanter*!

Coup d'œil à Ryan. Il s'était détourné, mais j'ai vu qu'un fantôme de sourire flottait sur ses lèvres.

— Donc, t'as demandé à Devereaux de se tirer? a dit Ollie, revenant à la raison première de notre présence.

— J'y ai d'abord ordonné de couvrir son gros cul. Elle m'a envoyée chier et s'est enfermée dans sa chambre. C'est pour ça que je vous ai appelés.

— Elle y est toujours?

— En tout cas, sa porte est toujours fermée à clé.

— T'as pas un double?

— J'ai pas envie qu'elle me défigure.

— OK. Voici ce qu'on va faire. On l'interpelle, mais toi, pendant ce temps-là, tu disparais. Pas un mot, pas un geste. Tu t'en mêles pas.

— Vous êtes pas très reconnaissants...

— Bon, si tu le prends comme ça, on se tire.

Ollie a fait un pas en direction de la porte.

— OK. OK, a accepté Forex en le retenant par le bras. Elle est dans la chambre au-dessus du garage.

— La place que t'avais donnée à Annaliese Ruben?

— Ah ouais, je vous vois venir. On a rien pour rien.

Elle a pris une clé dans le tiroir d'un guéridon et l'a jetée à Ollie.

— Inutile de foutre le bordel. Tout ce qu'Annaliese a laissé est regroupé dans un sac de sport, dans le placard.

Forex nous a précédés jusque dans la cuisine. La porte de service ouvrait sur un petit patio qui donnait sur une pelouse bien entretenue.

— Devereaux a une arme à feu? a demandé Ryan, ses premiers mots depuis qu'il était entré dans la maison.

— Pas que je sache. C'est contraire à mes règles. Mais après tout, qu'est-ce que Son Altesse en a à foutre?...

Nous étions presque dehors quand Forex a ajouté dans notre dos:

— Méfiez-vous, quand elle dégèle, elle est vilaine comme un serpent.

Pour accéder au garage en voiture, il fallait emprunter la ruelle derrière la maison. En revanche, quand on était à pied, il fallait suivre une allée en dalles de béton. C'est ce que nous avons fait.

La porte du garage n'était pas verrouillée, nous sommes donc entrés.

À l'intérieur, une odeur d'huile et d'essence, et des relents d'ordures en décomposition. Au centre, une Honda Civic gris métallisé qui occupait presque tout l'espace. Le long des murs, les outils de jardin habituels, des bacs de recyclage et les poubelles. Droit devant nous, juste après une minuscule remise, une série de marches menant au premier étage. Nous les avons grimpées.

Arrivés en haut, nous nous sommes déployés selon notre technique habituelle et Ollie a frappé à la porte.

— Mme Devereaux ?

Pas de réponse.

— Aurora Devereaux ?

— Dégage ! (Voix étouffée et pâteuse.)

— Police. Ouvrez !

— Tirez-vous !

— Ça risque pas.

— J'suis pas habillée.

— On va attendre.

— Si c'est pour voir mes boules, ce sera vingt dollars.

— Habillez-vous.

— Z'avez un mandat ?

— Je préférerais régler ça à l'amiable.

— Si vous avez pas de mandat, allez vous faire mettre.

— Comme vous voudrez. On peut parler ici ou au poste.

— Allez vous faire foutre !

— C'est toi qui va te faire foutre. Au trou. Pour racolage. Y a des témoins.

— Témoins, mon…

— … cul ! a terminé Ollie. Mais c'est pas pour ça qu'on est là.

— Ah ouais ? Et qu'est-ce qui me vaut cette chance ?

— Un copain t'a entendue chanter. Il m'a demandé de te déposer un contrat pour un enregistrement.

Un choc sourd de l'autre côté de la porte et le bruit d'un objet rebondissant sur le sol. Bruit de verre brisé.

Ollie s'est tourné vers nous, un sourcil levé. Puis :

— Je vais entrer de force.

— Comme tu veux. J'ai encore plein de lampes.

Ollie a introduit la clé dans la serrure et l'a tournée.

Rien n'est venu se fracasser contre la porte. Aucun bruit de cavalcade ne nous est parvenu. Se tenant de biais, Ollie a repoussé le battant aussi loin qu'il le pouvait. Ryan et moi, on s'est plaqués le plus possible contre le mur.

Aurora Devereaux était assise toute droite au beau milieu d'un foutoir d'oreillers, de draps et de couvertures.

Non sans mal, j'ai réussi à cacher mon ahurissement.

Chapitre 14

Devereaux avait des yeux bleus époustouflants et des cheveux d'un vilain blond platine plantés bas sur le front. Ses sourcils noirs décrivaient un arc assez haut et retombaient pour former un petit endroit poilu à la racine du nez. Assez court celui-ci, et se terminant en pied de marmite. Ses lèvres minces révélaient des dents mal plantées et très espacées.

Un ensemble de traits caractéristiques du syndrome de Cornelia de Lange, une maladie génétique causée par une altération chromosomique.

Inexplicablement, un nom auquel je n'avais pas pensé depuis près de quarante ans m'est venu à l'esprit: Dorothy Herrmann, mon amie d'enfance. Nées à six jours d'intervalle de deux mères qui vivaient à Beverly, dans le South Side de Chicago, Dorothy et moi avions été inséparables dès l'instant où nous avions su marcher, et cela, jusqu'à l'âge de huit ans, quand ma famille avait déménagé en Caroline du Nord. Nous nous appelions l'une l'autre Rip et Rap. Dorothy peuple la totalité de mes plus anciens souvenirs d'enfance.

Sa jeune sœur, Barbara, était atteinte de ce syndrome. Sur de vieilles photos, on la voit parmi d'autres enfants du quartier, portant un de ces affreux pulls de Noël trop long pour ses bras, ou déguisée en bergère de dessins animés pour l'Halloween. Son visage disgracieux est perpétuellement divisé en deux par un sourire qui révèle ses dents écartées à la façon des traditionnelles citrouilles qu'on sculpte à cette occasion.

À l'exception de la teinture ratée et de l'agressivité, Barbara Herrmann aurait pu être la jumelle d'Aurora Devereaux. Si elle avait atteint son âge. Hélas, elle s'était suicidée.

J'étais déjà à l'université quand j'avais appris la nouvelle. Je n'avais jamais perdu le contact avec Dorothy, mais, enfermée dans mon égocentrisme d'adolescente, je n'avais pas pris la mesure de ce que mon amie me confiait par allusions sur la dépression croissante de sa sœur. Ou bien j'avais choisi de l'ignorer, préférant voir la vie en rose. Barbara souriait tout le temps, elle était heureuse. Tout allait bien.

Aurais-je dû réagir? Des visites, des lettres, des appels téléphoniques de ma part auraient-ils pu empêcher Barbara de se tuer? Bien sûr que non. Sa famille elle-même n'avait rien pu y faire. Et pourtant, mon manque de sensibilité continue de me hanter.

Devereaux était assise, ses petites mains posées sur ses genoux relevés. Au vu de la longueur de son torse et de ses jambes, elle devait avoir la taille d'une écolière de sixième.

Comme Barbara Herrmann, certaines personnes atteintes de ce syndrome ont une capacité mentale inférieure à la normale. Pour Devereaux, ce n'était probablement pas le cas, à en juger pas son dialogue avec Ollie.

— On va entrer, maintenant.

La voix d'Ollie avait perdu un peu de sa rudesse de flic. À voir son expression, il était clair qu'il était sous le choc, lui aussi.

Même chose pour Ryan, mais lui, il cachait mieux sa réaction.

Devereaux nous a regardés en silence franchir le seuil et contourner la lampe écrasée sur le rectangle de carrelage devant la porte.

La pièce faisait dans les quatre mètres sur quatre. En plus du lit, il y avait une table en bois et deux fauteuils pivotants, une commode, et des étagères croulant sous un fouillis de vêtements, sacs à main, articles de toilette et magazines. Au mur, une télé comme dans les chambres d'hôpital.

Sur le côté droit de ce salon-chambre à coucher, une cuisinette avec un réfrigérateur taille mini-bar, un évier et un réchaud, alignés le long du mur. Sur le sol de cet espace cuisine, le même carrelage que devant la porte d'entrée, contrairement au reste de la pièce recouvert de moquette. De la vaisselle sale, des cannettes vides et des restes de malbouffe s'entassaient dans l'évier et sur le minuscule comptoir.

De la cuisine, un petit couloir menait à un placard et à une salle de bains. Les deux portes en étaient ouvertes, et les deux plafonniers allumés. Un vrai champ de bataille. Des vêtements, des draps, du maquillage, du linge sale, des chaussures et tout un fatras d'objets non identifiables, jetés pêle-mêle sur les étagères, suspendus aux luminaires ou accrochés n'importe comment aux poignées, porte-serviettes, tringles de placard ou rideau de douche.

Ollie a ramassé sur une chaise une robe d'un vert éclatant et l'a jetée sur le lit. Côté Devereaux, pas de réaction.

— Foxy n'est pas contente, a-t-il commencé.

— Elle n'est jamais contente, la salope.

— Elle dit que tu as fait une sacrée foire, hier soir.

Devereaux a haussé une épaule dénudée en même temps qu'elle levait la main, paume offerte, l'air de dire : « Et alors ? »

— Foxy veut que tu t'en ailles.

— Elle veut beaucoup de choses, Foxy.

— Tu as un bail ?

— Bien sûr. Je le garde dans un coffret de sécurité, avec mon testament.

— Dans ce cas, aux yeux de la loi, tu n'es pas autorisée à habiter ici.

Pas de réponse.

— Faut partir, Aurora, a dit Ollie sur un ton presque compatissant.

Devereaux a attrapé une petite fiole en plastique sur la table de nuit. Le menton levé, elle s'est fait tomber une goutte d'antihistaminique dans une narine, puis dans l'autre. Processus bruyant.

En attendant qu'il prenne fin, j'ai examiné les lieux plus en détail. Aucun objet personnel. Pas de photo, d'aimants sur la porte du réfrigérateur, de bibelots ou de jardinières en macramé.

En plus de l'antihistaminique, la table de chevet accueillait un flacon à demi vide de Pepto et un monticule de mouchoirs en papier froissés.

Souvenir d'un autre symptôme propre à cette maladie : le reflux gastrique, qui peut rendre l'absorption de nourriture particulièrement désagréable. J'ai ressenti un élan de pitié envers cette femme sur le lit qui avait la taille d'un enfant.

Pendant qu'elle se mouchait avec un soin qui appelait l'admiration, je me suis déplacée le plus discrètement possible en direction du couloir pour jeter un coup d'œil au placard.

Mon mouvement n'a pas échappé à notre agressive hôtesse.

— Où est-ce qu'elle va ?

— T'occupe pas d'elle, a répondu Ollie.

— *Fuck you*, t'occupe pas d'elle ! J'aime pas que des inconnus viennent fourrer leur nez dans mes petites culottes.

J'ai jugé bon d'expliquer :

— Mme Forex a laissé un sac de sport dans le placard. Nous avons sa permission pour l'emporter.

Les néons bleus ont basculé sur moi. Des cils recourbés. Les plus longs peut-être que j'aie vus de ma vie.

— « Mme Forex » a l'intelligence d'un sandwich au salami, a craché Devereaux avec un rictus.

— Elle a tout de même été gentille avec vous.

Ses sourcils épais sont remontés presque jusqu'au front.

— Gentille ! C'est comme ça que vous appelez ça ? En fait, je suis la dernière en date de ses projets de charité.

— Projets de charité ?

— Accueillir sous son toit les mochetés pour faire de leur vie un bonheur permanent.

— Et Annaliese Ruben, c'était une mocheté ? ai-je demandé, en sentant ma pitié tourner à la détestation.

— Sûr que c'était pas Miss America, a répondu Devereaux avec un vilain reniflement de morve délayée par les gouttes.

— Vous l'avez rencontrée ?

— J'en ai entendu parler.

— Où est son sac ? a dit Ollie sèchement, car la moutarde commençait à lui monter sérieusement au nez.

— Aucune idée.

— Fais un petit effort, Aurora, comme à l'école.

— Pas de mandat, pas de réponse.

— Hé, fillette, je m'efforce encore d'en appeler à tes bons sentiments.

— J'en ai pas, de bons sentiments.

— Très bien. On essaie autre chose. J'ai une dame propriétaire qui se plaint de la présence de substances illégales chez elle. Qu'est-ce que tu dirais qu'on fouille ta piaule ?

Ollie a ramassé un sac à bandoulière par terre, près du lit. Un truc en métal, avec une frange à faire pâlir d'envie l'épouse de Roy Rogers.

Devereaux s'est penchée en avant, le bras tendu.

— Donnez-moi ça !

Ollie a reculé hors de sa portée.

— Espèce de salaud !

Avec un sourire, Ollie s'est mis à balancer le sac comme un pendule.

— Salaud !

Ollie a désigné la robe.

— Allez, tournez-vous !

Je me suis exécutée, Ryan aussi. Pas Ollie.

Des bruits de mouvements, des bruissements de tissu, et un cliquetis de clous au moment où le sac a atterri sur le lit.

— Parfait.

Au commentaire d'Ollie, nous nous sommes retournés.

Devereaux était assise de biais au bord du lit, les jambes pendantes, ses orteils ne touchaient pas le sol. Elle avait enfilé sa robe et arborait toujours un air genre « allez vous faire foutre ».

Ollie a répété sa question :

— Où est le sac de Ruben ?

— Dans le placard, sur l'étagère.

— Je crois que tu as des valises à faire ?

— Plutôt bouffer de la merde de chien que de passer un jour de plus dans ce dépotoir !

Son sac à main serré sur sa poitrine, Devereaux s'est projetée en avant et s'est laissée tomber du lit. Attrapant un short et un haut parmi le fouillis des étagères, elle s'est dirigée vers la salle de bains et a claqué la porte derrière elle.

Nous lui avons emboîté le pas.

Le placard était un mini walk-in avec, d'un côté, une longue tringle à hauteur de tête et, de l'autre, deux tringles

129

plus courtes. Les robes, hauts et jupes accrochés aux cintres étaient pour la plupart de couleurs vives et, dans l'ensemble, assez tape-à-l'œil.

Par terre, un océan de chaussures et de vêtements sales jusqu'à hauteur de cheville. Dans les moindres recoins, une odeur de sueur, sirupeuse. Au-dessus des tringles, des deux côtés, une seule planche en forme de L. Bourrée à craquer de papier toilette, rouleaux d'essuie-tout et boîtes de chaussures, en plus d'une imprimante, d'un malaxeur, d'un ventilateur et de tubes en plastique au contenu mystérieux.

Le sac de sport était fourré tout au fond, dans l'angle du L. C'est moi qui l'ai repéré. Vert olive, en polyester, avec des poignées noires et une poche sur le devant, fermée par une glissière.

Pour faire un peu d'espace dans cette pagaille de vêtements au chic incendiaire de supermarché, j'ai poussé une série de cintres sur le côté et découvert un escabeau. Je m'en suis emparée. Ce faisant, mon regard a accroché un détail sur le mur, quelque chose d'à moitié caché par une grande valise. Mon pouls s'est accéléré.

Plus tard.

Ayant écarté les vêtements, j'ai positionné l'escabeau. Puis, Ryan guidant mes pas, j'ai gravi les échelons.

En trois secousses le sac s'est arraché au fatras. Vu son poids, il ne devait pas contenir grand-chose.

Je l'ai passé à Ryan, qui l'a remis à Ollie, et nous sommes retournés dans la grande pièce. À en juger par l'eau qui coulait dans la salle de bains, Devereaux n'avait pas terminé sa toilette.

D'un geste, Ollie m'a accordé l'honneur insigne d'ouvrir le sac. J'en ai écarté les poignées et j'ai tiré sur la languette de la fermeture à glissière.

À l'intérieur, quatre choses en tout. Des lunettes de soleil bon marché, monture en plastique avec un verre fêlé. Une boule à neige contenant un panda et des papillons. Un rasoir Bic rouillé. Une sandale datant probablement de l'ère Woodstock.

— Eh bien, voilà qui va grandement nous faciliter la tâche.

Avec Ryan, on s'est contentés de fixer Ollie.

130

— Elle ne va pas revenir chercher ces joyaux, je veux dire.

L'humour d'Ollie est tombé à plat.

— Et la poche avant ? a suggéré Ryan.

J'ai vérifié. Elle était vide.

Nous étions plantés là, rendus muets par la déception, quand la porte de la salle de bains s'est ouverte. Nous nous sommes retournés en bloc.

Les cheveux blonds étaient maintenant coiffés en chignon et cimentés à la laque. Quant au visage, il n'avait rien à envier à la palette de Gauguin. Paupières vert et lavande. Joues roses. Lèvres vermillon. Copie conforme des fillettes qui participent aux concours de Mini Miss. Du plus haut comique, si Devereaux n'avait pas été atteinte de ce mal.

Elle a traversé la pièce sans nous prêter attention, s'est agenouillée par terre et a tiré une valise de sous le lit. Elle a entrepris d'y balancer rageusement les vêtements entassés par terre et sur les étagères. En boule, en vrac. Sa priorité n'était pas d'empêcher les fringues de se chiffonner.

Discrètement, j'ai fait part à mes compagnons de ce que j'avais vu dans le placard, derrière la valise.

— Amovible, ce panneau ? a voulu savoir Ryan.

— J'ai l'impression.

— Il doit permettre d'accéder à la tuyauterie de la salle de bains.

— Vous pensez qu'il pourrait cacher un autre bébé ? a demandé Ollie sur un ton sinistre.

Mon regard a dévié sur Devereaux. Elle vidait un tiroir de la commode, sans s'inquiéter de ce que nous disions.

De la tête, j'ai désigné le placard.

En silence, nous y sommes retournés. Ryan a extrait la valise de derrière les vêtements.

Le panneau de trente centimètres carrés était vissé au mur.

Un panoramique de 360° m'a permis de repérer une paire de hauts talons orange. J'en ai attrapé un et l'ai passé à Ryan.

Coinçant le bout du talon sous le bord du panneau, il a tiré avec le corps de la chaussure. Les clous ont lâché sans opposer de résistance.

C'était parti pour une réédition de ce que nous avions vécu à Saint-Hyacinthe.

Retenant mon souffle, j'ai regardé Ryan introduire ses doigts sous le panneau pour faire un effet de levier, puis tirer à lui la plaque de bois. Un trou béant, noir et menaçant, est apparu.

Ollie a tendu une mini lampe de poche à Ryan. Un petit rond de lumière a troué l'obscurité et illuminé des tuyaux, comme on pouvait s'y attendre. Des tuyaux sombres, enveloppés d'isolant effiloché.

Poursuite de l'exploration. Le faisceau a glissé jusqu'à une colonne de ventilation. A franchi un joint à bride. A suivi une traverse horizontale.

Des bangs en provenance du couloir m'ont appris que Devereaux en était aux tiroirs et armoires de la cuisinette.

D'autres bangs, dans mes oreilles, m'ont fait savoir que mon pouls était devenu fou.

Le rond lumineux est revenu en arrière, a poursuivi vers la droite, puis a commencé à sonder plus bas.

Quelques secondes se sont écoulées. Une éternité.

Finalement, un paquet. Coincé au fond d'un piège en forme de U.

J'ai cru que j'allais vomir.

La serviette était bleue, avec une broderie sur le côté. Elle était bien serrée, le bout le plus gros tourné vers nous.

— On appelle le médecin légiste ? a demandé Ryan.

Ollie a secoué la tête.

— Vérifions d'abord. Qu'on ne le fasse pas venir pour rien.

Dans ma tête, une voix s'évertuait à nier la réalité brutale que mes yeux percevaient. *Non, Seigneur, non !*

Ryan a déposé la lampe de poche par terre pour prendre une série de photos avec son iPhone.

— C'est bon, a-t-il dit après les avoir visionnées.

Le laissant attraper le paquet, j'ai écarté les habits qui jonchaient le sol et aménagé un espace. Puis, sous le regard de mes deux compagnons, je me suis laissée tomber à genoux et j'ai pris une profonde inspiration.

Le tissu, très abîmé, se déchirait facilement. Les différentes couches s'étaient collées ensemble sous l'action de fluides qui avaient depuis longtemps séché et durci.

Les doigts tremblants, j'ai essayé de pratiquer une ouverture sans causer trop de dégâts.

Le tumulte d'émotions qui se bousculaient en moi a étouffé jusqu'au dernier son et un silence mortel s'est abattu sur le monde alentour.

Le tissu éponge a fini par céder. J'ai roulé les deux parties, chacune sur un côté.

Des os, petits et bruns, rassemblés autour d'un crâne en plusieurs morceaux.

— *Jesus Christ!*

J'ai relevé les yeux.

Le teint d'Ollie avait viré couleur gruau. Je me suis rendu compte à cet instant seulement qu'il n'avait pas vu les autres bébés morts.

J'ai refermé la serviette en mettant dans mes gestes la plus grande délicatesse.

— Ça en fait quatre, maintenant, à notre connaissance, a dit Ryan et il a effectué une dernière exploration du trou.

— Cette salope de meurtrière a laissé derrière elle une traînée de cadavres d'enfants du Québec à l'Alberta, et nous ne sommes pas foutus de lui mettre le grappin dessus!

Écœuré, Ollie avait parlé bien trop fort.

— On va la retrouver, a répliqué Ryan.

Je me suis relevée à mon tour et j'ai posé une main apaisante sur le bras d'Ollie.

— Appelle le médecin légiste.

Chapitre 15

À une heure et demie, en compagnie d'un Ryan vêtu comme moi de la tenue réglementaire, je me tenais près de la table en inox où reposait notre dernière petite victime. Nous avions déjà les photos et les radios du corps. Le Dr Dirwe Okeke, l'une des toutes nouvelles recrues engagées par le bureau du coroner de l'Alberta, avait déjà mesuré les os. Je les avais ensuite soigneusement brossés à sec et replacés selon la disposition anatomique pendant qu'il mettait par écrit ses premières observations.

Okeke ressemblait plus à un jeune sportif décidé à défendre les couleurs de son collège qu'à un médecin pathologiste. En cas de contestation, personne dans l'équipe adverse n'aurait songé à lui réclamer son extrait de naissance. Il devait mesurer pas loin d'un mètre quatre-vingt-dix et peser dans les cent vingt kilos. Si je l'avais croisé dans la rue, je lui aurais donné tout au plus dix-huit ans.

Quand j'avais téléphoné au bureau du coroner, la réceptionniste avait exigé de connaître mille et un détails sur les raisons de mon appel avant de me transférer sur le poste d'Okeke. Celui-ci avait écouté sans m'interrompre toute l'histoire des bébés retrouvés morts au Québec et de celui découvert chez Susan Forex.

Comme on pouvait s'y attendre, Okeke avait tenu à constater la situation en personne. Il avait débarqué sur les lieux à bord d'une Cadillac Escalade dont le siège conducteur avait été spécialement aménagé pour accueillir une baleine. Deux techniciens suivaient dans un fourgon.

En voyant Okeke, Devereaux avait effectué un virage à cent quatre-vingts degrés, devenant la douceur même. Comment le lui reprocher ? Le bon docteur semblait appartenir à une autre espèce, immense et noir à côté d'elle si petite et si pâle. Okeke n'avait nul besoin de bouger ou de parler pour donner l'impression de remplir la pièce à l'en faire éclater.

Il avait posé quelques questions, regardé les petits restes en silence. Puis il avait interrogé Devereaux. Celle-ci avait juré ses grands dieux qu'elle ignorait tout de ce bébé. Elle n'avait jamais rencontré Ruben, ni eu la moindre raison de retirer le panneau.

Forex ne savait rien non plus. Du moins, l'affirmait-elle. Et son expression sidérée portait à croire qu'elle disait la vérité.

Ollie avait attendu que Devereaux entasse toutes les merveilles du placard dans la seconde valise, puis il l'avait lui-même conduite dans un foyer pour femmes. Beau geste sans doute suscité par la compassion, mais plus encore, à mon avis, par la crainte d'entrer en trop grande proximité avec ce nouveau né assassiné.

Sous le regard attentif du trio que nous formions, Ryan, Okeke et moi-même, les techniciens avaient élargi à la scie électrique l'ouverture dans le mur, et sondé l'intérieur. Leurs efforts n'avaient abouti qu'à déloger des cafards de leur nid. Rien de plus.

Laissant les techniciens achever leur travail, Okeke avait transporté les restes du bébé jusqu'au bureau du pathologiste, dans la 116ᵉ rue. Ryan et moi avions fait la route avec lui, dans son Escalade. En chemin, Okeke nous avait dit qu'il venait du Kenya et avait étudié la médecine en Grande-Bretagne. Rien de plus. Le gars n'était pas du genre bavard.

Voilà comment nous étions arrivés dans cette salle d'autopsie.

Comme le bébé de la bouche d'aération de Saint-Hyacinthe, ce nourrisson était réduit à l'état de squelette et à quelques fragments de tissus desséchés. Privés de la chair qui les aurait retenus, les os du crâne s'étaient éparpillés et se présentaient maintenant comme sur l'illustration d'un manuel d'anatomie.

— S'il vous plaît, vous pouvez préciser ?

Okeke avait une voix profonde et un phrasé typique de la région du Masaï Mara, mais remodelé par des années de scolarité britannique.

— Le bébé en était à au moins sept mois de gestation au moment de son décès.

— Il n'est pas né à terme ?

— C'est difficile à dire. Si oui, il était dans un très faible percentile, pour ce qui est de la taille. Cela dit, il était viable, sans aucun doute, même si ce n'était encore qu'un fœtus.

Okeke a pris en note mes mesures et mes observations à mesure que je les lui expliquais. Dans sa main énorme, la planchette ressemblait à un jouet.

— Le sexe ?

— Impossible à établir à partir des os seuls.

Okeke a hoché la tête et l'on a pu voir la peau de son crâne faire des plis dans son cou.

— Des traumatismes ?

— Aucun. Pas de fractures ou de signes indiquant de mauvais traitements.

— Cause de la mort ? a-t-il demandé après avoir encore griffonné dans son calepin.

— Ni les os ni les radios ne font apparaître de signe de malnutrition, de maladie ou de déformation. Aucune présence non plus d'un quelconque corps étranger, ai-je ajouté en pensant au bébé de la banquette.

— Et pour l'ascendance ?

— Les pommettes peuvent avoir été assez larges, mais c'est difficile à dire avec des os dépourvus d'articulation. Toutefois, j'ai peut-être noté une légère forme en pelle sur une incisive de la mâchoire supérieure.

— Ce qui suggérerait ce qu'on appelait autrefois l'origine raciale mongoloïde.

— Oui.

Je lui ai alors parlé des découvertes de Simone concernant l'ADN du bébé du meuble-lavabo.

— Donc, ce bébé-ci pourrait être d'origine autochtone, lui aussi ?

— À considérer qu'il soit bel et bien le frère ou demi-frère du bébé testé.

— Douterait-on que ces enfants soient tous nés de la même mère ?

Je me suis tournée vers Ryan. Okeke aussi.

— Nous n'en avons aucune preuve, a déclaré Ryan, mais nous pensons cependant que c'est bien Annaliese Ruben qui a donné naissance à ces quatre bébés.

— Pourquoi une mère tuerait-elle ses enfants ?

Effectivement. À l'évidence, Okeke était nouveau dans le métier.

— Et pourtant, ça arrive.

— Où est cette femme maintenant ? a demandé Okeke, et ses yeux noirs se sont encore assombris.

— Nous sommes à sa recherche, a répondu Ryan.

Okeke s'apprêtait à poser une autre question quand la sonnerie stridente d'un téléphone lui a coupé le sifflet.

— Excusez-moi.

Deux pas lui ont suffi pour atteindre une table à côté d'un évier, dans le fond de la salle d'autopsie, quand il m'en aurait fallu cinq.

Okeke a retiré un de ses gants, appuyé sur un bouton et décroché le combiné.

— Oui, Lorna. (Pause.) Je choisis de ne parler à personne pour le moment.

Lorna a dit quelque chose. Ce devait être la réceptionniste qui avait pris mon appel.

— C'est qui, ce type ? (Nouvelle pause, plus longue.) Et où ce M. White a-t-il obtenu l'information ?

Tout en écoutant la réponse de Lorna, Okeke a reporté les yeux sur moi.

— Passez-le-moi.

Lorna s'est exécutée.

— Dr Okeke.

White était doté d'un organe plus puissant que Lorna et sa voix a franchi la barrière de l'écouteur sous forme d'un bourdonnement plaintif.

— Je ne peux rien divulguer, monsieur.

Le bourdonnement suivant s'est terminé sur une note située dans le haut de la gamme, ce qui laissait supposer une question.

— Je suis désolé, c'est confidentiel.

Impatiente de procéder à l'analyse, je me suis avancée vers le comptoir pour m'occuper de la serviette qui avait enveloppé le bébé. C'était comme dans *Le jour de la marmotte*. Salle d'autopsie n° 4, une fois de plus. Même gestes prudents pour défaire et tirer. Même angoisse à l'idée d'abîmer ce que je manipulais.

Je me suis concentrée sur ma tâche sans plus me soucier de la conversation d'Okeke, essayant d'introduire mes doigts sous le tissu que je tordais et soulevais, les glissant plus loin et soulevant encore.

La couche de crasse cédait, un millimètre après l'autre, dégageant peu à peu les plis.

J'ai vaguement noté qu'au fond de la pièce les réponses d'Okeke étaient de plus en plus hachées. Pour ma part, je continuais à titiller et tirailler le tissu.

Finalement, la serviette s'est retrouvée quasiment à plat. Ne résistait plus qu'un seul coin. J'ai tiré délicatement dessus. Les dernières fibres se sont décollées avec un *scratch* de bandes Velcro qu'on sépare.

Eh oui, *Le jour de la marmotte*, me disais-je. Sauf que cette fois, ma trouvaille n'a pas été un sac de gravier et de petits cailloux verts, mais un bout de papier.

Collé sur la face interne du coin qui ne voulait pas se détacher. Du bout d'un de mes doigts gantés, j'ai essayé de dégager un des bords. Sans résultat. Le papier ne faisait qu'un avec le tissu éponge.

J'ai ajusté la lampe Luxo et me suis penchée pour voir ce qui était écrit. Des lettres majuscules, noires sur fond bleu. Et, au-dessus, quelque chose qui aurait pu être une bordure blanche.

Dans l'espoir de trouver un sens au message, j'ai fait pivoter la serviette. «AL MONFWI», ai-je réussi à déchiffrer.

J'imaginais toutes sortes de significations possibles en ajoutant les lettres aux deux bouts, lorsqu'une phrase d'Okeke m'a arrachée à cette tâche. J'ai relevé la tête brusquement.

— On m'a dit que vous appeliez pour nous communiquer des informations sur Annaliese Ruben.

Ryan a regardé dans ma direction, en haussant légèrement les sourcils. J'ai répondu par une mimique identique.

Nouveau bourdonnement de paroles, puis Okeke a demandé :

— Puis-je savoir pourquoi cette affaire vous intéresse, monsieur ?

Côté bourdonnement, une longue explication qu'Okeke a fini par interrompre.

— Êtes-vous journaliste, monsieur White ?

Le bourdonnement a recommencé ses litanies. Mais cette fois, Okeke a coupé court en raccrochant bruyamment le combiné.

Il a essayé d'écrire quelque chose dans son bloc-notes, a secoué son stylo puis, exaspéré, l'a jeté sur le bureau. Le stylo a rebondi et roulé sur le carrelage. Okeke ne s'est pas penché pour le ramasser. J'ai demandé :

— C'était un journaliste ?

— Un dénommé White. Si c'est réellement son nom.

— Qui travaille pour… ?

— Aucune importance, a répliqué Okeke. Mais ce que je voudrais savoir, moi, c'est comment il a appris l'existence de ce bébé, a-t-il ajouté avec un geste vif de sa planchette en direction des tristes petits os. Et des autres, d'ailleurs.

— Parce qu'il était au courant pour les bébés du Québec ? me suis-je exclamée, incapable de dissimuler ma surprise.

— Oui, absolument, a répondu Okeke, et ses yeux se sont vrillés dans les miens avec une colère intimidante.

— Ce n'est pas de moi qu'il tient ses informations ! Ni de Ryan ! ai-je répondu sèchement, piquée au vif par son accusation implicite.

— Ni le Dr Brennan ni moi-même ne mentionnons jamais quoi que ce soit à la presse sur des enquêtes en cours.

Okeke a reporté sur Ryan son regard furieux.

— Et pourtant, il était au courant…

— Les renseignements sur le bébé d'ici n'ont pu venir que de Devereaux ou de Forex, a dit Ryan d'une voix égale, quoique étouffée. Ou encore d'un des vos techniciens. Mais cela n'explique pas qu'il ait été au courant du volet québécois de l'affaire.

Ollie aussi était au courant de tout, ai-je pensé par-devers moi.

— Pourquoi quelqu'un de chez nous ferait-il une chose pareille ?

Faisant passer son pouce d'un doigt sur l'autre pour compter, Ryan a énuméré les raisons possibles :

— Quelqu'un appelle White, prétendant avoir des informations de première main sur une femme qui abandonne derrière elle des cadavres de bébés d'un bout à l'autre du Canada. Il dit qu'il vendra son scoop au plus offrant. White se dit que l'histoire pourrait bien tenir debout, et il sort le chéquier.

— C'est vraiment se complaire dans le sordide ! a réagi Okeke en secouant la tête, écœuré. C'est comme l'histoire de vos fameux Butterbox Babies. En faire un livre et même un film, ça me dépasse !

Okeke faisait allusion à la maternité Ideal Home, en Nouvelle-Écosse, un centre pour futures mères célibataires, dirigé de 1928 à 1945 par le couple Peach Young. William Peach Young, chiropraticien de son état et prêtre non ordonné de l'Église adventiste du septième jour, et son épouse, Mercedes, qui était sage-femme, mettaient les bébés au monde. Ensuite, ils se chargeaient de leur trouver une famille d'adoption. Après des années d'exercice, le taux élevé de mortalité infantile ainsi que les nombreuses accusations de profit illégal avaient amené la police à y regarder de plus près.

L'enquête avait révélé que les Young tuaient délibérément les bébés « invendables », pour la seule raison qu'ils constituaient pour eux un manque à gagner. Les nourrissons atteints d'un handicap ou d'une maladie grave, de même que ceux qui avaient la peau trop sombre, étaient donc condamnés à mourir de faim.

Leurs petits cadavres étaient enterrés dans la propriété, enfermés dans des cartons d'épicerie généralement utilisés pour les produits laitiers, d'où le terme : « bébés boîte à beurre ». D'autres avaient été jetés à la mer ou brûlés vifs dans la chaudière de cette maternité « idéale ». On estime entre quatre et six cents le nombre de nouveau-nés qui auraient connu ce triste sort.

— Je veux savoir qui a fait ça ! s'est exclamé Okeke, furieux.

Une veine palpitait sur sa tempe droite.

140

— Eh bien, nous aussi, ai-je affirmé.

— Vous allez en parler au sergent de la GRC qui était présent avec vous sur les lieux ?

— Mmm.

Un robinet mal refermé fuyait paresseusement dans l'évier en inox. Okeke a fini par faire le tour de son bureau pour ramasser son stylo.

— J'ai trouvé quelque chose dans la serviette, ai-je annoncé.

Les deux hommes m'ont suivie jusqu'au comptoir et se sont penchés sur le message tronqué.

— Il manque le début du premier mot et la fin du dernier, ai-je fait remarquer.

— Pas nécessairement, a déclaré Ryan.

Je m'apprêtais à lui demander ce qu'il entendait par là quand mon iPhone s'est lancé dans une interprétation originale de l'hymne national irlandais.

Ollie.

J'ai ôté l'un de mes gants et accepté l'appel, pendant que Ryan et Okeke poursuivaient leur étude du bout de papier.

— Tu es où ? a demandé Ollie.

— Toujours avec Okeke.

— Ces os t'apprennent quelque chose ?

— Que Ruben n'aimait pas l'idée d'être mère. Quoi de neuf de ton côté ?

— Après avoir déposé Devereaux à la WIN House, une partie de plaisir que j'espère ne jamais revivre, je suis passé au bureau pour voir s'il y avait du nouveau. J'avais un message d'un agent du nom de Grolard. Ça ne s'invente pas.

— Sérieux ?

— Tu veux l'entendre ?

— Je te mets sur haut-parleur, pour que Ryan l'entende aussi.

J'ai appuyé sur le bouton et suis restée bêtement à fixer le téléphone.

— … un gars génial pour tout foirer. En tout cas, j'ai diffusé la photo de Ruben et demandé aux agents de la montrer dans la rue. Et c'est ce qu'a fait mon Grolard.

La réception était mauvaise, la voix d'Ollie était entrecoupée de silences. J'ai levé les yeux sur Ryan pour voir s'il prêtait attention à la conversation. Il tapait un numéro sur son cellulaire.

— Un employé du terminus Greyhound s'est souvenu qu'une femme qui ressemblait à Ruben voulait absolument acheter un billet pour Hay River.

— Quand ça?

— Hier.

— C'est où, Hay River?

— Sur la rive sud du Grand lac des Esclaves.

— Dans les Territoires du Nord-Ouest.

— Médaille d'or pour la géographie.

— Le préposé est sûr que c'était Ruben?

— Non, mais écoute ça : le type a commencé par refuser de lui vendre un billet à cause du chien.

Mon cœur a raté un battement.

— Elle avait un chien avec elle?

— Ouais. Or Greyhound n'accepte pas les animaux de compagnie. Une seule exception à la règle, les chiens d'aveugle.

— Elle n'est donc pas montée à bord?

— Si, le gars l'a finalement prise en pitié.

J'ai réfléchi un instant. Ça se tenait, il y a une forte population dénée dans les Territoires du Nord-Ouest. C'est ce que je m'apprêtais à dire quand Ryan a créé la surprise :

— Je sais où Ruben est allée.

Chapitre 16

Okeke a regardé Ryan d'un air sceptique. Moi aussi.

— Elle essaie de se rendre à Yellowknife.

— Qu'est-ce qu'il dit ? a râlé Ollie au bout du fil.

De ma main libre, j'ai fait signe à Ryan de s'expliquer.

— La dernière suite de lettres, Monfwi, c'est un mot complet.

J'ai considéré le bout de papier déchiré d'un œil neuf.

— C'est une circonscription des Territoires du Nord-Ouest. Pour les élections à l'Assemblée législative.

— Et comment le sais-tu ? ai-je demandé sans relever les yeux.

— Il y a deux ans, à Montréal, j'ai épinglé un jeune de Monfwi qui vendait du crack devant la station de métro Guy-Concordia. Il se trouve que le petit énervé avait des relations. Je l'ai laissé passer son coup de fil, et vingt minutes plus tard, c'est moi qui en recevais un de son MAL.

Comprendre : membre de l'Assemblée législative.

— Qu'est-ce qu'il dit ? a répété Ollie.

Sa question s'est échappée de mon téléphone sous forme de crachotis. Ryan s'est contenté de lire le texte affiché sur l'écran de son iPhone :

— La circonscription de Monfwi est constituée de Behchoko, Gamèti, Wekwèeti et Whatì.

— Des communautés dénées.

— Plus exactement, des peuples tlichos. En gros, les Dénés se divisent en cinq groupes : les Chipewyan, à l'est du Grand lac des Esclaves ; les Yellowknives au nord ; les Slavey au sud-ouest, le long du fleuve Mackenzie ; les Tlichos entre les Grands lacs des Esclaves et de l'Ours ; et les Sahtus, dans la partie centrale des Territoires du Nord-Ouest.

— Médaille d'or d'ethnographie.

Réplique piquée à Ollie. Ryan y a répondu en brandissant son cellulaire.

— Google. Tu ne peux pas ne pas l'aimer.

Je me suis à nouveau concentrée sur le bout de papier.

— Et ce «AL», ce serait les dernières lettres de MAL ?

— C'est probablement un bout de tract ou d'affiche, un de ces papiers que les politiciens distribuent aux électeurs pour les convaincre qu'ils méritent bien leurs paies. Ces torchons sont tous pareils.

— La circonscription de Monfwi est du côté de Yellowknife ?

Ryan a acquiescé.

— Et le siège de l'Assemblée législative se trouve à Yellowknife.

— Bon, mais ça ne prouve pas que ce soit la destination de Ruben.

— Mais qu'est-ce qu'il dit, bordel ? a vociféré Ollie.

— Je te rappelle.

J'ai coupé la communication.

— J'ai vérifié les horaires des autobus, a expliqué Ryan en agitant à nouveau son téléphone. Pour aller d'ici à Yellowknife, il faut prendre un bus Greyhound jusqu'à Hay River et, là-bas, prendre un bus de la Frontier Coach Line.

— Pas de liaison directe ?

Ryan a secoué la tête.

— Et en partant de Hay River, on peut aller ailleurs qu'à Yellowknife ?

— Pas vraiment.

J'ai réfléchi un instant. Tout ça se tenait. Selon toute vraisemblance, Ruben était d'origine amérindienne, du moins en partie. D'après Ralph Trees, Roberts/Rogers/Rodriguez parlait anglais avec un accent. Phoenix Miller pensait que Ruben n'était pas née à Edmonton. Une femme qui ressemblait à Ruben avait insisté pour prendre un autobus allant à Hay River. Avec un chien. Et d'après Trees, Roberts/Rogers/Rodriguez avait un chien. Ce que semblait confirmer le bol d'eau dans l'appartement de Saint-Hyacinthe. Enfin, un bout de papier vraisemblablement déchiré d'une feuille de chou de la région de Monfwi avait été emballé avec le bébé découvert chez Susan Forex.

Et d'ailleurs, c'était la seule piste que nous ayions.

J'ai rappelé Ollie.

Yellowknife se trouve à quinze cents kilomètres environ au nord d'Edmonton. En voiture, il faut rouler toujours en direction du nord jusqu'au soixantième parallèle, ce qui nous fait entrer dans les Territoires du Nord-Ouest près d'Enterprise. Après quoi, il faut prendre vers l'ouest jusqu'à Fort Providence et, là, traverser le Mackenzie à bord d'un traversier. On longe ensuite une vaste réserve de bisons, en tâchant d'éviter les *Bovinae* en quête de liberté qui colonisent les chaussées, et à Behchoko on coupe vers le sud-est pour atteindre la rive nord du Grand lac des Esclaves.

Le trajet prend près de dix-huit heures. La plupart des sites de voyage conseillent de faire la route de jour, et de prévoir une bonne cargaison de chasse-moustiques.

Sauf si vous le faites en hiver. Dans ce cas-là, vous aurez un ennemi : la route glacée.

Pas question que je m'inflige pareille torture. Non. Pas moi.

En avion, le choix concernant l'itinéraire était tout aussi limité.

Ollie nous a retenu des places sur un vol Canadian North qui partait à vingt heures trente. La mauvaise nouvelle, c'était qu'il serait plus de dix heures du soir quand nous nous poserions à YZF. La bonne nouvelle, c'était que le soleil se coucherait des heures plus tard.

Ollie a passé le reste de l'après-midi et le début de la soirée à retourner sur le gril le préposé de Greyhound, et à téléphoner à Hay River, Yellowknife et je ne sais combien d'autres endroits dont je n'avais jamais entendu parler.

Ronnie Scarborough, le proxénète, avait fini par refaire surface, et Ollie l'avait invité à venir jaser avec lui. Nous devions les rejoindre à dix-huit heures, Ryan et moi.

Dans l'intervalle, pour tuer le temps, nous avons fait le tour des bars et des hôtels préférés des petites dames d'Edmonton, en nous servant d'une liste fournie par Ollie.

En comparaison de certains de ces établissements, le Cowboy Lounge paraissait le summum du chic.

Nous avons montré la photo de Ruben à la ronde en demandant si quelqu'un la connaissait ou l'avait vue. Nous avons aussi posé des questions sur le gros client qu'elle était censée rencontrer le soir où elle avait filé au Québec.

Nous avons compris deux choses : d'abord, que dans les bas-fonds, trois ans, c'est beaucoup, beaucoup trop long pour que quiconque se souvienne de quoi que ce soit. Ensuite, que notre visite suscitait la même sympathie qu'une invasion de cafards.

En arrivant au QG de la GRC, nous avons découvert qu'Ollie en avait appris autant que nous. C'est-à-dire rien du tout. Ce qui le mettait de très, très mauvais poil.

Ronnie « Scar » Scarborough poireautait dans une salle d'interrogatoire. Ce qui le mettait, lui aussi, dans une humeur de chien.

Ollie a avancé qu'il vaudrait peut-être mieux qu'il mène l'interrogatoire tout seul. Ce que nous avons accepté, et il a fait en sorte que nous puissions suivre la conversation à distance.

C'est donc sur un moniteur que nous avons regardé Ollie entrer dans une petite pièce et s'asseoir en face d'un gars qui aurait pu nous être envoyé par une agence de casting pour jouer un truand du New Jersey. Un type nerveux, avec un museau de fouine, de vilains boutons d'acné, des yeux enfoncés et un nez crochu qui surplombait une lèvre supérieure marquée d'une cicatrice. Des gourmettes aux poignets et un collier en or. Un veston gris, brillant, sur un tee-shirt noir moulant qui mettait bien en valeur sa toison pectorale. Des chaussures noires à bout pointu. Seul détail décalé, le tatouage enroulé sur sa nuque. On aurait dit un oiseau stylisé qui se serait enfui d'un totem.

Scar était assis, les jambes étendues devant lui, les chevilles croisées, le bras droit passé autour du dossier de sa chaise.

— Alors, Scar, ça roule ?

Le regard de Scar a glissé vers Ollie.

— Beau tee-shirt. Content de voir que tu assumes ta sexualité.

146

— Qu'est-ce que je fais ici, *fuck*?

— Je me suis dit qu'on pourrait discuter de ton orientation de carrière.

— Je veux mon avocat.

— Tu n'es pas en état d'arrestation.

Scar a ramené ses pieds sous sa chaise et s'est levé.

— Dans ce cas, je m'en vais.

— Tu te rassieds.

Il est resté debout, les traits crispés par le mépris.

Ollie a flanqué une photocopie de la photo d'Annaliese Ruben sur la table et l'a tournée vers Scar. Les yeux de fouine sont restés braqués sur Ollie.

— Regarde la photo, trou de cul.

Le regard de Scar a dévié vers le bas pour se relever aussitôt. Il n'a pas prononcé un mot.

— Tu sais qui c'est?

— Tu diras à ta sœur que je sors déjà avec quelqu'un.

— Annaliese Ruben. Et d'après mes renseignements, tu étais son *pimp*.

— Je mets un point d'honneur à ignorer les rumeurs sans fondement.

— Ruben est sur la liste du projet KARE. On pense qu'elle aurait pu se faire tuer.

Ce qui n'était pas faux. Sur un point au moins.

— La vie est parfois cruelle.

— Alors je vais t'expliquer la situation, Scar. Vu qu'on ne sait pas très bien si Ruben est vivante ou morte, on se dit que ça vaudrait peut-être le coup de s'intéresser à ceux qui l'ont vue en dernier.

Scar a alors réussi la performance de hausser une seule épaule. Fascinant.

— Et d'abord, son *pimp*.

Nouveau mouvement d'épaule. La même.

— En commençant par un mandat de relevé des appels sur son cellulaire.

— Vous ne pouvez pas faire ça.

— Je peux faire ça.

Ollie a relevé le doigt en direction de la photo.

Avec un soupir, Scar s'est laissé tomber sur sa chaise et a jeté un coup d'œil vers la photo.

— OK. D'accord. C'est peut-être la grosse fille qui traînait parfois dans le coin.

— C'est drôle, comment ça fonctionne, les méninges.

— Ouais, bon, j'l'avais oubliée. J'ai été très pris.

— Par tes activités d'enfant de chœur?

— C'est ça.

— À moins que tu n'aies déployé tes talents du côté des terminus d'autobus. À l'affût de chair fraîche, si tu vois ce que je veux dire?

Troisième haussement de l'épaule, moins arrogant cette fois.

— On devrait peut-être discuter avec ta main-d'œuvre; vérifier quelques identités. Voir combien de bougies ces filles vont souffler à leur prochain anniversaire.

— C'est du harcèlement!

— Quel âge elle avait, Ruben, quand tu l'as mise sur le trottoir?

La bouche de Scar s'est relevée en un demi-sourire visqueux.

— C'était pas du tout ça.

— C'était quoi, alors?

— Je voulais l'aider.

— Bien sûr. Tu étais son mentor.

Scar a hoché lentement la tête.

— *Fuck*, t'es un vrai crétin. T'es complètement à côté de la plaque.

— C'était toi, le papa du bébé?

— Ruben n'a jamais eu de bébé.

— Oui, elle en a eu.

— Eh ben, j'étais pas au courant.

— Tu l'as aidée à le tuer?

— T'es complètement sauté!

Plus je le regardais, plus il me paraissait répugnant, avec son museau de fouine.

— Où est-ce qu'elle est?

— Je l'ai pas vue depuis trois ans, cette chienne-là.

— Vraiment?

— Ouais.

— Pourquoi?

— Elle a déménagé.

— Avec qui?

— Tom Cruise, bordel. Comment veux-tu que je le sache?

— Ça t'a mis en colère, qu'elle s'en aille comme ça?

— On vit dans un pays libre.

— Ruben faisait l'intermédiaire pour toi, Scar? C'est ça? Son départ a créé une brèche dans ton système de distribution?

— Cette idiote avait pas assez de cervelle pour se curer le nez toute seule.

— Ou bien c'était le manque à gagner? Une pute de moins à te payer pour avoir le droit de faire des pipes dans les ruelles?

— Cette fille-là, c'était une énorme baleine. Elle valait pas la peine.

— Tu l'as frapée? Histoire d'envoyer un message?

— T'es vraiment débile, *fuck*.

Sentant une ligne de faille dans ses bravades de caïd, Ollie a gardé le silence.

— Écoute, j'espère qu'il est rien arrivé à cette enfant-là. Franchement. Je regrette de pas pouvoir aider.

Ollie s'est laissé retomber sur son dossier et a croisé les bras.

— Eh bien, dis-moi ce que tu sais sur elle.

Manifestement, la question laissait Scar perplexe.

— Ruben est francophone? Anglophone? D'origine indienne?

— Elle parlait anglais.

— D'où est-ce qu'elle venait?

Scar a secoué la tête. De la sueur a brillé sur sa lèvre supérieure.

— Où est-ce qu'elle habitait?

— Chez une poulette appelée Foxy, à ce que j'ai entendu dire.

— Si Ruben a quitté Edmonton, où est-ce qu'elle a pu aller?

Scar a levé les mains et les yeux au ciel.

— Et comment elle y serait allée?

— Bordel, *man*! Je te l'ai dit, j'en sais rien! Je me mêle jamais de la vie privée des filles.

La goutte d'eau qui a fait déborder le vase. Je me suis mise à fulminer.

— Ce bâtard de trou de cul file de la drogue à des fillettes pour les rendre accros ! Il les met sur le trottoir pour qu'elles puissent se payer leur dope, il les brutalise et les exploite ! Et il appelle ça ne pas se mêler de leur vie privée ?

Ryan a bloqué ma main au moment où j'allais la balancer dans l'écran. L'espace d'un instant, nos regards se sont croisés. Il a détourné les yeux le premier. Je me suis dégagée et j'ai laissé retomber mon bras sur le côté.

Et ça a continué sur le même ton, Ollie posant des questions, Scar prétendant ne rien savoir, et moi luttant contre l'envie de tendre la main à travers le moniteur pour lui tordre le cou, à ce salaud.

À sept heures, Ollie a servi à Scar la rengaine sur la nécessité de rester à la disposition de la justice, puis il s'est levé abruptement et a quitté la pièce.

Scar lui a lancé des injures pendant qu'il s'éloignait.

— T'es tellement à côté de la plaque que tu ferais mieux de réfléchir avec ton cul !

Cette dernière tirade adressée à la porte.

Sur ce, le moniteur s'est éteint.

En route vers l'aéroport, nous n'avons pas dit grand-chose, ni d'ailleurs pendant l'enregistrement pas plus que pendant la brève attente qui a suivi. Par on ne sait quel miracle, l'embarquement s'est fait à l'heure. Un Dieu malicieux avait voulu que j'écope du siège à côté d'Ollie.

Nous avions déjà bouclé notre ceinture et nous éteignions nos cellulaires quand la voix du pilote s'est fait entendre. J'ai tout de suite compris que ce n'était pas pour nous annoncer une bonne nouvelle.

Un problème mécanique. Trente minutes de retard.

— Sainte mère de Dieu, a râlé Ollie. Jamais foutus de décoller à l'heure, ces avions !

Comme il ne servait à rien de répondre, j'ai économisé ma salive.

— Quand ce n'est pas la météo, c'est la mécanique qui flanche, un membre de l'équipage qui ne s'est pas réveillé, ou encore une autre merde.

À quoi bon faire dans la dentelle avec un type comme Ollie ? Je me suis plongée dans mon roman de Ian Rankin. Sergent Subtil n'a pas saisi l'allusion.

— C'est un phénomène, ce Scar, pas vrai ?

Mes yeux sont restés rivés sur ma page.

— On pense qu'il essaie d'étendre son réseau vers le nord, de distribuer sa dope dans les Territoires.

J'ai tourné une page. Bon sang, pas moyen de continuer à lire les aventures de l'inspecteur Rebus.

— Ce bâtard est plus futé qu'il n'en a l'air. Il se débrouille pour qu'il y ait toujours un intermédiaire entre la rue et lui. Impossible de lui coller quoi que ce soit sur le dos.

Rien à faire !

Ollie a momentanément renoncé à baratiner mon oreille droite. Plusieurs minutes ont passé, qu'il a consacrées à feuilleter le magazine de la compagnie et les instructions de sécurité. Il a fini par les remettre dans la pochette devant ses genoux, avec un soupir théâtral.

— Je pense que Scar en sait plus qu'il ne le prétend sur Ruben.

Ce coup-ci, Ollie a réussi à capter mon attention. J'ai refermé mon livre et me suis légèrement tournée vers lui.

— Comment ça ?

— Tu te souviens d'où il tient son nom, ce crétin ?

— Il a marqué une fille au fer rouge.

— On raconte qu'il l'aurait suivie jusqu'à Saskatoon. Histoire d'envoyer un avertissement.

— À qui ?

— Aux filles qui voudraient le plaquer.

— Il y a déjà trois ans que Ruben a quitté Edmonton. Pourquoi attendre si longtemps ?

— C'est grand, Montréal. Et loin. En plus, Ruben a changé de nom, et s'est fait discrète, justement à cause de Scar. Et brusquement la voilà qui reviendrait sur son territoire ? Non, il y a autre chose. Un détail que tu ignores, parce que je ne te l'ai pas dit…

J'ai attendu la suite.

— Scar est originaire de Yellowknife.

— Comment tu le sais ?

— On le sait. Ça fait des années qu'on essaie de l'épingler, ce petit merdeux.

— Tu crois qu'il aurait pu se lancer aux trousses de Ruben?

— Il paraît qu'il essaie de pénétrer le marché, là-haut. Pour ça, il doit prouver aux gars en place qu'il n'hésitera pas à utiliser la manière forte.

Subitement, j'ai eu l'impression qu'un hérisson de glace s'était niché au creux de mon estomac. Je me suis calée contre mon dossier et j'ai fermé les yeux. D'où me venait cette appréhension? Voilà que je m'en faisais pour Ruben! Pour une femme qui selon toute vraisemblance avait tué ses bébés. Avait abandonné leurs petits cadavres sans un regard en arrière…

Mais était-ce bien ce qui s'était passé? Avait-elle vraiment agi selon sa volonté? Et si c'était quelqu'un d'autre qui avait commis ces crimes? Si on l'y avait obligée? À Montréal, ce ne pouvait pas être Scar. Alors qui? Cette personne l'aidait-elle maintenant?

Ça n'avait aucun sens.

Forex et Scar s'accordaient à dire que Ruben n'était pas un génie. Pourtant, elle avait réussi à gagner le Québec et à y vivre incognito pendant trois ans. Elle avait dissimulé ses grossesses, mis au monde au moins quatre enfants, qu'elle avait ensuite assassinés. Elle avait échappé aux équipes du projet KARE. Même chose avec la GRC et la SQ, qui étaient toujours à sa recherche.

Mais comment? Grâce au soutien de tout un réseau? À l'aide d'une seule personne? À la solidarité et à la débrouillardise qui font la force de ce milieu? À la chance, tout simplement?

Je me suis tournée vers Ollie.

— Scar a dit que tu étais complètement à côté de la plaque. Pourquoi?

— Bravache.

— Joli mot.

— J'ai téléchargé une application qui t'en envoie un nouveau tous les jours.

Son humour ne me faisait pas rire, même si j'ai embrayé.

— Ils ne t'ont jamais envoyé «à côté de la plaque»?

152

— Il parle pour ne rien dire. La dernière chose dont Scar a envie, c'est que j'aille mettre le nez dans ses affaires.

— Il l'a pourtant dit deux fois.

— Peut-être que je devrais lui envoyer le lien de l'application.

Notre vol a fini par décoller à dix heures et quart, sans que nous ayons reçu d'informations sur le mystérieux problème mécanique.

De l'aéroport de Yellowknife, je n'ai retenu qu'une chose : l'ours polaire empaillé qui veillait sur la zone de récupération des bagages. Et aussi le vide tout partout. Alors que nous sortions du terminal, le vent nous a soufflé en pleine figure un mélange de pluie et de neige. Il faisait un froid de loup.

Un certain sergent Rainwater nous a servi de chauffeur sur la courte distance qui nous séparait de la ville. Je me suis installée à l'arrière avec Ryan. Des bribes de la conversation qui se déroulait à l'avant, j'ai déduit que Rainwater avait effectué des investigations pour Ollie, le genre de chose que nous avions essayé de faire à Edmonton, comme de montrer la photo de Ruben et d'interroger les gens. Avec le même résultat.

Nous sommes arrivés à l'hôtel Explorer juste après minuit. De ce que j'en ai vu, il était situé tout en haut d'une colline, au bout d'une longue allée incurvée. Un inukshuk — un empilement de pierres typiquement inuit — de deux mètres cinquante de haut en gardait l'entrée principale.

Les formalités ont été miséricordieusement rapides. Et tout aussi miséricordieusement, Ollie n'a pas manifesté le désir de m'escorter jusqu'à ma chambre.

Laquelle se trouvait au troisième étage. Lit king size, minibar, avec un four à micro-ondes, écran plat et vue sur une étendue d'eau dont je me suis promis de demander le nom le lendemain matin.

J'ai déposé mon iPhone sur le socle du radio-réveil et programmé un bruit de vagues. Le sommeil m'a emportée en moins de cinq minutes.

Chapitre 17

Le bébé tendait les bras, les doigts écartés, tremblant de tous ses membres, implorant de l'aide. Mon aide.

J'aurais voulu courir vers lui, mais mes pieds s'enfonçaient de plus en plus dans le sable.

Zoom avant sur la scène.

Le bébé était assis sur une longue plage noire, dans un creux du sable, sur fond de vagues tempétueuses et de ciel menaçant, assombri par des nuages d'orage violacés.

Sous mes yeux, le nimbe vaporeux qui formait un halo autour de sa tête s'est épaissi jusqu'à former une couronne de boucles blondes. Les petits traits se sont cristallisés en un portrait familier. Les iris sont passés du bleu au vert.

Katy !

J'ai essayé de crier. Essayé, essayé encore.

Aucun son ne s'échappait de ma gorge.

Je fournissais des efforts désespérés pour atteindre ma fille.

Mes jambes s'étaient changées en plomb.

Katy avait maintenant de l'eau jusqu'au-dessus du ventre.

La mer montait !

Le cœur battant à tout rompre, j'ai accéléré mon allure.

La distance qui nous séparait ne faisait que s'allonger.

Une silhouette s'est matérialisée sur la plage. Indistincte. Le visage flou. Impossible de dire s'il s'agissait d'un homme ou d'une femme.

J'ai tenté de l'appeler.

Aucune réaction.

J'avais beau mettre toutes mes forces dans la bataille, mes efforts restaient vains.

Katy avait maintenant la poitrine submergée.

J'ai crié encore, les joues baignées de larmes.

La scène vibrait comme un mirage dans le désert.

L'eau atteignait à présent le cou de Katy.

J'ai mobilisé les dernières fibres de mon être.

Poussé un hurlement.

La scène s'est désintégrée. Dissoute comme des confettis dans le brouillard.

J'ai battu des paupières, complètement perdue.

J'étais assise, toute droite, dans mon lit, le cœur cognant contre mes côtes, la peau luisante de sueur, les mains crispées sur des draps réduits en deux boules compactes.

Le réveil indiquait 5:42. Une lueur grise, celle qui précède l'aube, pénétrait par les fenêtres, dont j'avais oublié de tirer les rideaux en me couchant, cinq heures auparavant.

Dehors, la neige avait cessé, mais l'ovale de l'étendue d'eau sans nom paraissait sombre et glacée. À l'intérieur, il faisait un froid polaire.

Je me suis obligée à décrisper les doigts, me rallonger et remonter la couette sous mon menton.

Juste un rêve.

Juste un rêve.

Après ce mantra, je me suis livrée à ma tâche post-cauchemar habituelle : la déconstruction. Pas besoin de compétences psychanalytiques élaborées pour cela ; mon subconscient n'est pas créatif à ce point. Mon bon vieux *ça* se contente de recracher un remix des événements récents.

Un bébé en danger. Pas de quoi téléphoner à Sigmund.

Katy, ma fille. Une semaine que je ne l'avais pas eue au téléphone.

La plage. Mon iPhone émettait encore un bruit de vagues censé me procurer un sommeil paisible.

La silhouette indécise. Celle-là, elle requérait un semblant de dissection.

Annaliese Ruben, qui avait assassiné ses enfants ? Ronnie Scarborough, qui menaçait peut-être Ruben ? Ryan, qui avait tiré un trait sur notre relation ?

Ma mère, qui avait essayé de me mettre trop tôt sur le pot?

N'importe quoi.

Repoussant les couvertures, je suis allée sur la pointe des pieds prendre dans ma valise un jeans, un chandail à manches longues, mon sweat à capuche Lululemon, des chaussures de tennis et des chaussettes. En juin. Bienvenue dans les régions subarctiques. Ou dans la toundra. Ou tout autre intitulé géographique correspondant à l'endroit où nous nous trouvions, peu importe.

Une giclée d'eau sur la figure. Deux coups de brosse sur les dents. Les cheveux relevés en queue de cheval.

Le réveil indiquait 6:00. Je suis descendue en faisant plusieurs vœux: qu'il y ait un restaurant à l'hôtel, qu'il soit ouvert, etc.

Coup de chance! Le Trader's Grill pouvait faire des œufs. Ou du moins, s'y apprêtait. Une femme disposait des couverts en inox sur une rangée de tables enjuponnées, le long d'un des murs. En m'entendant approcher, elle s'est retournée et a fait un geste en direction d'une table pour deux près de la fenêtre. Nellie, d'après le badge épinglé sur sa poitrine.

Elle avait une tresse de cheveux noirs qui lui descendait jusqu'au milieu du dos. Sa blouse de coton et sa longue jupe rouge enrobaient un corps bâti sur le modèle engin de travaux publics.

J'ai pris place à l'endroit indiqué et cherché le menu. N'en voyant pas, je me suis calée au fond de ma chaise et j'ai promené les yeux sur les environs.

Nous n'étions pas, Nellie et moi, les seules lève-tôt. Deux hommes occupaient une table à côté d'une cheminée surmontée d'une hotte de cuivre. Le feu était à présent éteint. Deux gars en jeans, grosses bottes et chemises à carreaux. Leur barbe n'aurait pas volé un coup de ciseaux.

Nellie a disparu pour réapparaître un moment plus tard avec une cafetière en inox et une grosse tasse en porcelaine. Après avoir abreuvé les deux émules de Paul Bunyan, le célèbre bûcheron du folklore américain, elle s'est approchée de moi.

— Désolée. La cuisine n'ouvre qu'à sept heures.

Elle a soulevé la cafetière dans un geste interrogateur. Ses grosses joues et sa peau cuivrée suggéraient une ascendance amérindienne.

— Oui, s'il vous plaît.

Nellie a posé la tasse devant moi et l'a remplie.

— Je peux vous préparer un petit déjeuner. Quelque chose de simple.

— Des œufs et des toasts, ce serait génial.

— Brouillés, les œufs ?

— Parfait.

Nellie est repartie.

J'ai trempé mes lèvres dans le café. Il était tellement fort qu'on aurait pu faire flotter une cuillère dessus.

La fenêtre donnait sur un décor plutôt zen. Des empilements de roches, des plantes rabougries bravant un semis de gravier, des tuyaux de caoutchouc serpentant sur le sol. Impossible de dire si le projet paysager était en cours d'élaboration ou s'il agonisait, faute d'entretien.

À la limite du jardin de pierres, deux énormes oiseaux noirs décrivaient des cercles juste au-dessus d'un bouquet de pins d'une hauteur surréaliste. Tout en suivant du regard leurs lentes arabesques, j'ai laissé vagabonder mes pensées vers mon rêve.

Pourquoi Katy ne m'avait-elle pas appelée ?

J'ai vérifié le réseau sur mon iPhone. Quatre barres. Pourtant, ni message vocal ni texto de ma fille.

J'ai vérifié mes courriels. Vingt-quatre dans la boîte depuis que j'avais quitté Edmonton. J'en ai ignoré ou supprimé la plupart. Notifications de l'opérateur. Pubs pour l'élongation assurée d'un organe que je ne possède pas, pour des produits pharmaceutiques ou des crèmes de soin, pour des villas de vacances. Des propositions d'investissements à la rentabilité infaillible.

Un mot de Pete m'informant que Birdie allait bien et tourmentait Boyd, son chow-chow.

Ma sœur, Harry, m'annonçait qu'elle sortait avec un astronaute à la retraite, qui s'appelait Orange Curtain. Rideau Orange ? J'ai espéré que c'était une erreur de la saisie automatique.

Katy m'avait envoyé un lien vers un site de cartes électroniques sur lequel une de ses amies avait posté une invitation à ses fiançailles. Bon, tout allait bien. Elle était juste débordée.

Un message d'Ollie, intitulé *Sauvegarder sur téléphone*. Pas de texte, juste une pièce jointe. Intriguée, j'ai téléchargé le document.

La photo d'Annaliese Ruben, scannée et agrandie. Un peu floue, mais le visage était parfaitement reconnaissable.

Bien pensé, sergent Hasty. Depuis le temps, ma copie papier était un peu fripée.

J'ai étudié la photo. Des cheveux châtain foncé. Des joues rondes. Un visage qu'on aurait pu voir dans les rues de Dublin, de Dresde ou de Dallas.

— J'espère que vous n'êtes pas végétarienne.

J'étais tellement absorbée par la contemplation de Ruben que je n'avais pas entendu approcher Nellie.

— Je vous ai mis un peu de bacon.

— Très bien, le bacon.

J'ai reposé mon téléphone et me suis effacée pour permettre à Nellie de poser l'assiette devant moi.

Les œufs et le bacon voisinaient avec des toasts, des pommes de terre rôties et un petit truc brun d'une nature équivoque.

— Ça ira ? a-t-elle demandé.

J'ai fait « oui » de la tête.

Elle a tiré la note de la ceinture de sa jupe.

— Je vous remets du café ?

— S'il vous plaît.

Comme elle se penchait sur la table, son regard est tombé sur mon téléphone. Le visage de Ruben était encore affiché à l'écran.

Nellie a eu un mouvement de recul comme si elle avait pris une décharge électrique. Du café a éclaboussé la nappe. Elle a eu une brève inspiration, s'est redressée et a reculé.

J'ai relevé les yeux.

Les lèvres pincées, elle évitait mon regard.

Était-ce la photo de Ruben qui la troublait à ce point ? Est-ce que je m'imaginais des choses ?

— Désolée.

Un marmonnement.

— Je vais chercher de quoi nettoyer.

— Pas la peine.

Soulevant mon iPhone, j'ai épongé le café répandu avec ma serviette.

— Il a l'habitude. Je lui en fais vraiment voir de toutes les couleurs !

La bouche de Nellie est restée crispée.

— Ça pourrait vous intéresser, ai-je dit sur un ton faussement dégagé en désignant des yeux la photo. Je crois que cette femme est originaire de Yellowknife.

J'ai levé le téléphone vers Nellie pour qu'elle voie mieux l'écran. Elle a gardé les yeux rivés sur ses chaussures.

— Elle s'appelle Annaliese Ruben.

Pas de réponse.

— Vous la connaissez ?

Silence radio.

— Il se pourrait qu'elle soit revenue à Yellowknife récemment. Elle venait d'Edmonton.

— Il faut que je retourne au travail.

— Il est important que je la retrouve.

— Je dois encore préparer le buffet avant de partir.

— Je pourrais peut-être l'aider à résoudre un problème.

De l'autre côté de la pièce, les deux Paul Bunyan se sont levés. Nellie les a regardés sortir.

Quelques secondes ont passé.

Nellie savait qui était Ruben, c'était sûr et certain. Peut-être même où elle était. J'allais tenter une autre approche quand elle a demandé :

— Quel genre de problème ?

— Je suis désolée. Je m'en voudrais de trahir sa confiance.

Nellie a fini par relever les yeux sur moi. Manifestement, elle essayait de déchiffrer mes pensées.

— Ce serait pas à cause d'Horace Tyne ?

— Que savez-vous de Tyne ?

Un coup de bluff. Comme si je savais moi-même de qui il s'agissait.

— Qu'est-ce que *vous* savez de lui ?

Du calme, Brennan. Ne l'effarouche pas.

— Écoutez, Nellie. Je me rends bien compte que vous n'avez aucune raison de me faire confiance. Mais je cherche vraiment à aider Anneliese. Je ne lui veux pas de mal.

— Vous êtes flic ?

— Non.

Le visage tourné vers moi s'est fermé hermétiquement, comme le judas à l'entrée d'un bar clandestin.

Quelle idiote j'étais ! Dans un si petit hôtel, le téléphone arabe devait fonctionner à mort. Nellie avait dû entendre les rumeurs sur Ollie et Ryan.

— Mais j'accompagne deux policiers, ai-je ajouté dans l'espoir de rattraper ma gaffe. Ils ne savent pas que je vous pose ces questions.

— Pourquoi sont-ils là ?

— Nous pensons qu'Anneliese aurait pu se fourrer dans le pétrin.

— Et les flics veulent lui venir en aide ?

— Oui.

Sans un mot, Nellie a tourné les talons et s'est éloignée.

Tout en mangeant mes œufs, froids désormais, j'ai repassé dans ma tête mes prouesses matinales. Je m'étais laissée terroriser par un rêve pour ensuite effectuer une autopsie amateur de son contenu. J'avais abattu mon jeu concernant Annaliese Ruben, et m'étais mise à dos une informatrice potentielle.

Enfin, j'avais obtenu un nom. Horace Tyne.

Génial. Ryan proposerait probablement ma candidature à l'examen de détective.

Du bout de ma fourchette, j'ai tapoté le truc brun. Qui avait peut-être été un légume à un moment de son existence.

Une autre serveuse est apparue. La préparation du petit déjeuner a repris, non sans fracas et bruits de vaisselle entrechoquée.

Je soulevais ma tasse pour finir mon café quand mon bras s'est arrêté à mi-chemin de mes lèvres.

Nellie avait dit qu'elle devait préparer le buffet. Qu'elle ne pouvait pas partir avant d'avoir fini.

Où était-elle donc passée ?

J'ai signé la note. Le temps d'y ajouter le numéro de ma chambre et de gribouiller mon nom, et je me suis ruée hors du restaurant.

Courant presque, Nellie franchissait déjà la porte d'entrée de l'hôtel.

Appeler Ryan ? Ollie ?

Nellie allait rapidement disparaître dans l'allée en demi-cercle.

Je me suis lancée à sa poursuite.

Chapitre 18

Une brume matinale aussi épaisse que du saindoux tournoyait dans le halo lumineux projeté par l'enseigne de l'hôtel. Sous ces latitudes, à cette époque de l'année, le soleil ne se couche jamais tout à fait, mais il semblait quand même s'organiser pour créer une nouvelle aurore.

En d'autres termes, la visibilité était minable.

Toutefois, j'avais l'avantage de la position élevée. De plus, bien que Nellie ait revêtu une veste grise matelassée qui se fondait dans le brouillard, elle était facile à repérer avec sa jupe rouge vif.

Au moment où j'émergeais de dessous la marquise de l'hôtel, la tache rouge a disparu à un détour de l'allée. Je me suis mise à courir.

Il y avait peu de risque pour que Nellie s'aperçoive qu'elle était suivie, cependant je me suis efforcée de rester sur le côté intérieur de la courbe pour ne pas me faire repérer. J'étais arrivée à mi-parcours de l'allée quand ma proie a disparu. J'ai pressé l'allure. Arrivée au pied de la colline, j'ai regardé d'un côté, puis de l'autre. La jupe rouge oscillait le long de Veterans Memorial Drive, qui était quasiment désert à cette heure matinale.

J'ai suivi la même direction, en regrettant déjà de m'être lancée à l'aventure sans prendre le temps de me couvrir. Mon haleine formait des nuages de buée devant mes lèvres.

Le centre de Yellowknife ressemblait à tout point de vue à un décor de cinéma qu'on aurait livré par camion et monté à la va-vite. Pensez à *Bienvenue en Alaska*, mais mettez à la puissance trois ou quatre les bars, fast-foods, boutiques, bureaux quelconques et autres bâtiments administratifs.

J'ai suivi Nellie jusqu'à la 50e Rue, marchant le plus vite possible pour me réchauffer, mais assez lentement pour maintenir une distance prudente entre nous. Ce qui n'était pas difficile. Malgré ses jambes courtes et sa masse imposante, cette femme était une rapide.

Yellowknife ressemble beaucoup à Charlotte pour ce qui est des noms de rues. Pour faire court, la 50e Rue croisait la 50e Avenue. Et vive la créativité !

Nellie a traversé le carrefour au feu vert. Par prudence, j'ai attendu un instant avant de l'imiter et je me suis tapie dans un renfoncement, devant une boutique de souvenirs.

Un demi-pâté de maisons plus loin, un auvent orange courait sur toute la longueur d'un bâtiment de trois étages qui avait connu des jours meilleurs. Une flopée de jours meilleurs. L'inscription sur l'auvent et sur la façade au niveau du premier étage l'identifiaient comme le Gold Range Hotel. Sans hésiter, Nellie a poussé la porte d'entrée et s'est glissée à l'intérieur.

J'ai vivement sorti mon iPhone de la poche de mon jeans et appuyé sur le numéro abrégé de Ryan. Ma main tremblait si fort à cause du froid que j'ai raté mon coup et dû recommencer.

Messagerie vocale.

Rappelle-moi. Tout de suite.

Les yeux filant du Gold Range à mon téléphone, j'ai appelé Ollie.

Même résultat. Même message. Texte et ton urgent.

Ces deux balourds dormaient-ils encore, la sonnerie éteinte ? Étaient-ils déjà levés et sortis ? Peu probable après moins de six heures de sommeil.

Les bras serrés contre ma poitrine dans l'espoir illusoire de me protéger du froid, j'ai examiné le Gold Range. Un affreux auvent, des volets sculptés, une corniche en faux style Tudor aux étages supérieurs et du bardeau en bois sombre au niveau de la rue. Bref, un mélange de motel et de chalet suisse.

Nellie y habitait-elle ? Et Ruben, se pouvait-il qu'elle y soit en ce moment ?

J'ai envisagé les trois solutions possibles : entrer et essayer de repérer l'une ou l'autre ? Attendre, mais combien de temps ? Laisser tomber cette partie de cache-cache et rentrer à l'Explorer ?

Sous mon sweat et mon malheureux chandail en coton, j'avais la chair de poule, la peau d'un porc-épic. Je me suis frotté les bras. J'ai sauté d'un pied sur l'autre.

Où diable étaient Ryan et Ollie ?

Bref examen de la boutique derrière moi. Des affiches, des ours polaires en plastique, tout l'attirail kitsch pour touristes. Et aussi : des sweatshirts et des blousons proclamant *I ♥ Yellowknife.*

Les heures d'ouverture étaient indiquées sur la porte. Du lundi au vendredi, de neuf heures du matin à huit heures du soir. Des vaillants. Peu utile pour moi. De toute façon, je n'avais emporté ni argent ni carte de crédit quand j'étais descendue prendre mon petit déjeuner.

Coup d'œil à ma montre. Sept heures dix.

J'ai regardé le Gold Range. L'hôtel m'a rendu mon regard. Ses fenêtres étaient silencieuses et noires dans la brume d'avant l'aube.

Sept heures quatorze.

En grelottant, j'ai réessayé de joindre Ryan et Ollie. Pas de réponse. D'aucun des deux.

Bon. J'allais attendre sept heures et demie, après quoi je prendrais l'hôtel d'assaut.

Si je n'étais pas morte de froid avant, congelée sur place.

Re-frottage des bras en battant la semelle.

Peu à peu, le brouillard glacial changeait de nuance. Vers le haut de la colline, derrière l'Explorer, les longs nuages d'étain qui planaient à l'horizon se coloraient de rose et de jaune.

Sept heures dix-sept.

Calme plat au Gold Range. Dans la lumière de plus en plus vive, on distinguait derrière une vitre des torsades de tissu réunies à la façon d'un hamac. Bel effort de déco.

Après un laps de temps qui m'a paru durer une heure, j'ai regardé ma montre.

Sept heures vingt.

On aura beau dire, une filature n'a rien à voir avec l'expérience exaltante qui hante l'imagination populaire.

Je m'apprêtais à passer à la troisième des options envisagées quand la porte de l'hôtel s'est ouverte. Le dos rond, Nellie est sortie sur le trottoir et s'est dirigée droit sur moi.

Je l'admets : mon bon vieux muscle cardiaque a quelque peu accéléré ses battements.

Avant d'arriver au coin, Nellie a traversé la 50ᵉ Rue en diagonale et tourné à droite dans la 50ᵉ Avenue.

Mon soupir de soulagement s'est matérialisé sous la forme d'un cône de buée. À présent, Yellowknife frémissait d'activité. Traduction : trois personnes s'étaient matérialisées dans la rue principale.

Devant l'A&W, un fleuron de la restauration rapide, deux hommes ont interrompu leur conversation pour me suivre du regard, le visage à peine visible sous la capuche de leur parka. Au PFK, j'ai croisé un jeune en pantalon de jogging rouge et blouson de mouton retourné noir, coiffé d'une tuque orange, qui trimbalait une planche à roulettes jaune sous le bras. À chaque fois, j'ai souri et dit bonjour. M'attirant par deux fois un regard hostile pour toute réponse.

Bon, eh bien tant pis.

Quelque part après la 44ᵉ Rue, la 5ᵉ Avenue changeait de nom pour s'appeler Franklin. Dans le plus pur style Charlotte. Tout en hâtant le pas, je mémorisais les noms de rues et les tours et détours que je faisais.

Plusieurs rues après School Draw Avenue, Nellie a pris à droite dans Hamilton, puis à nouveau dans une allée non asphaltée. Une pancarte fixée à un rocher annonçait *Ragged Ass Road*. C'est-à-dire la rue de la misère noire.

Ça, vous ne risquez pas de le voir à Charlotte.

Nellie a foncé dans Ragged Ass, encore inconsciente de ma présence. Je l'ai laissée prendre un peu d'avance au coin de la rue, craignant d'être trahie par le bruit de mes pas sur le gravier. Série de petits coups d'œil à droite puis à gauche, pour me familiariser avec l'environnement. Le soleil, plus haut maintenant, dissipait le brouillard. Les détails étaient plus nets.

Un quartier dévolu à l'habitation ; entre maisons et chaussée, une herbe brûlée par le soleil mais cramponnée à la vie, disséminée çà et là, en touffes ; des fils électriques accrochés à faible hauteur ; une odeur d'eau salée et de boue saumâtre. Il devait y avoir un lac dans le coin.

Une architecture de style macédoine nordique. Les maisons les plus récentes donnaient l'impression d'avoir été assemblées à partir de kits achetés par catalogue : profilés en aluminium, blocs-fenêtres en préfabriqué, portes et persiennes faussement coloniales.

Les plus anciennes faisaient penser aux baraques sans confort des communautés hippies avec leurs façades en bardeaux décorées de fresques ou d'images inspirées de la nature ; cheminées et gouttières en métal, petits moulins, animaux en plastique et nains de jardin dans les cours ou sur le dessus des clôtures.

Chaque maison avait au moins une dépendance, un réservoir rouillé et une montagne de bois de chauffage. Et, me disait mon petit doigt, leurs occupants ne devaient pas aimer voir des inconnus débarquer à l'improviste.

Des chiens ? J'ai repoussé cette image inquiétante.

En tant qu'artère, Ragged Ass n'avait pas usurpé son nom. Deux pâtés de maisons tout compris.

Sans un regard en arrière, Nellie a foncé jusqu'au bout de la rue et tourné dans une allée en terre battue menant à une construction dont les propriétaires devaient être des partisans acharnés du mode de vie spartiate mentionné plus haut.

Ragged Ass somnolait, indifférente à l'intrusion matinale de l'inconnue que j'étais.

La peau me brûlait. De froid et d'appréhension. Je suis quand même allée de l'avant, toujours en cachette.

Aucun rottweiler ne s'est mis à aboyer. Aucun pitbull n'a foncé sur moi.

Et voilà. J'étais de nouveau en filature.

La maison dans laquelle Nellie était entrée était à peine mieux qu'un hangar — structure en bois d'environ quatre-vingts mètres carrés. Sur la façade, des chiffres réfléchissants : 7243.

Sur un côté de la maison, une serre bricolée avec du plastique et du bois ; sur l'autre, un auvent brun délabré abritant une table et des fauteuils en plastique ainsi qu'un barbecue rouillé.

Pas de véhicule garé dans la courte allée ou sous l'abri d'auto.

Bon, et maintenant ?

Jusque-là, attendre m'avait assez bien réussi. Autant continuer sur cette lancée.

J'ai donc repris mon observation, tapie sous un petit appentis de l'autre côté de la route.

Comme tout à l'heure dans la 50ᵉ Rue, le temps avançait à la vitesse d'un glacier.

Sept heures cinquante, indiquait mon téléphone. Pas de message vocal ni de SMS. Pas de courriel non plus.

J'ai composé le numéro de Ryan et lui ai laissé une mise à jour de mes coordonnées géographiques.

Sur le plan thermique, mon nouvel emplacement était nul. Le soleil avait eu beau atomiser le brouillard et faire monter la température d'un cran, un sale petit vent m'envoyait par rafales régulières l'humidité générée par ce plan d'eau invisible.

J'ai croisé les bras, coincé mes mains sous mes aisselles. Ma respiration ne formait plus de cônes de buée, mais c'était tout juste.

Pendant une éternité, les seuls mouvements dans Ragged Ass ont été ceux des corbeaux qui se chamaillaient une place sur les fils téléphoniques au-dessus de ma tête. Et puis, subitement, une portière a claqué, et un moteur a démarré.

J'ai vivement tourné la tête vers la gauche. À une trentaine de mètres au nord, un pick-up rouge reculait dans une allée. Je l'ai regardé manœuvrer, s'arrêter et prendre la direction de la rue Hamilton.

À huit heures et quart, mon enthousiasme pour les filatures était tombé plus bas que ma température corporelle. Un million d'arguments en faveur de l'abandon me tournicotaient dans la tête.

Cette maison n'avait peut-être rien à voir avec Ruben. Peut-être que c'était celle de Nellie, qui était bien au chaud dans son lit, tandis que Ruben était au Gold Range. Peut-être que Nellie était passée à l'hôtel prévenir Ruben de notre présence à Yellowknife. Peut-être que Ruben avait de nouveau déguerpi et que j'avais tout gâché une fois de plus.

Au diable, j'avais l'adresse. On pourrait revenir plus tard et voir si Ruben était là.

Il m'arrive de me donner de bons conseils. Et même, parfois, de les suivre. Ça n'a pas été le cas cette fois-ci. Malheureusement.

Avant de laisser tomber, j'ai décidé de jeter un petit coup d'œil vite fait. Non, ce n'est pas tout à fait ça. Je n'ai pris aucune décision. En fait, ce sont mes pieds à moitié gelés qui ont commencé à se déplacer vers la maison.

Rapide vérification à droite puis à gauche, et j'ai traversé Ragged Ass, remonté l'allée et atteint la maison par le côté de l'auvent. Après avoir contourné le barbecue avec le maximum de discrétion, du moins l'espérais-je, je me suis plaquée dos au mur à côté d'une double porte coulissante en verre.

Bloquant ma respiration, j'ai tendu l'oreille.

De l'intérieur me parvenait le ronronnement assourdi d'un débat télévisé, ou d'une émission de radio. Dehors, autour de moi, rien d'autre que le silence total. Le silence et l'immobilité.

Tout doucement, j'ai décollé du mur mon épaule droite et pivoté vers la gauche.

Manœuvre inutile : les deux panneaux vitrés étaient masqués de l'intérieur par de minces stores vénitiens en métal, parfaitement jointifs entre eux et fermés à l'aide d'une clenche.

J'ai réédité l'opération à droite, sur une fenêtre dont le rebord m'arrivait à hauteur de l'épaule. Là encore, des volets fermés.

J'étais sur le point de renoncer quand s'est fait entendre à l'intérieur un bruit qui ressemblait à un jappement. Le chien de Ruben ?

Survoltée, je me suis dirigée à pas de loup vers l'arrière de la maison.

Là, dans le jardin, à droite, une corde à linge courait du mur de la maison jusqu'à un chicot de bouleau, à six ou sept mètres de là. Plus loin, de l'autre côté du bouleau, un bout de terrain vague et ensuite un hangar en aluminium. À côté, une benne à ordures en bois vermoulue, au couvercle pentu, monté sur charnières.

Sur la façade arrière de la maison, au centre, une porte précédée de trois marches en bois affaissées. De part et d'autre des marches, sur le côté le plus éloigné de moi, une jardinière en céramique craquelée. Derrière, une table en bois branlante. Le plateau maculé de taches et le couteau oublié là suggéraient qu'elle servait à vider et nettoyer le poisson.

Entre le coin gauche de la maison, où je me trouvais, et les marches, il y avait une fenêtre légèrement plus haute que l'autre et également obturée par des stores. De l'endroit où je me trouvais, une variation dans les ombres donnait l'impression que ces stores ne descendaient pas jusqu'à l'appui de fenêtre mais s'arrêtaient vingt centimètres au-dessus.

Tous les sens en état d'alerte maximal, j'ai passé l'angle de la maison et commencé à longer le mur en essayant de me fondre dans le décor. Un corbeau perché sur le bouleau a croassé et s'est envolé.

Je me suis figée.

Rien.

J'ai repris ma progression.

Huit pas, et j'ai atteint la fenêtre. En dessous et juste au milieu, il y avait un trou peu profond, manifestement creusé par la main de l'homme et doublé d'une bâche en plastique noir. Sur le pourtour du trou, des pierres. Et, de ces pierres, partait un tuyau d'arrosage qui serpentait jusqu'à un robinet fixé au mur de la maison. Entouré de boue et rempli d'une eau verte, iridescente, et opaque sur une hauteur d'environ douze centimètres, cette sorte de cuve ressemblait à un bassin à poissons tout droit sorti de l'enfer.

Debout au bord du bassin, face à la maison, j'ai essayé de jeter un coup d'œil à l'intérieur. Hélas, depuis cet endroit, impossible de rien voir par l'interstice sous le store.

Entre le bord du bassin et le mur de la maison, il devait y avoir une cinquantaine de centimètres. Pas génial, mais suffisant pour poser les pieds.

Les deux mains bien à plat sur le bardeau pour m'assurer un appui, j'ai progressé le long du mur, lentement, en marchant comme un crabe. La boue, glissante, produisait des bruits visqueux sous les semelles de mes chaussures.

Deux pas de plus, et j'ai atteint l'encadrement de la fenêtre. Le rebord du bas m'arrivait pile au ras du nez. M'y cramponnant de mes doigts engourdis par le froid, je me suis hissée sur la pointe des pieds.

Pas de lampe allumée à l'intérieur, mais une lumière crépusculaire qui permettait de distinguer différentes choses. Le haut d'un réfrigérateur. Une pendule murale en forme de poisson. Un serpentin de papier tue-mouches très performant.

Je m'apprêtais à effectuer un pas de plus sur la gauche quand quelque chose de dur m'a heurté le tibia. Douleur fulgurante jusqu'en haut de la jambe.

J'ai étouffé un cri.

Avais-je été mordue? Frappée?

Je n'ai pas eu le temps de vérifier que des tentacules s'étaient enroulés autour de mes chevilles et les serraient avec une force inouïe.

Mon pied gauche s'est dérobé sous moi.

Un mélange iridescent de noir et de vert m'a sauté au visage.

Chapitre 19

Mes pieds m'ont lâchée. Je me suis affalée sur les coudes et le menton.

Les tentacules puissants et invisibles m'ont traînée en arrière dans la boue et ensuite sur les pierres du pourtour du bassin.

Mon visage a plongé dans une eau fétide. J'en avais plein les yeux, le nez, la bouche, je n'y voyais plus rien. Impossible de respirer.

Terrifiée, j'ai essayé de me cramponner. Mes mains ont trouvé le rebord. Je m'y suis agrippée farouchement. Mon torse a continué de glisser dans cette boue pleine de trucs infects, je ne voulais même pas savoir quoi. Enfin ma tête a refait surface.

Hoquetant, cherchant de l'air, encore aveuglée, j'ai essayé de me hisser sur l'étroite bande de terre d'où j'avais basculé. J'ai senti une résistance. Quelque chose me serrait les chevilles.

Je m'efforçais désespérément d'y comprendre quelque chose quand mes pieds ont bondi vers le ciel, me tordant complètement le dos au niveau des lombaires. Des flèches de douleur m'ont transpercé le cerveau.

Mon corps a fait un bond en arrière. J'ai perdu prise et tout contact avec la maison. Mon menton a raclé les pierres, et ma tête est repartie sous l'eau. Mes bras ont suivi, les doigts griffant le plastique couvert de limon.

On me traînait hors du bassin comme un poisson au bout d'une ligne, par les pieds. Enfin, on m'a laissée tomber dans l'herbe.

Le cœur battant, je me suis redressée sur les avant-bras, essayant de reprendre mon souffle. Et de m'expliquer ce qui se passait.

Une nouvelle traction m'a soulevé les pieds en l'air et aplati le reste du corps. J'ai vainement tenté de rouler sur moi-même. Une botte entre mes omoplates m'a recouchée sur le ventre. Plaquée sur l'herbe boueuse et glacée.

— Vous vous croyez où ?

Une voix masculine, bien que haut perchée. Et résolument hostile.

— Je cherche quelqu'un, ai-je hoqueté.

— Qui ça ?

— Annaliese Ruben.

Pas de réponse.

— Je pensais qu'elle pouvait être dans cette maison.

D'une voix hachée. Le cœur battant à se rompre, et la respiration encore saccadée.

Silence.

— J'ai des informations importantes.

Du coin de l'œil, j'ai vu au-dessus de moi une silhouette sombre qui occupait la moitié du ciel.

— Il faut que je la retrouve.

— C'est comme ça que vous vous y prenez pour retrouver les gens ? En regardant par leurs fenêtres ?

— Je voulais juste…

— Vous êtes quoi, une voyeuse ?

— Hein ?

— Vous essayez de surprendre les gens le cul à l'air ?

— Non ! Je vérifiais que j'étais à la bonne adresse.

— Et de frapper à la porte, ça vous est pas venu à l'esprit ?

Là, il m'avait coincée.

— Je n'avais pas de mauvaise intention.

— Comment je peux savoir que vous ne venez pas cambrioler ?

— J'ai l'air d'une voleuse ?

— Assez pour moi.

Je ne voyais pas son visage, mais je sentais que l'homme avait les yeux braqués sur moi.

— Vous me faites mal au dos.

L'instant d'après, la pression sur mon dos s'allégeait. Un frottement de nylon, et la silhouette a disparu de mon champ de vision.

J'ai roulé sur les fesses. Les doigts tremblants, j'ai chassé l'eau boueuse de mes yeux.

Le personnage qui m'avait capturée était de taille moyenne, musclé, vêtu d'un jeans et d'un coupe-vent bleu marine. Il avait la peau cuivrée et les yeux de la couleur du café de la veille. Ses cheveux plaqués au gel lui faisaient un casque noir et luisant.

J'ai remarqué ses mains calleuses et sa peau dure comme du cuir. De la gauche, il tenait une sorte de corde avec une boucle à un bout et trois longues lanières à l'autre, auxquelles étaient attachés des tronçons d'os coupés en diagonale, comme des bolas. C'était ces lanières qui étaient enroulées autour de mes chevilles.

— Joli *kipooyaq*.

— Alors comme ça, vous parlez un peu inuit. Très impressionnant.

— Juste trois mots.

En effet. Pendant mes études, j'avais dû suivre un cours d'initiation à l'archéologie circumpolaire.

Les yeux noirs comme du café ont scruté mon visage, cherchant à évaluer le danger que je représentais.

— Je peux ? ai-je demandé avec un geste en direction de mes jambes.

L'homme a eu un petit hochement de tête.

Les doigts gourds, j'ai commencé à dénouer les lanières.

— Je vous ai demandé ce que vous faisiez ici.

— Je vous l'ai dit. Je cherche Annaliese Ruben. Vous la connaissez ?

— Vous pensez jamais à téléphoner avant ?

— Je n'ai pas son numéro.

Pas de réponse.

— Vous pourriez peut-être m'aider à la trouver.

— Essayez l'assistance annuaire.

— Elle n'est peut-être pas dans le bottin. Ce qui la rend difficile à joindre.

— Les gens se font pas mettre sur la liste rouge sans raison.

— Annaliese habite ici ?

— Si la dame voulait que vous ayez son adresse, elle vous l'aurait donnée, voilà ce que je me dis.

— Vous la connaissez ?

— Vous, je vous connais pas. Ça, au moins, je le sais.

J'ai débobiné la dernière lanière et libéré mes pieds. Pendant que je me relevais, l'homme a enroulé les lanières autour de sa main en boucles régulières.

— Papiers.

— Hein ?

Shit.

— Permis de conduire ? Carte d'assurance maladie ? Quelque chose avec une photo.

— Je n'ai rien sur moi.

— Je reçois une plainte me signalant que quelqu'un regarde par les fenêtres dans Ragged Ass Road. Je sors, je vous trouve le nez collé à la vitre, et maintenant vous me dites que vous n'avez pas de papiers sur vous.

— Je suis descendue à l'Explorer. Et je n'avais pas prévu de quitter l'hôtel.

— Sauf que vous êtes là.

— Je m'appelle Temperance Brennan. Je suis anthropologue judiciaire. Je suis à Yellowknife pour une enquête officielle, ai-je ajouté en claquant des dents.

— Et cette enquête vous oblige à espionner les citoyens à leur insu ?

Aucune idée de qui pouvait être ce gars, mais je n'avais pas le choix. Et j'étais gelée. Je lui ai fourni une version modifiée de la situation. Ollie. Ryan. Annaliese Ruben et la menace que Ronnie Scarborough pouvait faire peser sur elle.

Le type m'a écoutée sans montrer la moindre réaction.

— J'ai mon téléphone. On pourrait appeler le détective Ryan ou le sergent Hasty. Ou le sergent Rainwater. Il est de la Division G de la GRC, ici, à Yellowknife.

Je commençais à bredouiller. Comme il n'émettait pas d'objection, j'ai tiré mon iPhone de la poche de mon jeans et, d'un pouce tremblant, appuyé sur la touche de mise en marche.

Rien.

J'ai ré-appuyé.

Et recommencé.

J'avais beau tapoter et secouer l'appareil, l'écran refusait obstinément de s'allumer.

Shit. Shit.

J'ai relevé les yeux sur l'Inuit. Son visage était indéchiffrable.

— Il est foutu.

Pas de réponse.

— Il a dû prendre l'eau dans le bassin.

Son regard noir rivé sur moi, le type a tiré un cellulaire de sa ceinture et appuyé sur une touche de raccourci.

— Zeb Chalker. Rainwater est là ?

Une pause.

— Ça va. Vous connaissez un sergent Hasty, de la Division K ?

Une pause.

— Pourquoi est-il en ville ?

Une longue pause.

— Hasty est venu seul ?

Une pause.

— *Marsi.*

Chalker a rengainé son cellulaire dans l'étui à sa ceinture, croisé les bras et m'a regardée très longuement. Et puis, finalement :

— Voici la proposition. Vous retournez à l'Explorer. Et vous restez avec vos copains. Pigé ?

L'attitude de ce Chalker m'agaçait au plus haut point. Qui était-il pour me donner des ordres ? Mais je n'avais qu'une idée : regagner ma chambre et prendre une douche très chaude. Et je n'étais pas en position de protester.

J'ai acquiescé.

Sans un mot de plus, Chalker a tourné les talons.

— Ne vous en faites pas pour moi, ai-je marmonné dans son dos. Je prendrai un taxi.

Le temps que je me retrouve dans la rue, Chalker n'était plus en vue. Tout en trottinant le long de Ragged Ass, je me suis interrogée sur le personnage. Pourquoi m'avait-il immobilisée avec ses bolas ? Faisait-il partie d'une milice de quartier ? Était-il parent avec la propriétaire de la maison ? Était-ce une espèce de flic ?

Chalker connaissait Rainwater. Il avait même son numéro abrégé. Cela dit, on était à Yellowknife. Population : moins de vingt mille habitants. Tout le monde devait se connaître, non ?

Peu importait. Chalker n'avait rien révélé.

Décidément, ce n'était pas mon jour. Je tournais au coin de Hamilton, tête baissée et au petit trot, une bicyclette m'est rentrée dedans.

Je suis partie en vol plané. Le vélo a continué à descendre la pente en oscillant dangereusement, me laissant sur les fesses, la respiration coupée.

Pendant un instant, je n'ai eu qu'une seule pensée : reprendre mon souffle.

Je m'efforçais frénétiquement de me remplir les poumons d'air quand j'ai entendu un crissement de pneus sur le gravier, et quelqu'un hurler très fort.

Le jeune du Poulet Frit Kentucky, cinq mètres plus bas. Juché sur une vieille bicyclette rouge toute déglinguée, du genre à être sortie de l'atelier de fabrication quelque part dans les années cinquante. Sa planche à roulettes jaune dépassait d'un panier métallique fixé au pare-chocs arrière.

— Ha ha ha !

Le garçon tendait un doigt maigre dans ma direction, en rigolant.

— On dirait ma grand-mère quand elle est tombée dans la soue à cochons !

— Et toi, on dirait que tu devrais remettre les petites roues à ton vélo !

Le garçon était grand pour son âge, une douzaine d'années. Il m'arrivait peut-être au menton. Sous le pantalon de jogging trop grand pour lui, il était d'une maigreur squelettique. À tout casser, vingt-cinq kilos tout mouillé.

— Ah ouais ? J'ai quel âge, d'après vous ?

Mes poumons étaient trop secoués de spasmes pour que je réponde.

Je me suis relevée. Le jeune s'est rapproché. Il avait des yeux sombres trop écartés et des cheveux noirs qui pendouillaient sous sa tuque. La cicatrice sur sa lèvre supérieure racontait une histoire de fente palatine, problème résolu par voie chirurgicale.

176

— *Man*, vous avez vraiment l'air dégueu.

Là, il marquait un point. J'avais le menton à vif. Les cheveux et les vêtements trempés et couverts de boue.

— Et vous puez la merde, en plus.

— À la maternelle, ils ne vont pas s'inquiéter de ton absence ?

Puéril. Mais ce petit con ne l'avait pas volé.

— Si vous cherchez la résidence de vieillards, ma grand-mère pourrait peut-être vous aider.

— Ta grand-mère aurait pu t'apprendre les bonnes manières, ouais.

— Ça changerait quoi ? Vous seriez toujours plus vieille que les dinosaures.

Je suis repartie en joggant dans Hamilton, le garçon pédalant à côté de moi.

— Je vous ai vue, tout à l'heure, dans la 50ᵉ.

— Bravo. Mais je n'ai plus de bonbons.

— Vous suiviez Mᵐᵉ Snook.

Nellie Snook. J'ai noté son nom de famille.

— Qu'est-ce que vous faites ici, dans la Vieille Ville ?

— Je cherche une amie.

— Comment ça s'fait qu'vous êtes couverte de merde de cochon ?

— Je suis tombée.

— Ça doit être la maladie d'Alzheimer.

— Toi, d'ici dix ou douze ans, tu auras probablement besoin d'un dentier.

— Et vous, vous pisserez dans des couches.

J'ai ralenti jusqu'à marcher au pas pour mieux l'examiner. Il avait l'air sûr de lui, mais pas méchant.

— Le nom de mon amie, c'est Annaliese Ruben.

— Pourquoi vous la cherchez ?

— J'ai quelque chose pour elle.

— Donnez-le-moi. Je vais lui apporter.

— Tu le balancerais par-dessus une clôture.

— Bah, ça coûte rien d'essayer.

Le jeune s'est fendu d'un grand sourire plein de trous entre des dents mal plantées.

— Alors comme ça, tu connais Nellie Snook ?

— J'ai jamais dit ça.

— Tu connais Annaliese Ruben?
— C'est une vieille peau comme vous?
— Comment tu t'appelles?
— Binny.
— Binny comment?
— Binny C'est-pas-vos-oignons.

J'étais sûre que Binny me lâcherait quand je tournerais dans Franklin. Mais pas du tout. Nous étions arrivés au milieu du pâté de maisons quand j'ai eu une idée.

— Hé, la crevette.
— Hé, mémé.
— Tu connais un dénommé Horace Tyne?
— Tout le monde connaît Horace.
— Ah bon? Et pourquoi ça?
— C'est un environnementalien.
— Un environnementaliste?

Touché. Il a eu, l'espace d'une seconde, l'air vaguement penaud.

— Des tas de gens deviennent écolos. Qu'est-ce qu'il a de tellement spécial, cet Horace?
— Il fait des trucs, et les gens en font tout un plat.
— Comme quoi?
— Comme essayer de sauver les caribous, des trucs comme ça.
— Et comment il veut sauver les caribous?
— En créant une réserve. Personne peut plus faire chier les animaux quand ils sont dans une réserve.
— Ta grand-mère ne dit rien quand elle t'entend dire des gros mots?
— Et les gens, ils disent rien quand ils voient vos grosses rides?
— Pourquoi tu n'es pas à l'école?
— J'ai la varicelle.

Je persistais à penser que le garçon allait finir par s'en aller. Je me trompais encore.

Tout en marchant, je retournais dans ma tête la conversation avec Nellie. Elle voulait savoir si c'était à cause de Tyne que je cherchais Ruben. Et cet enfant connaissait Tyne.

— Dis, la crevette, le PFK était ouvert tout à l'heure, quand tu étais là-bas?

— Non, mémé.
— Il est ouvert, maintenant ?
— J'crois pas.
— T'es assez grand pour manger des crêpes ?
— C'est vous qui payez ?
— On pourrait parler d'Horace Tyne ?
— Ajustez votre appareil auditif.

Chapitre 20

J'avais presque atteint la 43ᵉ Rue, toujours en compagnie de Binny, quand un bruit de moteur qui se rapprochait nous a surpris. Je me suis retournée.

Ryan, au volant d'une Toyota Camry blanche.

Arrivant dans notre dos et ralentissant le long du trottoir.

Je me suis arrêtée. Binny a hésité, m'a regardée et a mis un pied à terre pour se stabiliser.

Ryan a stoppé à côté de nous. À travers le pare-brise, je l'ai vu mettre le sélecteur de vitesse en position «parking». Sans douceur.

Je me suis approchée de la Camry. Binny m'a suivie des yeux, un pied posé sur une pédale.

Je me suis penchée avec un grand sourire et j'ai tapoté la vitre côté passager. Au lieu de la baisser, Ryan a tiré brutalement sur la poignée de sa portière. Descendu précipitamment de voiture, il en a fait le tour par l'arrière.

— *Oh boy*, je suis contente de te voir !

En souriant toujours.

— *Shit*, qu'est-ce que tu fais, Brennan ?

Sur les traits de Ryan, un étrange mélange de colère et de soulagement.

— Je me gèle le cul.

Avec un sourire vacillant, mais qui tenait bon.

— Où étais-tu passée, bordel ?

Les coudes de Binny se sont relevés et ses doigts se sont refermés sur les poignées du guidon. Comprenant que le garçon allait filer, j'ai opté pour l'humour, histoire de dissiper la tension.

— Je joue au détective.

Et j'y suis allée du petit jeu des sourcils qui est la spécialité de Ryan dans les moments embarrassants.

— Tu te crois drôle ?

— Ben, un petit peu, non ?

Et d'écarter les bras pour lui montrer dans quel état j'étais.

— Tu te fous du monde ?

— Tu n'as pas eu mes messages ?

— Oui, je les ai eus ! J'ai la peau du doigt arrachée à force d'appuyer sur la touche Rappel !

— Du calme, *muchacho*.

Je n'avais jamais vu Ryan aussi à cran.

— Pourquoi tu ne répondais pas ?

— Mon téléphone a un peu pris la flotte.

J'ai à nouveau écarté les bras. Enfin, Ryan a bien voulu s'intéresser à mon aspect. Normalement, il m'aurait fait tout un numéro comique sur les femmes et les bassins à poissons, mais là, il a continué à tempêter :

— C'est de l'amateurisme, Brennan.

De l'amateurisme ? Cette fois, la coupe était pleine. Mon sourire s'est effrité.

— Tu m'accuses de manquer de professionnalisme ?

— D'être irréfléchie. Stupide. Irresponsable. D'agir en amateure. Tu veux que je continue ?

— J'aurais pu trouver Ruben.

Ryan était lancé. Il n'entendait pas un mot de ce que je disais.

— On n'est pas venus ici pour participer à un rassemblement de scouts. Scar et ses acolytes ne rigolent pas. Ce sont de vrais durs.

— Décroche un peu, Ryan.

— Tu me dis de décrocher ?

— Fais-moi grâce de ton cinéma.

— La police de Yellowknife tout entière est à ta recherche. C'est du cinéma pour toi ?

C'est le moment qu'a choisi Binny pour filer en pédalant comme un fou de ses petites jambes maigrichonnes. Arrivé au coin de la rue, il a tourné à droite et disparu.

— S'il y a quelque chose qui n'est pas professionnel, c'est bien ça ! ai-je jeté à Ryan en le foudroyant du regard à mon tour.

— Monte dans la voiture.

Passant derrière moi, il a ouvert la portière à la volée.

— Cet enfant avait peut-être des informations intéressantes.

— Monte !

Je me suis laissée tomber sur le siège passager, j'ai claqué la portière, bouclé ma ceinture et croisé les bras sur ma poitrine.

Ryan s'est assis au volant. Profonde inspiration, soupir d'un kilomètre de long. Puis crispation et relâchement réitérés de la mâchoire, avant de taper sur une touche de son cellulaire.

— Je l'ai retrouvée.

Il a attendu une réponse.

— Ça, c'est sûr ! On rentre à l'Explorer.

Son téléphone remisé dans sa poche, il a bouclé sa ceinture, mis le contact et s'est glissé dans la circulation sur la 50ᵉ.

— N'oublie pas d'annuler les hélicos et les chiens policiers.

Les yeux rivés sur la route, j'ai laissé retomber les commissures de mes lèvres.

Silence glacé, côté Ryan.

Très bien. J'étais furieuse aussi. Et humiliée. Rainwater avait manifestement parlé à Ollie après sa conversation avec Chalker. Ollie avait appelé Ryan. À la seule idée de la quantité de gens qui avaient pu être mis en alerte, j'avais les joues en feu.

Dieu du ciel…

Ryan ne s'est décidé à ouvrir le bec qu'une fois arrivé à l'Explorer.

— Appelle-moi quand tu seras prête.

Retour dans ma chambre, et très longue douche très chaude. Ryan pouvait toujours poireauter. Qu'il aille se faire voir !

Après m'être essuyée, je me suis séché les cheveux tout en me regardant dans la glace. Des cheveux moyennement épais, ni longs ni courts, ni blonds ni bruns. Quelques fils gris envoyés en éclaireurs.

Examen plus attentif tout en m'appliquant du mascara. Pas encore de bajoues. Des yeux verts furieux entre des paupières encore fermes en haut et en bas.

Le temps de mettre du rouge à lèvres et du fard à joues, mon reflet paraissait presque avoir retrouvé son calme.

Mon menton, c'était une autre histoire. Il avait abandonné pas mal de peau sur les pierres du bassin à poissons.

J'ai fait un paquet de mes vêtements, rempli la liste pour le service de nettoyage et appelé Ryan. Son ordre : le rejoindre au restaurant.

Quand j'y suis arrivée, il était au téléphone, assis à la table que j'avais occupée quelques heures plus tôt. Vu les six sachets de sucre utilisés à côté de sa tasse, il végétait là depuis un bon moment.

Juste au moment où je prenais place en face de lui, la serveuse qui avait remplacé Nellie ce matin-là est apparue avec une tasse et une cafetière. En réponse à mon hochement de tête, elle m'a servie. J'ai vaguement songé à lui poser des questions sur Nellie et puis je me suis ravisée.

Des paroles de Ryan, j'ai déduit qu'il discutait avec Ollie.

Sa communication achevée, il s'est mis à touiller son café avec un zèle admirable.

Trouvant que le silence avait assez duré, j'ai demandé :

— C'était Ollie ?

Il a acquiescé, sans cesser pour autant de martyriser sa cuillère.

— Vous parliez des aspirations professionnelles de Scar à Yellowknife ?

Nouveau hochement de tête et accélération du touillage.

— Et des figurants locaux ?

— En effet.

Ryan a étudié le jardin zen en gestation à travers la baie vitrée.

— Je peux faire valoir mon droit à l'information ?

— Les principaux protagonistes sont Tom Unka et Arty Castain. Unka a un casier épais comme un annuaire. Castain s'est mieux débrouillé.

— Ils sont associés ?

— Oui.

— Qu'est-ce qu'ils trafiquent ?

— Principalement de la cocaïne, de l'herbe et un peu d'amphétamines.

— Et Unka et Castain voient d'un mauvais œil la perspective d'une concurrence ?

Ryan en a convenu, avant d'ajouter :

— Et dans la rue on dit qu'ils seraient l'un comme l'autre des tueurs que rien n'arrête.

J'ai attendu la suite.

— Il y a quelques années, un dealer de Jasper a imaginé de se mettre à son compte dans le coin. Unka puis Castain lui ont envoyé un message en tuant son collie. Pour ajouter à l'avertissement une touche de délicatesse, ils lui ont envoyé par la poste les oreilles du chien. Le gars a continué à dealer. Trois mois plus tard, un pilote de brousse repérait son cadavre qui flottait sur le ventre dans Back Bay.

— Sans les oreilles.

— Tu as pigé.

— Si Scar veut agrandir son territoire à Yellowknife, c'est le genre de gars qu'il devra intimider.

En faisant du mal à Ruben. Mais ça, je ne l'ai pas dit.

— Ainsi que leur clientèle, a ajouté Ryan.

Il a bu une gorgée de son café avant de poursuivre :

— L'histoire de Ruben est dans tous les journaux.

Si vite ? J'en suis restée sans voix.

— Quoi ?

— White.

Mon visage a dû lui télégraphier mon incompréhension, car il a précisé :

— Le crétin qui a piégé Okeke.

— Le journaliste qui a téléphoné à la salle d'autopsie ? ai-je demandé, horrifiée. Il a écrit un article sur le nouveau-né d'Edmonton ?

— Dans le *National Post.* Et pas seulement l'édition d'Edmonton. Les quatre du pays. L'histoire a contaminé tout le Canada comme un virus, a fait Ryan en soulevant sa tasse en un salut sarcastique. Rien de tel que les meurtres de bébés pour augmenter le lectorat et l'auditoire.

— Attends…

Ça n'avait aucun sens.

— Par qui White a-t-il eu accès à des informations confidentielles ?

— Par nous.

— Quoi ?

— Aurora Devereaux. Elle a surpris ce qu'on se disait chez elle et a flairé la bonne affaire. Elle ne l'a pas laissée passer. Comme tu l'as suggéré à Okeke, elle a probablement vendu son scoop au plus offrant.

— Enfant de chienne !

— Comme tu dis, a approuvé Ryan.

Nous avons contemplé le jardin pendant un long moment.

— Tu vas me dire ce qui t'est passé par la tête ce matin ?

— Ne me parle pas sur ce ton, Ryan.

— Très bien.

Il a dardé sur moi un regard incendiaire, plus bleu qu'une flamme de gaz butane.

— Comment s'est déroulée votre matinée, docteur Brennan ?

Je lui ai raconté mes exploits. La photo de Ruben. Nellie. Le Gold Range. La maison dans Ragged Ass Road. Chalker.

— Le gars t'a fait tomber avec des bolas ? a demandé Ryan l'air radouci, une esquisse de sourire aux lèvres.

— C'est une arme formidable. À l'époque préhistorique, c'est avec ça qu'on chassait le mammouth.

Vérité quelque peu enjolivée, mais ça sonnait bien.

— Et c'est aussi avec ça qu'il t'a repêchée du bassin à poissons ?

À mon expression, il a dû comprendre que je n'étais pas d'humeur à lui servir de tête de Turc dans son numéro de *stand-up*.

— Où étais-tu quand je t'ai appelé, bon, disons trois fois ?

Ignorant ma question ou, au contraire, pour lui apporter une réponse, Ryan a feuilleté quelques pages de son calepin.

— La maison de Ragged Ass est au nom de Josiah Stanley Snook.

— Nellie Snook. C'est le nom de la serveuse que j'ai suivie.

— C'est vraiment bizarre que cette femme soit rentrée chez elle avant la fin de son travail ici.

— Je t'ai dit qu'elle était partie précipitamment parce que je l'avais interrogée sur Ruben. Normalement, elle aurait dû préparer le buffet.

— Ouais. Tu dis que Snook est d'abord passée au Gold Range. C'est probablement là que Ruben se terre. C'est le quartier général des prostituées, ça devrait se trouver dans sa zone de confort.

— Avec un chien ?

— Mais qu'est-ce que tu as avec ce chien ?

— Ralph Trees a dit que Ruben avait un chien.

— Si on se fonde sur l'historique de cette femme, le toutou a sûrement disparu du paysage depuis un bon moment.

Ryan a repris son téléphone et composé un numéro. Encore une fois, je n'ai eu droit qu'à sa part de la conversation.

— Mieux. Excepté le menton.

Super.

— Ça a donné quoi, au Gold Range ?

J'ai vérifié mon propre iPhone. Toujours kaput.

— Hasty est encore avec Unka et Castain ?

Une pause.

— Toute une surprise.

Une pause.

— On peut la croire ?

Une pause.

— D'accord. Tenez-moi au courant.

Ryan a coupé la communication et demandé la note.

— Ollie fait surveiller l'hôtel par ses gars ?

— Par Rainwater, pendant qu'il s'occupe d'Unka et de Castain.

— Il en a tiré quelque chose ?

— Ces petits gars de la région ne sont pas très bavards.

— Tu as parlé de quelqu'un qu'on pouvait croire. Qui ça ?

— Une prostituée qui prétend avoir vu un type correspondant au signalement de Scar. Chez Bad Sam, vers trois heures du matin.

— Bad Sam ?

— La taverne du Gold Range. Les gens du coin l'appellent le Strange Range.

186

— Les petits coquins. Alors, on peut se fier à elle ou non?

— Quand elle n'a pas bu.

— Zut. On ne devrait pas y aller?

— Rainwater est sur le coup. Il appellera si Ruben est là-bas.

— Et maintenant?

— Maintenant, on attend.

— Mais...

— Brennan, je suis un représentant de l'ordre en déplacement. Tu sais ce que ça veut dire? Ça veut dire que je suis en dehors de ma juridiction. Un visiteur. En tant que tel, je fais ce que mes hôtes me disent de faire.

— J'ai entendu un chien aboyer chez les Snook.

— *Jesus*, c'est reparti avec ce chien-là!

— Suppose que Ruben ne soit pas au Gold Range? Suppose qu'elle soit chez les Snook? Si Scar est vraiment à Yellowknife, combien de temps tu crois qu'il lui faudra pour lui mettre le grappin dessus?

Ryan n'a pas répondu.

— On ne peut pas rester là, comme ça, les bras croisés.

— Mais on fait quelque chose. On attend des nouvelles de Rainwater. Je te rappelle que nous n'avons pas de mandat d'arrêt du Québec contre Ruben, où elle est un suspect recherché pour interrogatoire. Le seul mandat que nous ayons, c'est celui d'Edmonton. Pour absence non motivée à un procès.

— Si on allait faire un tour dans Ragged Ass? On n'est pas obligés de frapper à la porte ou quoi que ce soit. On peut se contenter d'observer depuis la voiture. Au cas où quelqu'un entrerait dans la maison ou en sortirait. Quel mal y aurait-il à ça?

La serveuse s'est approchée. Ryan a signé la note. Puis il a levé les yeux sur moi et finalement s'est décidé.

— Allons-y.

Chapitre 21

Déjà une demi-heure que nous étions stationnés dans Ragged Ass quand Ryan a reçu un appel de Rainwater. Au Gold Range, il avait interrogé les employés de jour et ceux de nuit, consulté le registre et parlé avec tous les clients qui avaient accepté de répondre à ses questions. Bref, il avait fait tout ce qui était en son pouvoir en l'absence de mandat. Il était quasiment sûr que Ruben ne se trouvait pas dans cet hôtel et doutait fortement qu'elle y ait jamais mis les pieds.

Juste après cette conversation, la porte d'entrée de chez les Snook s'est ouverte. Nellie. Portant sa même veste grise, mais un jeans et non plus sa jupe rouge.

Coup d'œil à Ryan. Il l'avait remarquée : ses lunettes de soleil étaient braquées sur elle.

Nellie n'avait pas noté notre présence. Elle a sifflé tout en se tapotant la cuisse. Un petit chien gris a bondi par la porte, sauté en bas du perron et s'est lancé dans une ronde effrénée sur la pelouse. Un vrai derviche tourneur.

— Qu'est-ce que je te disais !

J'ai brandi un poing victorieux.

— En Amérique du Nord, deux familles sur trois ont un chien.

— Tu viens de l'inventer !

— Je ne suis sûrement pas loin du recensement officiel.

— Allez, Tank, a lancé Nellie. Fais pipi !

Tank ?! De mon point de vue, ce petit cabot ressemblait plutôt à un mélange de Yorkshire et de gerbille. Quoi qu'il en soit, il a poursuivi son carrousel insensé.

— Tank, arrête tout de suite et fais tes besoins !

Boucles encore plus frénétiques.

— J'ai des gâteries, a repris Nellie en secouant un sachet.

Le petit chien s'est arrêté net et a fixé Nellie, les oreilles dressées, la tête penchée sur le côté.

Rassuré à la vue du sachet, il a reniflé deux, trois endroits avant de s'accroupir et, là, il a tenu la pose un temps incroyablement long.

Soulagé, Tank s'en est revenu au petit trot vers Nellie pour recevoir sa récompense.

Elle l'a ensuite soulevé du sol, porté jusque dans la maison et l'a laissé tomber par terre avec un plop, avant de refermer la porte sur lui.

Le verrou dûment tourné, Nellie a disparu sous l'auvent et réapparu bientôt, tirant un chariot d'épicerie.

— On dirait qu'elle part au marché.

— Possible, a répondu Ryan.

— On pourrait en profiter pour faire le tour du propriétaire. Peut-être…

— Ça ne t'a pas tellement réussi, ce matin.

— Très bien. Tu gardes l'œil sur la maison pendant que je lui dis deux mots.

— Ça non plus.

Ryan commençait à me taper sur les nerfs. Déjà que j'étais frustrée d'attendre sans rien faire et encore dynamisée par la quantité de caféine que j'avais ingurgitée ce matin.

— Tu sais quoi ? Pour poser quelques questions, je n'ai pas besoin de mandat. Ni de ta permission.

Sur ce, j'ai sauté hors de la voiture et foncé sur le chemin à la suite de Nellie. Les rebonds du chariot sur le gravier ont étouffé mes pas. Ou alors, Nellie était sourde comme un pot. J'ai attendu d'être à deux mètres d'elle pour l'interpeller.

— Nellie !

Elle s'est retournée. Son expression est passée de la surprise à la confusion, pour finalement se stabiliser sur l'inquiétude.

— Vous avez deux minutes, s'il vous plaît ?

— Vous avez déjà essayé de vous introduire chez moi.

— Introduire ? C'est un grand mot.

— Je vous ai vue. J'ai appelé mon cousin. Il a rappliqué et vous a trouvée dans la cour.

— Je n'avais pas l'intention d'entrer par effraction.

— Pourquoi vous me harcelez?

— Je vous l'ai dit au restaurant: je m'inquiète pour Annaliese Ruben.

— Je me demande bien pourquoi vous vous souciez d'elle.

Bonne question: pourquoi, en effet? Une femme qui avait très certainement tué quatre bébés. Quel était vraiment mon mobile: la protéger ou la faire inculper pour assassinat?

— Je n'aime pas voir souffrir les gens.

Ma réponse a paru la détendre un peu.

— Est-ce qu'Annaliese est chez vous?

— Je vous l'ai déjà dit: je ne la connais pas.

— Est-ce qu'elle est au Golden Range?

Ses doigts se sont crispés sur la poignée du chariot.

— Pourquoi y êtes-vous passée ce matin?

— Mon mari travaille là-bas.

— Josiah?

— Laissez-moi tranquille.

La peur s'était rallumée dans ses yeux.

— Vous pouvez me dire pour quelle raison vous êtes allée au Golden Range?

— Si je vous le dis, vous arrêterez de m'embêter?

— Oui.

Elle a eu un moment d'hésitation. Pesant le pour et le contre? Cherchant la meilleure échappatoire?

— J'avais oublié la clé de la maison. Comme mon mari en a une…

Je n'étais pas vraiment convaincue. Ça n'expliquait pas son départ précipité de l'Explorer. Mais aucune autre question ne me venait à l'esprit.

Le nom d'Horace Tyne, qu'elle avait laissé échapper ce matin, m'avait donné l'impression d'une petite victoire. D'une piste à suivre. D'un moyen possible de remonter jusqu'à Annaliese Ruben. En réalité, à part ce nom qui n'avait peut-être rien à voir avec toute l'affaire, je n'avais rien découvert de nouveau. Et ça, c'était exaspérant.

Fidèle à ma parole, je lui ai tendu ma carte sans poser d'autres questions.

— Je m'appelle Temperance Brennan. Il se peut qu'Annaliese soit en danger. Si elle vous appelle, soyez gentille de me prévenir à l'Explorer.

Retour à la Camry. Ryan m'a accueillie avec un regard interrogateur derrière ses lunettes. Enfin, j'en ai eu l'impression. J'ai secoué la tête.

— Ollie a demandé à Rainwater de nous rejoindre ici.

— Ah.

Et de nouveau, inspection des environs en silence pendant cinq bonnes minutes. Puis :

— Ce n'est pas le garçon qui était avec toi tout à l'heure ?

J'ai suivi la ligne de mire de Ryan. Oui, c'était bien Binny. Assis en tailleur sur un rocher, tout au bout de Ragged Ass, son vélo dans l'herbe à côté de lui. Il avait les yeux rivés sur nous.

J'ai baissé la vitre pour lui faire signe. Pas de coucou en retour.

— Il s'appelle Binny.

— Il a l'air bizarre.

— Il me plaît bien. Il a du cran.

— Y donnait pas l'impression d'en avoir tant que ça quand il s'arrachait le cul à remonter la 50ᵉ à vélo.

— Tu lui as foutu la trouille quand tu m'as engueulée.

Nouveau signe à Binny qui est remonté en selle et a déguerpi.

Peut-être que Ryan avait raison et que je n'étais pas si douée que ça pour juger les gens.

— À quoi est-ce que tu pensais quand tu as dit que cet enfant pourrait nous être utile ?

— À quelqu'un dont Nellie a laissé échapper le nom quand je l'interrogeais à propos de Ruben. Horace Tyne. Binny prétend le connaître.

« Continue ! » m'a signifié Ryan d'un geste de la main.

— D'après Binny, Tyne serait un activiste écolo.

— Quoi d'autre ?

— C'est tout. Il a flippé en te voyant aussi en colère.

Les lunettes relevées sur son front, Ryan a composé un numéro sur son cellulaire.

Pas de réseau.

Il a recommencé. Même chose.

— OK. Allons-y avec la méthode facile.

Il a tapé sur plusieurs touches. Un bon paquet. Puis, sans relever les yeux du petit écran :

— Bingo.

— Tu l'as trouvé sur Google ?

Ryan n'a pas prêté attention à ce que je disais.

— Je chauffe ?

— Tu brûles. Horace Tyne dirige une association qui s'appelle Les Amis de la toundra. Selon leur site, qui fait pitié, ils ont pour but la préservation des espèces végétales et animales propres à l'écosystème de la toundra dans les Territoires du Nord-Ouest.

Lecture pour lui-même en faisant défiler les pages, avant d'ajouter :

— Apparemment, ce Tyne cherche à mettre en place une sorte de réserve.

— Il y a un contact d'indiqué ?

— Une adresse où envoyer les dons.

— Ici, à Yellowknife ?

— Dans un bled appelé Behchoko.

Pendant que Ryan cherchait à localiser l'endroit sur Google, une voiture de patrouille de la GRC s'est garée derrière nous. Au volant, Rainwater qui nous a fait un signe de la main.

Ryan lui a rendu son salut puis a fait retomber ses lunettes sur le nez.

Et nous avons pris la route.

Behchoko est une communauté dénée d'environ deux mille âmes qui s'appelait autrefois Rae-Enzo. Dieu sait pourquoi elle a changé de nom en 2005. Et Dieu seul sait à qui ou à quoi renvoyait Rae. Car Enzo, lui, c'était un chef indien, d'après les informations indiquées sur la carte de la région éditée par la compagnie de location de voitures et rangée dans la boîte à gants comme il se devait.

Inutile de posséder un GPS pour choisir son itinéraire. Une seule route menait là-bas : la Yellowknife Highway.

Dans la bataille pour le volant, victoire de Ryan : la voiture était louée à son nom, ce qui faisait de lui le capitaine. Une fois de plus, je serais condamnée à admirer le paysage.

192

Mais sans un Ollie lançant ses piques depuis la banquette arrière. Toujours ça de gagné. Qu'il prenne donc Castain et Unka pour têtes de Turc, puisque leur interrogatoire n'était pas achevé.

Notre destination se trouvait à soixante-dix kilomètres environ au nord-ouest de Yellowknife.

La carte disait aussi qu'après Behchoko la route asphaltée traversait Dehk'è et le Frank Channel, et se poursuivait encore sur une cinquantaine de kilomètres. Au-delà, les camions desservant la mine utilisaient, à la saison froide, les pistes tracées sur la glace. Pour le transport de l'or, ai-je traduit.

J'ai fait profiter Ryan de ma science. En temps ordinaire, j'aurais eu droit à quelques mesures de *Livin' on the Edge*. Aujourd'hui, pas d'Aerosmith.

Le trajet a pris en gros une heure. Pendant laquelle nous n'avons pas vu une seule voiture. Juste des arbres et encore des arbres.

Behchoko consistait en un amas de bâtiments enserrant un rivage désolé parsemé de rochers. Lequel n'était autre que le littoral nord du Grand lac des Esclaves, m'a encore appris la carte.

Le long de la grand-rue : une école avec des balançoires à montants de bois dans la cour de récré ; un appentis sans fenêtre hébergeant un guichet automatique ; des maisons à ossature en bois de couleurs différentes, acajou, brun, gris, bleu, mais toutes détériorées par les intempéries ; des dizaines de poteaux électriques bizarrement penchés. Une végétation réduite à quelques carrés d'herbe et des bouquets d'arbres ça et là. Quant aux rues du village, aucune n'était asphaltée.

Ryan s'est garé devant une petite cabane en rondins. La GRC locale, à en juger par la pancarte en français et en anglais clouée sur la porte.

Dans le bureau : une table, un fauteuil, deux ou trois classeurs métalliques et quasiment rien d'autre.

Le fauteuil était squatté par un caporal du nom de Schultz, d'après son insigne. À notre entrée, il a relevé les yeux, mais n'a pas dit un mot.

Proche de la trentaine, petit et trapu, avec des joues de hamster qui adoucissaient ses traits.

Comme il gardait les yeux vrillés sur Ryan en m'ignorant totalement, j'ai laissé le capitaine mener la conversation.

— Bonjour, caporal. (Ryan, en retirant ses lunettes de soleil.)

— Bonjour. (Si Schultz était surpris de nous voir, il ne l'a pas montré.)

— Nous sommes à la recherche des Amis de la toundra. Schultz a penché la tête et s'est gratté l'arrière du cou.

— Horace Tyne…, a précisé Ryan.

— Ouais. Le cerveau gelé, a répondu Schultz en pointant quatre doigts sur la porte dans notre dos. Au bout de la grand-rue, à la maison bleue au hangar vert, vous tournez à gauche. Quatre portes plus loin, la maison rouge entourée d'une clôture. Rouge avec une porte blanche. C'est là.

— Vous connaissez Tyne ?

— Je le croise ici et là.

Petite attente pour laisser à Schultz le temps de développer. Il n'en a rien fait. Nous nous sommes apprêtés à partir.

— Vous venez de Yellowknife ?

— Oui.

— Vous êtes de sa famille ? (Sur le ton du flic qui se veut familier.)

— Non.

— De Greenpeace ?

— Qu'est-ce que vous savez de son association ?

— Pas grand-chose. Je suppose que ça l'occupe.

— Ce qui veut dire ?

— Le gars est sous-employé depuis la fermeture des mines d'or.

— Ça remonte à quand ? (Première intervention de ma part.)

— Au début des années quatre-vingt-dix. Avant moi.

— Il a l'air assez baraqué.

Schultz a haussé une épaule.

— Il joue volontiers des poings, et il a pas besoin d'être ivre pour ça.

— Que voulez-vous de plus ? a renchéri Ryan en remettant ses lunettes. Merci de votre aide.

Les indications du caporal étaient exactes. Nous avons trouvé l'endroit facilement. La maison était petite, rouge

194

canneberge, avec, sur le toit, deux tuyaux métalliques en guise de cheminée. La clôture était faite de planches brutes espacées de cinq centimètres. Un bouleau rabougri ombrageait la cour en terre battue. Un pick-up gris était garé dans l'allée.

— C'est moins chic que la Trump Tower, a fait Ryan tout en détaillant les lieux.

— Il n'a peut-être besoin que d'un ordinateur.

— Ça lui fait moins de frais généraux.

— Ça lui laisse plus de fric pour les caribous.

Ryan a ouvert le portail. Nous sommes allés jusqu'au perron.

Petits coups à la porte.

Rien.

Re-petits coups. Plus fort.

Une voix a aboyé quelque chose et la porte s'est ouverte.

J'ai fouillé dans mes archives mentales.

Non. Ça, c'était une première.

Chapitre 22

Un pagne en peau de léopard, des perles de couleurs, un élastique dans les cheveux. Voilà à quoi se résumait la tenue de Tyne.

Un crâne chauve luisant comme le cuivre, divisé en deux par une bande de longs cheveux noirs — une douzaine au grand maximum, réunis en queue de cheval — qui partait du front et lui enveloppait toute la tête jusqu'au sud. La bande de cheveux comme la queue de cheval brillaient de graisse ou d'humidité. Difficile de dire si c'était pour ce gars une façon d'honorer ses ancêtres ou s'il sortait tout simplement de sa douche.

— Comment allez-vous, monsieur Tyne? (Ryan, en tendant la main.) J'espère qu'on ne vous dérange pas.

— Je n'achète que ce que je vais chercher moi-même, exclusivement. Ce qu'on n'a pas besoin d'aller chercher, c'est probablement qu'on n'en a pas besoin.

— Nous ne sommes pas des représentants de commerce.

— D'une Église, alors?

— Non, monsieur.

Tyne a serré la main de Ryan, la mienne, et s'est flanqué une claque sur la poitrine du plat de la main.

— Je m'apprêtais à suer un peu. C'est bon pour la circulation.

— Moi, c'est Andy et voici Tempe. C'est Nellie Snook qui nous a donné votre nom. (La tactique de Ryan : le laisser croire à une certaine proximité entre nous tous.) Nous sommes des associés d'Annaliese Ruben.

Le temps de plusieurs battements de cœur sans que Tyne ne nous gratifie d'un mot. Je pensais déjà qu'il allait nous éconduire quand il a esquissé un sourire.

— Annaliese ? OK. Admettons.

— Pardon ?

— De gentilles filles, toutes les deux. Je les connais depuis qu'elles sont nées. Ainsi que leurs familles. Assez douées pour se fourrer dans le pétrin. Annaliese est partie d'ici il y a déjà plusieurs années. Ça me plairait bien de savoir comment elle va.

— Nous pensons qu'elle est retournée à Yellowknife.

— Sérieusement ?

Le fruit de mon imagination, ou les yeux de Tyne se sont-ils plissés un tant soit peu ?

— Annaliese vivait à Edmonton. D'où nous venons. Nous connaissons son ancienne propriétaire, Mme Forex, et lorsqu'elle a su que nous passions par Yellowknife, elle nous a donné des affaires oubliées chez elle par Annaliese. C'est pour ça que nous aimerions la retrouver avant de partir.

Chaque phrase, prise séparément, était la stricte vérité.

— Entrez donc ! a répondu Tyne en nous cédant le passage. Vous me dites ce que vous savez, je vous dis ce que je sais.

Nous l'avons suivi d'une entrée mal éclairée à un salon meublé style catalogue Sears. Le couvre-plancher essayait de ressembler à de la brique. Ça sentait l'oignon et le bacon.

Tyne a désigné le canapé. Nous y avons pris place. Il a proposé du café. Nous avons refusé.

Tyne s'est laissé tomber dans un fauteuil en face de nous, ses genoux osseux écartés en un V qui nous offrait une vision privilégiée de Miss Quéquette et les deux orphelines.

Heureusement que je n'avais pas encore déjeuné.

— N'hésitez pas à aller mettre des vêtements plus chauds, a suggéré Ryan avec un sourire. Ça ne nous dérange pas du tout d'attendre.

— Vous ne voulez pas que madame soit distraite par mes bijoux de famille, a répondu Tyne avec un clin d'œil appuyé.

Ryan a souri.

J'ai souri.

Tyne est sorti de la pièce pour y revenir l'instant d'après en jeans et sweatshirt.

— Eh bien, réunissons nos têtes !

Image presque aussi indécente que la vue sur ses bijoux de famille.

— Tout d'abord, a commencé Ryan, merci d'accepter de parler avec nous. Nous ne vous prendrons pas trop de temps.

— Ça, c'est quelque chose dont je ne manque pas.

— Un luxe, de nos jours.

— Pas quand les factures s'accumulent.

— Vous êtes au chômage, monsieur ?

— J'ai travaillé quinze ans à la Giant. Et du jour au lendemain, ils en ont arrêté l'exploitation. « Désolé, bonhomme. T'es viré. » J'ai fait un peu de jalonnement, de camionnage. Y a pas beaucoup d'activité par ici.

— La Giant, c'est une mine d'or ? ai-je demandé.

— C'était. L'or a été au cœur de toute l'économie de la région pendant des décennies.

— Ah, je ne le savais pas.

— Évidemment, tout le monde a entendu parler de la ruée vers l'or du Klondike. Eh bien, Yellowknife a eu aussi son époque de splendeur.

— C'est vrai ? s'est exclamé Ryan qui n'en avait rien à cirer, je le savais, mais qui cherchait à mettre Tyne en confiance.

— Mil huit cent quatre-vingt-dix-huit. Un chercheur d'or en route pour le Yukon a eu de la chance. En l'espace d'une nuit, la ville a connu un boom fulgurant.

Tyne est parti d'un rire qui a sonné comme un hoquet.

— Je veux dire que la population a grimpé jusqu'à un millier d'habitants. Mais il a fallu attendre le siècle suivant pour que l'exploitation minière connaisse un véritable impact économique.

— Il y avait beaucoup de mines en exploitation dans le coin ?

— Celle de Con a ouvert en 1936 et fermé en 2003. La Giant a ouvert en 1948 et fermé en 2004. Épuisement des réserves, coûts de production trop élevés. Toujours le même baratin. Les bénéfices sont en baisse, alors vous, les cocos, trouvez-vous un autre emploi.

— C'est navrant, est intervenu Ryan.

— Vous pouvez le dire! Con, c'était vraiment quelque chose. Les galeries descendaient jusqu'à cent soixante mètres et s'étendaient sous la plus grande partie de Yellowknife et de la baie, presque jusqu'à Dettah. Et la Giant n'était pas en reste. En 1986, c'était l'une des rares à sortir ses dix mille lingots d'or. Au niveau mondial, je veux dire.

M'est revenu en tête un autre événement ayant contribué à la célébrité de la mine Giant: l'assassinat, en 1992, de six mineurs par un de leurs collègues, furieux d'apprendre qu'ils avaient forcé le piquet de grève. La bombe avait démoli leur wagonnet, alors qu'ils étaient à deux cents mètres sous terre. Le crime le pire de toute l'histoire du mouvement ouvrier canadien.

— Je crois que vous vous intéressez de près à la conservation de l'environnement, n'est-ce pas? ai-je demandé.

— Il faut bien que quelqu'un prenne position.

— En faveur des caribous?

— Des caribous, des lacs, des poissons. Ces damnées de mines de diamants vont détruire tout l'écosystème.

— De diamants?

— Le trésor de la toundra! s'est exclamé Tyne dégoulinant de mépris. La mort de la toundra, plutôt.

Sur un regard en coin de Ryan me signifiant: assez tourné autour du pot, je suis revenue à nos véritables préoccupations:

— Vous connaissez la famille d'Annaliese Ruben, disiez-vous?

— Son père, et assez bien. Quel foutu caractère il avait, ce Farley McLeod!

— Il avait?

— Il est mort. On travaillait tous les deux pour Fipke.

— Fipke?

— Non, sérieusement?! a lancé Tyne en me dévisageant comme si je lui avais demandé à quoi sert le savon.

— Sérieusement.

— Chuck Fipke? Le gars qui a découvert les diamants dans l'Arctique. En réalité, ils étaient deux. L'autre, c'est Stu Blusson. Tout le monde pensait qu'ils étaient fous à lier. L'avenir a montré que pas du tout. Et maintenant, les caribous en prennent plein la gueule, grâce à ces deux-là.

— Parce que les diamants ont remplacé l'or dans les Territoires ? ai-je demandé.

— Sérieusement ? !

Visiblement, Tyne aimait la formule. Cette fois-ci, j'ai évité de jouer les perroquets, moi aussi.

— Combien de mines y a-t-il ?

— Ekati a ouvert en 1998, Diavak en 2003, Snap Lake en 2008. C'est la seule exploitation souterraine.

— Où est-ce qu'elles se trouvent ?

— À plusieurs centaines de kilomètres au nord. Snap Lake est la première mine exploitée par la De Beers hors d'Afrique. Maintenant, ils essaient d'en exploiter une autre à ciel ouvert. Gahcho Kué. Quand ces bâtards auront réussi leur coup, il ne restera plus un seul caribou.

Ma connaissance de l'industrie du diamant était tout à fait limitée. Non, j'exagère encore. Tout ce que je savais, c'est que la De Beers avait été fondée par Cecil Rhodes à la fin des années 1800, qu'elle était basée à Londres et à Johannesburg, et qu'elle extrayait soixante-quinze pour cent de la production mondiale de diamants. Je savais aussi que des pays comme l'Angola, l'Australie, le Botswana, le Congo, la Namibie, la Russie et l'Afrique du Sud possédaient d'importantes ressources. J'ignorais complètement que le Canada était dans la course, lui aussi.

— Vous avez dit que vous aviez fait du jalonnement. Qu'est-ce que c'est, exactement ?

— Ça consiste à poser des jalons.

— Pour délimiter les terrains et les enregistrer ?

— Vous êtes une rapide, petite madame.

— Sérieusement rapide !

Tyne a de nouveau émis un hoquet en guise de rire, deux doigts pointés sur moi.

— Du jour où Fipke a mis la main sur son filon, l'enfer tout entier s'est déchaîné. En comparaison, la ruée vers l'or avait été une petite fête champêtre. Mais ça, c'est de l'histoire ancienne. Aujourd'hui, pas un centimètre carré de toundra qui n'ait été arpenté par un de ces crétins qui rêvent de faire fortune. Et les grandes compagnies ont récupéré toutes les terres intéressantes, Rio Tinto, BHP Billiton, De Beers.

— Ça se présente comment, un filon ? ai-je voulu savoir.

— Je croyais que c'était Annaliese Ruben qui vous intéressait? a répliqué Tyne, le regard vide de toute expression.

— Absolument, est intervenu Ryan. Est-ce qu'elle vivait avec son père?

— Farley, il n'était pas du genre papa. Plutôt comme la carpe : j'engendre et je laisse tomber.

— Annaliese vivait avec sa mère?

— Micah Ruben. Après, elle a changé de nom pour s'appeler Micah Lee. Je ne crois pas qu'elle se soit jamais mariée. Ces deux-là, elles ont toujours aimé changer de nom.

— Ah oui?

— Ouais. Micah avait appelé sa fillette Alice. Puis c'est devenu Alexandra, Anastasia. Elles trouvaient que ça faisait mieux.

— Et Micah, qu'est-ce qu'elle est devenue?

— Elle buvait. Un voisin l'a retrouvée dans la neige, transformée en glaçon, il y a de ça cinq ou sept ans.

Pensant à l'ADN, j'ai demandé :

— Micah, c'était une Autochtone?

— De la tribu dénée.

— Et Farley?

— Un bon vieux Blanc, tout ce qu'il y a de plus ordinaire. Farley n'a pas tardé à suivre Micah dans la tombe. En 2007, si je me souviens bien.

— Quel âge avait Annaliese à ce moment-là?

Tyne a donné l'impression de devoir réfléchir un peu.

— Je crois qu'elle venait d'entrer à la polyvalente. Ce qui lui faisait quoi? Quatorze ans? Quinze? Bien sûr, ce n'était pas la plus brillante de la classe, alors peut-être qu'elle était plus âgée.

— De quoi est mort Farley?

— Son Cessna s'est écrasé dans le lac La Martre. Un chasseur l'a vu descendre en piqué. On a bien retrouvé des débris du zinc, mais pas le corps de Farley...

Tyne a marqué une pause avant de reprendre :

— Peut-être qu'à cette époque Annaliese vivait avec lui, puisqu'elle n'avait plus sa mère.

— Où ça? ai-je demandé en ressentant une sorte d'excitation.

— À Yellowknife, dans un trou. Farley vivait au jour le jour, a ajouté Tyne en secouant la tête. Et quand il n'a plus eu d'argent dans son compte, la petite s'est retrouvée à la rue, orpheline ou pas. Comme la fratrie ne se pointait pas pour lui tendre la main, je l'ai laissée s'installer chez moi pendant un moment. J'habitais en ville à l'époque.

— Et ensuite ?

— Un beau jour elle est partie.

— Pour faire quoi ?

Tyne a haussé les épaules.

— Elle a bien dû trouver un moyen de survivre.

— Comme la prostitution, a déclaré Ryan.

— Je ne fais que supposer. En me référant à sa mère.

— Vous avez tenté d'intervenir ? ai-je demandé, en sentant mon excitation se transformer en dégoût. De faire en sorte qu'elle retourne à l'école ?

— Je n'avais pas mon mot à dire. Je ne suis pas de la famille.

— Elle était...

Sentant l'hostilité me gagner, Ryan a jugé bon de s'interposer :

— Vous dites qu'elle avait des frères et sœurs.

— Un demi-frère et une demi-sœur pour autant que je sache. (De nouveau ce rire saccadé.) Mais ils sont sûrement tout un peloton. Farley savait y faire avec les dames...

« Qui se laissent éblouir par les bijoux de famille », mais ça je l'ai gardé pour moi.

— C'est qui, le demi-frère ?

— Un dénommé Daryl Beck. Il était un peu plus vieux qu'Al... qu'Annaliese.

— Il est mort, lui aussi ? est intervenu Ryan, à qui le temps du verbe employé par Tyne n'avait pas échappé.

— Trop de lignes d'un coup, je suppose. Sa maison a brûlé jusqu'aux fondations. Il paraît qu'ils ont eu du mal à identifier ses restes.

— Il se droguait ?

— Je sais seulement ce qu'on raconte.

— Ça remonte à longtemps ?

— Trois ou quatre ans.

— Il y a eu enquête ?

— Les flics ont essayé.

— Ce qui veut dire ?

202

— Les gens d'ici ne sont pas du genre causant.

— Annaliese était proche de son frère? ai-je demandé.

— Je n'en sais rien du tout.

— Et lui, Beck, il avait une famille?

— Même réponse.

— Il n'est jamais venu la voir pendant qu'elle était chez vous? Ne lui a pas téléphoné?

— Non.

— D'autres l'ont fait?

Tyne s'est contenté de me regarder fixement.

— Où est-ce qu'Annaliese est allée vivre, après être partie de chez vous?

— La petite n'a pas laissé d'adresse.

Là encore, le chatouillement.

— Vous avez essayé de vous renseigner?

Les yeux de Tyne scrutaient mon visage. À l'évidence, il cherchait à décrypter mes pensées.

— Vous vous êtes quittés en mauvais termes? ai-je insisté.

— Je n'apprécie pas vos sous-entendus, et je trouve que vous posez bien des questions pour des gens qui veulent seulement transmettre un colis.

Tyne s'est mis debout. Fin de l'entretien.

— Merci beaucoup de nous avoir reçus, a dit Ryan et il a fait descendre ses lunettes de soleil sur son nez.

Arrivée à la porte, j'ai encore demandé:

— Pour quelle raison Annaliese a-t-elle quitté Yellow-knife?

— Ce n'était pas mes oignons.

— Si elle est revenue, vous savez où elle aurait pu aller? Qui elle aurait pu contacter?

— Peut-être sa demi-sœur.

— Vous avez son nom?

La réponse nous a pris de cours. Sérieusement.

Chapitre 23

Nellie Snook.

Pendant tout le chemin de retour à Yellowknife, je me suis efforcée de me faire à cette idée. Ni Ollie ni personne à la Division G n'avait découvert leur lien de parenté.

— Le nom de Snook n'est jamais apparu quand on a vérifié l'identité de Ruben ?

— Aucune raison pour ça.

— Une ville qui ne compte même pas vingt mille habitants, et personne ne savait qu'elles étaient demi-sœurs ?

J'avais du mal à le croire.

— Apparemment, non.

Ryan a garé la Camry sur une bande de terre devant une cabane bleu vif et nous sommes descendus de voiture.

— Et pas une seule des personnes interrogées n'en avait la moindre idée ?

— Comme Tyne le dit : les gens d'ici ne sont pas du genre causant.

Des panaches de caribou, des raquettes et une palette de forme irrégulière étaient accrochés au-dessus de la porte de la cabane. À côté, une pancarte disait : « Défense de pleurnicher ». Ryan me l'a désignée en haussant les sourcils. J'ai répliqué :

— Je ne pleurniche pas.

Ce qui était la pure vérité. En vérité, je fulminais.

Ryan m'a montré un autre panneau avant d'ouvrir la porte. « La bière est chaude, la bouffe dégueu et le service nul, mais bienvenue quand même ! » Un carillon a annoncé notre entrée.

À gauche, une tête d'orignal empaillé faisant office de porte-manteau. En face de l'incarnation de Bullwinkle, l'animal bien connu des amateurs de dessins animés, un comptoir de bistrot, une caisse enregistreuse et une plaque de cuisson. À côté, une femme en casquette Mao noire, chemise à carreaux et jeans, raclait la plaque à l'aide d'une spatule. Dans le reste de la salle, des tables en bois et des chaises à dossier haut, les unes toutes simples, les autres sculptées.

En entendant les clochettes, Mao s'est retournée.

— Vous avez réservé?

Une voix de fumeuse invétérée.

On en est restés bouche bée, Ryan et moi. Il était trois heures de l'après-midi et l'endroit était vide.

— J'vous ai bien eus, hein?

Son rire a révélé des trous dans sa bouche aux endroits jadis occupés par les molaires. De sa spatule, elle nous a indiqué de nous asseoir où bon nous semblait.

Nous avons opté pour une table balafrée de graffitis près d'une fenêtre ombragée par des stores vénitiens. À travers les lamelles, on distinguait des arbres et des tables de piquenique bleues. Le mur à côté était couvert de photos et de cartes de visite dont un bon nombre étaient devenues illisibles, l'encre s'étant effacée avec le temps.

— Heureusement que je ne suis pas du genre à répéter : «Je te l'avais bien dit», ai-je lancé à Ryan pour faire valoir mon point de vue, parce que c'est ce que je serais en train de te dire en ce moment.

— On verra.

Mao est venue prendre la commande. *Fish and chips* pour nous deux sur le conseil de Rainwater. C'est lui qui nous avait indiqué cet endroit, le Bullock, en précisant que tout dans le menu venait directement du lac.

— Espérons que nous n'arriverons pas trop tard.

— Une fois de plus! ai-je répondu, quand Mao est repartie vers sa plaque de cuisson.

— D'après Rainwater, personne n'est entré ou sorti de la maison depuis que Snook est revenue des courses.

— Ollie lui a demandé de jeter un œil à l'intérieur de la baraque?

— Oui, il y a à peu près dix minutes. Mais si elle refuse, il ne pourra pas entrer de force.

Mao a apporté nos boissons. Coke Diète pour moi. Une bière Moosehead pour Ryan. En espérant que le caribou accroché au mur ne serait pas vexé de se voir représenté sur l'étiquette de la bouteille.

Ollie est arrivé juste au moment où Mao apportait les plats. Les traits tendus, les joues marbrées de taches rouges asymétriques. Et un air que je lui avais déjà vu et qu'on pouvait traduire par : la chasse est ouverte, et je vais adorer ça.

Il est apparu qu'Ollie et Mao se connaissaient. Mao, de son vrai nom Mary.

— Qu'est-ce que tu as préparé de bon aujourd'hui, ma belle ? (Assorti du fameux sourire avec mouvement de la mâchoire.)

— Morue, truite et brochet.

— Qu'est-ce que tu me conseilles ?

— Tout.

— Le brochet, alors.

— Excellent choix.

Ollie a attendu qu'elle ne soit plus à portée de voix pour me parler.

— Bravo. Peu de femmes ont le cran d'afficher le look menton au hamburger.

— J'ai été mannequin pour Chanel dans le temps.

— Vraiment ?

— Non. Tu connais un certain Zeb Chalker ?

Grand sourire d'Ollie.

— Celui qui t'a attrapée avec ses bolas, à ce qu'il paraît.

Il a dû comprendre à mon expression que je ne trouvais pas ça drôle.

— Chalker appartient à la MED.

J'ai levé les deux mains en un geste interrogateur.

— Municipal Enforcement Division. Police municipale. L'escouade doit compter à peu près six hommes. Plus deux superviseurs, voitures de patrouille et motoneiges. Ils s'occupent surtout de la circulation, des animaux et du contrôle des foules. Et, bien sûr, des bassins à poissons.

— Hilarant. Et Scarborough ?

— Il est en ville, c'est exact. Hébergé chez un de ses copains douteux.

— Unka et Castain savent qu'il est là ?

Ollie a reporté son regard sur Ryan.

— Ils prétendent l'un et l'autre ne pas connaître ce monsieur.

— Ils nient que Scar essaie de s'infiltrer dans leur affaire ? ai-je demandé.

— Ils nient surtout toute implication dans un quelconque commerce illégal. Ils ne comprenaient rien à mes questions. Ce sont d'honnêtes citoyens qui gagnent leur vie en proposant aux touristes des activités de plein air. Castain voulait même m'emmener observer les oiseaux.

Arrivée de Mary avec une bière de racinette pour Ollie.

— Autrement dit, vous avez rien, a résumé Ryan quand elle est repartie.

— J'ai appris que Castain et Unka ne m'appréciaient pas plus l'un que l'autre.

— Vraiment ?

— J'ai eu droit à toutes sortes d'appellations aimables. Unka s'est montré de loin le plus créatif.

— Vous les avez relâchés ?

— On sait où les retrouver.

— Quelqu'un les file ?

— J'y ai pas pensé.

— Scarborough aussi ?

— J'y ai pas…

— Sacrifice, ça suffit ! me suis-je interposée.

La journée avait déjà été assez longue. Je n'étais pas d'humeur à supporter leur guéguerre de testostérone.

Ryan et moi avons vidé nos assiettes. Silence tendu jusqu'à ce que Mary apporte le brochet d'Ollie. Pendant qu'il mangeait, je lui ai raconté plus en détail notre visite chez Horace Tyne.

— D'après le fichier, a-t-il dit ensuite, Snook, c'est son nom de femme mariée. Son nom de jeune fille, c'est Nellie France. Née à Fort Resolution.

— Où est-ce ?

— Sur la rive sud du Grand lac des Esclaves. Là où s'arrête l'asphalte.

— Au sens propre du terme ?

— Absolument.

— Alors en fait, les gens de Yellowknife pourraient très bien ignorer le lien de parenté qui unit Snook et Ruben.

— Possible, mais Chalker, lui, devrait être au courant.

Sur ce, Ollie a plongé une frite dans sa mayonnaise avant de l'ingurgiter.

— Rainwater est avec Snook en ce moment ?

— Il va essayer la manière douce. Si ça ne marche pas, il demandera un mandat. Qu'est-ce que tu penses de Tyne ?

— Une vermine, mais une vermine consciente des problèmes d'environnement.

— Les Amis de la toundra…, a dit Ollie en lapant une autre frite dégoulinant de sauce. Jamais entendu parler de ça.

— Je suis tombée des nues en apprenant que les diamants, c'était une grosse affaire, par ici.

— Tu n'as pas vu les bannières accrochées aux lampadaires ? Yellowknife, la capitale du diamant de l'Amérique du Nord, a récité Ollie, accompagnant ses mots d'un geste de la main digne d'un marquis saluant le roi. La ville a même un énorme caillou en guise de logo officiel.

— Tu as entendu parler d'un certain Fipke ?

— Tu plaisantes, s'est écrié Ollie en me dévisageant avec la même incrédulité que Tyne. Chuck Fipke est une légende !

— Très bien. Je lirai un bouquin sur lui.

— Tu en trouveras dans toutes les boutiques de souvenirs. Sinon, tape Fipke sur Google.

— Est-ce que Tyne a raison de s'inquiéter pour les troupeaux de caribous ?

— Certains habitants du coin, les Autochtones notamment, prétendent que l'extraction des diamants perturbe les voies migratoires des caribous. C'est une question brûlante ici. Quand la De Beers a voulu ouvrir Snap Lake, plusieurs chefs de bande se sont regroupés pour qu'on reporte le projet à plus tard. Qu'on fasse d'abord des études d'impact sur l'environnement et le reste. Maintenant, De Beers veut ouvrir une autre mine à ciel ouvert. J'ai oublié le nom.

— Gahcho Kué.

— C'est ça, a fait Ollie en froissant sa serviette et en la jetant sur la table. Interroge Rainwater. Il en sait plus que moi sur cette controverse.

J'avalais ma dernière gorgée de Coke Diète quand le téléphone d'Ollie a sonné. La conversation a duré moins d'une minute. Je n'ai pas tiré grand-chose de ce qu'il disait. Juste qu'il était contrarié.

— Snook fait de l'obstruction, a-t-il déclaré en rengainant l'appareil dans l'étui à sa ceinture. Rainwater va demander un mandat au juge.

— Et maintenant?

— Maintenant, on attend que quelqu'un fasse une connerie.

Résumé des trois heures suivantes, passées dans ma chambre : sieste pas prévue au programme, message de Katy pour m'annoncer qu'elle avait des nouvelles trop importantes pour m'en faire part par courriel, recherche sur Chuck Fipke et l'exploration des sols. Résultat : une montagne d'infos.

Je savais déjà, avant de brancher mon ordinateur portable, qu'un diamant n'est jamais que du carbone transformé en minéral sous l'effet d'une hausse de température et de pression extrêmes, et aussi que ce minéral est le plus dur et le plus pur de tous ceux que l'on trouve sur terre. En raison de la structure rigide des atomes qui le composent et qui forment un tétraèdre, c'est-à-dire une pyramide composée de quatre triangles équilatéraux, un diamant ne peut être taillé que par un autre diamant ou par un rayon laser.

Je savais enfin que ces petites pierres scintillantes valent une fortune, et qu'elles en jettent plein la vue. En gros, c'est tout.

Toutes les demi-heures, j'interrompais mes recherches pour appeler Katy. J'étais chaque fois redirigée vers sa messagerie vocale, et je me replongeais dans Internet avec une sensation de malaise.

Entre tous ces coups de fil, voici ce que j'ai appris.

La transformation du carbone en diamant exige une pression allant de 44 à 50 kilobars, associée à une température supérieure à 1000 °C.

Pour ce qui est de la température, c'était facile à comprendre. En revanche, pour les kilobars, j'étais dans le flou total, cette mesure de pression équivalant à mille fois la pression atmosphérique. Apparemment, une telle combinaison entre chauffage et broyage s'était produite voilà plusieurs milliards d'années, à des profondeurs comprises entre cent trente et cent soixante kilomètres, et cela, à l'intérieur de formations rocheuses appelées cratons, qui sont d'anciennes dalles de très forte densité appartenant à l'ancienne croûte continentale.

Plus tard, des volcans souterrains ont transpercé ces cratons et rejeté à la surface de la terre du magma, ou roche en fusion, constitué de minéraux, de fragments de roche et parfois de diamants. Ce mélange bouillonnant s'est répandu tout en se refroidissant et a formé tantôt des pipes en forme de carotte, ou diatrèmes, tantôt de vastes structures souterraines plates, appelées dykes.

Ce mélange s'est ensuite solidifié en une roche appelée kimberlite. La plupart des kimberlites diamantifères se trouvent dans des cratons datant de l'ère archéenne, c'est-à-dire de la première partie du Précambrien, quand la terre était bien plus chaude qu'elle ne l'est aujourd'hui. Beaucoup plus chaude. Quantité de ces pipes en kimberlite sont situées sous les lacs peu profonds qui se sont formés à l'intérieur des cratères de volcans inactifs, appelés caldeiras.

Bon. Pour trouver des diamants, il suffit de localiser une pipe s'élevant au-dessus d'un craton vraiment vieux. Ça semble facile, n'est-ce pas ? Eh bien, pas du tout. Ces bougres de pipes sont incroyablement difficiles à repérer. Et c'est là que Chuck Fipke et Stu Blusson entrent en scène.

Sachant que le craton des Esclaves, qui repose sous les Territoires du Nord-Ouest depuis le Grand lac des Esclaves, au sud, jusqu'à la baie du Couronnement, dans l'océan Arctique, est l'une des formations rocheuses les plus anciennes de la planète, ils ont appliqué une technique d'exploration tout à fait efficace.

Fipke avait compris l'importance des minéraux indicateurs, c'est-à-dire des roches qui accompagnent les diamants dans leur remontée. Dans la kimberlite, on trouve du carbonate de calcium, de l'olivine, du grenat, de la phlogopite, du pyroxène, de la serpentine, de la roche provenant du manteau supérieur, et toute une variété d'oligo-éléments.

Il s'est intéressé au tiercé gagnant : la chromite, l'ilménite et les grenats G10, pauvres en calcium mais à haute teneur en chrome.

Blusson, quant à lui, avait compris l'importance des mouvements des glaciers au cours de la dernière période glaciaire. Il s'est dit qu'après avoir érodé une pipe en kimberlite, un glacier, en reculant, pouvait abandonner derrière lui un chemin fait de débris susceptibles de contenir ces fameux minéraux indicateurs de diamants. Remontez le chemin jusqu'à sa source, pensait-il, et vous tomberez sur la pipe.

Fipke et Blusson passèrent dix ans à écumer la toundra, à la cartographier, à la mesurer, à en extraire des carottes et à rassembler, quand la température le permettait, toutes sortes d'échantillons qu'ils analysaient ensuite dans leur labo, quand le froid était trop vif.

Dans le monde minier, on les prenait pour des fous.

Jusqu'à ce qu'un jour, de sa propre initiative, Fipke survole le lac de Gras, où la rivière Coppermine prend sa source. Ayant repéré un esker, une corniche tortueuse constituée de gravier et de sable laissés par les eaux de fonte d'un glacier en recul, il ordonna au pilote de se poser sur une péninsule appelée Pointe de Misère. L'esker en question protégeait un petit lac dont le rivage sablonneux était traversé par une strie plus sombre. Il préleva un peu de ce sable et le conserva dans une pochette marquée G71. Ce devait être le dernier des prélèvements qu'il effectuerait au cours de cette exploration gigantesque qui avait duré plus de dix ans.

Pointe de Misère se trouvait à la fracture glaciaire. De là, la glace avait migré à l'est en direction de la baie d'Hudson, au nord vers les îles du Nord, au sud vers le centre du Canada, et à l'ouest dans le fleuve Mackenzie et le lac Blackwater. Fipke avait échantillonné la totalité du territoire qui s'étendait vers l'ouest, d'une superficie de plus de cinq cent vingt kilomètres carrés.

De retour dans son laboratoire, Fipke essaya de déchiffrer le modèle tiré de ses échantillons. Un à un, il examina tous ses sachets au microscope à balayage électronique. Il reporta ses résultats sur de grandes cartes d'état-major.

Tout cela pour aboutir à la conclusion que la piste comportant les minéraux indicateurs commençait à Blackwater

Lake, s'étirait vers l'est et s'arrêtait près du lac de Gras, à trois cent vingt kilomètres au nord-est de Yellowknife.

Arrivé au sachet d'échantillon étiqueté G71, il vit qu'il contenait plus de 1500 diopsides de chrome et 6000 grenats pyropes.

Fipke avait trouvé sa pipe. Ou ses pipes.

Il se mit à poser des jalons comme un fou.

Ramassant toujours plus d'échantillons, refaisant d'autres analyses.

Jusqu'à confirmation des premiers résultats.

Fipke baptisa ce site Point Lake, en partie pour des raisons géographiques, en partie pour tromper les concurrents. Car il existait un autre Point Lake au nord-ouest du site qu'il avait découvert.

L'étape suivante consistait à déterminer l'emplacement exact des diamants. Et ça, ça coûtait cher.

Mais maintenant que l'existence des pipes en kimberlite avait été confirmée, Fipke et Blusson pouvaient enfin se mettre en chasse d'investisseurs fortunés. En 1990, la Dia Met, société fondée par Fipke en 1984, et le BHP, conglomérat minier australien, signèrent un accord d'entreprise conjointe pour l'exploitation de mines de diamants dans les Territoires du Nord-Ouest. BHP acceptait de financer l'exploration des sols en échange de 51 % du capital et des futures participations. Le reste des parts se répartissait entre Dia Met (29 %), Fipke (10 %) et Blusson (10 %).

En 1991, Dia Met et BHP annoncèrent avoir trouvé des diamants à Point Lake, le site découvert par Fipke. La nouvelle déclencha une ruée vers les Territoires du Nord-Ouest, ainsi que l'arpentage de terres le plus intensif et le plus frénétique jamais constaté depuis l'époque du Klondike.

Lac de Gras, en français; Ekati, en langue dénée; Fat Lake dans les deux langues.

En 1998, Ekati devint la première mine de diamants du Canada. L'année suivante, elle produisait un million de carats. Aujourd'hui, elle atteint les 400 millions de dollars par an et recrache quatre pour cent de tous les cailloux découverts sur la planète.

Rien que du gras, en effet.

En 2003, la mine Diavik, détenue par les sociétés en participation Harry Winston Diamond Corporation et Diavik Diamond Mines Inc., filiale du Groupe Rio Tinto, est entrée en exploitation. C'est la deuxième du Canada par la quantité produite. Elle est située à trois cents kilomètres au nord de Yellowknife. Elle comporte trois pipes en kimberlite réparties sur vingt kilomètres carrés situés sur une petite portion de terrain viabilisé près du lac de Gras, localement connu sous le nom d'île de l'Est. Diavik est l'un des plus gros fournisseurs du «Joaillier des stars», autrement dit Harry Winston.

En 1997, on a découvert de la kimberlite à Snap Lake, à deux cent vingt kilomètres au nord-est de Yellowknife. De Beers Canada en a acquis les droits miniers à l'automne 2000. En 2004, des permis de construction et d'exploitation lui ont été accordés.

Contrairement à la plupart des gisements de kimberlite diamantifère qui se présentent sous forme de pipe, le gisement de Snap Lake est un dyke de deux mètres et demi d'épaisseur qui plonge sous le lac à partir de la rive nord-ouest. Snap Lake est ainsi la première mine de diamants entièrement souterraine du Canada.

La mine de Snap Lake a ouvert ses portes officiellement en 2008. D'après le site de De Beers, à la fin de l'année 2010, près d'un milliard et demi de dollars avaient été investis dans la construction et l'exploitation de la mine. Sur ce total, un milliard soixante dix-sept millions de dollars avaient été versés aux entrepreneurs et fournisseurs basés dans les Territoires du Nord-Ouest, dont six cent soixante-seize millions aux entreprises et sociétés en participation autochtones.

L'article sur Snap Lake se terminait sur une déclaration de la De Beers soulignant son engagement à promouvoir le développement durable au sein des communautés amérindiennes, et les accords portant sur la répercussion des bénéfices signés avec la Première Nation des Dénés Yellowknives, le gouvernement tlicho, l'Alliance des Métis de North Slave, et la Première Nation des Dénés Lutsel K'e et Kache.

Transparaissait entre ces lignes l'hostilité des Autochtones vis-à-vis de l'exploitation minière, à laquelle Ollie avait fait allusion.

Commençant à m'inquiéter sérieusement pour Birdie, je rappelais Katy pour la dix millionième fois, quand un coup puissant a ébranlé ma porte. Je suis allée regarder par le judas.

Ryan.

Il y avait quelque chose qui clochait.

Chapitre 24

— Castain est mort!

Ryan est passé devant moi et s'est mis à faire les cent pas dans ma chambre.

— Quoi?

— On lui a tiré dessus.

— Quand ça?

— Il y a une heure.

— Où?

— Trois balles dans la poitrine. Christ, c'est si important?

— Non.

Mais devoir suivre une cible mouvante n'aidait pas à la compréhension.

— Je voulais dire: où était Castain quand c'est arrivé?

— En train de baiser sa copine.

— Arrête de tourner comme un lion en cage.

Ryan a maintenu le rythme.

— On tient l'assassin?

— Non.

— Je croyais qu'il était sous surveillance.

Reniflement méprisant de Ryan.

— La filature, pour Rainwater, ça consiste à jouer au ping-pong entre les cibles: Snook, Unka et Castain.

— *Jesus.*

— Il prétend qu'il n'a pas assez d'hommes pour surveiller trois endroits différents.

— C'est peut-être vrai.

— *Fuck*, il n'avait qu'à le dire ! On se serait occupés de Snook. Ou ton crétin de sergent aurait pu le faire.

Je n'ai pas relevé.

— Autrement dit, en ce moment, personne ne surveille la maison de Ragged Ass ?

— Tu sais combien il y a d'homicides par an, à Yellowknife ?

Je l'ignorais.

— Tous les crétins munis d'un badge vont vouloir s'arracher un bout de celui-là.

— Unka est considéré comme suspect ?

— Parmi bien d'autres.

— Où est-il ?

— Envolé.

— Et Scar ?

— Aussi.

— *Shit.*

— En effet. Je file sur les lieux.

J'ai attrapé ma veste, et j'ai couru à sa suite vers la Camry.

Ryan a allumé une cigarette. Sans s'inquiéter de savoir si ça me dérangeait. Il fumait, point.

J'ai baissé ma vitre.

Trajet effectué en frissonnant et en respirant le moins profondément possible sans avoir la tête qui tourne.

La copine de Castain était strip-teaseuse et s'appelait Merilee Twiller. Heureusement, elle n'habitait pas trop loin de l'Explorer.

Le chemin indiqué par Ollie nous a conduits jusqu'à Sunnyvale Court, une rue en fer à cheval bordée de bungalows minuscules construits sur des bouts de terrain minuscules. Quelques-uns étaient plus ou moins bien entretenus, mais la plupart étaient décrépits ou même barricadés avec des planches et abandonnés. Un bon bout de temps que ce « vallon ensoleillé » faisait mentir son nom.

Twiller habitait à l'autre bout, sur le côté nord de la courbe. L'endroit aurait mérité un bon coup de peinture, de nouvelles moustiquaires et de tout un seau d'herbicide. Un camion citerne, même. Le voisin de Twiller avait deux poubelles sur son perron et une voiture sur des blocs de ciment agrémentait son allée.

Sur les lieux, l'animation habituelle. La porte d'entrée était ouverte et toutes les lumières allumées, dedans comme dehors. Partout dans l'herbe, des lampes Evi bleu et jaune signalant des éléments pouvant servir de pièces à conviction, peut-être même des bouts du corps de Castain.

Un cadavre recouvert d'un drap gisait sur un sentier qui conduisait à une véranda entourée d'une balustrade en fer rouillé. Un ruban de scène de crime délimitait, entre la rambarde et deux pins rabougris, un triangle sur lequel se concentraient les faisceaux de plusieurs lampes halogènes portatives.

Sur l'autre côté du cul-de-sac, un second ruban parallèle au trottoir retenait les badauds sortis contempler la misère d'autrui, et peut-être des représentants des médias.

Ryan ne s'était pas trompé. À croire que tous les représentants de l'ordre avaient rappliqué. Il y avait là des voitures de patrouille de la GRC et du MED, un fourgon mortuaire et une bonne douzaine de voitures et de pick-ups, la plupart dotés de gyrophares sur le toit ou le tableau de bord. Les radios ajoutaient les crachotis de leurs parasites au tumulte des voix qui se répondaient.

Un peu à l'écart du brouhaha, Ollie parlait avec une femme à la robe trop courte et trop étroite pour ses cuisses solides et les bourrelets qui entouraient son soutien-gorge. Merilee Twiller, certainement.

Ryan s'est garé au bout de la file de véhicules. Un caporal de la GRC s'est approché de sa portière. Le badge de Ryan a fait office de laissez-passer.

Tout en marchant vers Ollie, j'ai observé Merilee. La quarantaine, mais refusant de l'admettre. Un maquillage épais qui ne suffisait pas à cacher les poches sous les yeux, les rides profondes et les capillaires éclatés sur les ailes du nez.

— Vous y avez jeté un œil? a lancé Ollie sans daigner nous introduire auprès de Twiller.

Ryan a répondu pour nous deux.

— Pas encore. Qu'est-ce que vous avez, pour le moment?

— Vers sept heures, Castain a débarqué ici pour une partie de jambes en l'air avec l'amour de sa vie, ici présente.

Mouvement du pouce pour désigner Twiller.

— T'es un vrai con, a répliqué celle-ci.

— Castain est parti vers huit heures. Sauf qu'il a jamais atteint les limites de la propriété.

— Des témoins ? a demandé Ryan.

— La copine endeuillée prétend avoir entendu des coups de feu, puis un crissement de pneus. L'a pas réussi à voir le tireur ou la voiture.

— C'est comme ça que ça s'est passé ! (Twiller, sur un ton défensif.)

— Et l'amoureux, où est-ce qu'il allait, après ?

— Je te l'ai d'jà dit, a lâché la fille brutalement sans quitter Ollie des yeux.

— Explique encore. J'suis pas vite-vite.

— Arty m'a rien dit.

— Et tu lui as pas demandé ?

— Non.

— Je suppose qu'il partait faire ses livraisons. C'est pour ça qu'il s'est établi dans le coin, non ? Tu te piques, pas vrai, princesse ?

— Tu peux te les mettre dans l'cul, tes questions.

— Ça te dirait, un petit tour au poste ?

— Parce que mon copain s'est fait tirer dessus ?

— À ton avis, sur quoi on risque de tomber, dans la baraque ?

— Sur une caisse de merde pleine de poils de chat.

Twiller disait vrai. Elle avait forcément fait disparaître la dope avant d'appeler les flics, et Ollie le savait. La colère lui a fait saillir les muscles situés sous ses tempes.

À l'évidence, la brutalité d'Ollie nous menait droit dans le mur. J'ai attiré le regard de Ryan et dévié les yeux vers la maison. Son menton a plongé. Il était d'accord. S'adressant à Ollie, il a proposé :

— Bon, si tu nous présentais plutôt la victime ?

Ollie a acquiescé. Et dit à Twiller de ne pas bouger.

Je les ai regardés se frayer un chemin dans la mêlée de flics et de techniciens qui avait envahi le cul-de-sac. Je me suis tournée vers Twiller.

— Mes condoléances pour le deuil qui vous frappe.

Premier regard dans ma direction. Dans la lumière rouge clignotante, sa bouche m'est apparue crispée, ses joues creusées.

— Ouais.

C'était un peu laconique. J'ai enchaîné :

— Vous avez une idée de la personne qui aurait pu souhaiter faire du mal à Arty ?

Twiller a posé son bras droit sur son ventre et appuyé le coude gauche dessus afin de ronger plus confortablement la cuticule de son pouce qui était déjà à vif.

Derrière nous, j'ai vu Ollie et Ryan rejoindre une femme plantée au-dessus de Castain. Grâce à la lumière puissante des projecteurs, le logo sur sa veste n'était pas difficile à identifier.

Dans les Territoires du Nord-Ouest, les morts subites font toujours l'objet d'un examen de la part du Service du coroner, lequel dépend du ministère de la Justice. Ce service possède une antenne générale à Yellowknife et compte près de quarante coroners dans toute la région. En revanche, les TNO ne disposent pas d'un lieu spécifique où pratiquer les autopsies.

Le coroner en chef adjoint était une femme du nom de Maureen King, m'avait-on dit. À coup sûr, c'était elle que je fixais en ce moment. Et d'un instant à l'autre, elle allait ordonner le transport du corps de Castain à Edmonton, pour autopsie.

— Arty s'était disputé avec quelqu'un ? S'était fait des ennemis ?

Twiller a secoué la tête.

— Avait-il reçu des coups de fil bizarres, des visites-surprises ?

— Je l'ai déjà dit à l'autre flic. On sortait pas tant que ça.

— Est-ce qu'Arty fréquentait d'autres femmes ?

— Entre nous, c'était pas sérieux, si c'est votre question… Il méritait pas ça, a-t-elle ajouté en plaquant ses deux mains sur ses joues.

— Je sais.

— Vraiment ? Qu'est-ce que t'en sais, au juste ?

— Je suis désolée.

À dix mètres de nous, King a soulevé un coin du drap. Ryan s'est accroupi pour regarder Castain de plus près.

— C'est ce bâtard d'Unka.

Dit tellement bas que j'ai failli ne pas entendre.

— Pardon ?

— Unka pensait qu'Arty s'en mettait de côté.

— C'est Arty qui vous l'a dit ?

— J'ai surpris une conversation. Quand il est fâché, il est vraiment mauvais.

— Unka ?

Elle a fait signe que oui.

— Assez mauvais pour tuer ?

— Il a filé un coup de poignard dans le ventre de sa mère et, juste après, il s'est fait livrer une pizza.

Il était dix heures du soir quand le fourgon mortuaire est finalement parti. Ollie est resté sur place pour aider les collègues à interroger le voisinage. Pas parce qu'il prenait ce meurtre à cœur, mais parce qu'il espérait découvrir quelque chose sur Scar.

Avec Ryan, on est rentrés à l'Explorer. Trajet en silence. J'ai regardé par ma vitre ces arbres dénudés qui s'échinaient à produire des bourgeons, la neige tombée la nuit précédente qui s'accrochait de toutes ses forces. Et j'ai ressenti tout ce que cela représentait de frustration.

C'est Ryan qui a rompu le silence.

— Pour les interrogatoires, ton ami est aussi doué qu'une limace.

— Ce n'est pas mon ami.

— Il l'a été.

— Où tu veux en venir ?

— Il a été incompétent, a ajouté Ryan, en se mettant à tapoter les poches de sa veste.

— Ne fume pas.

J'ai eu droit à un regard mauvais, mais il a quand même reposé sa main sur le volant.

— Vous vous comportez comme de vrais salauds, tous les deux.

— Je n'aurais jamais agi avec autant de brutalité.

— Il avait l'impression qu'elle lui cachait des choses.

— Tu le crois aussi ?

— Oui.

Pendant que nous nous engagions dans l'allée qui se terminait en boucle devant l'hôtel, je lui ai rapporté les paroles de Twiller à propos d'Unka. Sa réaction :

— Tu viens confirmer ce que je disais.

On est descendus de voiture.

— Il prend cette affaire à cœur, ai-je observé en marchant vers l'hôtel, sans vraiment savoir pourquoi je défendais Ollie.

Ryan a haussé un sourcil dubitatif.

— Il en a assez de la violence. D'être constamment confronté à des ordures qui vous donnent envie de vous récurer au Lysol.

— Tu parles du crétin ou de toi-même ?

Bon point en diable. Je ne lui ai pas fait le plaisir de l'admettre.

— Tu te doutes comme moi que Castain a dû mettre Ruben en veilleuse, a-t-il repris. Peut-être même qu'il l'a définitivement expulsée de la scène.

En temps ordinaire, cette image bancale m'aurait amusée. Mais pas là.

— Cette affaire est vraiment trop frustrante.

Sur ce, je suis partie vers l'ascenseur.

— On va la retrouver, a dit Ryan.

Je me suis retournée.

— Sauf que maintenant on va devoir compter sur nous-mêmes, a-t-il ajouté.

— Et sur le crétin.

— Et sur le crétin.

Une trêve. En quelque sorte.

De retour dans ma chambre, nouvelle tentative sur mon iPhone. Ô surprise, un scintillement apathique. Je l'ai mis à charger en espérant que ses composants avaient juste besoin de sécher.

J'ai appelé ma fille insaisissable sur la ligne de l'hôtel. Toujours aussi insaisissable. J'ai laissé un énième message.

J'étais épuisée. Juste un brin de toilette, et je me suis écroulée dans mon lit. Mais mon esprit ne l'entendait pas de cette oreille. Mille questions me tournicotaient dans la tête. Arty Castain. Qui l'avait tué ? Pourquoi ? Était-ce vraiment Unka, ou était-ce Scarborough qui avançait ses pions ? La mort de Castain était-elle la première de toute une série qui ne faisait que commencer ? Quels secrets Castain avait-il emportés dans la tombe ?

Où était Tom Unka ? Et Ronnie Scarborough ?

Qu'avait voulu dire Scarborough quand il avait dit à Ollie qu'il se trompait complètement sur Annaliese Ruben ? Scar avait-il été plus qu'un souteneur pour elle ? Savait-il des choses qui ne nous avaient même pas effleuré l'esprit ?

Ryan avait raison. Les flics locaux allaient se concentrer sur le meurtre de Castain, sur la lutte de pouvoir à venir pour le contrôle du trafic de drogue dans les Territoires. Alors que moi, j'étais toujours obsédée par Ruben. Cette femme qui avait tué quatre bébés.

Les gens l'avaient décrite comme n'étant pas très futée. Scarborough. Forex. Tyne. Comment avait-elle pu échapper si longtemps à toutes les recherches ? Aller de Saint-Hyacinthe à Edmonton et de là à Yellowknife ? Savait-elle seulement qu'elle était recherchée ? Oui, certainement. Mais est-ce que Scar l'inquiétait plus encore que la police ?

Scar avait-il aidé Ruben ? Ou Nellie Snook l'avait-elle fait ? Ruben se cachait-elle dans la maison de Ragged Ass ? Était-elle partie ailleurs ? Chez un demi-frère dont nous ignorions tout ? Chez un policier de la région qui était peut-être son cousin ou autre chose ?

Son père s'appelait Farley McLeod. Sa mère Micah Lee.

Micah était dénée. Le réseau familial de Ruben s'étendait-il à des lieux inaccessibles aux étrangers ?

Et Horace Tyne ? Il avait travaillé avec le père de Ruben. Il avait au moins trente ans de plus qu'elle. Sa relation avec elle était-elle strictement celle d'un père avec sa fille ?

Et ça tournait, et ça tournait dans ma tête. Images. Suppositions. Questions.

Questions, surtout.

Je venais à peine de m'endormir quand le téléphone a sonné. Pensant que c'était Katy, j'ai décroché. Ce faisant, j'ai aperçu du coin de l'œil les chiffres affichés à l'écran de mon réveil. Onze heures cinquante-cinq.

— Allo, Temperance Brennan ? Une voix douce. Enfantine.

— Oui.

— Il faut que je vous voie.

Un léger accent, mais pas celui de Binny.

— Qui est à l'appareil ?

La réponse a propulsé mon rythme cardiaque jusque dans la stratosphère.

Chspitre 25

— Je suis dans le bois.
— Quel bois?
— Derrière l'hôtel.
— OK.
— Venez seule.
— Mais je…
— S'il y a quelqu'un avec vous, je m'en vais.
— Je serai là dans dix minutes.
— Cinq!
Coupé.

J'ai bondi de mon lit. Sauté dans les vêtements que je venais de jeter sur une chaise.

Attrapé ma veste, une lampe de poche, la clé de ma chambre et mon téléphone. Fourré dans ma poche par habitude. J'étais déjà dans le couloir, trépidant sous l'effet de l'adrénaline.

J'ai laissé faire l'ascenseur, descendu l'escalier à fond de train et traversé le hall ventre à terre. Il y avait sûrement une sortie en arrière, mais où? Mieux valait la jouer sûre. La porte d'entrée est retombée sur moi.

La nuit était froide, mais pas assez pour qu'il neige. Une bruine faisait déraper l'herbe sous les pieds.

Examen de la situation, tout en contournant le bâtiment au pas de course. Ruben en avait-elle assez d'être en cavale? Voulait-elle se rendre? M'attirer dans un guet-apens?

Se débarrasser de moi?

L'idée m'a fait arrêter net.

Ruben était-elle quelqu'un de dangereux ? Elle avait quand même tué ses propres enfants ! Pouvait-elle constituer une menace pour moi ? Qu'avait-elle à gagner à me faire disparaître ?

J'ai vérifié mon iPhone. Réponse un peu plus enthousiaste que tout à l'heure, sauf qu'il n'avait pas assez de jus pour fonctionner normalement.

Tant pis ! Il fallait que je retrouve Ruben.

Nouveau stop, arrivée au jardin. Le zen et l'art d'assassiner des nouveau-nés. Curieuse corrélation, mais c'est celle que m'ont envoyée mes cellules grises.

La lune était une faucille cotonneuse qui projetait sur les galets mouillés de douces répliques des rochers empilés et des plantes mortes.

Devant moi une pénombre poussiéreuse. Je l'ai scrutée. Je n'ai distingué que des formes diffuses qui n'étaient autres que celles des pins. Évidemment.

J'ai allumé ma lampe de poche. Pas seulement pour m'éclairer, mais aussi pour annoncer mon arrivée à Ruben.

Je suis repartie d'un pas vif, osant à peine respirer. J'avais presque atteint la lisière des arbres quand une silhouette solitaire a émergé des ombres. Indistincte, ses contours rendus flous par la bruine.

Elle demeurait immobile, le visage ou plutôt un ovale blafard tendu dans ma direction.

Cajolerie, persuasion, contrainte ? Comment l'aborder au mieux ?

M'avancer tranquillement et lui dire : *Qu'est-ce que vous préférez, Annaliese ? Que je vous aide ou que j'appelle la grosse artillerie ?*

J'ai continué d'avancer. Sous cette bruine, la lumière de ma lampe avait quelque chose de pétillant.

Seigneur, s'il vous plaît. Faites qu'elle ne soit pas armée !

Je suis entrée dans le sous-bois.

Ruben a fait un pas dans la lumière, les deux bras levés en l'air. À croire qu'elle avait lu dans mes pensées.

Elle était petite et indubitablement obèse selon les critères médicaux. Elle avait les cheveux longs, noirs, et un joli visage aux rondeurs enfantines.

224

Tank était assis à ses pieds.

Le message était clair : elle n'était pas armée, et elle ne me voulait aucun mal.

Deux paires d'yeux ont suivi mon avancée.

Je n'ai pas eu le temps d'ouvrir la bouche que Ruben tournait lentement sur elle-même, les bras écartés, tandis que Tank se roulait en boule à ses pieds, comme pour montrer que lui non plus n'était pas une menace.

Ruben a bouclé sa boucle et m'a fait face. Tank s'est dressé sur les pattes arrière et a posé ses pattes avant sur son genou. Elle ne s'est pas baissée pour lui donner une caresse.

— On vous recherche depuis longtemps, Annaliese.

— On m'a dit ça.

— Il faut que nous discutions.

— Vous avez fait peur à ma sœur.

— Je suis désolée.

— Il faut que vous arrêtiez.

— Je le ferai à condition que vous acceptiez d'aller à la police.

— Non.

— Pourquoi ?

— Ils diront que j'ai fait des choses pas bien.

— Et c'est vrai ?

— Je ne le fais plus maintenant.

— Vous pouvez baisser les mains, vous savez.

À peine l'a-t-elle fait que Tank lui a sauté dans les bras.

— Parlez-moi de vos bébés.

— Les bébés ?

Son air d'incompréhension ne m'a pas paru feint.

— C'est à cause d'eux qu'on vous recherche.

Des rides se sont creusées sur son front. Elle a baissé les yeux sur le chien. Il a levé les siens vers elle. Elle l'a gratté derrière l'oreille.

— Je croyais que c'était à cause des hommes.

— Quels hommes ?

— Les hommes qui m'ont donné de l'argent.

Manifestement, elle pensait qu'on la recherchait pour mauvaise conduite.

— La police veut savoir ce qui est arrivé à vos bébés.

Silence.

— C'est vous qui les avez tués?

Avec des gestes nerveux rapides, Ruben s'est mise à raplatir le pelage humide du chien qui s'était séparé en épis et en touffes sous la pluie.

— Vous avez fait du mal à vos bébés?

Le mouvement de ses doigts s'est accéléré.

— Nous en avons trouvé quatre, Annaliese. Trois à Saint-Hyacinthe et un à Edmonton.

— Ah, vous avez trouvé les bébés.

Dit sur un ton dénué de toute émotion.

— Oui.

— Ils sont morts.

— Comment ça?

— Il le fallait.

— Pourquoi?

— Ils ne pouvaient pas vivre.

— Pourquoi?

— Je leur avais donné quelque chose de mauvais.

— Annaliese! ai-je dit sévèrement.

Elle a cessé de tirer sur les poils du chien pour le serrer contre son cœur.

— Regardez-moi.

Sa tête s'est relevée lentement, mais elle a gardé les yeux baissés.

— Je les ai enveloppés dans des serviettes.

— Comment ça, vous avez donné à vos bébés quelque chose de mauvais?

— Quelque chose à l'intérieur.

Je ne comprenais pas, mais j'ai préféré la laisser parler. On verrait ça plus tard.

— Vous savez qui sont les pères?

— S'il vous plaît, ne le dites pas à Nellie, a-t-elle répondu, les yeux toujours vrillés sur le chien.

— C'est à la police qu'il faut que vous expliquiez ça.

— Je ne veux pas.

— Vous n'avez pas le choix.

— Vous ne pouvez pas m'y obliger.

— Si. Je peux.

— Je ne suis pas quelqu'un de mauvais.

Et c'est là, sous la bruine au clair de lune, que j'ai soudain pris conscience de la triste vérité : Annaliese Ruben n'était pas un monstre, elle était juste simple d'esprit.

— Je sais, ai-je répondu doucement.

Je tendais le bras vers elle quand quelque chose au-dessus de son épaule droite a attiré mon attention. Les aiguilles du pin avaient quelque chose de bizarre, comme si leurs bords se détachaient en plus clair sur les ténèbres environnantes.

Je me suis déportée d'un pas sur la gauche pour essayer de voir derrière elle.

Rien, et brusquement une lueur. On aurait dit qu'on avait allumé une lampe électrique pour l'éteindre aussitôt.

— Annaliese, ai-je dit tout bas. Vous êtes venue seule ?

Ma question n'obtiendrait jamais de réponse.

Un claquement étouffé a rompu le silence, assorti d'un flash.

La bouche d'Annaliese s'est ouverte. Une bille de sang a jailli de son front et un trou noir est apparu au-dessus de son sourcil droit.

Tank a bondi hors des bras de sa maîtresse avec un cri terrifié et s'est élancé dans le bois.

Je me suis aplatie au sol.

Une seconde détonation a fait trembler la nuit.

Le corps d'Annaliese a résisté puis a pivoté vers moi avant de s'affaisser.

Plaquée à terre, je me suis traînée vers elle, en opérant une traction à l'aide de mes coudes et en poussant avec mes pieds.

Annaliese gisait les yeux grands ouverts, comme ébahie par ce qui lui était arrivé. Un flot noir courait de l'orifice de sortie de la balle jusqu'à la racine de ses cheveux

J'ai posé mes doigts tremblants sur sa gorge. Aucune pulsation.

Non ! Non !

Je les ai enfoncés dans sa chair tendre, cherchant désespérément un signe de vie.

Néant.

Le cœur battant, j'ai tenté de réfléchir. Combien étaient-ils, là-bas ?

Et qui était la cible, Annaliese ou moi ?

Réfléchis !

Qu'attendait le tireur ?

Que je fuie ventre à terre ou que je reste pour porter les premiers secours ?

Ne fais ni l'un ni l'autre !

Restant à ras de terre, j'ai rampé jusqu'à l'endroit où je me trouvais au moment du coup de feu. Le contact avec le sol m'a fait prendre conscience de la présence d'un objet dur dans ma poche.

Je me suis retenue de le prendre, tous les sens en alerte. Pas de lumière. Pas un bruit, pas un mouvement alentour.

À tâtons, j'ai cherché ma lampe de poche parmi les aiguilles de pins qui tapissaient le sol. Enfin, mes doigts se sont refermés dessus. Je lui ai redonné vie en prenant soin de couvrir le verre avec ma main.

J'ai lancé la lampe vers le corps d'Annaliese, tout en maintenant l'ampoule pointée dans la direction opposée au tireur. Elle a atterri avec un plof assourdi, le faisceau lumineux à peine visible au-dessus du sol.

Je me suis figée.

Pas de coup de feu en réponse.

Pas un son, si ce n'est celui des gouttes de pluie s'écrasant sur la cime des pins.

Roulant sur le côté, j'ai extirpé mon téléphone de ma poche et l'ai tenu tout près de mon ventre. Sans y croire, j'ai appuyé sur la touche située en dessous de l'écran.

Deux clignotements et l'écran s'est à nouveau éteint.

J'ai recommencé, en maintenant le pouce enfoncé sur la touche.

Plusieurs secondes.

Des heures.

J'allais abandonner quand les icônes sont apparues dans leur splendeur multicolore.

Pleurant presque de soulagement, j'ai tapé sur le symbole vert représentant un téléphone, puis sur un nom de ma liste de numéros abrégés.

— Ryan, a-t-il dit d'une voix endormie, mais qui essayait de donner le change.

Quant à moi, je me bornais à murmurer.

— Je suis dans le boisé de pins derrière l'hôtel…

— … tends rien…

— Le bois derrière l'hôtel…

— … pète… vous avez dit…

— Ruben s'est fait descendre, ai-je murmuré plus fort.

—… haché…

— Viens dans le bois derrière le jardin zen.

Mon murmure n'en était quasiment plus un. Trop risqué de parler plus fort.

— Raccroche… rap… sur le fixe.

— Je ne suis pas dans ma chambre. Il faut que tu viennes…

Coupé. Envoyer un texto?

Ça n'a pas marché.

J'étais seule. Je ne pouvais compter que sur moi-même.

J'ai remis l'appareil dans ma poche.

Tendu l'oreille.

Silence total.

Et soudain, une pensée.

Tank.

Le petit chien aussi se retrouvait tout seul. Proie facile pour un coyote. Ou un loup. Ou n'importe quelle autre saloperie d'animal en chasse.

L'appeler?

Trop risqué. Le tireur était peut-être encore dans le coin.

Une lueur jaune indiquait l'endroit où gisait Annaliese. Elle n'avait plus besoin d'être secourue. Pourtant, je n'avais que cette idée en tête : faire venir les secours. L'arracher à la pluie.

Et m'arracher moi à tout danger.

Ryan saurait-il tirer un sens de mes phrases hachées?

Combien de temps attendre?

Pas plus de dix minutes.

J'ai regardé autour de moi en quête de points de repère.

Ruben était couchée sous un grand pin noueux au tronc mangé par des lianes rabougries sur une hauteur d'un mètre cinquante. À sa gauche il y avait un pin plus petit, de forme asymétrique, dont une branche sur deux paraissait morte.

Rassurée, convaincue d'être en mesure de retrouver l'endroit, je me suis élancée.

Chapitre 26

Ryan a ouvert la porte vêtu de jeans. Rien que des jeans. Les cheveux en bataille, mais l'air bien réveillé.

— Hé, pas besoin de démolir la porte !

Il a remarqué mes cheveux mouillés et les aiguilles de pin accrochées à mes vêtements. Son sourire s'est effacé.

— Bordel, qu'est-ce que… ?

— Ruben. Elle est morte.

J'étais encore à bout de souffle. Tremblante. Au bord des larmes.

— Quoi ?

— Ce n'est pas un monstre, Ryan. Elle est retardée… Mon Dieu ! On n'a pas le droit de dire « retardée ». Alors quoi ? Qu'est-ce qu'on peut dire maintenant ? Différemment douée ? Intellectuellement désavantagée ? Quel est le terme politiquement correct ?

Le choc de me retrouver enfin face à Ruben. La terreur en la voyant se faire tuer. Le soulagement de me retrouver à l'hôtel. Je bredouillais sans pouvoir me retenir.

— Elle n'a probablement jamais compris qu'elle était enceinte. Elle n'avait probablement même pas idée de ce que c'était que d'être enceinte. Elle n'avait pas idée de ce que c'était qu'une idée.

Sanglots éperdus. Je ne faisais aucun effort pour essuyer mes larmes.

— Je n'ai même pas vu le tireur.

— Du calme.

Ryan ne comprenait pas. Ou bien il n'entendait pas mes paroles à travers mes balbutiements.

— Deux coups. C'est probablement celui à la tête qui l'a tuée.

Dit très fort. Trop fort.

Ryan m'a attirée dans sa chambre. A refermé la porte. Pris une petite bouteille de Johnnie Walker dans son minibar. Me l'a tendue.

— Bois ça.

— Je ne peux pas. Tu sais bien que je ne peux pas.

Il a dévissé le bouchon et m'a fourré le scotch dans les mains.

— Bois !

J'ai bu.

L'embrasement familier dans la gorge. J'ai fermé les yeux. Le rugissement s'est étendu de mon ventre à ma poitrine, à mon cerveau. Mon tremblement s'est apaisé.

J'ai relevé les paupières. Ryan scrutait mon visage.

— Ça va mieux ?

— Oui.

Oh oui, bon Dieu !

— Bon, a fait Ryan. Alors recommence.

— Ruben est morte. Son corps est dans le bois, derrière l'hôtel.

— *Tabarnac** !

— Le chien s'est enfui.

— Le chien ?

— Tank. Le petit…

— Oublie le chien. Raconte-moi ce qui s'est passé.

— Ruben m'a appelée vers minuit. Elle m'a dit qu'elle voulait me voir.

— Comment a-t-elle eu ton numéro ?

— Par Snook, sans doute.

Ryan a porté la main à ses cheveux. Traduction : il n'était pas content.

— Ruben m'a dit de venir seule.

— *Jesus Christ*, Brennan ! Si elle t'avait dit de te découper un sein en tranches, tu l'aurais fait ?

— C'était *moi** solo, ou on ne se voyait pas.

J'étais encore tendue, et la réaction de Ryan me mettait en colère.

Il se contentait de me regarder.

— Je t'ai appelé. Ce n'est pas ma faute s'il n'y avait pas de réseau.

— Tu l'as retrouvée dans le bois, en pleine nuit.

— Oui.

— Tu n'aurais jamais dû y aller toute seule.

Ses yeux bleus de Viking bouillonnaient de rage.

— Je suis une grande fille, ai-je rétorqué sur un ton hargneux.

— Tu aurais pu te faire tuer !

— Je ne me suis pas fait tuer !

— Mais Ruben, oui !

Les paroles de Ryan m'ont heurtée comme une gifle.

J'ai détourné les yeux. Pour dissimuler la douleur. Mais surtout pour masquer ma culpabilité. Parce que, au fond de moi, je savais qu'il avait raison.

— Je ne voulais pas dire ça, a-t-il repris, un ton plus bas.

— Ravale-le, ai-je répliqué sèchement.

Ryan a récupéré son cellulaire sur la table de nuit et composé un numéro. Il a prononcé quelques phrases en me tournant le dos. Ensuite, il a pêché un sweatshirt dans son sac de voyage et l'a passé par-dessus sa tête. L'électricité statique n'a pas amélioré sa coiffure.

— Et alors ? ai-je demandé.

— Ils envoient une équipe.

— Il faut qu'on mette Ollie au courant.

Ryan a refait un numéro, parlé quelques instants et raccroché.

— Il est encore à l'endroit où Castain s'est fait descendre.

— Qu'est-ce qu'il a dit ?

— Il vaut mieux que tu ne le saches pas.

Il a inspiré profondément. Expiré à fond. Et lâché un commentaire qui a fait fondre ma hargne.

— Je suis désolé. Je n'aurais pas dû dire ça. Mais il y a des moments où tu penses avec tes tripes et pas avec ta tête. J'ai peur qu'un jour tu le payes très cher. S'il t'arrivait quelque chose, je ne pourrais pas le supporter.

Je suis restée impassible.

— Écoute, Tempe, ce n'était pas ta faute.

Oh oui, ai-je pensé. *Oui, c'était ma faute.*

L'équipe était dirigée par Zeb Chalker. Pas de véhicule de scène de crime. Pas de fourgon mortuaire. Juste Chalker. Apparemment, la mort d'une prostituée ne méritait pas qu'on soustraie des enquêteurs d'un meurtre vraiment super.

Nous avons, Ryan et moi, retrouvé Chalker dans le hall de l'hôtel. Il n'avait pas l'air ravi d'être là.

Je lui ai décrit où je pensais que le tireur se trouvait. Chalker a appelé une autre équipe pour fouiller ce secteur du boisé et pour se rendre sur la portion de route qui jouxtait celui-ci.

— Quand nous y parviendrons, je passerai en premier. Aucun risque que le tueur soit encore sur les lieux, mais, tant que je ne saurai pas de quoi il retourne, je préfère prendre mes précautions.

Nous avons dûment accepté, et l'avons suivi au dehors.

Chalker a pêché des Maglite et des survestes dans le coffre de sa voiture de patrouille et nous les a tendues.

Nous avons fait le tour du bâtiment en file indienne, traversé le jardin et nous sommes dirigés vers les pins. Chacun de nos pas creusait une large empreinte dans la boue et les aiguilles détrempées.

À l'orée de la pinède, je me suis arrêtée et j'ai indiqué où se trouvait le corps de Ruben.

— Elle est à trois mètres d'ici à peu près, droit devant.

Chalker a continué tout seul. Moins d'une minute plus tard, nous l'avons entendu appeler :

— La voie est libre.

Les pieds écartés, le faisceau de sa lampe braqué vers le sol, il nous a regardés approcher.

J'ai dirigé ma lampe sur le même point que lui.

Et j'ai étouffé une exclamation de surprise.

Le corps de Ruben avait disparu.

— C'est pourtant bien là qu'elle était !

J'ai éclairé le grand pin au tronc envahi de lianes ; en vain.

Chalker n'a rien dit.

— Elle était là, ai-je insisté en faisant aller et venir ma lampe au pied des arbres qui m'avaient servi de repères.

— Il fait assez sombre, mademoiselle. Peut-être que…

— Je ne suis pas idiote, ai-je répliqué, toujours survoltée par l'adrénaline.

Ou par le Johnnie Walker.

— Tu es sûre qu'elle était morte ? a demandé Ryan.

— Elle avait un trou dans le front de la taille de mon poing !

— Elle a pu être emmenée par des animaux.

— Peut-être.

Mais je n'en croyais rien.

J'ai élargi le rayon de mes recherches en marchant lentement, m'écartant de plus en plus. Ryan et Chalker ont fait de même.

Dix minutes plus tard, nous nous sommes rejoints à notre point de départ. J'avais les mains tremblantes et mon sang bouillonnait dans ma poitrine.

Les deux hommes m'ont regardée. D'un air dubitatif.

— Je vous jure, elle était juste là.

Je me suis laissée tomber à genoux et j'ai effectué un mouvement de balayage systématique avec le faisceau de ma lampe.

Les aiguilles paraissaient uniformément humides. Aucune ne paraissait avoir été récemment brisée, déplacée ou retournée. Je n'ai repéré ni sang, ni cheveux, ni tissus, ni fragment d'os.

Pas un poil d'indice indiquant qu'un meurtre avait été commis à cet endroit.

Choquée, je me suis relevée et j'ai pointé ma lampe dans la direction d'où les tirs étaient partis.

— Il faut fouiller la zone à la recherche des douilles.

— Je pense qu'on a fini, ici.

— Sûrement pas !

Chalker a poussé un soupir accompagné d'une moue excédée. La patience faite homme.

— Écoutez, mademoiselle…

La coupe était pleine.

— Ne vous avisez pas de jouer à l'agent Murray avec moi ! *Fuck*, une femme s'est fait tuer ici ! J'ai vu son cerveau gicler dans l'au-delà !

— Il faut vous calmer.

— Me calmer ? *Me calmer ?*

Je me suis jetée sur lui et lui ai gueulé sous le nez :

— Vous me prenez pour quoi? Pour une folle préméno-
pausée en quête de mélodrame?

Chalker a fait un pas en arrière. J'ai senti une main sur
mon épaule. Peu importait. La rage me faisait délirer.

— Je vais vous dire une chose, « constable » Chalker. Je
travaillais déjà sur des scènes de crime alors que vous étiez
encore aux couches. En combinant leur foutu génie, la GRC
et la SQ n'ont pas réussi à retrouver Annaliese Ruben, *fuck!*
Moi oui!

J'ai pointé un doigt tremblant vers ma poitrine.

— C'est moi que Ruben a appelée. Et un enfant de
chienne lui a collé une balle dans le crâne!

— On en a fini, ici.

Me frôlant au passage, Chalker est sorti du bois à grands
pas, ses bottes faisant doucement bruisser le tapis d'aiguilles
humides.

Je me suis tournée vers Ryan.

— Ce gars-là me cherche.

— Allons-y, a-t-il dit d'un ton paisible.

— Je ne suis pas folle.

— Je te crois.

De retour à l'hôtel, j'ai enlevé mes vêtements trempés,
pris une douche et enfilé un pull. Il était près de deux heures
du matin, mais j'étais survoltée. Dopée par l'adrénaline et le
scotch.

J'allumais mon ordi portable quand j'ai entendu frapper
à la porte.

Comme la fois précédente, j'ai jeté un coup d'œil par
l'œilleton.

Ryan portait toujours les mêmes jeans et le même
sweatshirt. Il tenait une boîte plate et carrée devant sa poitrine. J'ai ouvert la porte.

— Pizza? a-t-il demandé.

— Y a des anchois?

— Tu vas pas faire la fine bouche, maintenant? a rétorqué Ryan en haussant les sourcils.

— Une fille n'est jamais trop regardante.

— Pas d'anchois.

— Proposition acceptée.

En mangeant, j'ai mis Ryan au courant de tous les détails dont je me souvenais, depuis l'appel de Ruben jusqu'au moment où je m'étais pointée dans sa chambre.

— Comment quelqu'un a-t-il pu nettoyer aussi efficacement une scène de crime ?

Je n'en revenais pas.

— Avec l'aide de la pluie.

— Ils ont fait vite.

— Très vite.

— Tu crois que c'est Scar qui a fait le coup ?

— J'ai hâte de lui poser la question.

Nous avons pris une deuxième pointe chacun.

— Tu vas leur dire de tout mettre en jeu pour retrouver le meurtrier de Ruben ?

— Compte sur moi.

— Merci.

— À une condition.

J'ai haussé un sourcil interrogateur.

— Tu m'expliques une chose.

La bouche pleine, j'ai acquiescé d'un battement de cils.

— Qui diable est l'agent Murray ?

— Pardon ?

Je ne m'attendais pas à cette question.

— Le nom que tu as lancé à Chalker.

— J'ai fait ça ?

Moue approbatrice de Ryan.

— L'agent Stephen Murray, de Lincoln, dans le Maine. Tu n'as jamais vu la vidéo de son constat, quand il a arrêté cet automobiliste ?

Ryan a secoué la tête.

— Le clip est passé sur Court TV, YouTube. C'est devenu viral. Murray a été qualifié de policier le plus patient d'Amérique.

Pas de réponse.

Ryan a tendu la main, pris une troisième pointe de pizza.

— Me fais pas croire que le numéro de sainte patience de Chalker ne t'a pas donné envie de vomir ?

— Le gars faisait son boulot.

— Le gars se comportait comme un crétin arrogant !

— Mon petit doigt me dit que tu ne figures pas non plus en haut de son palmarès.

Nous avons mangé en silence pendant un moment. Ça paraissait facile. Comme au bon vieux temps.

Et puis une idée m'est venue à l'esprit :

— Si Scar voulait envoyer un message, dire qu'il ne reculerait devant rien, pourquoi aurait-il enlevé le cadavre de Ruben ? Pourquoi ne pas la laisser à un endroit où il était sûr qu'on la retrouverait ?

— Tu te souviens du dealer de Jasper ?

— Le gars avec un collie ?

— Quelqu'un les a éliminés, son chien et lui. Leur a coupé les oreilles.

J'ai revu le visage de Ruben au clair de lune.

Et j'ai senti un frisson glacé remonter le long de ma colonne vertébrale.

Chapitre 27

Le téléphone m'a tirée d'une mosaïque de rêves décousus. Ryan et moi en train de manger une pizza. Ruben dans un bus, faisant des signes. Ollie me criant des choses que je ne comprenais pas. Tank montrant les dents à un corbeau qui plongeait en piqué vers sa tête.

— Brennan.

— Salut, maman !

La voix de Katy ! Mon cœur a fait un bond dans ma poitrine. Ma joie a duré une trentaine de secondes.

— Ça va, ma chérie ?

— Je t'ai réveillée ? Tu as une drôle de voix. Oh, pardon ! J'avais oublié. Il n'est que sept heures, là-bas.

— J'allais juste me lever. Tu as parlé à ton père ? Birdie va bien ?

— En pleine forme.

La chambre était baignée de lumière, mais les vitres étaient entourées d'une bordure de givre. J'ai refermé les yeux et me suis rallongée.

— Tu es assise ?

— Mmm.

— Je me suis engagée. Dans l'armée.

— Si je te disais ce que j'ai cru entendre, tu n'en reviendrais pas.

En bâillant.

— Tu as bien entendu. Je me suis enrôlée.

J'ai ouvert les paupières et me suis redressée d'un seul coup.

238

— Tu as fait *quoi* ?

— Je dois me présenter à Fort Jackson le 15 juillet.

J'en suis restée sans voix. Ma Katy, la petite fille qui aimait le rose et qui mettait un tutu pour aller chez le dentiste ?

— Tu es là ?

— Je suis là.

— Surprise ?

— Estomaquée. Quand as-tu fait ça ?

— La semaine dernière.

— Les recruteurs accordent une période de réflexion, un délai de rétractation ?

— Comme pour le crédit à la consommation ?

— Oui.

— J'irai jusqu'au bout, maman. J'y ai beaucoup réfléchi.

— C'est pour Coop que tu fais ça ?

Webster Aaron Cooperton était le petit ami de Katy. Il s'était fait tuer, au printemps dernier, en Afghanistan. Il travaillait dans l'humanitaire.

— Pas pour lui. Il est mort.

— À cause de lui ?

— En partie. Coop vivait pour aider les autres. Ce n'est pas mon genre.

— Et... l'autre partie ?

— Je déteste mon boulot. Dans l'armée, je me ferai de nouveaux amis. Je verrai du pays.

C'est ça, des pays où les gens se font exploser et tirer dessus.

— Coop n'était pas dans l'armée, ai-je rétorqué, la gorge serrée.

— Eh bien, moi, j'y serai.

Sur un ton résolu.

— Oh, Katy...

— Je t'en prie, je n'ai pas envie qu'on s'engueule pour ça.

— Je ne vais pas t'engueuler, bien sûr que non.

— Ce sera une aventure.

— Promets-moi juste de ne pas faire de folies, comme de te porter volontaire pour combattre.

— Les femmes ne peuvent pas participer aux combats.

Ouais. Officiellement. Mais je voyais beaucoup trop d'occasions pour les femmes de se retrouver en première ligne. Les pilotes de chasse. La police militaire. Le corps des Marines. Le programme des Lionnes.

— Tu sais ce que je veux dire.

— Je t'aime, maman.

— Katy?

— Il faut que j'y aille.

— Je t'aime, chérie.

Je suis restée un instant assise, le téléphone serré sur mon cœur. Un million d'images tournoyaient dans ma tête : les deux ans de Katy, quand tout le monde avait chanté. Katy déguisée en elfe pour un récital de danse. Partant pour le bal de fin d'année avec le traditionnel bouquet autour du poignet. Un bouquet deux fois plus gros que son bras.

Je me sentais... comment dire? Dubitative à l'idée qu'elle survive au camp d'entraînement? Qu'elle se fasse à la vie militaire? Angoissée à cette perspective? Trahie qu'elle n'ait pas discuté de cette décision avec moi? Horrifiée à l'idée qu'on l'envoie en zone de combat?

Tout ça à la fois. Et autre chose encore.

Un peu coupable de ma réaction quand Katy m'avait annoncé la nouvelle. L'armée rendait des services inestimables. Elle assurait la défense du pays, ce qui était une mission vitale. Toutes les branches avaient besoin de volontaires capables. Les fils et les filles des autres s'enrôlaient. Pourquoi pas la mienne?

Parce que Katy était encore ma petite fille.

L'hymne irlandais s'est mis à vibrer sur mon sternum.

J'ai porté le téléphone à mon oreille.

— Brennan.

— J'ai entendu parler de ta petite aventure de cette nuit.

Ollie. N'étant pas d'humeur à me laisser sermonner, je n'ai pas répondu.

— On ne peut pas dire que tu aies marqué des points auprès des gens du coin.

— C'est pour me dire ça que tu m'appelles?

— Je t'appelle parce que j'ai besoin d'informations. Et tout de suite. Et que s'il y a une chose dont je n'ai pas besoin, c'est bien de ces conneries.

J'ai attendu, trop énervée pour parler.

— Raconte-moi ce qui s'est passé avec Ruben.

Ce que j'ai fait.

Il y a eu un long silence. J'ai pensé qu'Ollie prenait des notes.

— Tempe, j'ai une question à te poser.

Le ton sur lequel il a dit ça m'a alarmée.

— Tu ne t'en serais pas envoyé quelques-uns, hier soir?

— Pardon?

— Tu m'as bien entendu.

— Pourquoi me demandes-tu ça?

— Chalker dit que ton haleine sentait l'alcool.

J'ai senti mes joues s'embraser. La mignonette de whisky du minibar...

— Chalker est un crétin.

— On sait tous les deux que tu as eu ce problème.

— Et c'est pour ça que je ne bois plus.

— Il fallait que je te le demande.

— La scientifique en a terminé, à Sunnyvale?

Ça, c'était pour changer de sujet.

— Il y a deux heures.

— Vous avez arrêté Scarborough ou Unka?

— On a pincé Unka. Les agents d'ici sont en train de le cuisiner. Ryan et moi, on double la mise sur Scar.

Vraiment? Une trêve?

— Tu crois que c'est Scar qui a tué Ruben?

— Il est capable de tout.

Un bref silence, et puis:

— Un gars du quartier général va passer à l'hôtel vers neuf heures. Je voudrais que tu lui exposes ta version des faits.

Ma version des faits?

— Et puis je voudrais que tu remontes dans ta chambre et que tu restes assise sur ton joli petit cul. Pigé?

— Dites, sergent Hasty, je pourrai aller acheter ce livre sur les diamants, s'il vous plaît?

— Ouais. Ça, tu as le droit.

Je me suis habillée et j'ai pris un rapide petit déjeuner — pain doré et bacon. Nellie Snook n'était pas revenue au restaurant.

L'agent Lake a appelé depuis la réception à neuf heures et quart. Il était blond, avec des taches de rousseur. Et visiblement épuisé. Il m'a suivie à l'autre bout du jardin, puis dans le bois, jusqu'à l'endroit où Ruben avait été tuée.

Même en plein jour, je ne voyais pas une trace de sang. Pas d'empreintes de chaussures ni de bottes. Pas un poil d'indice matériel. Les aiguilles de pin sont élastiques. Pas la moindre empreinte non plus de Chalker, de Ryan ou de moi.

— Rien que des aiguilles, a dit Lake après un coup d'œil à la ronde.

— C'est bien le problème. Le tireur a embarqué le corps et nettoyé la scène de crime. Pourquoi se donner ce mal? Pourquoi ne pas simplement se tirer?

— D'où venaient les coups de feu?

— De là, ai-je dit en tendant le doigt.

Lake m'a emboîté le pas. Nous avons effectué une nouvelle inspection.

— Pas de laiton, a-t-il dit.

— Bien sûr que non. S'il a pris la peine d'emporter le cadavre, il était normal qu'il récupère les douilles.

Lake a acquiescé.

— Allons voir du côté de la route.

S'il y avait eu des traces de pneus ou des empreintes, elles avaient été depuis longtemps effacées par la pluie.

Lake m'a regardée longuement. Puis :

— Venez avec moi au quartier général. On va mettre tout ça par écrit.

Le message était clair : il n'y aurait pas d'analyse plus approfondie de la scène de crime.

— Je vous suis.

Lake a haussé les épaules.

— Ce sont des choses qui arrivent.

Avant que j'aie eu le temps de lui demander ce qu'il voulait dire par là, il a tourné les talons et repris la direction de l'hôtel.

Quelles étaient ces « choses qui arrivent » ? Que des gens se fassent tirer dessus ? Que des cadavres disparaissent ?

Que des ivrognes envoient des flics à la chasse aux oies ?

Les joues en feu, j'ai regardé Lake disparaître entre les arbres. Il ne s'est pas interrogé sur mon hésitation. N'a pas jeté de coup d'œil en arrière.

Un corbeau a croassé, au-dessus de moi.

Provoquant l'activation d'une synapse dans mes neurones.

Je me suis mise à crier :

— Tank !

J'ai attendu.

— Tank, viens ici !

Je suis revenue sur mes pas en l'appelant.

Quelques écureuils ont détalé sur mon chemin.

Mais pas de chien.

De retour dans ma chambre, j'ai allumé la télévision et mon ordi portable.

Vingt minutes plus tard, je n'avais absolument aucune idée de ce qui pouvait bien se passer sur l'écran de l'ordinateur. Ou à la télé, d'ailleurs.

Je me sentais coupable envers Ruben. Je m'en faisais pour Katy. Je ruminais le commentaire étrange de Lake. *Jesus.* Combien de personnes pensaient que j'avais picolé et imaginé les coups de feu ?

Et ce damné chien. Pendant que j'étais assise sur mon joli petit cul, Ollie et Ryan couraient après Scar.

Au diable !

J'ai mis un dossier dans mon sac, enfilé un blouson, et je suis descendue dans le hall.

Devant l'entrée de l'hôtel, j'ai vu la Camry dans le stationnement, de l'autre côté de la route. Connaissant les habitudes de Ryan, je me suis dirigée vers la réception. L'employée de service s'appelait Nora, à en croire son badge.

— Excusez-moi, Nora. Le détective Ryan a appelé et m'a demandé de lui apporter un dossier de toute urgence. Je sais que c'est inhabituel, mais je me demande si vous pourriez me donner la clé de la 207 ?

— Je suis désolée, mademoiselle Brennan. Nous devons avoir une autorisation officielle pour permettre à un client d'accéder à une autre chambre.

— C'est bien le problème.

Je me suis penchée vers elle, telle une informatrice communiquant une information top-secret.

— Le détective Ryan est sur une scène de crime et ne peut pas être dérangé.

Comme je le soupçonnais, la nouvelle du meurtre de Castain s'était répandue dans Yellowknife telle une traînée de poudre. Avec un hochement de tête de conspiratrice, Nora a passé une carte dans un lecteur et me l'a tendue.

— Merci, ai-je murmuré.

— J'espère que ça vous aidera, m'a soufflé Nora en retour.

Nous avons scellé la gravité de l'acte en nous regardant dans les yeux pendant une longue et solennelle seconde.

— Au fait, ai-je poursuivi, Nellie Snook est venue travailler, aujourd'hui?

Nora a secoué la tête.

— Elle a congé le week-end.

Les clés étaient bien sur la table de nuit de Ryan.

Je me suis précipitée vers la Camry, j'ai mis le contact et descendu l'allée. C'était parti! C'était bon en diable!

Quand je me suis garée dans Ragged Ass, Nellie Snook était sous l'abri de voiture et changeait la litière du chat. Elle portait un col roulé noir informe et le même jean passé que la veille. Je suis descendue de voiture et me suis approchée d'elle.

En me voyant, elle a lâché le sac de litière, filé par la porte de côté de la maison et essayé de la claquer derrière elle. J'ai plongé et retenu le panneau d'une main.

— Allez-vous-en! a-t-elle crié par l'interstice.

— Annaliese Ruben est morte.

— J'appelle la police!

— Quelqu'un l'a abattue.

— Vous mentez!

— J'y étais!

La seule réaction a été une pression accrue de l'autre côté de la porte.

— Est-ce qu'elle est rentrée, hier soir? ai-je demandé.

Le silence m'a prouvé que ma question avait touché sa cible.

— Je n'ai pas été franche avec vous, Nellie. Il est temps que je vous dise pourquoi je voulais retrouver votre sœur.

D'une main, j'ai sorti le dossier de mon sac et l'ai glissé par l'entrebâillement de la porte. Je l'ai entendu tomber par terre.

— Maintenant, je vais lâcher la porte. Mais je vous demande de regarder ce qu'il y a dans le dossier.

J'ai fait un pas en arrière.

Le claquement de la porte a fait trembler les murs.

Un verrou s'est refermé.

En attendant, j'ai fini de remplir la litière du chat, puis j'ai refermé le sac et l'ai appuyé contre le mur.

Finalement, le verrou s'est rouvert.

Le panneau de la porte a lentement pivoté vers l'intérieur.

Chapitre 28

Snook avait les yeux perdus dans l'ombre.

— Pourquoi est-ce que vous vous acharnez sur nous ?

— Vous me permettez d'entrer ?

— C'est quoi, ça ?

Elle a levé l'enveloppe de papier bulle contenant les photos des bébés morts de Ruben.

— On peut en parler ?

Des rides verticales ont creusé son front, entre ses sourcils. Son regard a dérivé de moi vers la litière du chat pour revenir sur moi.

— C'est vous qui les avez prises ?

— Ce sont des photos officielles de scène de crime.

— Ce n'est pas ma question.

— Je ne suis pas agent de police.

Elle a relevé le menton.

— Ce n'est pas moi qui ai pris les photos. Mais j'étais là quand elles ont été prises.

Je m'attendais à ce qu'elle m'envoie promener. Au lieu de ça, elle a reculé.

Je suis entrée dans une petite pièce sombre, avec un vieil ensemble de laveuse-sécheuse, et des bacs en plastique alignés le long d'un mur. L'air sentait la fumée de feu de bois, le détergent et les produits d'entretien.

Snook a refermé la porte derrière moi, tourné le verrou, et m'a conduite dans une cuisine baignée de soleil. Elle a posé le dossier sur un comptoir et m'a proposé du thé. J'ai accepté.

Pendant qu'elle remplissait une bouilloire au robinet et plaçait des sachets dans des tasses, j'ai parcouru la pièce du regard.

Des placards en pin noueux, agrémentés de ferrures en fer forgé, les portes décorées de photos d'animaux soigneusement découpées dans des calendriers ou des magazines. Un faucon, une chouette, un caribou, un rhinocéros. Au mur, un calendrier du World Wildlife Fund. Le réfrigérateur disparaissait sous les autocollants : la Fédération canadienne de la faune, l'Alberta Wilderness Association, le Sierra Club, la Fédération des naturalistes de l'Alberta.

Un aquarium était posé sur une petite table pliante sous une fenêtre garnie de rideaux carreautés. À côté, un énorme chat tricolore somnolait sur une chaise à dossier à croisillons.

— Je vois que vous vous intéressez à la préservation des espèces, ai-je dit.

— Il faut bien que quelqu'un s'en occupe.

— C'est vrai.

— Entre l'agriculture, la déforestation, les mines et cette sacrée recherche du profit, plus de la moitié des espèces de la province sont menacées. Vingt pour cent sont en danger. Deux ont déjà disparu.

— Je suis vraiment désolée d'avoir endommagé votre bassin à poissons.

— C'est pour les grenouilles. Elles se reproduisent au printemps. J'essaie de les aider.

— Vous avez un beau chat, ai-je dit. (Pur mensonge, il était affreux.) Comment s'appelle-t-il ?

— Murray.

Il n'y avait pas un bruit dans la maison. Monsieur Snook était-il dans une autre pièce à tendre l'oreille pour écouter notre conversation ?

— Je suis désolée de vous avoir dérangés, votre mari et vous.

— J'ai pas de mari.

La bouilloire a sifflé.

— Hier, au Gold Range, vous avez dit que votre mari vous avait donné une clé.

— J'ai menti.

— Pourquoi ?

— Ce que je fais ne vous regarde pas.

OK.

Snook a versé l'eau bouillante dans les tasses.

— Il y a six ans, Josiah est parti acheter de la bière, il n'est jamais revenu.

— Je suis désolée.

— Pas moi.

Snook m'a tendu mon thé, et nous nous sommes assises à une table de quelques générations plus récente que tout le reste de la pièce. Les sièges et le dessus de la table en bois plaqué, les accoudoirs et les pieds blancs.

Pendant qu'elle sucrait son thé, j'ai examiné son visage, en essayant de trouver quelque chose à dire. Elle m'a prise de vitesse.

— Ma sœur est vraiment morte ?

— Je suis navrée.

— Quelqu'un l'a tuée ?

— Oui.

— Qui ?

— Je n'en sais rien.

— Pourquoi ?

— Je n'en sais rien.

— Pourquoi me montrez-vous ça ?

Avec un mouvement de tête vers le comptoir.

Je me suis levée et j'ai posé l'enveloppe sur la table.

— Ce sont les photos de la police et du médecin légiste.

J'ai ouvert le dossier. Révélant une photo de 13 cm sur 18 cm sur papier glacé du bébé du meuble-lavabo. Je l'ai tournée vers Snook et elle a réfléchi la lumière qui tombait par la fenêtre.

— Depuis trois ans, votre sœur habitait près de Montréal, dans une ville appelée Saint-Hyacinthe. Il y a six jours, elle s'est rendue à l'hôpital, aux urgences. D'après ses symptômes, le médecin de service a pensé qu'elle avait accouché récemment. Comme Annaliese avait nié avoir eu un bébé, ou avoir été enceinte, il a fait part de ses soupçons à la police. Le lendemain matin, ce nouveau-né a été trouvé sous le lavabo, dans la salle de bains d'Annaliese.

Snook avait les yeux rivés sur son thé.

— Regardez-le, Nellie.

Snook a posé sa cuillère sur la table et fait ce que je lui disais. Elle a regardé les yeux qui n'y voyaient pas, la bouche pleine d'asticots, le petit ventre gonflé. Ses épaules se sont affaissées, mais elle n'a pas fait de commentaire.

J'ai posé une deuxième photo sur la première.

— Ce nouveau-né a été trouvé dans un coffre-banquette.

Troisième photo.

— Celui-ci était dans une bouche d'aération.

Quatrième photo.

— Celui-là, caché derrière un mur, dans l'appartement qu'elle occupait à Edmonton.

J'ai laissé le temps à Snook de digérer l'horrible réalité que je lui infligeais. Finalement, elle a levé les yeux sur moi, l'air impassible.

— Elle ne sait pas ce qu'elle fait.

Sur un ton dénué de toute expression.

— Ne *savait* pas, a-t-elle ajouté.

Et moi, gentiment :

— Je m'en rends compte à présent.

Son regard s'est figé sur un point à mi-chemin de sa cuillère. À mi-chemin d'un autre lieu ou d'un autre temps, me suis-je dit.

Derrière Snook, Murray s'est étiré et a miaulé doucement.

— Vous avez une idée de qui peut être le père ? Ou les pères ?

— On a essayé de s'occuper d'elle, mon frère et moi. Alice n'était pas vite.

Elle a eu un petit reniflement sans joie.

— Annaliese. Elle aimait bien essayer des nouveaux noms. Les docteurs avaient un mot pour ce qui clochait chez elle. Je ne pourrais pas le prononcer. Mais elle était adulte, légalement. Et elle n'aimait pas qu'on lui dise quoi faire.

— Sa mort n'est pas de votre faute, ai-je dit.

— Rien ne l'est jamais.

Drôle de commentaire, mais je n'ai rien répondu.

— La police a une piste ?

— Ils interrogent un suspect, et ils en recherchent un autre. Vous savez quelque chose qui pourrait nous aider ?

Snook a remué lentement la tête.

— Pourquoi Annaliese a-t-elle quitté Yellowknife ?

— Elle avait dix-sept ans. Il n'y avait rien pour elle, ici.

— Annaliese se droguait?

Ses yeux noirs se sont rivés aux miens, embrasés par le ressentiment.

— Ça ne peut être que ça, hein? Une Indienne, c'est forcément une alcoolique, ou une droguée. Ils le disaient déjà de notre frère. Maintenant, ils le disent de moi. Il y a des choses qui ne changeront jamais.

— Vous faites allusion à Daryl Beck?

— Vous êtes tenace, je vous accorde ça.

— Vous voulez dire qu'il ne se droguait pas?

— Il y a eu un moment où Daryl touchait pas mal à la bouteille et à la drogue. Il avait eu des débuts difficiles. Sa mère était partie quand il avait douze ans. Notre père s'en foutait pas mal.

— Farley McLeod.

— La seule chose que Farley ait jamais donnée à ses enfants, c'est une giclée de sperme, vite fait, et un carré de terre sans valeur au milieu de nulle part. Sa façon à lui de soulager une conscience coupable, j'imagine.

— Vous voulez dire que votre frère ne buvait plus et qu'il avait cessé de se droguer?

— Daryl était sobre depuis neuf mois quand il est mort. Il voulait terminer sa scolarité.

À nouveau, ce reniflement sans joie.

— Il voulait faire quelque chose de sa vie.

Ça ne collait pas.

— Horace Tyne prétend que Daryl était un dopé.

Snook a plissé davantage le front, mais elle n'a pas répondu.

— J'ai brièvement parlé à Tyne, après que vous avez mentionné son nom, ai-je ajouté.

Elle a secoué la tête, comme frappée par l'ironie de la situation.

— Alors c'est moi qui vous ai mise sur la piste d'Annaliese.

— En réalité, je la recherchais déjà avant de vous rencontrer. Vous n'étiez qu'une piste. Tyne m'avait dit qu'Annaliese avait habité cette maison après la mort de Farley.

— Je n'étais pas à Yellowknife, à l'époque.

— Tyne est un peu plus vieux que votre sœur.

— Ça oui.

— Vous aviez quelque chose contre ?

— En dehors de mon frère et de moi, Horace Tyne est la seule personne de cette ville qui s'intéresse un tant soit peu aux autres créatures. C'est un homme bien, et un travaillant. Quand il arrive à trouver du boulot.

— Annaliese l'aimait bien ?

— Non. Mais elle était parfois comme ça.

— Comment, comme ça ?

Snook a eu un haussement d'épaule.

— Entêtée. Les docteurs disaient que son quotient intellectuel ne dépasserait jamais le niveau de 4e année.

Le chat s'est assis, a tendu une patte et commencé à se lécher le ventre. Qui n'était pas très poilu.

— Vous savez pourquoi Annaliese est revenue à Yellowknife ?

— Je crois qu'elle avait eu peur de quelque chose.

— De quoi ?

— Je ne sais pas. Elle était très fatiguée, elle dormait presque tout le temps. Je n'ai pas voulu la bousculer, je me disais qu'on aurait tout le temps de parler.

Snook a soulevé sa tasse et soufflé sur son thé, alors qu'il était maintenant froid.

— Ça ne servait à rien de la bousculer.

— Vous connaissez une femme appelée Susan Forex ? Annaliese n'a jamais parlé d'elle ?

— Non.

— Et de Phoenix Miller ?

— Non plus.

— Nous pensons qu'Annaliese est allée d'Edmonton à Montréal avec un homme du nom de Smith. Elle avait signé le bail d'un appartement avec lui.

— Des Smith, j'en connais au moins vingt.

Bien vu.

— Et Ralph Trees ? Il se fait appeler Rocky.

— Ça ne me dit rien.

— Ronnie Scarborough ?

— Pourquoi vous me parlez de ces gens ?

— Ils ont connu votre sœur.

Et j'ai ajouté, aussi doucement que possible :

— Ronnie Scarborough était son souteneur.

Snook a posé sa tasse sur la table. L'a bien serrée dans sa main.

— Scarborough est le premier suspect du meurtre d'Annaliese, ai-je continué.

— Vous dites que vous n'êtes pas de la police, mais vous parlez comme les flics.

— Je suis anthropologue judiciaire.

— Qu'est-ce que ça veut dire ?

— J'examine les dépouilles qui sont… endommagées.

Un nouveau froncement de sourcils suggérant qu'elle ne comprenait pas bien ce que je lui racontais.

— J'aide les coroners et les médecins légistes à identifier les corps qui ne sont plus reconnaissables. Je contribue, par mon travail, à expliquer ce qui leur est arrivé.

Elle a paru réfléchir aux implications de mes paroles.

— Le coroner va autopsier ma sœur ?

Je me suis penchée et j'ai posé ma main sur la sienne.

— Celui qui a tiré sur Annaliese a emmené son corps.

Elle en est restée bouche bée.

— Nous retrouverons votre sœur, Nellie. Et les salauds qui l'ont tuée.

Murray a changé de patte. La clochette accrochée à son collier a tinté doucement.

— Qu'est-ce qui est arrivé à Tank ? a demandé Snook.

— Je l'ignore.

— Vous avez dit que vous y étiez.

— Il s'est enfui dans le bois.

Le menton de Snook est tombé sur sa poitrine.

Mes yeux se sont attardés sur le sommet de sa tête. Je me faisais l'impression d'être une voyeuse. Saurais-je être aussi stoïque, si j'étais confrontée à un tel chagrin ?

J'ai laissé mon regard errer de Murray aux poissons mal assortis qui tournaient dans le bocal, à côté de lui. Il y en avait un blanc cassé et un autre doré. Le soleil faisait étinceler le sable et les petits cailloux du fond de leur monde.

Un silence interminable s'est installé.

Et puis Snook a dit une chose qui a bouleversé la vision que j'avais du meurtre d'Annaliese.

Chapitre 29

— Ce n'est pas Ronnie qui a tué Alice. Annaliese.

— Qu'est-ce qui vous permet de l'affirmer ?

— Quand j'ai dit que mon frère s'occupait d'elle, ce n'était pas de Daryl que je voulais parler.

— Je ne vous suis pas.

— Je parlais de Ronnie.

— Attendez ! Quoi ? Scar est votre frère ?

— Ne l'appelez pas comme ça. Mais oui. J'avais trois ans quand John Scarborough a épousé ma mère, et cinq ans quand il m'a adoptée. Ronnie en avait dix.

Jesus. Tout le monde était donc parent, dans cette ville ?

— Scar est un dealer et un proxénète, ai-je dit.

— Je ne lui parle jamais de ses affaires.

— Han-han.

— Ronnie essayait de tenir ma sœur à l'écart de tout ça. Il lui donnait de l'argent et un endroit où vivre.

— Pourtant, des témoins disent qu'Annaliese faisait le trottoir. Et elle est tombée enceinte, ai-je ajouté avec un geste en direction des photos.

— Ma sœur était influençable. Et elle voulait… des choses.

— Ce qui veut dire ?

— Elle voyait comment Ronnie vivait, et elle pensait qu'il avait une existence glamour. Chaque fois qu'il baissait la garde, elle disparaissait.

— Pour faire le trottoir.

— Elle était confiante, et douce, et elle voulait qu'on s'intéresse à elle.

— Si j'ai bien compris, votre frère règne pratiquement sur la pègre d'Edmonton. Pourquoi ne pas avoir fait savoir qu'il ne fallait pas toucher à Annaliese?

— Vous croyez que Ronnie pouvait contrôler toutes les crapules de la ville avec sa bite et un dollar? Pardon pour ma grossièreté.

— Où est-il, maintenant?

— Franchement, je n'en sais rien.

— Il était au Gold Range, hier? C'est pour ça que vous y êtes allée?

Elle a fait signe que oui.

— Mais je suis sûre que Ronnie n'aurait jamais fait de mal à Annaliese.

— Que fait votre frère à Yellowknife?

— Je l'ai appelé pour lui dire qu'Annaliese était chez moi. Il était furieux. Il m'a dit qu'elle n'était pas en sécurité.

— Et pourquoi pas?

— Je pense que ça avait quelque chose à voir avec ses affaires à lui. Mais comme je vous ai dit…

— Je sais. Vous ne lui posez pas de questions sur ses activités.

De retour au volant de la Camry, je suis restée un moment assise, les yeux dans le vide, en proie à un mélange de culpabilité, de confusion, de gêne et de frustration.

Snook avait été abandonnée par son père, qui était mort dans un accident d'avion. Un de ses frères avait péri dans un incendie, sa sœur avait été abattue. Tout ça en moins de cinq ans. Je me demandais si je n'avais pas été trop cruelle en lui montrant les photos des cadavres de ses neveux et nièces.

Snook disait-elle la vérité à propos de Scar? De Daryl Beck? Sa version ne coïncidait pas avec celle d'Horace Tyne, qui prétendait que Beck se droguait. Se trompait-il? Ou bien était-ce Snook qui tronquait la vérité, dans l'espoir de présenter ses deux frères sous le meilleur jour possible?

Je la croyais quand elle disait ne pas être au courant des grossesses de sa demi-sœur. Le choc qu'elle avait éprouvé en voyant les photos était réel. Tout comme sa peine quand elle avait appris son meurtre. Je ne pensais pas qu'elle aurait protégé l'assassin de sa sœur.

Même si le tueur était son frère ?

Enfin, pour moi, la chasse était terminée. J'étais venue à Yellowknife à la demande de la GRC. Sur l'insistance d'Ollie. Nous cherchions à retrouver Ruben ; et maintenant elle était morte. Au mieux, je reviendrais un jour pour témoigner au procès de son meurtrier.

Ce jour viendrait-il jamais ? L'assassin de Ruben serait-il recherché comme il le méritait ? Les policiers croyaient-ils seulement qu'elle était morte ? Peut-être pensaient-ils qu'elle finirait par réapparaître ? Et sinon, que c'était juste une pute comme tant d'autres qui avait décidé de lever le camp ?

J'ai croisé mon regard dans le rétroviseur. J'avais l'air tourmenté. J'avais été obsédée par la traque d'une femme qui tuait ses bébés. Je savais maintenant que cette femme était elle-même une victime. Une enfant victime. Mon obsession s'était-elle déplacée vers la traque de son meurtrier ?

Si Snook disait vrai au sujet de Scarborough, alors qui avait tué Ruben ? Unka ? L'un de ses hommes de main ? Retrouverait-on le corps de Ruben horriblement mutilé ? Pour quelle raison Unka aurait-il bien pu faire une chose pareille ? Pour atteindre Scar ? Unka était-il au courant de ce lien de parenté entre Ruben et Scar ?

Scar était-il déterminé à commettre un véritable massacre si cela lui permettait de faire d'une pierre deux coups : venger la mort de Ruben et prendre à Unka le contrôle du trafic de drogue local ?

Tous ces tours et détours dans mes réflexions aboutissaient au même point navrant : mon passé me rattrapait, même ici, à Yellowknife. Les flics pensaient que j'étais soûle, que j'avais imaginé une scène d'horreur dans le bois, et j'avais été exclue de l'enquête.

Était-ce Ollie qui avait saboté ma réputation ? En tout cas, ce n'était pas Ryan.

Je n'avais pas oublié le sourire suffisant d'Ollie quand il m'avait serrée contre lui au Burger Express d'Edmonton. Et comment il s'était renfrogné quand je lui avais claqué au nez la porte de ma chambre d'hôtel.

Je me souvenais aussi de la voix d'Ollie quand il parlait de son travail pour le projet KARE. De sa compassion pour les femmes qui se faisaient tuer en Alberta.

Ruben s'était trouvée sur la liste du projet KARE.

Même si Ollie m'en voulait, une femme-enfant s'était fait tuer de sang-froid, et ça ne pouvait pas le laisser indifférent.

J'ai mis le contact. Les pneus de la voiture ont soulevé des gerbes de gravier tandis que je remontais Ragged Ass dans un rugissement de moteur.

C'est alors que j'ai failli m'encastrer dans un véhicule de la GRC.

J'ai freiné sec, au point que mon menton fraîchement râpé a heurté le volant.

Ollie a surgi comme une furie de la portière du conducteur. Le passager, sans doute Ryan, est resté assis sur le siège avant.

J'ai entendu des parasites grésiller à la radio du véhicule de police tandis qu'Ollie fonçait vers moi à grands pas.

Je suis descendue de voiture à mon tour.

— *Fuck*, je t'avais dit de rester dans ta chambre !

Une veine palpitait sur son front. Il avait les joues en feu.

— Le rouge de la rage va très bien avec tes cheveux.

— On te cherchait dans toute la ville !

— Ben vous m'avez trouvée.

— Tu ne penses jamais que les règles s'appliquent à toi aussi, hein, Tempe ?

— Je ne triche jamais au Scrabble.

Ollie s'est fermement planté les deux mains sur les hanches.

— Mais qu'est-ce qui ne va pas chez toi ? Il faut toujours que tu coures derrière le grand frisson, quitte à faire n'importe quoi, hein ? T'as besoin de prendre des risques pour oublier la bouteille ? C'est ça ?

Quand je suis agacée, je balance des répliques spirituelles. Quand je suis en colère, vraiment furieuse, je deviens d'un calme glacé.

— Tu n'avais pas le droit de parler de mon passé.

Cela lâché d'un ton polaire.

— Parce que ça l'est ?

— Quoi donc ?

— Du passé ?

— Demande à Ryan ce qui est arrivé.

— Il m'a raconté, pour le scotch.

— Alors au moins c'est clair.

— Ce qui n'est pas clair, c'est pourquoi tu es là, dehors, alors que je t'avais ordonné de rester dans ta chambre.

— Ordonné ?

Entre mes dents serrées.

— La dernière fois que j'ai vérifié, tu n'avais pas de badge.

J'ai inspiré profondément. Écouté l'air entrer et sortir de mes narines.

— Je viens d'informer Nellie Snook que sa sœur était morte.

— Tu n'avais aucune autorité pour le faire.

Là, il marquait un point.

— Je l'ai vue, Ollie. J'ai vu sa cervelle gicler et son corps s'effondrer.

Son regard était toujours rivé au mien.

— Tu me crois, pas vrai ?

Il a scruté si longtemps mon visage que j'ai pensé un moment qu'il ne répondrait jamais. Et puis :

— Je te crois.

— Alors, tu vas enquêter, pas vrai ? Ruben était sur la liste du projet KARE.

— Par erreur.

— Peu importe. Maintenant, elle fait partie de tes statistiques.

Ollie a écarté les pieds et coincé ses pouces dans son ceinturon.

— Les gens d'ici sont complètement focalisés sur Castain, ai-je repris. Je ne veux pas que Ruben sombre dans les failles du système.

— Tout est lié.

— Je n'en suis pas sûre.

Ollie a eu une mimique du style « qu'est-ce que ça pourrait être d'autre ».

— D'après Snook, Ruben fuyait quelque chose qui s'était passé à Edmonton, ai-je repris.

— Quoi ?

— Elle ne sait pas.

— Han-han.

— Snook a confirmé que Ruben était handicapée mentale, ai-je dit.

— Comment se fait-il que personne ne l'ait mentionné ?

— Les gens pensaient qu'elle était seulement un peu amortie.

— Et le fait qu'elle se soit fait engrosser quatre fois, personne ne l'a remarqué ?

— Ruben était obèse et portait des vêtements amples. Ça arrive souvent.

— Et elle n'a pas compris ce qui se passait quand les bébés sont apparus dans ses toilettes ?

— Même réponse.

— Et pourquoi est-elle allée aux urgences ?

— J'imagine qu'elle a eu peur du sang.

— Elle a menti au médecin.

— Il a dû lui faire peur.

Une illumination soudaine :

— Dans le bois, Ruben a dit que les bébés étaient morts parce qu'elle leur avait mis quelque chose de mauvais dedans.

— Tu as trouvé une boulette de papier hygiénique dans la gorge d'un des nourrissons.

— C'était peut-être ça.

— Pourquoi aurait-elle fait une chose pareille ?

— Si c'est elle qui l'a fait.

Nouveau jaillissement de parasites du côté de la radio des flics.

— Snook jure que ce n'est pas Scar qui a tué Ruben.

— Cette ordure ne s'est pas gênée pour transformer la petite en une de ses fleurs de trottoir, mais il se serait retenu de la descendre ?

— Scar est le frère adoptif de Snook.

Ollie a haussé les sourcils en une expression de surprise.

— Et Snook est la demi-sœur de Ruben… Alors, ça fait quoi de Scar, par rapport à Ruben ?

— Je ne sais pas. Mais Snook jure que Scar essayait de la protéger des dures réalités de l'existence.

La portière s'est ouverte du côté de Ryan.

— Donc, Scar apprend que Ruben est à Yellowknife et remonte vers le nord pour la protéger ? a fait Ollie.

— C'est la version de Snook.

Ryan s'est approché de nous.

— On peut dire qu'ils n'auront pas fait le voyage pour rien. Scar tue Castain pour avoir les coudées franches ici, dans son petit commerce de drogue. Et pour se venger, Unka descend Ruben.

C'était un scénario que j'avais déjà envisagé.

— Et qu'est-ce que Snook a dit d'autre? a demandé Ollie.

Je lui ai parlé de Daryl Beck.

— Quel rapport avec toute cette histoire?

— Probablement aucun. Mais je n'aime pas les coïncidences. Il n'y aurait pas un rapport de police sur la mort de Beck?

— Un type trouvé mort dans un incendie? Peut-être. Mais le plus probable, c'est que le dossier se sera retrouvé direct chez le coroner.

Ryan nous a rejoints, le visage plus crispé que jamais.

— On a retrouvé Scarborough.

— Où ça? a demandé Ollie.

— À la Territorial Health Authority de Stanton. Mort à l'arrivée, avec deux balles dans la tête.

Chapitre 30

Ollie est parti très vite, sirène hurlante. Nous l'avons suivi, Ryan et moi, dans la Camry, à une vitesse plus modérée.

Nous étions bien d'accord : aller à Stanton ne nous apporterait pas grand-chose. Mais ce n'était pas loin. Et nous n'avions rien d'autre à faire.

En cours de route, j'ai parlé à Ryan de Katy.

— C'est formidable, a-t-il répondu.

— Et s'ils l'envoient en zone de guerre ?

— Elle s'en sortira.

Je l'ai mis au courant de tout ce que j'avais appris de Snook. Et puis nous avons continué en silence. Je commençais à en avoir l'habitude.

Nous avions raison de penser qu'il n'était pas très utile d'aller à l'hôpital.

En entrant aux urgences, nous avons croisé Rainwater qui en sortait. Il nous a raconté que le corps de Scar était déjà en route pour Edmonton, et qu'Ollie était parti pour la scène de crime. Alors qu'il nous donnait tous les détails de l'assassinat, je n'ai pu m'empêcher de penser qu'il aurait aussi bien pu décrire celui de Castain.

Scar s'était fait descendre en quittant l'appartement d'une femme appelée Dorothea Slider. Elle n'avait rien vu. Les voisins n'avaient rien vu. La seule différence était le niveau de risque encouru par les tueurs : ce coup-ci, ils avaient agi en plein jour.

M'ignorant ostensiblement, Rainwater a demandé à Ryan s'il voulait participer à l'enquête concernant Unka.

Ryan a eu la courtoisie de me consulter d'un haussement de sourcil.

J'ai levé la main.

Ryan a laissé tomber les clés dans ma paume. Derrière lui, à l'autre bout d'un hall d'accueil carrelé, j'ai remarqué Maureen King, du Service du coroner, qui parlait dans un téléphone portable. Elle nous tournait le dos. Un mètre cinquante-huit, environ, et cinquante kilos. Elle m'avait paru plus grande quand je l'avais vue penchée au-dessus de Castain.

Elle portait un jean noir, un col roulé blanc et le même coupe-vent que la veille au soir.

Elle a changé son téléphone d'oreille et fait passer la courroie d'un grand sac noir sur son autre épaule. Elle s'est retournée et m'a vue. Un peu surprise, elle m'a fait signe d'approcher. Ce que j'ai fait.

Elle a continué à parler, mais elle a levé un doigt comme pour me dire d'attendre. Quelques phrases encore, et puis elle a coupé la communication et laissé tomber son appareil dans son sac.

J'ai tendu la main.

— Temperance Brennan.

— Je sais qui vous êtes.

Avec ce qui ressemblait à un sourire.

Nous nous sommes serré la main.

King était également plus âgée que je ne l'avais tout d'abord pensé, probablement la quarantaine bien avancée. Elle avait les cheveux d'un blond peroxydé, qui poussaient beaucoup trop en arrière. Ce qui lui faisait un front immense qu'elle essayait de dissimuler sous deux longues mèches plaquées. Grosse erreur, compte tenu de leur finesse et de leur manque de vigueur.

— Vous êtes anthropologue.

— Vous êtes coroner.

— Chef adjoint.

— Judiciaire.

Nous avons échangé un sourire. Et puis le visage de King a retrouvé sa gravité.

— Quand on tombe de cheval, il faut tout de suite remonter en selle.

— Pardon?

Je n'avais pas idée de ce qu'elle racontait.

— En cas de besoin, je pourrai toujours vous trouver une salle de rencontre.

Une vague de chaleur est montée de mon cou comme un geyser et a envahi mes joues.

— Je ne sais pas quelles rumeurs vous sont parvenues, madame King, mais…

— Maureen. Et ne me servez pas cette *bullshit*. Je suis l'impératrice de la *bullshit*. Je la vois venir à trois kilomètres.

Je n'ai pas répondu.

— J'en suis à huit ans d'abstinence. Mais il y a encore des jours où je meurs d'envie d'aller dans une autre ville, trouver un petit bar bien sombre dans un coin où personne ne me connaît, et effacer tout ce monde de cinglés de ma vie, pendant quelque temps.

Ses paroles me sont dégringolées dessus comme une zamboni. Non parce qu'elles ne tombaient pas juste. Parce qu'elles tombaient trop juste au contraire. Je savais exactement ce qu'elle voulait dire. Mais cette fois, je ne plaidais pas coupable. Je n'avais pas cherché l'évasion. Je n'avais avalé ce scotch que parce que Ryan avait insisté.

— Tout ce monde de cinglés pense que j'étais ivre?

— Certains le pensent.

— J'ai vu Annaliese Ruben se faire tuer. Elle était debout à moins de deux mètres de moi. Et c'est après que j'ai avalé un scotch, pour me calmer les nerfs.

— C'est une autre raison pour laquelle nous faisons ça.

— Exact.

Nous nous sommes regardées dans les yeux. Les siens étaient aussi verts que les miens.

— Vous me croyez? lui ai-je demandé.

— Le sergent Hasty dit que vous êtes fiable.

Vraiment?

— J'ai cru comprendre que vous connaissiez Nellie Snook, a-t-elle poursuivi. Elle habite dans Ragged Ass.

— Elle raconte une histoire intéressante.

King m'a fait signe de poursuivre.

Je lui ai expliqué les bébés morts, la relation entre Snook et Ruben, entre Scarborough et Snook. Je lui ai raconté

262

comment, d'après Snook, Scarborough protégeait Ruben. Elle m'a écoutée sans m'interrompre.

— Et maintenant, Ruben et Scarborough sont morts tous les deux, ai-je conclu.

— On dirait que c'est contagieux, dans la famille.

— C'est dur, ce que vous dites.

J'ai repensé au commentaire de Snook sur l'attitude des gens à l'égard des Amérindiens.

— Je ne voulais pas paraître cruelle. Je me contente d'énoncer un fait. L'autre demi-frère de Snook est aussi décédé de mort violente.

— Daryl Beck.

— C'est ça.

— Au moment de sa mort, il buvait, ou il se droguait?

— Daryl avait des problèmes.

— Vous l'avez connu?

— Il se peut que je l'aie vu de temps à autre.

Ses yeux étaient rivés aux miens. Je savais ce qu'elle voulait dire à mots couverts. Beck et elle avaient assisté aux mêmes réunions. Elle respectait le vœu de discrétion des Alcooliques anonymes.

— Les services du coroner ont-ils enquêté sur la mort de Beck? ai-je demandé.

— En effet. Il faut que vous compreniez. Beck avait passé des années à se réveiller dans son propre vomi ou à cuver sa cuite dans une cellule. Tout le monde pensait que, cette nuit-là, il s'était défoncé et s'était endormi une cigarette à la main.

— Je suppose que le coroner en chef a conclu à une mort accidentelle.

— En effet.

Quelque chose dans la voix de King m'a fait penser que j'avais pincé la corde sensible.

— Et vous n'étiez pas d'accord?

King a eu un sourire sans joie.

— Il ne restait pas grand-chose de Daryl à examiner, et nous ne croulions pas spécialement sous l'aide des anthropologues judiciaires. Et puis, qui aurait pu vouloir éliminer l'ivrogne de la ville?

— Snook dit que Beck tentait d'obtenir son diplôme d'études secondaires.

— Je pourrais vérifier ça.

Une hésitation. Et une décision.

— L'appel que je viens d'avoir, c'était avec Nellie Snook. On dirait que vous lui avez fait une forte impression.

— Vous me l'apprenez.

— Ouais. J'ai entendu parler du bassin à grenouilles. Les petites villes. Il faut s'y faire.

— Je peux savoir pourquoi elle vous a appelée ?

— Elle voulait que j'exhume son frère.

— Hein ?

J'étais sidérée.

— Pourquoi ? Elle soupçonne qu'il aurait été assassiné ? Tué dans un incendie volontaire ?

— Snook avait toujours mis en doute le rapport du coroner qui avait conclu à une mort accidentelle. Elle sait que vous êtes là, et elle comprend ce que vous faites.

— Vous avez l'autorité nécessaire pour ordonner une exhumation ?

— À la demande de la famille.

C'était absolument insensé. J'étais passée de bébés morts à une prostituée assassinée puis à une possible guerre de gangs de trafiquants de drogue. Et voilà qu'on me demandait d'examiner un corps qui avait passé quatre ans sous terre.

Enfin… ça valait toujours mieux que de rester les bras croisés. Je pouvais me rendre utile tout en maintenant la pression sur l'enquête concernant Ruben.

Et prouver que j'étais sobre.

— Vous pourriez me trouver une salle ? ai-je demandé.

— Qu'est-ce qu'il vous faudrait ?

— Que suis-je censée examiner ?

— Les restes tiendraient dans un bac en plastique.

— Ce n'est pas très encourageant.

— Non. De quoi avez-vous besoin ?

— Je peux procéder à une évaluation préliminaire, mais toutes les analyses au microscope ou nécessitant des techniques particulières devront être effectuées dans mon labo.

— C'est compris.

— Il ne me faut pas grand-chose, ai-je répondu. Une table de travail. Des gants, des masques, des tabliers. Un agrandisseur. Un pied à coulisse, de quoi faire des radios.

Elle a tiré un petit calepin et commencé une liste.

— Bon, à moi : obtenir le consentement signé d'un membre de la famille. Contacter le cimetière pour connaître l'emplacement de la sépulture. Réunir une équipe.

Elle écrivait tout en parlant.

— Organiser le transport du cercueil. Nous pourrons procéder à l'examen ici, a-t-elle ajouté tout en regardant autour d'elle. Mais ça prendra un moment.

Elle a rangé son carnet dans son sac et pris son téléphone. Je lui ai tendu une de mes cartes.

— Mon numéro de cellulaire.

— Snook n'a pas les moyens de s'offrir vos services. Et notre budget ne nous permet pas d'engager des consultants extérieurs.

— Alors ce sera à mes frais.

— Allons le déterrer, a-t-elle dit.

— Allons le déterrer, ai-je répondu.

Normalement, le système judiciaire avance à la lenteur de la dérive continentale. En disant que ça prendrait « un moment », j'avais supposé que King voulait parler de quelques jours.

C'était sous-estimer la ténacité de la coroner en chef adjointe de Yellowknife.

Je m'envoyais un lo mein — des nouilles chinoises avec de la viande et des légumes — au Red Apple de Franklin Street quand mon iPhone a sonné.

— Vous pourriez être au cimetière de Lakeview à six heures ?

— Dites-moi où c'est.

— Vous prenez la vieille route de l'aéroport vers le nord, et deux kilomètres après la sortie de la ville, vous tournez à droite vers Jackfish Lake. Vous ne pouvez pas le rater.

— J'y serai.

J'ai regardé ma montre : trois heures vingt. Il y avait à peine une quarantaine de minutes que nous nous étions quittées, King et moi.

Un vrai pitbull, cette femme.

Je l'adorais déjà.

J'ai appelé Ryan pour lui raconter ce que je faisais. Il a eu l'air surpris, mais n'a pas fait de commentaires. Il m'a surtout paru frustré.

265

— Le tuyau sur Unka n'a rien donné. Le trou de cul est toujours au large.

— Le corps de Ruben n'a pas réapparu, j'imagine ?

— Non.

— Quelqu'un essaie de la retrouver ?

— Je te tiens au courant.

Au Book Cellar, j'ai acheté un livre sur la recherche des diamants dans l'Arctique. Un autre sur les mines de diamants du Canada. Et puis je suis rentrée à l'Explorer.

Avant de monter dans ma chambre, je suis retournée dans le boisé pour chercher Tank à nouveau. Mais j'ai eu beau l'appeler et l'appeler encore, le chien ne s'est pas montré.

Je suis restée là un moment, debout, à respirer l'odeur de terre noire et collante du sous-bois. À quoi bon me faire des illusions ? Le chien était mort.

Profondément chagrinée, j'ai regagné ma chambre.

Quatre heures de l'après-midi.

J'ai pris mes vêtements les plus chauds et les ai posés sur une chaise.

Quatre heures dix.

Pour tuer le temps, je me suis assise sur mon lit et j'ai ouvert le livre sur l'extraction minière. La perspective de l'exhumation me stimulait et, en même temps, je commençais à ressentir l'effet du manque de sommeil. Par mesure de précaution, j'ai réglé l'alarme de mon téléphone sur cinq heures vingt.

La troisième de couverture du livre était une carte du Nunavut et des Territoires du Nord-Ouest.

Toute ma vie, j'ai été fascinée par les atlas et les globes terrestres. Quand j'étais petite, je fermais les yeux et je posais mon doigt au hasard sur un point. Puis je lisais le nom de l'endroit — ville, île ou désert — et j'imaginais la population exotique qui vivait là.

C'était fascinant.

Et choquant.

Je pensais que Yellowknife était quasiment le point le plus au nord de la planète. J'en étais loin. Il y avait tout un monde au-dessus du soixantième parallèle.

Umingmaktok. Kugluktuk. Resolute. Fort Good Hope. Les noms reflétaient le choc des cultures qui s'était déroulé dans la région. Et nous connaissons tous l'issue du conflit.

J'ai repensé encore une fois à l'amertume de Snook sur les préjugés qui frappent les populations amérindiennes. Ils ont la vie dure. Je commençais à me demander si elle n'avait pas raison.

J'avais le choix, dans ma chambre, entre deux réglages de température. Sauf que le bouton du thermostat en plastique, cassé et à moitié arraché du mur, refusait d'obéir. Pour l'heure, le système était branché sur Tropique du Cancer.

Mes paupières s'alourdissaient. Ma tête est tombée, me réveillant en sursaut.

Je me suis à nouveau concentrée sur la carte. J'ai trouvé les mines de diamants d'Ekati et de Diavik, pratiquement sur la frontière entre le Nunavut et les Territoires du Nord-Ouest. Vers le sud-est, il y avait Snap Lake, et au sud, Gahcho Kué.

J'ai laissé dériver mes pensées.

Gahcho Kué. Anciennement Kennady Lake. La nouvelle mine projetée par De Beers.

Mes paupières se sont à nouveau refermées malgré moi.

Une image d'Horace Tyne a surgi de nulle part.

Horace Tyne, qui était opposé au projet Gahcho Kué. Qui prétendait que son existence menaçait les caribous.

J'ai vu un troupeau.

Une pancarte proclamant *Réserve naturelle.*

Un autocollant de l'Alberta Wilderness Association.

Deux poissons. Un presque blanc, l'autre doré.

Doré.

Horace Tyne. La mine d'or de Giant.

Une sonnerie de cloches d'église.

J'ai ouvert les yeux d'un seul coup.

Cinq heures vingt.

J'ai enfilé mon chandail et mon blouson, lacé mes chaussures, fourré mon iPhone dans mon sac à dos.

L'heure était venue d'exhumer Daryl Beck.

Chapitre 31

Seul avantage de l'été dans le Grand Nord : le jour dure plus de vingt heures. C'est donc sous un ciel aussi clair qu'à midi qu'en cette fin d'après-midi je me suis lancée sur la route en lacets menant au cimetière de Lakeview.

Plusieurs voitures et camionnettes étaient déjà garées dans le stationnement. Je me suis placée à côté d'un corbillard au volant duquel était assis un enfant. Il n'a même pas relevé les yeux de son jeu vidéo.

Inconvénient majeur de l'été dans le Grand Nord : les insectes mangeurs d'homme. J'avais à peine posé le pied par terre que les moustiques ont rappliqué et se sont empressés de télégraphier par vrombissements à leurs congénères qu'une nouvelle proie venait de faire son apparition. Le bonheur.

Dans ce cimetière, pas de dalles au ras du sol destinées à faciliter la tonte du gazon mais des stèles à la mode de l'ancien temps. Certaines étaient des œuvres d'art personnelles : une simple chaise en bois, une paire de wapitis sculptés, un panache de caribou, une pagaie gravée ; d'autres, plus traditionnelles, représentaient des croix ou des anges tenant des fleurs ou des harpes.

J'ai repéré King sur la droite, près d'une tombe entourée d'une clôture blanche. Auprès d'elle, un homme en veste de tweed beaucoup trop grande pour lui. Trois mètres plus loin, une drôle de pelle excavatrice au godet bloqué en position verticale.

Je me suis dirigée vers eux, faisant fuir des prédateurs aussi gros que des pélicans. Malgré l'humidité ambiante, il

268

faisait assez chaud. L'air embaumait l'«Eau d'exhumation» — senteurs d'herbe morte, de bois moisi et de terre fraîchement retournée.

L'équipe de King se composait de six hommes, tous autochtones. Ils avaient déjà retiré la couche arable et creusé à la pelleteuse sur une profondeur d'un mètre. Maintenant, ils poursuivaient à la main, armés de piques. On voyait dépasser leurs épaules à l'intérieur du trou. Ils travaillaient côte à côte en déblayant peu à peu la terre dégagée autour du cercueil de Beck.

King m'a présenté le type en veste de tweed. Francis Bullion, le représentant du Département des services communautaires. C'était lui qui avait confirmé l'emplacement de la tombe de Beck.

Des cheveux gris, des lunettes sans monture et une tête minuscule.

Échange de poignées de main.

— Comme tout le monde était là, j'ai pensé qu'on pouvait commencer, a déclaré King.

— Pas de problème.

— C'est un cas tellement extraordinaire, a dit Bullion.

Il avait une voix d'oiseau. D'oiseau très excité.

Je l'ai gratifié d'un sourire, et me suis retournée vers King.

— Vous êtes des rapides, par ici.

— Les gens ont besoin de boulot. Et Snook était tellement impatiente de savoir.

— Tout comme moi, a pépié Bullion. Ça ne me dérange pas du tout qu'aujourd'hui on soit samedi. Pas le moins du monde.

— Je vous remercie quand même de votre diligence, monsieur, ai-je répondu.

— J'ai déjà vu ça à la télé. Exactement comme maintenant.

— Oui, bien sûr.

L'équipe manifestait un enthousiasme identique. Et une belle efficacité. À dix-neuf heures quarante, le cercueil était exhumé ; à vingt heures, chargé dans le corbillard. Bullion a proposé de rester avec l'équipe. King l'a gentiment renvoyé chez lui.

King et moi, nous avons suivi le corbillard jusqu'à Stanton. À l'hôpital, une infirmière et deux aides-soignants nous attendaient près d'une entrée de service. Tous ensemble, le personnel hospitalier, King, le chauffeur-enfant et moi-même, nous avons transféré le cercueil sur une civière d'hôpital. Après quoi, nous sommes restées entre filles.

L'infirmière se nommait Courtney. Une vingtaine d'années, de longs cheveux blonds et des yeux noisette. Elle appelait King par son prénom. Probablement parce qu'elle la connaissait bien. Ou alors elles étaient apparentées.

Courtney nous a conduites jusqu'à une grande salle fermée par des doubles portes battantes. Au sol, un carrelage vert ; au plafond, un éclairage au néon qui bourdonnait ; au mur, une pendule dont la trotteuse se déplaçait par petits bonds sonores. À quoi il faut ajouter un évier en inox, un comptoir et tous les objets réclamés rassemblés sur un plateau.

Une seconde civière attendait au centre de la pièce.

Le cercueil a été placé le long d'un mur. C'était un modèle peu coûteux, probablement en acier inoxydable, rose à l'extérieur et décoré d'orchidées. En bon état, pour un objet qui avait passé quatre ans sous terre.

En un instant, la salle a pris l'odeur du cercueil et de son contenu. Métal rouillé. Tissu pourri. Terre humide. Toutefois, absence totale de ces puanteurs organiques qui la plupart du temps vont de pair avec le contenu des sépultures quand elles sont exhumées.

King s'est débarrassée de son manteau, je l'ai imitée. Puis elle a placé une fiche indiquant le numéro du cas et commencé à prendre des photos. Enfin, notre belle équipe a enfilé des gants et mis des tabliers serrés au cou et à la taille.

J'ai tendu la main. King y a déposé un instrument métallique. Je me suis avancée vers le cercueil pour le déverrouiller. La partie supérieure du couvercle s'est levée facilement.

Niché parmi des coussins en velours rose moisis et affreusement tachés, un conteneur en plastique de taille réglable — « Le lit du repos éternel », pour reprendre le nom sous lequel il avait été jadis commercialisé.

Nouvelle série de photos.

Et transfert du conteneur sur la seconde civière.

Courtney me regardait faire, les yeux écarquillés. Elle ne m'avait pas encore adressé la parole.

J'ai soulevé la partie inférieure du couvercle du cercueil. King m'a tendu une lampe de poche. J'ai supprimé le rembourrage ainsi que tous les tissus, et vérifié qu'il ne restait rien à l'intérieur, sondant avec mes doigts tous les plis et les creux.

Néant.

J'ai regardé King.

— On l'enlève, a-t-elle décidé.

J'ai retiré le couvercle du conteneur.

La coroner n'avait pas menti. L'incendie n'avait pas laissé grand-chose de Daryl Beck. Et les gens qui avaient œuvré dans les décombres ne possédaient certainement ni la compétence nécessaire pour distinguer les os gravement brûlés des autres vestiges, ni la patience pour les récupérer.

Ce lit de repos n'accueillait du squelette de Beck que les parties les plus épaisses et solides. Ou celles protégées par de grandes masses musculaires. Pas l'ombre d'une vertèbre ou d'une côte. Pas non plus d'omoplate, de clavicule ou de sternum. Rien appartenant au visage, aux mains ou aux pieds.

La chaleur avait tout endommagé. Le crâne avait explosé, et les fragments avaient brûlé. Ne restaient que deux petits morceaux de mandibule, tous deux proches de l'angle de la mâchoire. Des six os longs qui avaient survécu ne demeurait que la tige axiale. Le bassin se résumait à deux masses calcinées, dont l'une avait accueilli jadis une hanche et l'autre une partie du sacrum.

J'ai commencé par répartir les os selon la position anatomique. Le crâne. Le bras droit. Le bras gauche. La jambe droite. La jambe gauche.

Facile, jusqu'à ce que j'en arrive au bassin.

Là, je me suis arrêtée.

Abasourdie.

Saisissant une loupe posée sur le comptoir, j'ai réexaminé les os iliaques carbonisés.

Impossible.

Je les ai présentés l'un à côté de l'autre. Les ai interchangés. Ai recommencé. Encore une fois.

Absolument impossible !

— Quoi ? a demandé King en remarquant mon agitation.

Ignorant sa question, je me suis intéressée aux fragments de mâchoire que j'avais gardés pour la fin.

Examen approfondi de l'un, puis de l'autre. L'angle goniaque. Le foramen. Le sillon mylo-hyoïden. Les morceaux de branche ascendante et d'arcade dentaire.

Impossible, enfant de chienne !

Et pourtant, cela ne faisait pas l'ombre d'un doute.

Dans mes gants en latex j'avais les mains moites. J'ai mis de côté un fragment de pelvis et un autre de mâchoire, et j'ai ajouté leurs doublons à ma reconstruction.

— Qu'est-ce que ça veut dire ? a demandé King.

J'ai désigné les fragments écartés.

— Ce sont des parties de mâchoire et de bassin. Provenant toutes les deux du côté droit du corps.

Puis, sur le squelette incomplet recréé par mes soins, j'ai montré l'emplacement des os correspondants.

— Ils viennent des mêmes endroits du corps, et surtout, ils viennent du même côté. Le droit.

— Conclusion ?

Mais son expression montrait qu'elle connaissait déjà la réponse.

— Nous avons ici deux individus.

— Vous me faites marcher.

— Comment a-t'on procédé à l'identification de Daryl ?

— Le contexte y est pour beaucoup. C'était sa maison et sa moto était devant. Un voisin l'avait entendu arriver ce soir-là, mais pas repartir. Or elle faisait un boucan d'enfer.

— C'est tout ? On n'a pas confirmé avec les dossiers dentaires ?

— Daryl n'était pas un fanatique de l'hygiène buccale. Et quand bien même, il n'aurait pas eu les moyens de se faire suivre régulièrement.

La lampe bourdonnait. L'horloge égrenait ses tic-tacs.

— Alors, qui des deux est Daryl ? a demandé King, sans lâcher des yeux la civière.

— Bonne question, d'autant qu'il s'agit pour tous les deux d'individus de sexe masculin.

— Comment le savez-vous ?

— Il y a suffisamment de signes qui l'indiquent, ai-je répondu en brandissant les os iliaques. Sur les deux, les sillons sont profonds et étroits.

J'ai désigné une forme de croissant restée intacte sur les deux fragments.

— Ces zones rugueuses sont les endroits où les os s'articulaient avec le sacrum. Leur surface ne présente aucune surélévation. Elle arrive juste au ras des environnants. Et elle n'a pas non plus de rainure le long du bord.

— Et c'est un trait typiquement masculin?

— Oui.

Comme l'infirmière s'était légèrement rapprochée, je lui ai demandé si elle voulait voir.

Elle a fait signe que oui. Je lui ai donc montré les caractéristiques décrites l'instant d'avant.

— Il reste un peu de cotyle gauche sur les deux fragments. Là où la hanche s'emboîte... Les diamètres sont incomplets, mais en y regardant de plus près, je crois pouvoir dire que ces deux hommes n'étaient pas de la même taille.

Je me suis emparée du pied à coulisse posé sur le comptoir et, sous le regard attentif des deux femmes, j'ai pris les mesures permettant de confirmer mes soupçons.

— Sur l'âge de ces individus, vous pouvez dire des choses? a demandé King.

— Pas vraiment. (Prenant un fragment de l'un et de l'autre dans les mains.) Regardez la surface de l'articulation. Elle est plus houleuse ici, chez le plus grand, et l'os présente également une texture granulaire. Alors que sur l'autre, le plus petit, l'articulation paraît plus lisse et plus dense.

Ultra-simplifié, mais assez proche de la vérité.

J'ai relevé les yeux. King et Courtney avaient l'air vraiment déconcertées.

J'ai reposé les fragments sur la table, pris une lampe de poche et éteint le plafonnier.

— Regardez.

J'ai projeté le faisceau lumineux à l'horizontale et l'ai promené sur chacune des surfaces. Chez le plus grand on distinguait sur l'os de subtiles empreintes semblables à des ombres transversales.

C'est Courtney qui a repéré la première la différence.

— L'os du grand type a des sillons, et pas l'autre.

King l'avait-elle remarqué, ou non ? Toujours est-il qu'elle a demandé ce que cela signifiait.

— Le plus grand des deux était aussi le plus jeune, dans les vingt ans probablement. Le plus petit était plus proche de la quarantaine. Mais ce sont des chiffres très approximatifs. Pour le calcul de l'âge, cette technique ne donne que des fourchettes très larges, et nous ne disposons que d'une partie de l'os. C'est peu pour une observation de sa surface.

— Daryl avait vingt-quatre ans, a déclaré King. Et mesurait un mètre quatre-vingt-huit.

L'aiguille des secondes a fait plusieurs bonds.

— Qui peut bien être l'autre type ? a demandé King, plus pour elle-même que pour nous.

Mes deux mains, paumes offertes, lui ont signifié : « Qui sait ? »

— Est-ce que vous pouvez déterminer la race ? a-t-elle encore demandé.

— J'en doute. Sous l'effet d'une chaleur extrême, les fluides présents dans le cerveau augmentent de volume et font exploser la boîte crânienne. C'est après que les fragments prennent feu. C'est ce qui s'est passé ici.

— Y a-t-il des gens qui ont disparu au moment de l'incendie ?

Bonne question, infirmière Courtney.

— Vous resterez là, toutes les deux, si je m'en vais vérifier ? a demandé King sur un ton malicieux.

Courtney a acquiescé, moi de même.

— C'est tellement noir et friable ! s'est exclamée Courtney en fixant le squelette partiellement recomposé. Comment pouvez-vous être certaine de les avoir correctement positionnés ?

Une fois de plus, elle me rivait le clou, puisque mon hypothèse de départ avait été que ces restes appartenaient à un seul individu. Erreur grossière, digne d'un amateur aux idées préconçues.

J'ai rallumé la lampe et étudié un fragment de mâchoire sous grossissement. Carbonisé.

J'ai pris l'autre en main. Et là, petit sursaut au niveau des tripes.

274

— C'est énorme.

— Le big bang?

J'ai relevé les yeux. Échange de sourires entendus.

— Ce fragment d'arcade dentaire de près de deux centimètres correspond à la partie arrière de la mâchoire, et il comporte deux alvéoles correspondant aux molaires. À l'intérieur, on distingue même des fragments de racines.

— En plein dans le mille!

— Prête à prendre des radios, infirmière Courtney?

J'ai eu droit à tous les acquiescements possibles et imaginables sauf le salut militaire.

Tout en transférant les fragments de mâchoire sur le plateau, je lui ai montré les angles de vue que je voulais.

— Pendant ce temps-là, je vais réexaminer tous les os. Ensuite, vous pourrez faire une vidéo des deux individus.

Les fragments de crâne provenaient pour la plupart du pariétal et de l'occiput. Tous les bords et surfaces en étaient carbonisés. Pas un seul détail ne subsistait des parties ecto ou endocrâniennes. Seul l'ADN aurait permis de faire le tri. Mais je doutais fortement qu'il en reste une quantité exploitable.

Me fondant sur la taille, j'ai réussi à trier les os longs, ou ce qui restait de leurs tiges. Daryl s'est ainsi vu attribuer un fémur, un tibia et le cubitus. L'autre fémur et l'autre tibia ont été transférés à l'homme plus petit. Un humérus a rejoint les fragments crâniens affectés ni à l'un ni à l'autre.

J'étais en train d'enregistrer mes observations dans mon ordinateur portable lorsque Courtney est revenue, poussant devant elle un négatoscope portable. Les fragments de mâchoire étaient posés au sommet d'une petite pile d'enveloppes brunes, sur la tablette inférieure.

— Je pense que vous aviez raison, m'a-t-elle lancé, excitée comme une puce. Je crois que le type plus âgé avait subi des réparations dentaires.

J'ai sorti les clichés des enveloppes et fixé le premier sur le verre translucide du négatoscope avant de l'allumer. Les fragments se sont éclairés en plusieurs tons de gris. Celui de droite n'a montré qu'un os trabéculaire amorphe.

— Ça appartient au plus jeune, a décrété Courtney. Daryl.

Les alvéoles, présentes sur le morceau d'arcade dentaire appartenant à l'individu plus âgé, ressortaient en sombre sur le gris spongieux du cliché. Au fond de chacune, on pouvait voir un petit cône blanc : un fragment de racine.

Au centre de ces cônes, on distinguait un filament blanc et brillant qui remontait à la verticale.

— Ce sont des traitements de canaux, n'est-ce pas ? Ça pourrait faciliter l'identification ?

Elle avait raison. Sur les deux points.

Mais pour ma part, c'est autre chose qui m'a coupé le souffle.

Chapitre 32

Le fragment donnait l'impression d'avoir essuyé une tempête de neige. Tout un nuage de pointillés blancs sur la lisière de la mandibule inférieure. D'autres répartis sur l'angle gonial et la branche montante.

— Qu'est-ce que c'est ? a demandé Courtney.

— Vous allez me radiographier tous les os, ai-je répondu sans rien révéler de mon exaltation. En commençant par Beck.

J'ai désigné le squelette incomplet. Puis, montrant la pile contenant le morceau d'os iliaque, le fémur et le tibia :

— Ensuite vous ferez l'autre individu. Et vous terminerez par ces os-là. (Le doigt pointé sur les fragments crâniens et l'humérus non affectés.) Le tout, séparément. Et en faisant bien attention à ne rien mélanger. Compris ?

— Compris.

— Beck, pour commencer.

J'ai retiré le fragment de mâchoire du squelette de Beck et l'ai déposé sur le plateau, avec les autres ossements.

Courtney partie, j'ai appelé King. Elle a répondu à l'instant même.

— La victime la plus âgée a été abattue, ai-je annoncé.

— Pas vrai !

— Si. Sur la radio de sa mâchoire, les plombs font comme une tempête de neige.

Pas de réaction. J'ai expliqué :

— La rafale a traversé le corps. Sous l'effet de la vitesse, de très fines particules se sont dispersées partout.

— Rafale de fusil de chasse ?

— Du moins, c'est ce que je crois.

— Des victimes comme ça, j'en ai à la pelle. Qu'en est-il de Beck ?

— Pour l'heure, on fait des radios de tous ses os en notre possession. Et on vérifie aussi ceux que j'ai attribués à la victime plus âgée. Et vous, de votre côté ?

— J'ai consulté le certificat de décès de Beck. Sa mort a été enregistrée le 4 mars 2008. J'ai vérifié les dossiers des personnes disparues sur l'ensemble de cette année-là, en partant de cette date. Personne ne correspond à votre profil.

— Le type le plus âgé a des traitements de canaux sur deux molaires inférieures, a priori la deuxième et la troisième. Je pense que nous devrions montrer les négatifs à un dentiste médico-légal afin de lui faire préciser les choses avant d'enregistrer ces caractéristiques dentaires dans le fichier des personnes disparues.

— Vous en avez un à portée de main ?

— Oui, mais il est à Montréal, et on est au beau milieu de la nuit.

Et la souplesse n'était pas l'une des vertus premières de Marc Bergeron. Mais cela, je l'ai gardé pour moi.

— Beck est mort depuis déjà un certain temps, a rappelé King.

— Oui, il peut encore attendre.

À l'aide de mon iPhone, j'ai pris des photos des travaux dentaires pratiqués sur l'homme le plus âgé et les ai transmises à Bergeron par courrier électronique. Comme ça, il les aurait déjà quand je l'appellerais dans la matinée.

Coup d'œil à ma montre. Minuit dix, et il faisait plein jour.

Comme Ollie était mobilisé par l'enquête sur le meurtre de Scar, j'ai appelé Ryan. Il se trouvait en compagnie de Rainwater dans un bar de la route 4 où les avait conduits une piste concernant Unka. On entendait de la musique dans le fond ainsi que le vacarme produit par un grand nombre de personnes réunies dans un espace réduit. Ryan était apparemment aussi fatigué que moi.

— Rainwater pense qu'on nous a mis sur une fausse piste. Il a ordonné d'embarquer tout le monde et il compte bien faire transpirer ceux qu'il retiendra dans son filet.

J'ai parlé à Ryan des restes mélangés et des plombs dans la bouche d'une des deux victimes.

— Ils se sont fait descendre tous les deux ?

— Je le saurai bientôt. Le plus âgé a deux dents dévitalisées.

— Tu vas contacter Bergeron ?

— Dès demain. Je lui ai déjà envoyé mes photos.

— Tu as bien fait.

— Tiens-moi au courant.

— Toi aussi.

Retour de Courtney juste au moment où je raccrochais. Pendant qu'elle allait faire des radios de ce qui restait de l'individu le plus âgé, j'ai examiné celles des fragments du squelette de Beck.

Son fémur et le morceau de bassin n'étaient qu'une tempête de neige. Ce qui répondait à une question. Mais en générait bien d'autres.

Beck et le type plus âgé avaient-ils été assassinés tous les deux ? Et si oui, pourquoi ?

L'un d'eux avait-il abattu l'autre, puis retourné l'arme contre lui-même ? Si oui, pourquoi ? Et dans quel sens ?

Beck et son compagnon s'étaient-ils battus après une nuit de beuverie, de défonce ou des deux ? Snook se trompait-elle en disant que son demi-frère ne buvait plus une goutte depuis quelque temps ?

Le scénario assassinat-suicide n'était pas convaincant. Les tirs face-à-face impliquent rarement un fusil. Je me suis fait une note pour demander si les restes d'une arme avaient été retrouvés sur les lieux.

Beck, ou bien le type plus vieux, avait-il mis le feu à la maison volontairement ? Ou quelqu'un d'autre ? L'incendie était-il accidentel ?

Qui était cet homme plus âgé ? Pourquoi est-ce que personne n'avait signalé sa disparition ? N'était-il pas d'ici ?

J'ai tourné les pages de mon calepin jusqu'à tomber sur une feuille vierge et j'ai commencé à établir une chronologie des faits. Farley McLeod était mort en 2007, Daryl Beck en 2008, Annaliese Ruben et Ronnie Scarborough hier. Tous étaient unis par des liens de parenté. Leurs décès étaient-ils liés ? De quelle manière ?

Castain aussi avait été tué hier. Il n'avait aucun lien de famille avec les autres. Alors, où se plaçait-il dans le tableau ?

Castain et Scarborough avaient été abattus par des tueurs en voiture. Ruben par un homme à pied, et presque certainement avec un fusil de chasse. Beck et son copain avaient été tués avec un fusil.

La même arme avait-elle été utilisée dans les cinq tirs ? Ou bien les coups de feu tirés à partir des voitures venaient-ils d'un pistolet ?

McLeod s'était écrasé à bord d'un Cessna. Son corps n'avait jamais été retrouvé. Le corps de Ruben aussi avait disparu. Coïncidence ? Significative, ou non ? Je me sentais troublée. Trop de questions et trop peu de réponses. Et tout était tellement compliqué.

Trop compliqué.

Et puis, ça faisait un bon paquet de victimes. Même en excluant les bébés.

Courtney est revenue avec les fragments de crâne et des radios. De la neige sur certains, mais pas sur tous. Et aucun signe distinctif permettant de décider si ces fragments venaient de Beck ou non.

Courtney braquait sur moi un regard avide de révélations. Je lui ai adressé un sourire hyper sincère.

— Merci beaucoup. Je ne sais pas comment j'aurais fait sans vous.

Elle a voulu dire quelque chose, je ne lui en ai pas laissé le temps.

— Vous auriez quelque chose où ranger les os non attribués ?

Elle a filé chercher une boîte. Elle était vexée, ça se lisait dans ses yeux noisette.

Je disposais les os de Beck dans l'évier quand elle est revenue avec deux serviettes en coton. J'ai enveloppé les fragments crâniens dans l'une, les restes de l'homme plus âgé dans l'autre, et j'ai posé ces deux paquets à côté de Beck avant de remettre en place le couvercle du cercueil en appuyant fort dessus.

— Qu'est-ce qu'on fait du cercueil ? (Sur un ton un tantinet boudeur.)

— Appelez les pompes funèbres. Ils viendront le chercher. Et je vous le dis encore : merci infiniment. Maureen sera très contente.

Courtney a hoché la tête, essayant sans y parvenir de cacher sa déception.

— Je suis désolée. Vous savez que je ne peux pas divulguer les détails d'une enquête.

— Je sais.

— D'ailleurs, gardez pour vous tout ce que vous avez vu ici. S'il vous plaît.

— Bien sûr.

— Vous feriez une excellente infirmière légiste, Courtney.

— C'est vrai ?

— Si vous voulez, je peux vous envoyer des renseignements sur le métier.

— Oui, s'il vous plaît. Et vous pouvez m'appeler à tout moment.

Marc Bergeron n'a pas eu la même considération que moi pour les fuseaux horaires. Son coup de téléphone m'a réveillée en fanfare à sept heures moins le quart.

— D'abord, je vais vous décrire ce que je vois sur les clichés. Ensuite, vous m'expliquerez pourquoi il faut que je regarde ça par un beau dimanche matin.

J'ai allumé mon ordinateur portable.

— Donc, ai-je dit, vous avez les photos.

— Reçues sur mon téléphone intelligent. Je les ai immédiatement transférées sur mon ordinateur.

Je me suis représenté Bergeron louchant à travers ses verres sales, ses cheveux ébouriffés éclairés à contrejour par l'écran.

— C'est suffisamment net pour déterminer à quelles dents appartiennent ces traitements de canaux ? lui ai-je demandé.

— Ça ira. Je suppose qu'il s'agit d'une identification.

— Absolument. Ce fragment a été retrouvé dans une maison détruite par un incendie. Ça vient de la partie arrière droite, près de l'angle mandibulaire.

— Je vois ça.

Moi aussi j'avais transféré les images sur mon Mac. Pendant la pause qui a suivi, j'ai ouvert le fichier pour que nous soyons bien sur la même longueur d'onde.

— Je vois aussi la marque d'une blessure par balle, a déclaré Bergeron.

— C'est exact.

J'ai attendu un temps assez long.

— D'après la position des alvéoles par rapport à la branche montante, leur taille, leur courbure et la compression des racines proprement dites, je dirais que la dent mésiale est la quarante-septième et la dent distale la quarante-huitième.

Je m'attendais à ce qu'il dise trente et un et trente-deux. Puis je me suis souvenue. Le fichier canadien CIPC utilise la numérotation de la FDI, alors que le fichier américain utilise le système universel. J'ai traduit :

— Oui, la deuxième molaire droite et la dent de sagesse.

— Elle est petite, ce qui est courant, mais la troisième molaire est bien formée et complètement sortie. Ce qui a nécessité sa dévitalisation est survenu plus tard. C'est assez rare pour les troisièmes molaires.

— Génial. Merci. Écoutez, le coroner d'ici se casse la tête sur le fichier des personnes disparues dans la région de Yellowknife. Est-ce que vous pouvez me rendre le service de rentrer ces données dans le fichier canadien ?

— C'est un dossier qui dépend de notre laboratoire ? s'est enquis Bergeron, comme toujours très à cheval sur le règlement.

— Tout à fait.

Au sens très large du terme, puisque trois des bébés de Ruben avaient été découverts au Québec et que c'est là que ma participation à l'enquête avait débuté.

Je me suis représenté Bergeron fronçant les sourcils.

— J'aurais bien demandé à Ryan de s'en charger, mais je crains qu'il ne se plante dans le codage des dents.

— Le Dr LaManche est au courant de cette affaire ?

— Bien sûr. (Je me suis juré d'envoyer un courriel au patron au plus vite.)

— Bon, eh bien, donnez-moi des détails, s'il vous plaît.

— Tout ce que nous savons, c'est que la victime est un homme d'une quarantaine d'années et pas très grand, décédé en mars 2008.

— Ce n'est pas grand-chose.

— En effet.

— S'il apparaît qu'il y a correspondance avec un individu déjà fiché, nous devrons obtenir les documents originaux.

— Bien sûr.

Après avoir envoyé un mot à LaManche, je suis descendue au rez-de-chaussée avec mes nouveaux livres.

Nouvelle aube au Trader's Grill. Les convives étaient un couple de personnes âgées passionnées de flore sauvage.

Comme je ne m'attendais pas à voir Snook, je n'ai pas été déçue. Ma commande passée, œufs et toasts, j'ai vérifié mes courriels. Plus par ennui que par curiosité. Il était trop tôt pour que Bergeron ait du nouveau à m'apprendre, et King ne devait pas avoir fait de découvertes géniales depuis minuit.

J'ouvrais le livre sur Fipke et ses copains quand Ryan a fait son entrée. Une tête de déterré. Des cernes sous les yeux. Une tension dans la mâchoire qui lui donnait l'air décharné. M'ayant aperçue, il a traversé la salle jusqu'à ma table.

— Je peux?

— Bien sûr.

Il s'est laissé tomber dans le fauteuil en face du mien et a promené les yeux sur la salle.

— Une chance d'avoir trouvé une place de libre.

— Surtout que ça ne va pas durer.

Ryan a haussé un sourcil.

— L'endroit est célèbre pour ses brunchs du dimanche.

— Ils ne font pas de brunch tous les jours?

— Je ne fais que répéter ce que j'ai lu.

La serveuse a apporté mes œufs et versé du café à Ryan. Il lui a passé la même commande que moi, et elle est repartie.

— Je ne t'ai pas beaucoup vue ces derniers temps, a-t-il fait remarquer.

— Ça ne va pas aussi bien que nous l'espérions…

Et les gens du coin pensent que je suis ravagée par l'alcool. Mais cela, je ne l'ai pas dit.

— Je te montre la mienne, tu me montres la tienne.

J'ai souri. C'était notre code quand nous voulions partager nos informations sur une affaire. Au temps de nos bons jours.

Je lui ai raconté l'exhumation, puis ma conversation avec Bergeron. Il m'a dit que Rainwater avait expédié plusieurs voyous liés à Unka se rafraîchir les méninges à la Division G. Il devait d'ailleurs s'y rendre avec Ollie très prochainement.

La mise à jour achevée, nous sommes restés les yeux dans le vague, nous efforçant tous les deux de ne pas croiser le regard de l'autre.

Le petit déjeuner de Ryan est arrivé. Il s'est mis à manger.

À l'autre bout de la salle, les deux têtes blanches étaient penchées sur un livre. *Comme ils avaient l'air heureux.* Je n'ai pu m'empêcher de penser qu'ils allaient très bien ensemble.

Les doigts de Ryan ont frôlé le dos de ma main, sont remontés vers mon poignet et se sont posés sur ma montre. J'ai senti ma peau frissonner dans le sillage de ce contact. Surprise, j'ai tourné la tête vers lui.

Il tenait les yeux vrillés sur mon visage. J'ai croisé son regard.

D'un bleu inouï. Et tourmenté. Comme le mien tout à l'heure, dans le rétroviseur.

— Lily est en prison, a-t-il dit à voix basse.

— Elle a replongé? ai-je lâché, en état de choc. Elle s'en sortait si bien.

— C'est une actrice née.

— Oh, Ryan. C'est tellement désolant. Comment…?

J'ai laissé la question en suspens.

— Elle a renoué avec le voyou qu'elle voyait l'année dernière. Il lui a fourni des doses et l'a lâchée dans la nature. Des agents de sécurité l'ont arrêtée pendant qu'elle essayait de voler un téléphone intelligent au Carrefour Angrignon.

— Le centre commercial à LaSalle?

— Ouais. Cette fois, je n'ai rien pu faire.

Ryan avait l'air si abattu que je l'aurais bien serré très fort dans mes bras. Pour sentir la griffure de sa barbe contre ma joue.

Pour respirer son eau de Cologne.

Au lieu de cela, je suis restée calée dans mon siège, revoyant mentalement ce cadeau tout relatif qu'était Lily. Me rappelant le récit que Ryan m'avait fait de l'entrée de sa fille dans sa vie.

Sa mère, Lutetia, originaire des îles Abacos, vivait en Nouvelle-Écosse à l'époque où Ryan menait une vie

284

désastreuse. À défaut d'être vraiment amoureux, ils étaient furieusement compatibles.

Un beau jour, Ryan avait pris un coup de couteau dans un bar au cours d'une bagarre. À partir de ce moment-là, il avait changé du tout au tout. Renonçant au côté obscur de la vie, il était entré à la SQ. Lutetia et lui avaient chacun suivi leur propre chemin. Des années plus tard, ils s'étaient retrouvés, le temps d'un épisode enchanteur.

Entrée de Lily dans le paysage.

Comme elle voulait rentrer chez elle aux Caraïbes, Lutetia avait caché sa grossesse à Ryan, de peur qu'il ne la retienne.

Revenue au Canada douze ans plus tard avec sa fille, Lutetia n'avait pas cherché à réparer cet oubli.

Avance rapide sur quelques années, jusqu'à ce que se produise l'inévitable.

Lily s'était présentée à la porte de son papa. Âgée de dix-sept ans, en révolte contre le monde entier et, pour corser le tout, accro à l'héroïne.

Depuis, les cures de désintox s'étaient succédé. Chaque fois, Lily replongeait.

Comme tous les pères, Ryan voulait protéger son enfant de la douleur, la protéger de tous les maux du monde. Mais Lily rendait cela impossible. Pour Ryan, le tribut à payer était lourd. Victime collatérale de cette situation : notre relation.

Peu importe. Ryan aimait sa petite fille de toutes les fibres de son être.

Dieu du ciel ! Et moi qui m'inquiétais que Katy puisse entrer dans l'armée. Qu'était-ce, comparé à la fille de Ryan qui recommençait à s'injecter du poison dans les veines ?

— Est-ce qu'il y a quelque chose que je puisse faire ? ai-je demandé, un peu mal à l'aise.

— Écouter ?

— Bien sûr, c'est la moindre des choses. Tu sais que je suis toujours là.

— Où ça, là ? a répondu Ryan avec un sourire, fantôme de l'ancien Ryan.

— Pardon ?

— Là, à Yellowknife ? À l'Explorer ? Au Trader's Grill ?

J'ai levé les yeux au ciel.

— OK. Tu sais bien ce que je veux dire.

— Je le sais.

Ryan m'a caressé la main, puis a fait un geste en direction des livres.

— Tu projettes d'investir dans une mine de diamants ?

— J'essaie de me renseigner sur le contexte local.

— Et qu'est-ce que tu as appris de beau ? a répondu Ryan en faisant signe à la serveuse de remplir à nouveau sa tasse.

— J'ai appris pourquoi un caillou est si abominablement cher. D'abord, il faut en trouver. Ensuite, il faut faire une étude de faisabilité de la mine pour déterminer les coûts et les techniques de construction. Ensuite, il y a toutes les barrières administratives à lever : les accords environnementaux, les permis d'utilisation des terres, les licences pour l'eau, les ententes avec les populations locales sur les répercussions et les avantages, les accords socio-économiques. Et obtenir toutes ces autorisations, cela suppose de traiter avec le gouvernement fédéral, les différents territoires et les gouvernements autochtones de même qu'avec les organismes de réglementation, les propriétaires fonciers. Bref avec le monde entier, depuis le paysan du coin jusqu'au pape.

La serveuse a rempli la tasse de Ryan.

— Ensuite, il faut construire la mine, ce qui est un cauchemar, dans ce climat. Les sites sont tellement isolés qu'il faut tout transporter par avion ou par la route en hiver, employés et fournitures.

— Les fameuses routes de glace et leurs camionneurs !

— Tu sais combien ça coûte de faire fonctionner une route de glace ?

— Aucune idée.

J'ai recherché une page précise de mon livre.

— La route de Lupin, qui va de Tibbitt Lake, à l'est de Yellowknife, jusqu'au site, dans le Nunavut, couvre presque six cents kilomètres. Sa construction et son entretien reviennent à environ six millions et demi de dollars par an ! Et ces routes de glace ne sont ouvertes que dix semaines par an, ai-je ajouté en regardant Ryan.

— De gros sous.

— Et c'est juste une ligne dans le budget. Il faut encore y faire entrer les pistes d'atterrissage, les centrales électriques, les ateliers d'usinage, l'évacuation des eaux usées et l'élimination des déchets, les usines de traitement des eaux, les réseaux téléphoniques, les entrepôts, les bureaux, les ateliers de transformation. Sans parler du logement, de la nourriture et des divertissements qu'il faut bien fournir aussi aux travailleurs, puisqu'ils ne peuvent pas rentrer chez eux le soir. Un grand nombre de mineurs travaillent par rotation de deux semaines. Ça fait long quand on n'a rien à faire.

« Écoute ça ! ai-je ajouté sans lui laisser la possibilité d'agir autrement. La construction d'Ekati a coûté neuf cents millions de dollars. Celle de Diavik, un milliard trois cents millions. Un milliard ! Ils ont dû assécher tout un damné lac ! »

— C'est pas le genre de chose qui enrage Monsieur Bijoux de famille ? À propos, je l'ai vu hier, quand on est passés devant la mine Giant. Tyne était justement en train de sortir de la route qui y mène.

— Je croyais que la mine était fermée.

— Oui, mais il y a le problème d'arsenic.

— D'arsenic ?

— Héritage des mines d'or. Quand elles ont fermé, les propriétaires se sont tirés en laissant sur place des millions de tonnes de cette saloperie.

— Mais les sociétés minières ne doivent-elles pas dès le départ, avant même d'être autorisées à fonctionner, verser des millions de dollars pour couvrir les coûts de remise en état ?

— Ah, le bon vieux temps ! s'est exclamé Ryan, et il a lapé les dernières gouttes de son café. Si ça t'intéresse vraiment, parle donc à Rainwater. Son grand-oncle travaille au bureau des registres miniers. Il sait absolument tout ce que l'on peut savoir sur la question.

— Bien sûr. Je vais juste aller me pointer là-bas un dimanche.

— D'après Rainwater, c'est un vieux fou qui vit pratiquement sur place. C'est un ancien prof de géologie. Le gouvernement lui a concocté exprès une sorte de boulot pour sa retraite. Ou quelque chose comme ça.

— Rainwater et toi, vous allez garder le contact après cette enquête ?

Ryan a haussé les mains et les sourcils.

— Qu'est-ce que tu veux? On passe tant d'heures ensemble, il faut bien parler de quelque chose pour tuer le
temps. (Il s'est levé.) On ne peut pas seulement regarder
pousser le gazon… Tiens-moi…

— … au courant. Compris.

Donc. Lily avait raté sa cure de désintoxication. Était-ce
la raison pour laquelle Ryan était si distant avec moi? Aussi
sarcastique avec Ollie? Ce ne serait donc pas une mesquine
histoire de jalousie, mais les soucis que lui causait sa fille?

Mon téléphone m'a interrompue au milieu de mes
réflexions. Bergeron. J'ai pris l'appel.

— J'ai un nom pour vous.

Chapitre 33

— Les descripteurs n'ont donné qu'une seule correspondance. Probablement parce qu'un traitement de canal dans une troisième molaire est extrêmement rare. Eric Skipper. Homme de race blanche, âgé de quarante-quatre ans, résidant à Brampton, Ontario, au moment de sa disparition.

— De quand date son entrée dans le fichier ?

— Du 18 mars 2008. Les informations ont été fournies par le Dr Herbert Mandel, de Brampton.

— Vous l'avez contacté ?

— Oui. Il m'a dit qu'il avait vu M. Skipper pour de nombreux travaux dentaires, des extractions, des restaurations et d'autres traitements de canaux. Il envoie le dossier par FedEx.

— Qui a signalé sa disparition ?

Un froissement de papier, puis :

— Son épouse, Michelle. Le Dr Mandel dit qu'elle est toujours une de ses patientes.

— Vous avez son numéro de téléphone ?

Bergeron me l'a donné.

— Rien d'autre ?

— Je ne suis pas détective, Dr Brennan. Uniquement odontologiste. Et je vais avoir besoin que vous m'envoyiez les radios actuelles de notre client.

— Je vous les envoie.

— Je vous rappelle dès que l'identification aura été confirmée.

— Merci, docteur Bergeron. Je vous en dois une.

— En effet!

Ensuite, coup de téléphone à Maureen King. Boîte vocale.

Le temps était splendide. Soleil éblouissant et température censée dépasser les quinze degrés. Est-ce que ça ne méritait pas un petit tour au bureau du coroner?

— Hé, la vieille!

Je marchais en direction du Searle Building. J'ai arrêté et me suis retournée.

Binny était à vélo, de l'autre côté de la 49ᵉ Rue, roulant sur la pelouse du palais de justice. Même chandail, mêmes chaussures, mais une casquette de baseball au ras des sourcils, à la place de sa tuque.

— Salut, le clown!

— Le clown? Z'avez pas trouvé mieux?

Sous la fanfaronnade, une tension qu'il n'y avait pas la fois précédente.

— Bonjour, monsieur Binny C'est-pas-vos-oignons.

— Z'avez de la mémoire, pour une grand-mère.

— Je suis plutôt débordée en ce moment.

— Au moins, vous êtes plus couverte de caca.

— Belle façon de dire ça.

Binny se mordillait les lèvres. Je le voyais très bien malgré l'ombre de sa visière.

— Il y a quelque chose que tu voudrais me dire?

— J'attends toujours mes crêpes!

Il y avait de l'agitation dans son regard.

J'ai fouillé dans mon sac à la recherche du muffin que j'avais piqué au petit-déjeuner. Je sais, mais les repas étant irréguliers, mieux valait avoir un petit en-cas sur soi.

Binny a traversé la rue. Pour extraire le gâteau de son moule en papier, il a creusé dans la pâte de ses ongles sales. Ses doigts m'ont paru tout petits et bronzés. Quand il en a eu fini avec le muffin, il a froissé l'emballage et replié le bras comme pour prendre son élan.

— Hé, P'tit bout! Je croyais que c'était *cool* de respecter l'environnement.

Il a pris l'air gêné.

— Vous parlez du vieux fou et de son caribou?

290

De mon côté, silence. Juste un haussement de sourcils.

— Pffff.

— Donc, pas touche au caribou, mais je peux vider mes ordures dans ton lit, c'est ça ?

J'ai tendu une main ouverte. Binny ne s'est pas contenté de lever les yeux au ciel, il a carrément renversé la tête en arrière, et il a fini par lâcher son papier dans ma paume.

Deux femmes sont passées devant nous. La jeune avec un bébé dans une poussette, l'autre, avec des cheveux blancs tout frisés, agrippée à son sac comme si derrière chaque buisson se dissimulait un voleur.

— Feriez bien de vous surveiller, la vieille.

Binny avait parlé tout doucement, le visage penché en arrière, loin du mien.

— Qu'est-ce que tu veux dire ?

— Z'avez le don pour enrager les gens.

— Quels gens ?

Il a haussé une épaule maigrichonne.

— Je dis ça comme ça.

— Tu dis quoi ? Sois plus clair.

— J'ai pas à dire ci ou ça pour faire plaisir à une vieille sorcière.

— Tu parles de Tom Unka et de ses fiers-à-bras ?

— J'ai pas dit de nom.

— Tu sais des choses, toi, hein ?

— Mon écolc, c'est la rue. Je lève pas le nez en l'air. Je reste *cool*. (D'une main, il a fait le geste d'envoyer balader les choses. Puis il a ri.)

Un vrai Gavroche, cet enfant.

— Tu sais ce qui est arrivé à Castain et Scarborough ?

— Des trous de cul qui exaspéraient les gens, eux aussi.

— Pourquoi ?

— Faut bien qu'un territoire ait son patron.

— Et c'est Unka, maintenant ?

Binny m'a dévisagée de dessous son immense visière ridicule.

— Et c'est aussi Unka qui a fait tuer Annaliese Ruben ?

La visière s'est inclinée vers le bas.

— De ce qu'on dit, c'est quelqu'un qui venait d'ailleurs.

— Qui ça, d'ailleurs ?

Binny a posé un pied sur la pédale de son vélo.

— Annaliese était mon amie, Binny.

— Faut qu'je file.

L'instant d'après, il avait disparu.

King était dans son bureau, au téléphone. Un appareil qui datait de la guerre du Vietnam, pour le moins. D'un doigt levé, elle m'a fait signe d'attendre et a poursuivi sa conversation tout en me désignant un siège.

Je me suis assise.

— Bien. Merci. (Elle a reposé le combiné. Puis, s'adressant à moi:) C'était le médecin légiste d'Edmonton. Castain et Scarborough ont été abattus avec des 9 mm.

— Des armes de poing qui tirent des balles blindées.

Elle a acquiescé.

— Que ce soit avec la même ou non, ce n'est pas celle qui a tué Beck et son *amigo*.

— Celui-là, il s'appelait Eric Skipper.

— C'est quoi, son histoire?

Je lui ai rapporté ce que je savais sur lui. Un Blanc, qui habitait à Brampton et avait subi beaucoup de travaux dentaires.

— Il faut que j'envoie au plus vite ses radios à mon odonto.

— *No problema.* Mon assistante va les scanner et les lui faire parvenir.

— Elle travaille le dimanche?

— Disons juste qu'elle en veut.

Je lui ai donné l'enveloppe et l'adresse de Bergeron au LSJML.

— Des nouvelles de Ruben?

Elle a secoué la tête.

— Et Snook, vous l'avez vue?

Elle allait répondre lorsque le téléphone a glapi. Elle a porté le combiné à son oreille. Écouté.

— Il s'appelle comment?

Puis bouchant le micro de la main, elle m'a demandé:

— Vous connaissez un Monsieur C'est-pas-vos-oignons?

— C'est un garçon nommé Binny.

— Binny Twiller?

— Ce jeune homme ne m'a pas communiqué son profil biologique complet.

— Il est dehors et veut vous parler.

— C'est bizarre. Je viens de le voir en arrivant. Pourquoi est-ce que son nom, Twiller, me dit quelque chose?

— À cause de Merilee Twiller.

Mes cellules grises n'ont pas fait « ah oui ».

— La copine de Castain.

Bien sûr. Maintenant, ça se tenait.

— D'après lui, le bruit court que la mort de Ruben n'a rien à voir avec le reste.

— Il a quoi, douze ans?

— Oui, mais il garde l'oreille collée au sol.

— Et à propos de Castain et Scarborough, il dit quoi?

— Rien.

— Pas étonnant. Quoi qu'il en soit, il ne veut pas monter.

— Et si j'allais voir ce qu'il a en tête, pendant que vous vous occupez d'envoyer les radios et de contacter Michelle Skipper? Qu'est-ce que vous en dites?

Binny faisait ses habituels tours de vélo sous un mélèze qui arborait réellement un peu de vert sur ses branches.

Je me suis avancée vers lui. Sous sa visière, ses yeux faisaient des allers-retours incessants. Ils se sont posés sur moi juste une seconde.

— Dites à vos copains policiers d'aller voir chez Unka.

— Ils l'ont fait. Il n'y est pas.

— Creusez un peu plus.

— Merci, Binny.

— Si vous dites que c'est moi qui vous ai parlé, je vous dénonce pour pédophilie.

À son habitude il a filé comme une flèche, ses jambes maigrichonnes transformées en pistons.

Retour dans le bureau de King, qui était encore au téléphone. Mon enveloppe n'était plus sur sa table. Certaines de ses questions m'ont fait comprendre qu'elle était en ligne avec Michelle Skipper.

J'ai composé le numéro de Ryan sur mon iPhone.

— Ça peut paraître cinglé, mais tu te rappelles le jeune avec qui j'étais vendredi?

— Le bébé de Rosemary?

— Il a accès à des informations privilégiées.

— C'est-à-dire?

— C'est le fils de Merilee Twiller. Et il n'a pas les oreilles dans sa poche. Il vient de me refiler le tuyau qu'Unka se terre chez sa mère.

— Pourquoi prendrait-il le risque de te dire ça?

— Mon charme naturel.

— Sans aucun doute.

— Et je lui ai offert un muffin.

— On a déjà vérifié la berceau de la maman.

— Binny dit qu'il faut creuser un peu plus.

— Ce sont ses propres termes?

— Oui.

— Merci.

J'ai hésité à mentionner la mise en garde de Binny me concernant personnellement.

Ai décidé d'attendre.

Je me suis contentée de demander à Ryan s'il était toujours au quartier général.

— Ouais. Un des hommes de main d'Unka chante comme un canari.

— Pourquoi est-ce qu'il déballe son sac?

— Il était armé. On a retrouvé un Sig Sauer caché dans son slip. Ce qui viole sa liberté conditionnelle. Et lui fera perdre huit ans de belle vie.

— Qu'est-ce qu'il donne en échange?

— Il dit que Scar tenait Castain et qu'Unka tenait Scar.

— Merilee Twiller pensait que le mobile d'Unka, c'était le dégraissage.

— On dirait qu'elle s'est trompée.

— Est-ce que ton bonhomme acceptera de témoigner?

— On discute justement des avantages qu'il pourrait en retirer.

— Qu'est-ce qu'il a dit au sujet de Ruben?

— Il prétend ne rien savoir du tout.

J'ai parlé à Ryan d'Eric Skipper et de l'analyse balistique prouvant que l'arme qui avait tué Beck et Skipper n'était pas celle qui avait été utilisée pour les assassinats de Scarborough et Castain.

— Dans les gangs, en général, les tireurs ont leur propre arsenal, a déclaré Ryan.

Voyant que King venait de raccrocher, j'ai fait pareil.

Elle a consulté ses notes.

— Skipper était chargé de cours dans une petite université à Brampton. Il avait une maîtrise en écologie de l'environnement ou quelque chose comme ça. Il avait envoyé son CV à toutes les universités du pays, mais n'a jamais reçu de proposition pour un poste à temps plein. L'épouse met ça sur le compte de ses arrestations quand il était étudiant.

— Des arrestations ? Pour quel motif ?

— Activisme : manifs, sit-ins, marches. C'était un enragé pur et dur, et ses emplois à temps partiel lui laissaient beaucoup trop de temps libre, selon sa femme.

Je devinais déjà la suite.

— Il continuait d'aller aux manifs ?

— Ouais.

— L'une d'elles a eu lieu ici ?

— Ouais. Je vous raconte l'histoire ?

— Ouais.

Chapitre 34

— Que savez-vous du projet Gahcho Kué? a demandé King.

— C'est la nouvelle mine de diamants que De Beers Canada envisage d'ouvrir?

— En gros, c'est ça. Plus précisément, c'est une entreprise en partenariat avec Mountain Province Diamonds.

— Le projet a suscité pas mal de controverse, non?

— Gahcho Kué est le nom autochtone de la région du lac Kennady. Je crois qu'en dialecte déné ça signifie « territoire du lapin géant ». C'est un coin plutôt pourri, avec plein de caribous de la toundra, utilisé traditionnellement par les Dénés de Lutselk'e et les Métis de Fort Resolution. Dans des temps plus anciens, le peuple tlicho, c'est-à-dire les Dénés du clan Dogrib, transhumaient aussi par là.

— Si je comprends bien, l'opposition venait surtout de groupes des Premières Nations?

Elle a esquissé un mouvement de vague. Peut-être que oui, peut-être que non.

— En tout cas, ils ont eu une grande influence sur le déroulement de l'affaire. Vous voulez le topo?

— Je suis tout ouïe.

— En 2005, le Conseil chargé d'examiner les répercussions sur l'environnement dans la vallée du Mackenzie a statué que les demandes d'autorisation soumises par la De Beers pour l'utilisation des terres et de l'eau nécessitaient une étude d'impact environnemental très approfondie. De Beers a fait appel de la décision devant la Cour suprême des TNO et, en avril 2007, elle a perdu le procès.

« Pour faire court, De Beers a finalement présenté son étude en décembre 2010. En juillet dernier, la Commission d'examen a jugé que celle-ci était conforme. »

— Ce qui veut dire ?

— Que maintenant la Commission va lire ce monstrueux pavé de onze mille pages et que son examen devrait être achevé en 2013. De Beers espère commencer la production en 2014.

— C'est gros, comme projet, Gahcho Kué ?

— La production est estimée à quatre millions et demi de carats par an, en travaillant à ciel ouvert sur trois pipes : la 5034, Hearne et Tuzo.

— Pendant combien de temps ?

— Je crois qu'ils ont évalué la vie de la mine à onze ans.

Rapide calcul : compte tenu des coûts de développement, de construction et de maintenance de la mine pour une durée de vie si courte, il fallait que les bénéfices tirés de l'extraction des diamants soient phénoménaux.

— Où se trouve le lac Kennady ? ai-je demandé.

— À environ trois cents kilomètres au nord d'ici. À quatre-vingt-dix kilomètres au sud-est de Snap Lake, qui appartient aussi à De Beers.

— Quel rapport avec Eric Skipper ?

— Tout au long du processus d'examen, la Commission tient des séances publiques locales, où tout un chacun peut exprimer son opinion.

Facile d'imaginer la suite.

— Donc Skipper est venu à Yellowknife pour assister à l'une de ces réunions.

— Et il en est mort.

— Qu'est-ce qu'il avait l'intention de dire ?

— Arrêtez d'emmerder les caribous.

— Combien de temps a-t-il passé ici ?

— Il a quitté Brampton le 1ᵉʳ mars. En autobus.

— Si on compte le temps du voyage, ça veut dire qu'il était à Yellowknife quelques jours avant sa mort. Il a eu des ennuis pendant qu'il était ici ?

— On va essayer de le savoir.

Elle a composé un numéro et s'est laissée retomber en arrière. Le fauteuil a émis un bruit de compresseur d'air en bout de course.

— Salut, Frank. Ici Maureen King.

Une voix fluette a pépié quelque chose que je n'ai pas réussi à comprendre.

— En forme.

Nouveau pépiement.

— Dites-lui de continuer à appliquer du chaud sur la zone, et elle ira bien mieux. Dites-moi, vous souvenez-vous d'un type nommé Eric Skipper qui venait de l'Ontario? En mars 2008 il a pris la parole à la réunion publique de la Commission d'examen.

Gazouillis au bout du fil.

— Je ne crois pas. Vous pouvez me rendre un service? Regardez dans le fichier s'il n'y aurait pas quelque chose sur lui.

Cui-cui lointain.

— Non, j'attends.

Elle a posé le combiné sur son sous-main.

— Ça ne devrait pas être long.

Ça a quand même pris dix minutes. King a noté ce que Frank lui disait.

— Merci. Et bonne journée! (S'adressant à moi:) Skipper a bien fait l'objet d'un rapport. Le 7 mars 2008, la Division G a reçu un appel à propos de deux gars qui se tapaient sur la gueule dans une aire de stationnement dans la 47e Rue. Les policiers ont réussi à désamorcer la situation et il n'y a pas eu d'arrestation. L'un des combattants était Eric Skipper. L'autre, Horace Tyne.

J'en suis restée bouche bée.

— À quel sujet, la dispute?

— Le rapport d'incident ne fait que deux lignes.

— Mais ça n'a pas de sens. Tyne se prétend le sauveur de la toundra. Skipper et lui auraient dû marcher main dans la main!

Nos yeux se sont croisés. Conclusion identique.

— Un petit face à face avec le capitaine Caribou?

— Oh oui, ai-je répondu.

Appel de Ryan alors que nous arrivions à Behchoko. Tout excité, pour la première fois depuis des jours.

— On l'a eu.

— Unka?

— Oui.

— Où était-il?

J'ai regardé King. Elle a levé le pouce.

— Dans une sorte de cellier sous une grange derrière la maison de sa mère. Il ressemblait à ce maudit Saddam Hussein rampant hors de son trou à rats.

— Vous ne l'aviez pas remarqué lors de votre première visite des lieux?

— Il avait garé un vieux camion sur les panneaux à charnières qui servent de fermeture, puis il avait rampé dessous et s'était faufilé dans le cellier. Le salaud était bien équipé, avec du matériel de camping et une télé à piles. Je suppose que c'est sa mère qui lui apportait à manger.

— Où est-il maintenant?

— Dans une salle d'interrogatoire en train de jouer les durs.

— Vous allez l'inculper pour l'assassinat de Scar?

— Rainwater est en train d'en parler avec le procureur de la Couronne.

— Où est Ollie?

— En train de se faire chauffer les oreilles par la Division K.

— Pour quelle raison?

— Rien de grave. Ils veulent juste qu'il conclue l'enquête. J'imagine qu'il va réserver une place sur le vol de ce soir.

— Vraiment?

— Bien que Scar soit d'Edmonton, notre sergent a inscrit l'affaire comme relevant de la Division G. Pareil pour Castain et Ruben. Son chef le rappelle au bercail.

— Et Ollie, il prend ça comment?

— Lui et moi, on est passés à un autre mode de communication.

J'ai attendu la suite.

— Il est blême de colère.

— Et nous? ai-je demandé.

— Je crois qu'un psy, ça ne nous ferait pas de mal.

— On rentre aussi ?

— Ruben a tué des bébés, ce qui est un crime, et elle l'a fait sur un lieu relevant de ma juridiction. (Dit d'une voix qui avait perdu toute légèreté.) Par ailleurs, quelqu'un l'a aidée à fuir. Cette personne est donc un complice.

— Autrement dit, tu décides de poursuivre.

— Exactement. Où es-tu ?

Je lui ai parlé de la bagarre entre Skipper et Tyne.

— Ryan, j'ai l'impression que cette histoire implique plusieurs affaires distinctes.

— Éclaire ma lanterne.

— Les gens d'ici, toi, Ollie, tout le monde pense que les meurtres résultent du fait que Scar voulait piquer à Unka le contrôle du marché de la drogue dans la région. Je me demande si ce n'est pas un peu trop simple.

— Qu'est-ce que tu suggères ?

— Peut-être qu'il n'y a pas qu'un seul motif. Et pas qu'un seul groupe de tueurs.

— Continue.

— Les choses sont tellement déconnectées. Ton informateur qui pointe le doigt sur Scar et Unka, et qui nie connaître Ruben. Ce gars-là veut éviter la taule. Pourquoi retiendrait-il des informations ? Plus il en sait, plus il est en position de force pour négocier. Quel intérêt aurait-il à ne dire que des bribes de ce qu'il sait ?

À l'autre bout de la ligne, Ryan a poussé un profond soupir.

— Binny, qui s'en remet à la rumeur, affirme que le cas de Ruben n'aurait rien à voir avec l'autre. Pourquoi irait-il raconter cela ?

— Parce qu'il aime les pâtisseries.

Ryan avait beau se cacher derrière le sarcasme, je savais qu'il était tout ouïe. Et King aussi.

— La balistique, maintenant. Ruben et Beck ont été tués avec un fusil de chasse, Scar et Castain avec des armes de poing de neuf millimètres.

— Ça peut être significatif comme ça peut ne pas l'être.

— Daryl Beck a été tué en 2008. Rien n'indique qu'il ait été impliqué dans le trafic de drogue.

300

Ryan a voulu dire quelque chose. Je l'ai coupé.

— Les guerres de territoire font souvent bien des victimes, je sais. Mais dans le cas présent, peut-être que tout le monde fait l'erreur de vouloir adapter des éléments de preuve à une idée préconçue. Un modèle qui ne va pas. Je ne dis rien d'autre que ça.

— Je peux te donner un conseil, quand vous irez voir Tyne?

— Lequel? (Sur un ton méfiant.)

— Ne zyeute pas ses bijoux de famille!

— Aargh! ai-je rugi tout en rangeant mon téléphone dans mon sac.

— Quoi? a demandé King.

— Ryan se prend pour George Carlin.

— Comme la plupart des hommes.

Tyne a pris tout son temps pour répondre à la porte. Aujourd'hui, il portait un poncho avec une sorte de logo et des jeans. Et son regard disait qu'il n'était pas ravi-ravi de nous voir.

— Vous vous souvenez de moi, monsieur Tyne? Nous nous sommes vus vendredi et nous avons parlé d'Annaliese Ruben.

— Je pars au travail.

— Je suis heureuse que vous ayez trouvé un emploi.

— Gardien de week-end. Un salaire de merde.

— Permettez-moi de vous présenter Maureen King, coroner en chef adjoint.

Le regard de Tyne est devenu plus vide que l'espace sidéral.

— Quelqu'un a crevé?

— Annaliese Ruben.

Tyne a introduit deux doigts sous le col de son poncho et s'est massé la poitrine.

— On lui a tiré dessus, a précisé King.

— Des gens qui se font tirer dessus, il y en a pas mal, ces temps-ci.

— Vous savez quelque chose à ce sujet, monsieur Tyne?

— Annaliese était une gentille fille, malgré ses problèmes.

— Ce n'était pas ma question, a répondu King avec un sourire bienveillant.

— Non, madame, je ne sais rien. Mais je sais que le monde entier devient fou.

Le moment était venu de passer aux choses sérieuses.

— Connaissez-vous un dénommé Eric Skipper? ai-je demandé.

— Non, madame.

— C'est bizarre, monsieur Tyne. Parce que Mme King et moi-même avons découvert un rapport de police indiquant que vous vous êtes battus tous les deux dans un stationnement en 2008.

Les doigts de Tyne se sont immobilisés. Ses lèvres ont remué comme s'il essayait de prononcer ce nom.

— Vous voulez parler de ce crétin qui est venu à Yellowknife pour prêcher l'écologie? (En étirant le *é*).

— En effet.

— Cet espèce de moulin à paroles! Il parlait comme un livre, mais il n'avait pas un sou de bon sens. Son but? Pondre un article, se faire un nom, et obtenir un poste dans une université. Tout ça sur le dos d'une espèce en voie de disparition.

— C'était un désaccord d'ordre philosophique?

— Et comment, bordel!

— Pourtant Skipper avait le même objectif que vous, n'est-ce pas? Sauver les caribous?

— Ce moron pensait qu'il fallait partir en croisade contre la nouvelle mine que le gouvernement veut nous faire avaler de force. Autant essayer d'arrêter un train à mains nues. Je lui ai dit que la seule chose qui pouvait aider les caribous, c'était de leur trouver un endroit sûr où aller.

— Cet homme vous horripilait?

— C'est une bonne chose qu'il ait quitté la ville.

Chapitre 35

Pendant le trajet de retour vers Yellowknife, King a reçu un coup de fil. La fonte des neiges avait recraché le corps d'une femme dans un lac.

— Vous voulez que je vous aide ?

Proposition pas vraiment enthousiaste de ma part.

— Nan. Elle faisait de la motoneige avec son ami sur un lac gelé, et ils sont passés à travers la glace à l'automne dernier. Par chez nous, les noyés hivernent bien. La famille pourra commander un cercueil ouvert.

Moi aussi j'ai reçu un coup de fil. De Bergeron.

— L'identification de Skipper est confirmée, ai-je annoncé après avoir raccroché.

— On n'arrête pas le progrès.

— Qu'est-ce que vous pensez de Tyne ?

— L'animal a manifestement du tempérament, mais il est probablement inoffensif.

— Vous ne le voyez pas buter Skipper et Beck ?

— Parce qu'ils se sont pris aux cheveux pour une histoire d'ongulés ? Non, a-t-elle conclu avec une moue.

— Que pensez-vous du fait qu'il prenne sous son aile une handicapée mentale de dix-sept ans ?

— Vous devez comprendre. La parenté est perçue différemment, par ici.

Peut-être.

Une heure et quart à ma montre. Toujours ponctuel, mon estomac a commencé à grogner.

— Vous avez faim ?

— Mm.

— Il doit y avoir une barre de granola dans la boîte à gants.

— Ça va.

En réalité je mourais de faim. Et regrettais d'avoir donné mon muffin à Binny.

Bien calée dans mon siège, j'ai admiré ce même ensemble de pins, mélèzes, peupliers et bouleaux que l'autre jour avec Ryan. Je me sentais troublée, inquiète. Comme si quelque chose se cachait dans un coin de mon esprit.

Tout en me mordillant le pouce, j'ai essayé de localiser la source de mon malaise. Avais-je, à un moment quelconque, fait l'impasse sur un indice qui me crevait les yeux ? Mais quoi ?

Cette impression se manifestait depuis la veille. Avait envahi mes rêves.

Avais-je vu ou entendu samedi quelque chose qui avait déclenché ce harcèlement de la part de mon subconscient ?

J'ai revu le déroulement de la journée dans ses moindres détails. L'exhumation. L'assassinat de Scar. L'identification de Skipper.

Aucune réaction de la part de ce bon vieux ça.

La voix de King m'a ramenée sèchement à la réalité.

— Désolée de vous quitter, mais je dois voir un corps qui décongèle à vitesse grand V.

— Déposez-moi à l'Explorer. Ça sera très bien.

Sitôt dit, sitôt fait. Sauf que, pour moi, ça n'a pas été si bien que ça.

De retour dans ma chambre, j'ai englouti le hamburger au saumon avec frites pris au restaurant avant de monter. Quelques minutes après, j'étais dans une forme plus merdique que jamais.

Je suis sortie dans le bois. Ai appelé Tank.

Sans résultat, bien sûr. Le chien était mort. D'où me venait cette obsession ? Essayais-je de sauver le chien de Ruben parce que je n'avais pas réussi à la sauver, elle ?

Rien de plus agaçant que cette auto-analyse psycho-pathétique. Je suis retournée dans ma chambre et j'ai repris le livre sur l'exploitation minière. Trop agitée pour lire, j'ai regardé des photos. Schéma d'une pipe en kimberlite. Photo d'un échantillon raté. Gros plan de minéraux indicateurs de diamants. Vue aérienne de la mine Diavik.

Mon subconscient me taraudait comme un cil courbé dans le mauvais sens.

Que s'était-il donc passé d'autre hier?

Katy avait appelé.

Était-ce cela? Étais-je simplement inquiète pour ma fille?

Non, c'était quelque chose en lien avec Yellowknife. Quelque chose qui m'avait échappé.

J'avais aussi parlé à Nellie Snook.

Un groupe de cellules s'est redressé dans mon subconscient.

Oh?

Les yeux fermés, je me suis repassé cette visite en esprit, essayant de rassembler tous les détails dont je pouvais me souvenir.

Des photos de la faune, des autocollants et des calendriers. Daryl Beck. Ronnie Scarborough. Les photos des bébés morts de Ruben. Murray le chat.

Les deux poissons qui n'allaient pas ensemble.

Comme ces deux sœurs qui n'allaient pas bien ensemble, elles non plus.

Je me suis représenté les poissons qui regardaient à travers le bocal de leurs yeux colossaux et exorbités, les rayons réfractés de la lumière du soleil sur leurs ventres.

Et là, je me suis figée.

L'adrénaline a inondé mes veines.

Le cœur battant, j'ai cherché un dossier rangé dans l'étui de l'ordinateur. Vite, l'enveloppe avec les photos du bébé du coffre-banquette prises pendant son autopsie.

Les doigts tremblants, j'en ai pris une et l'ai placée à côté d'une page de mon livre sur l'exploitation minière.

J'ai revu la lumière diffractée éveiller un arc-en-ciel sur les écailles.

Jesus.

Les minéraux indicateurs de diamants… Les deux sœurs en possédaient chacune une petite collection. Snook gardait la sienne dans un aquarium. Ruben dans un petit sac en velours noir.

Mes neurones se sont mis à danser la samba. Une connexion a ramené à la surface une phrase de Snook.

Une idée a commencé à prendre forme.

J'ai vérifié un nom sur Google, une adresse.

J'ai couru à la salle de bains et j'ai rincé dans le lavabo le petit flacon de ketchup. J'ai remis le couvercle en place. Ensuite, j'ai remballé le dossier, attrapé mon ordinateur portable, fourré le récipient dans mon sac, et j'ai filé ventre à terre.

Si Snook ne m'a pas claqué la porte au nez, elle ne s'est pas non plus jetée à mon cou en me voyant.

— Je peux entrer ?

— On doit venir me chercher.

— Ça ne prendra pas longtemps.

Snook s'est effacée, non sans pousser un soupir. Je suis allée droit à la cuisine.

Les poissons étaient toujours dans leur bocal. Pas de Murray à l'horizon.

Qu'elle soit mal à l'aise ou vraiment pressée, Snook ne m'a proposé ni thé ni même un siège à la table.

OK. Plan B.

— Est-ce que Mme King vous a expliqué les résultats de l'exhumation ?

— Je n'aurais pas dû accepter, pour Daryl.

Son changement d'attitude m'a surprise.

— Pourquoi ?

— Ça a fâché les gens.

— Quels gens ?

— Qu'importe. Ils ont raison. Ce n'est pas chrétien. Les morts devraient reposer en paix.

— Mais vous avez eu raison, Nellie.

Elle a tordu les lèvres sur un côté, mais n'a rien dit.

— Je suis tellement désolée pour votre frère.

— Personne n'aura rien de rien.

— Je vous promets de faire tout mon possible pour retrouver son assassin.

Ses yeux m'ont dit qu'elle ne me croyait pas.

J'ai penché la tête comme si un bruit m'avait effrayée.

— Oh, mon Dieu. C'est Murray, ça ?

— Quoi ?

— On dirait un chat dans le pétrin.

Snook s'est précipitée vers la salle de lavage. J'ai entendu la porte s'ouvrir, puis ses appels.

— Murray. Où es-tu, Murray ? Viens, mon minou !

Sans perdre une seconde, j'ai plongé mon petit flacon de ketchup dans l'aquarium et écopé un peu du mélange brillant qui recouvrait le fond. Les poissons se sont éloignés le plus loin possible, visiblement mécontents.

— Ici, minou !

Murray est arrivé dans la pièce, venant de l'intérieur de la maison.

Je suis allée dans la salle de lavage.

— Fausse alerte ! ai-je annoncé avec un grand sourire. Il est là.

Comme pour offrir la preuve de son existence, Murray nous a rejointes.

Snook s'est penchée pour le prendre dans ses bras.

J'ai pris congé.

Le Bellanca Building est la réponse de Yellowknife à la mode des gratte-ciel. Pour autant, ce n'est pas l'Empire State Building. Construite en 1969, cette boîte de onze étages s'enorgueillit de flancs bleus et d'une façade à rayures, à cause des fenêtres disposées comme un jeu de Lego.

Entrée par la porte de la 50ᵉ Rue, j'ai consulté la liste des occupants. La Direction des ressources minérales et pétrolières du ministère des Affaires indiennes et du Nord canadien se trouvait au sixième étage, le Bureau du conservateur des registres au cinquième.

Je n'ai pas perdu de temps. Dans l'ascenseur, j'ai appuyé sur le bouton du cinquième. Lorsque les portes se sont rouvertes, les Archives étaient juste devant moi. Curieusement, bien que nous soyons dimanche, le bureau n'était pas fermé.

Assurément, l'argent des contribuables n'avait pas été gaspillé pour la déco. Une réception spartiate, des photos aux murs : rochers, mines souterraines, grands équipements, et des vues aériennes de sites qui n'avaient certainement pas la faveur des touristes. Des chaises en bois le long d'un mur. Un bureau au fond. C'est tout. Mais qui voudrait voir des guirlandes dans des archives minières ?

J'ai appelé.

Pas de réponse.

À droite du bureau, un couloir.

Tout en m'enfonçant dans les profondeurs du bâtiment, je me suis demandé comment j'allais reconnaître l'homme que je cherchais.

Tout simple. Chaque bureau portait une plaque avec un nom. Celui de Jacob Rainwater était tout au bout. La porte était ouverte.

Rainwater ressemblait aux vieux profs des films de Disney.

Un chandail immense, des cheveux hirsutes, des lunettes à monture d'acier. Le seul détail qui clochait : le Mac dernier cri et tape à l'œil sur lequel il travaillait.

Pour un claustrophobe, cette pièce aurait été le pire des cauchemars. Le bureau gigantesque et les classeurs métalliques laissaient à peine un passage. La moindre surface horizontale croulait sous les piles de papiers et de magazines, les cartes laminées, les gros morceaux de roche et de bois pétrifié, et des fioles en verre contenant du gravier et du sable. Si quelque chose était accroché au mur, impossible de le voir.

Je me suis éclairci la gorge.

Rainwater a relevé les yeux.

— Oui ?

— Je me présente : Temperance Brennan. J'ai des questions à poser et on m'a dit que vous étiez un grand connaisseur.

— Quel genre de questions ?

— Sur la prospection. (D'un ton prudent.)

— La licence de prospecteur coûte deux dollars pour un particulier, cinquante pour une entreprise. La jeune fille à la réception pourra vous donner tous les renseignements lundi.

Rainwater a reporté les yeux sur son écran. Ses doigts sont repartis à la recherche des lettres sur le clavier.

— Si vous avez besoin d'un permis de prospection, vous n'avez pas de chance. Les demandes sont enregistrées en décembre et les permis délivrés le 1er février de l'année suivante. Ils sont valables trois ans en dessous du soixante-huitième parallèle, cinq ans au-dessus. Le prix est de vingt-cinq dollars et dix cents l'acre. (Le ton de voix robotique de celui qui a répété ces phrases des milliers de fois.) Le permis de prospection vous accorde le droit temporaire et exclusif de prospecter et de jalonner, mais pas les droits miniers.

— Monsieur, je…

— Il faut être détenteur d'une licence de prospecteur en cours de validité pour jalonner un claim mais pas nécessairement détenir un permis de prospection. Un claim est constitué de quatre poteaux étiquetés. Les étiquettes coûtent deux dollars le set. La jeune fille à la réception pourra vous en vendre lundi.

— Monsieur Rainwater…

— Avant de jalonner un claim, il est impératif de vérifier auprès de ce bureau que la zone est disponible, n'est pas déjà jalonnée, incluse dans un claim existant, ou louée par quelqu'un d'autre. La jeune fille à la réception pourra…

— Je voudrais aussi des informations sur les minéraux indicateurs de diamants.

Rainwater a enfin relevé les yeux et m'a examinée à travers la partie supérieure de ses verres à double foyer.

— Quoi, exactement ?

J'ai sorti de mon sac le petit flacon de ketchup.

— J'ai là un échantillon. (En le déposant devant lui.) Je sais que c'est un peu inhabituel et que je me fais peut-être des idées, mais votre neveu dit que vous êtes un génie en la matière.

— Vous êtes une amie de Joseph ?

— Mm.

Après un moment d'hésitation, Rainwater m'a fait signe d'approcher.

Pendant que je me faufilais entre les meubles, il a dégagé un espace sur son sous-main, a déroulé un carré de tissu blanc et l'a bien lissé. Puis il a troqué ses lunettes à double foyer contre une autre paire dont les deux verres étaient dotés chacun d'un petit microscope.

Je lui ai remis l'échantillon de gravier dérobé. Il l'a versé sur le bout de chiffon, a allumé une lampe vissée à un angle de son bureau, en a réglé la lumière et s'est penché.

J'ai attendu.

De temps à autre, il faisait rouler les pierres, réarrangeait le mélange de son doigt noueux.

De longues minutes ont passé. L'étage entier était silencieux.

— Vous avez autre chose ?

Sa voix n'avait plus rien de robotique. Elle semblait au contraire vraiment intéressée.

J'ai déposé une photo sur son bureau.

Le vieil homme a eu un soubresaut des épaules, et je l'ai entendu aspirer une grande goulée d'air. Il a remis ses lunettes à double foyer. A encore regardé la photo, et ses yeux ont enfin croisé les miens.

— Mon neveu vous a mise sur une sorte de coup ?

— Non, monsieur.

— Doux Jésus d'amour !

Chapitre 36

— C'est vous qui avez recueilli cet échantillon ?
— Non, monsieur.
— Comment avez-vous dit que vous vous appeliez ?
J'ai répété mon nom, sans autre précision.
— Si je vous parle de minéraux indicateurs de diamants, vous voyez ce que c'est ?
— Des cristaux qui se forment dans la croûte terrestre, et qu'on trouve avec les diamants ?
— Hmm.
— La différence, c'est que des MID, il y en a des millions de fois plus que de diamants. Donc, ils ne valent quasiment rien, ai-je ajouté dans l'intention d'impressionner Rainwater.

Il a appuyé sur une touche de son ordi pour sauvegarder ce qu'il était en train de faire.
— Vous savez regarder au microscope, jeune fille ?
— Tout à fait.

Dommage que Binny n'ait pas entendu le professeur m'appeler ainsi…

Le vieil homme a pivoté et enlevé la housse d'un microscope que je n'avais pas remarqué dans le fouillis qui encombrait le fond de la pièce. Un instrument datant de Mathusalem, probablement récupéré dans la salle de travaux pratiques d'une école.
— Je préférerais un microscope à balayage électronique, mais il faudra nous contenter de ce bon vieux machin.

Rainwater a déposé mon échantillon sur la platine, appuyé sur un interrupteur, remonté ses lunettes sur son front, collé son œil à l'oculaire et effectué la mise au point.

— Venez voir.

Il s'est écarté sur son fauteuil à roulettes pour me laisser la place.

Je me suis faufilée derrière son bureau et me suis penchée sur le microscope.

Vision stupéfiante de beauté !

— C'est grossi deux cents fois.

— Wow !

— C'est joli, hein ? Les couleurs, voilà ce que recherche avant tout un prospecteur sur le terrain, quelle que soit sa façon de procéder à l'échantillonnage : en lavant à la batée ou en remplissant des sacs de terre.

Ces cristaux avaient des formes et des teintes fascinantes.

— Vous voyez les rouges et les orange ? Ils appartiennent au groupe des grenats. Les verts plus ou moins jaunes appartiennent au groupe des pyroxènes, auquel appartient également l'olivine. Les noirs sont des ilménites.

— D'où viennent les différences de couleur ?

— De la composition. Du fer, du manganèse et du chrome, principalement.

— Autrement dit, cet échantillon contient des minéraux indicateurs.

— En abondance ! C'est l'un des échantillons les plus riches qu'il m'ait été donné d'observer. Vous voyez les gros cristaux verts ?

— Oui.

— Et ceux-là… ?

Je me suis redressée.

Rainwater me montrait la photo du gravier trouvé dans la pochette en velours de Ruben.

— Bonne idée d'avoir indiqué l'échelle. Ça, a-t-il dit en m'indiquant les graviers verts, ce sont des grains de diopside chromifère. D'ordinaire, ils sont microscopiques. Le plus gros que j'aie vu faisait peut-être un centimètre. Ceux-là en font près de deux. On pourrait pratiquement les tailler, les monter et les vendre en joaillerie.

— Du diopside chromifère ? dit d'un ton calme.

— Des cristaux qui se sont formés dans les profondeurs de la terre et sont remontés vers la surface dans une roche plus tendre, la kimberlite. Au fil des millénaires, la kimberlite s'est érodée, abandonnant les cristaux intacts.

— Cet échantillon aurait donc été trouvé à proximité d'une pipe de kimberlite ?

Du calme.

— Je dirais qu'il y a de très fortes chances, en effet. Je chercherais des sédiments lacustres, ou une formation de ce genre.

Rainwater a fait un clocher avec ses doigts et m'a regardée par-dessus.

— Vous avez l'air d'en connaître un rayon sur la question.

— Non, monsieur. Pas vraiment. Mais ce n'est pas tout. Je me demande si vous pourriez me dire comment rechercher un claim.

— Un claim minier ?

J'ai dû avoir l'air perdu.

— Un claim minier doit être enregistré ici, dans ce bureau, dans les soixante jours qui suivent la date du jalonnement. Pour enregistrer un claim, il faut remplir les documents requis, fournir un croquis dudit claim, et payer les droits applicables.

— Et ça sert à quoi, un claim minier ?

Ça accorde à son détenteur les droits sur les minéraux du sous-sol pendant une période pouvant atteindre dix ans, pourvu qu'un minimum préétabli de travaux soient effectués chaque année dans le claim.

À l'évidence, Rainwater était repassé en mode robot.

— Si une société ou un particulier effectue les travaux requis dans un claim, il peut présenter une demande de bail à tout moment, dans un laps de temps de dix ans et trente jours après l'entrée en vigueur de son claim. Un bail est accordé pour une durée de vingt et un ans, qui peut être prolongé pour une durée identique à condition qu'il n'y ait pas d'arriérés de paiement et que la société ou le particulier paie les droits de renouvellement fixés. Si la société ou le particulier souhaite lancer la production — construction, exploitation minière et concentration —, il doit obtenir un bail pour le claim.

— On pourrait commencer par les claims miniers ? ai-je demandé.

— Vous feriez bien de prendre une chaise.

Pendant que je m'asseyais, Rainwater a affiché sur l'écran de son ordinateur une nouvelle page intitulée *Affaires indiennes et du Nord Canada*, en anglais et en français. Sur la gauche, une barre de menu proposait un choix de liens.

— Je vais utiliser le GéoVisualiseur TNO.

Rainwater a entré un nom d'utilisateur et un mot de passe.

— Le visualiseur contient une profusion de données spatiales et autres références numérisées.

Une carte est apparue sur l'écran. J'ai reconnu les Territoires du Nord-Ouest, le Nunavut et la baie d'Hudson, pour les avoir vus sur le rabat de couverture du livre traitant de l'exploitation minière. Les rivières étaient figurées en bleu foncé, les lacs en turquoise, les frontières et les noms des communautés en noir.

— Je vais zoomer à l'échelle un pour mille, sinon les données concernant les claims miniers ne s'afficheront pas dans la table des matières. Pour le moment, restons-en aux TNO.

Un rectangle rouge est apparu sur l'écran. Rainwater a cliqué sur une icône, et la zone figurée dans le rectangle s'est agrandie.

Un panneau latéral proposant toutes sortes d'options occupait la droite de l'écran. Rainwater a sélectionné deux rubriques parmi celles qu'offrait le menu. Les claims miniers actifs. Les permis de prospection.

Il a rafraîchi la page. Des cases grises, vertes et jaune-vert portant chacune un numéro se sont superposées à la topographie. Rainwater a cliqué sur une icône du panneau de gauche, et une boîte de dialogue est apparue en bas de l'écran. Sur une barre de défilement, sous l'intitulé « champ », il a sélectionné « C_Owners-Nam1. », et sous « opérateur », il a sélectionné « =. ».

Ses doigts se sont figés quand il est arrivé au champ intitulé « valeur ».

— Nom ?

— McLeod, ai-je répondu.

Il a rempli la case, cliqué sur « ajouter à la requête », puis sur « entrer » pour lancer la recherche.

Est apparue une barre gris argent, clignotante. Le système moulinait.

Au bout de quelques secondes, un tableau d'une vingtaine de colonnes s'est affiché sous la carte.

J'ai parcouru les intitulés des colonnes. Numéro du claim. Statut du claim. Date d'enregistrement. Surface. Forme. Quelques abréviations que j'étais bien incapable d'interpréter.

— Il était actif, votre McLeod.

Rainwater est descendu vers le pied des colonnes.

— Quatre-vingt-dix-sept claims. La plupart enregistrés dans les années quatre-vingt-dix. Tous abandonnés, ou échus, à part trois.

— Vous pouvez retrouver les informations sur les claims actifs ?

Rainwater a pianoté sur son clavier.

— Apparemment ils sont tous en copropriété. Nellie M. Snook. Daryl G. Beck. Alice A. Ruben.

Le cœur battant la chamade, je me suis forcée au calme.

— McLeod est décédé en 2008. Quelles conséquences pour ses claims ?

— En l'absence d'instructions contradictoires du défunt, les droits ayant été payés et les exigences satisfaites, je suppose que la pleine propriété de ces claims est revenue légalement aux codéclarants.

— Vous pouvez afficher l'un de ces claims actifs ?

Rainwater a encore pianoté, et une constellation de carrés verts s'est matérialisée sur la carte. Ils étaient situés plein nord, par rapport à Yellowknife, au nord-ouest de la mine d'Ekati, juste en dessous de la frontière du Nunavut.

J'ai contemplé l'amas. Des mondes entraient en collision. Ou, plutôt, se séparaient.

Snook me l'avait dit. Mais je n'y avais pas prêté attention.

La seule chose que Farley McLeod avait donnée à ses enfants, c'était une giclée de sperme et un bout de terrain sans valeur au milieu de nulle part.

Farley McLeod avait laissé à ses enfants les claims miniers sur le territoire qu'il avait jalonné. Ruben et Snook étaient l'une et l'autre en possession d'échantillons riches en minéraux indicateurs de diamants, probablement assortis de la consigne de les conserver soigneusement.

Les échantillons provenaient sans doute de la terre jalonnée par McLeod.

Doux Jésus !

La mort de Beck et Ruben n'avait rien à voir avec un conflit entre trafiquants de drogue pour le contrôle d'un territoire. Ils avaient été tués parce qu'ils détenaient des claims miniers d'une valeur potentielle de plusieurs millions de dollars. Et quelqu'un voulait ces claims.

Mais qui ?

Un autre amas de carrés adjacents brillait du même vert vif que ceux de Snook, de son frère et de sa sœur. Je les ai indiqués.

— Ceux-là aussi sont actifs ?

— En effet. On dirait que quelqu'un a sauté sur les claims que McLeod avait laissé échapper.

Rainwater a cliqué sur un carré, puis sur un autre. Et un autre.

— Ils appartiennent tous à une entité appelée Fast Moving.

Il a eu un claquement de langue.

— Fast… pas si vite que ça, en fait. Cette société a bien satisfait aux exigences de conservation du claim, mais elle s'est bornée à cela.

— C'est une espèce de corporation ?

— Désolé, a répondu Rainwater avec un petit rire. Ce n'est pas mon rayon.

Mes cellules grises se sont remises en marche.

Fast Moving…

Ce nom ne me disait rien.

Pendant que je me creusais la cervelle, une pensée terrifiante a germé dans mon cortex. Et si Snook à son tour était en danger ? Je me suis levée.

— Merci beaucoup, monsieur Rainwater. C'était vraiment très instructif.

Il a remis l'échantillon dans le petit flacon de ketchup et me l'a tendu.

— À votre service.

J'ai fait le tour du bureau. J'étais à la porte quand Rainwater m'a interpellée.

— Docteur Brennan.

Je me suis retournée, étonnée que le vieil homme ait utilisé mon titre.

— Avec moi, votre secret est en sûreté.

— Pardon ?

— Attrapez-les, ces salauds.

Chapitre 37

Je commençais à avoir mes habitudes dans Ragged Ass. Cela dit, l'atmosphère était toujours aussi hostile.

En m'arrêtant sur le bas-côté du chemin, toujours au même endroit, j'ai remarqué un pick-up gris dans l'allée qui menait chez Snook. Le pot d'échappement était rouillé et le pare-chocs arrière orné d'un autocollant proclamant *Foutez la paix à la nature.* Je l'avais déjà vu, mais où ? Impossible de m'en rappeler. Les pick-up rouillés étaient très tendance à Yellowknife.

J'ai décidé d'attendre et de voir venir.

Décision judicieuse s'il en fut.

Dix minutes plus tard, la porte coulissante s'est ouverte sur un homme qui s'est dirigé vers l'abri d'auto. Son visage était dans l'ombre, mais sa silhouette me disait quelque chose.

Il s'est mis au volant, et a reculé vers la rue. Tout en passant les vitesses, il a jeté un coup d'œil dans ma direction. Nos regards se sont croisés.

Horace Tyne.

Égale surprise de part et d'autre.

Sans un mot, il a accéléré à fond et quitté Ragged Ass comme s'il avait le diable aux trousses. Le gravier chassé par ses roues a crépité sur la carrosserie de ma Camry.

Que manigançait-il avec Nellie Snook ?

Je suis allée frapper à la porte de la maison.

Snook m'a aussitôt ouvert, une casquette de baseball à la main.

318

— Ne vous inquiétez pas, je l'ai retrouvée.

Se rendant compte que ce n'était pas Tyne, elle a froncé les sourcils.

— Vous êtes une vraie plaie! On ne peut pas se débarrasser de vous.

— C'était bien Horace Tyne?

— Qu'est-ce que vous voulez?

— Vous m'avez dit que votre père vous avait laissé du terrain, à votre frère et à vous-même.

— Je ne me rappelle pas vous avoir raconté ça. Qu'est-ce que ça peut vous faire?

— Cette terre appartenait aussi à Annaliese?

— Il nous a ignorés toute sa vie, et il a fait ça pour soulager sa conscience. C'est mon avis, et rien ne m'en fera changer.

— Réfléchissez une minute. Vous êtes propriétaire de la terre ou vous détenez seulement le claim minier?

Snook a froncé encore davantage les sourcils.

— Qu'est-ce que ça changerait?

— Où se trouve cette terre?

— Tout ce que je sais, c'est que ce n'est pas ici, à Yellowknife. Un terrain en ville pourrait valoir quelque chose. Mais là, c'est un bout de rien du tout au fin fond de la toundra. Personne n'en voudra jamais.

— Vous avez essayé de le vendre?

— Ouais. C'est exact, a-t-elle répondu avec un reniflement. Maintenant que ces titres m'appartiennent en propre, je vais m'en débarrasser et faire un don de charité. J'en ai assez de payer la note pour nous trois. Annaliese et Daryl n'ont jamais eu un cent devant eux.

— Vous prévoyez faire don du terrain à Horace Tyne?

— Oui.

Sur la défensive.

— Deux-trois papiers à signer, et j'en aurai fini avec les taxes, les redevances et tous les trucs que je n'arrête pas de payer.

— Pour sa réserve?

— Quand ils auront ouvert la nouvelle mine, les caribous n'auront plus nulle part où aller. Les routes de migration seront dévastées.

Quelque chose de glacé s'est coagulé dans mes tripes.

— Quelle nouvelle mine ?

— Gahcho Kué.

J'ai pris Snook par le haut des bras et l'ai regardée bien en face, droit dans les yeux. Elle s'est raidie mais n'a pas essayé de se dégager.

— Nellie, promettez-moi de ne rien faire avant de m'en parler.

— Je ne…

— Ce que vous possédez, ce ne sont pas des terres, mais des claims miniers. Et ces concessions ont probablement une valeur considérable. Quelqu'un veut s'en emparer. Il se pourrait bien que ce soit la personne qui a tué Daryl et Annaliese.

Elle m'a regardée comme si j'avais besoin d'une bonne dose de Prozac.

— Qui ça ?

D'une voix à peine audible.

— Je ne sais pas. Mais je vais le découvrir.

J'ai regagné ma voiture au pas de course. Je sentais son regard dans mon dos. Un regard chargé de défiance.

Assise au volant de la Camry, j'ai tapé sur une touche de raccourci de mon téléphone.

Allez, allez…

— Hé, Boucle d'or ! De retour à Charlotte ?

— Pete, écoute-moi.

Vingt ans de mariage ont doté mon ex d'antennes sensibles aux moindres nuances de mon comportement. L'urgence de la situation ne lui a pas échappé.

— Un problème ?

— En tant qu'avocat, tu peux faire des recherches sur les entreprises, n'est-ce pas ?

— En effet.

— Au Canada aussi ?

— *Mais oui**.

— Ne parle pas français, Pete.

— C'est noté.

— Combien de temps ça prendrait ?

— Qu'est-ce que tu cherches ?

— Juste le nom des propriétaires, des dirigeants, ou je ne sais quoi.

— Ça ne devrait pas être long.

— Alors, je peux compter sur toi ?

— Tu auras une dette envers moi, mon bébé en sucre.

— Je te ferai une tonne de biscuits.

— Quel est le nom de la boîte ?

— Fast Moving.

— *Oh là là* !* J'aime ça.

— Ce n'est pas ce que tu crois.

— Tu sais si c'est une société anonyme, une société à responsabilité limitée, ou juste une entreprise individuelle ?

— Non.

— Ça va compliquer les recherches. Tu sais où elle est immatriculée ?

— Non.

— Tu ne me facilites pas la tâche.

— Commence par l'Alberta.

Lorsque je me suis arrêtée devant le QG de la Division G, Ollie était justement en train d'en sortir. Le stationnement étant petit, j'ai manqué le renverser.

Les deux mains levées en l'air, il a contourné la Camry pour venir de mon côté. J'ai baissé ma vitre.

— Désolée !

— Ralentis, sœurette, ou je vais être obligé de te coller une contravention.

— Impossible, tu es hors de ta juridiction.

Ollie a tendu deux doigts vers moi, poing fermé, imitant un pistolet.

— Je ne t'ai pas revu depuis vendredi, ai-je dit.

— Crois bien que je préférerais être avec toi plutôt qu'avec toute cette vermine.

Avec une inclinaison de tête vers le bâtiment.

— Que se passe-t-il ?

— Unka est sur le point de cracher le morceau à propos de Scarborough. Ce qui ne change pas grand-chose. La partie était terminée pour lui quand son copain l'a coincé dans le mur.

— Et donc, Scar a tué Castain, et Unka a tué Scar.

— Méthode économique pour nettoyer les quartiers insalubres, hein ?

— Et Ruben?

— Ce meurtre-là, personne ne le revendique.

— Ryan est toujours là-haut?

— Il en a encore pour un moment, avec Rainwater.

— Il est question, m'a-t-il dit, que tu rentres à Edmonton?

— Je prends l'avion dans deux heures.

Ollie a souri, mais la raideur de sa mâchoire trahissait sa déception.

— Merci d'être venue dans l'Ouest. Désolé que nous ne soyons arrivés à rien avec Ruben. Enfin, tout finira bien par s'expliquer.

— Je pense que Castain et Scarborough n'ont rien à voir dans son meurtre.

— Qu'est-ce qui te fait dire ça?

Je lui ai exposé ma théorie.

— Sur le dos de qui aimerais-tu coller son assassinat?

— Je ne sais pas. Mais Tyne a persuadé Snook que sa « terre » était vitale pour la préservation des caribous. Que l'ouverture de la mine de Gahcho Kué menaçait les troupeaux. Le problème, c'est que les claims miniers de Snook ne se trouvent pas du tout dans la région de Gahcho Kué mais du côté d'Ekati.

— Qu'est-ce que tu vas faire?

— J'attends des informations sur le propriétaire des claims voisins. Entre-temps, j'ai l'intention de fouiller un peu dans le passé de Tyne.

— Bonne chance.

Nous avons échangé un long regard puis il m'a caressé la joue du bout du doigt.

— Tu penses toujours que je suis la plus magnifique créature qui ait jamais croisé ton chemin?

— Je pense que tu es un être chiant et narcissique, ai-je dit en souriant.

— Il se pourrait que je recommence à t'appeler.

— N'oublie pas qu'ils ont considérablement durci les lois sur le harcèlement.

Ollie a éclaté de rire et fait un pas en arrière.

De retour à l'Explorer, j'ai allumé mon ordinateur portable et entré « Horace Tyne » sur Google. Ce qui m'a renvoyée à une vieille photo d'un sous-lieutenant Horace Algar, parue dans un article de journal sur les Royal Engineers du 72ᵉ escadron du génie de soutien aérien.

J'ai tenté quelques chaînes de caractères plus détaillées. « Horace Tyne » « Caribou » « Alberta ». Ce qui m'a renvoyée sur les Amis de la toundra. Ryan avait raison. Le site était primitif.

J'ai décidé de tenter une approche différente. Le quatrième pouvoir. J'ai commencé par le *Yellowknifer*, mais je n'ai pas réussi à trouver de lien vers ses archives. J'ai fait un tour sur les sites de plusieurs journaux. Le *Deh Cho Drum*, l'*Inuvik Drum*. Le *Nunavut News*. Le *Kivalliq News*. Chacun offrait des gros titres alléchants et de belles photos en couleurs. Aucun ne donnait accès aux archives.

Frustrée, je suis retournée vers le *Yellowknifer* et j'ai cliqué, pour voir, sur certaines rubriques du menu arborescent. Je suis tombée sur la présentation de l'édition de collection du soixante-quinzième anniversaire du journal.

En couverture, la photo en noir et blanc d'un homme en combinaison et casque de mineur. J'ai cliqué dessus afin de télécharger le fichier PDF proposé.

J'examinais une photo de la mine Con vers 1937 quand mon téléphone a sonné.

— Je pense que ça mérite bien plus que des biscuits.

— Qu'est-ce que tu as trouvé, Pete ?

— Peut-être des muffins ?

— Han-han.

Tout en l'écoutant, j'ai parcouru un article intitulé « L'âge d'or des années 50 et 60 ».

— Fast Moving est une société en nom collectif à responsabilité limitée, enregistrée au Québec. Du fait de son statut de société en nom collectif, ça pourrait prendre un peu plus longtemps.

— D'accord.

Une série de pubs et je suis arrivée à la photo en couleurs d'un hôtel, l'Old Stope, qui avait brûlé en 1969. La visite du prince Charles en 1975. Des manifestations de grévistes en 1992.

J'ai continué à faire défiler les pages.

Mes yeux sont tombés sur une photo.

J'en suis restée bouche bée.

Chapitre 38

Le monde autour de moi s'est rétréci. Plus rien n'existait en dehors de cette photo affichée sur mon écran.

L'article était intitulé «Les routiers des glaces». La photo en noir et blanc montrait quatre hommes en parkas à capuche bordée de fourrure et gilets de sécurité.

Trois des hommes regardaient l'objectif en souriant, les paupières plissées comme s'ils étaient face au soleil. J'en ai reconnu deux.

Le quatrième détournait le visage. Je ne voyais pas ses traits, mais quelque chose chez lui me paraissait familier.

— Tu es là?

— Je suis là, Pete.

J'ai coincé le téléphone entre mon épaule et mon oreille.

— Tu m'aides incroyablement, ai-je ajouté.

— Ça va bien?

— Mieux que bien.

— Ça n'en a pourtant pas l'air.

— Vraiment, tu es formidable!

— Je sais.

— Je m'apprête à repartir, alors tu pourrais m'envoyer les noms des partenaires par courriel, quand tu les auras trouvés?

— Compte sur moi. Et qu'est-ce que tu en penses, pour Katy?

— On en parlera plus tard.

— Elle en a dans le ventre.

— Il faut que j'y aille, Pete.

J'ai fait défiler rapidement l'article et regardé plus atten-tivement la photo. La légende identifiait les trois hommes qui faisaient face à l'objectif : Farley McLeod, Horace Tyne et Zeb Chalker.

Tous ces noms crépitaient comme du popcorn dans ma tête.

Charles Fipke avait découvert des diamants au Canada, déclenchant une frénésie de jalonnement dans les années quatre-vingt-dix. McLeod et Tyne travaillaient tous les deux pour Fipke.

Pendant cette ruée, McLeod avait jalonné des claims. Il en avait donné la copropriété à ses rejetons — Nellie Snook, Daryl Beck et Annaliese Ruben.

Snook et Ruben possédaient des échantillons riches en minéraux indicateurs de diamants. Les MID indiquaient la kimberlite. Une pipe de kimberlite, ça voulait dire des dia-mants. Les diamants, ça pouvait vouloir dire des millions, voire des milliards de dollars.

Snook détenait à présent tous les claims actifs de Farley McLeod.

Horace Tyne l'avait embobinée au sujet du terrain qu'elle possédait et l'avait convaincue d'en faire don à une réserve de caribous. Réserve rendue supposément nécessaire par l'ouverture imminente de la mine de Gahcho Kué. Sauf que les claims de Snook ne se trouvaient pas du tout dans la région de Gahcho Kué.

Mon idée encore imprécise commençait à se dessiner.

J'ai regardé la photo, le sang rugissant à mes tempes.

McLeod. Tyne. Chalker.

Zeb Chalker m'avait attrapée avec ses bolas près de la maison de Snook. Il m'avait bien snobée quand j'avais signalé l'assassinat de Ruben. Et il m'avait fait passer pour une alcoolique.

Chalker m'avait-il discréditée pour détourner les soup-çons de lui-même et de ses copains ?

McLeod. Tyne. Chalker.

McLeod était mort dans un accident d'avion.

Restaient Tyne et Chalker.

L'un des deux voulait les claims de McLeod. Peut-être les deux.

Ruben et Beck étaient morts. Snook, l'unique survivante, était facile à manipuler.

Était-ce cela, la stratégie ? Tuer Beck, faire disparaître Ruben en l'expédiant à Montréal, la déclarer morte au bout de sept ans ? Et faire signer à Snook la cession des claims ? La soudaine réapparition de Ruben avait-elle provoqué un changement de plan ?

Qui avais-je vu dans le bois, la nuit où elle avait été tuée ? Qui avait fait disparaître son corps ?

Tout à coup, j'ai eu l'impression de sombrer.

J'avais dit à Snook de ne rien faire. De ne pas signer de papiers.

— Non, bon Dieu, non !

J'avais déjà fait tuer Ruben. Avais-je mis Snook en danger ?

Sept heures dix. Ollie devait être à l'aéroport.

J'ai attrapé mon téléphone.

Messagerie vocale. Maudit soit Unka !

Il fallait pourtant que je parle à Ryan immédiatement.

J'ai empoché précipitamment mon iPhone, refermé mon Mac et me suis ruée au dehors.

J'ouvrais la portière de la Camry quand j'ai senti une présence derrière moi. Pas eu le temps de me retourner, le canon d'un pistolet s'enfonçait dans ma tempe.

Un bras s'est enroulé autour de mon cou comme un serpent et m'a obligée à me redresser.

Impossible de faire un geste ou de proférer un son.

— Pas un bruit.

Une voix d'homme. L'avais-je déjà entendue ? Tyne ? Chalker ?

J'ai envisagé une seconde de me laisser tomber par terre et de rouler sous la voiture. Mais à quoi bon ? Mon agresseur était armé. Il n'aurait qu'à se baisser pour me tirer dessus.

Le bras s'est resserré et m'a obligée à me pencher vers la droite.

— Avance.

Probablement soucieux de ne pas se faire repérer, l'homme a laissé tomber le bras passé autour de mon cou, s'est collé à moi et a abaissé son arme dans mon dos.

Les jambes en coton, j'ai fait quelques pas. De tout petits pas.

— Le pick-up.

J'ai hésité. Tous les flics le disent : *En cas d'enlèvement, ne jamais entrer dans un véhicule. Une fois à l'intérieur, les chances de fuir diminuent considérablement.*

Le canon du pistolet s'est enfoncé plus profondément dans mon dos.

— Ne joue pas à la plus fine avec moi.

J'ai marché aussi lentement que possible. Deux pas, et je me suis arrêtée.

J'ai senti la main de l'homme se crisper. Je me suis représenté le long tunnel noir, la balle déchiquetant mes os, mon cœur, mes poumons.

Au lieu de ça, mon agresseur m'a poussée vers le côté du pick-up. Le pistolet ayant repris sa place, il a arraché le sac que j'avais à l'épaule.

— Monte !

Je n'ai pas bougé.

— *Fuck*, j'ai dit de monter !

Peut-être la peur. Peut-être l'audace. Je suis restée figée sur place tout en me disant qu'il allait me tuer.

J'ai senti qu'il changeait de position. Du coin de l'œil, j'ai perçu un mouvement.

Une ombre est passée sur mon visage.

Un son, comme le claquement d'une corde de piano.

Le monde a explosé en un million de particules blanches.

Fondu au noir.

J'étais au fond d'un puits de ténèbres, et je me débattais pour en sortir. En vain. J'étais un papillon qui battait des ailes dans la sève, et la sève se changeait lentement en ambre.

Le puits a bougé.

Un point lumineux, pas plus gros qu'une tête d'épingle, est apparu au-dessus de moi.

Je me suis efforcée de l'atteindre.

J'ai lentement rampé vers le haut.

Vers la conscience.

J'étais dans un endroit qui sonnait creux.

Et qui sentait le moisi. La terre, les vieilles pierres. Une odeur âcre, qui ne m'était pas familière.

Le monde a basculé.

Mon corps a basculé.

J'étais roulée en boule, en position fœtale, sur une surface froide et râpeuse.

J'ai tendu l'oreille.

Entendu un crissement de caoutchouc sur du gravier. Un bourdonnement de moteur.

J'étais dans un véhicule. Mais pas une voiture, non. Le bruit était différent.

Images fulgurantes. Le stationnement. Le pick-up.

Le pistolet!

J'ai relevé la tête.

Étouffé un cri.

Je me suis rallongée jusqu'à ce que la douleur et le vertige s'estompent.

La gravité qui s'exerçait sur mon corps a changé. Le véhicule descendait une colline.

J'ai essayé de rouler sur le dos.

Mes bras ne voulaient pas bouger. Mes jambes non plus.

Oh mon Dieu! Je suis paralysée!

Les battements de mon cœur ont crevé le plafond.

L'adrénaline est venue à ma rescousse.

Les sensations sont revenues.

Des picotements dans les joues, dans le bout de mes doigts. J'avais la bouche, les yeux desséchés.

Avaler? C'est à peine si j'ai réussi à trouver un peu de salive.

Ouvrir les yeux? Mes paupières étaient fermées comme par une croûte. Je les ai ouvertes. L'une après l'autre.

Un noir d'encre.

Le véhicule s'est arrêté. On a coupé le moteur.

J'ai retenu mon souffle.

Des voix. D'hommes. Tout près, tout autour. Combien?

Le bruit de l'eau qui coule. Un robinet? Un petit ruisseau?

Des pas lourds sur le gravier. À gauche. D'autres à droite. Qui s'éloignaient? Se rapprochaient?

Tous les bruits se répercutaient, se faisaient écho les uns aux autres. Rien n'était clair.

Les voix sont devenues plus fortes. Se sont follement réverbérées. Deux ? Trois ?

Un choc retentissant.

D'autres voix.

Des pas.

Je me suis figée.

Les bruits de pas venaient vers moi.

M'ont dépassée. Ont poursuivi.

Se sont éloignés.

Mon cœur battait à un rythme supersonique.

Je ne pouvais pas rester inerte.

Ignorant les flèches de feu qui ricochaient dans ma tête, j'ai tordu le cou pour scruter les alentours.

J'étais à l'arrière d'une voiturette de golf.

Tout doucement, j'ai enroulé mes doigts sur la barre de sécurité latérale, et j'ai lentement relevé la tête.

Dix pas en avant, sur ma gauche, un rai de lumière perçait les ténèbres. Derrière, je distinguais une forme portant une espèce de casque. De la vapeur tournoyait dans l'étroite bande éclairée et s'en échappait.

La scène de part et d'autre du faisceau lumineux m'apparaissait comme à travers une brume d'un blanc laiteux. Les contours d'un tunnel. Des tuyaux qui serpentaient. Des chiffres et des lettres jaune et orange, peints à la main sur la roche. Au-delà, le noir.

La lueur a guidé mes yeux vers une rangée de barils jaunes. Un seul mot sur chacun, peint en rouge : *Arsenic*.

Mon esprit a enregistré l'information. L'a analysée.

Un puits souterrain. Un casque de mineur. De l'arsenic. Horace Tyne.

Mon sang s'est glacé.

Je savais où j'étais.

La mine d'or Giant.

Doux Jésus ! À quelle profondeur sous terre ?

Tyne m'avait amenée là pour me tuer. Pour faire disparaître mon cadavre.

Comme il avait fait disparaître celui d'Annaliese Ruben.

Il fallait que je me tire de là. Ou que je trouve de l'aide.

Pitié !

Me déplaçant subrepticement, j'ai cherché dans ma poche.

Oui !

J'ai pris mon iPhone et mis les mains en coupe autour de l'écran.

Pas de signal. Trop loin sous terre.

Réfléchis !

Un courriel partirait automatiquement dès que l'appareil se reconnecterait avec un relais. C'était ce que j'avais de mieux à faire.

J'ai ouvert l'application courrier. Indiqué ma localisation à Ryan.

Remarqué un texto de Pete. Pourquoi ne pas essayer ? L'important était que quelque chose marche !

Le message de Pete était bref : *Fast Moving gérant Philippe Fast.*

J'ai envoyé la réponse : *Mine d'or Giant. Préviens Ryan.*

Étais-je folle ? Lire mon courriel et mes textos ? ! Il fallait que je me tire de là.

Le pouls battant à cent à l'heure, j'ai remis mon téléphone dans ma poche, fléchi un genou et pris appui avec mon pied sur le plancher de la voiturette.

Pause.

Retenant mon souffle, j'ai dégagé mon autre jambe.

Pris appui sur les deux pieds.

Nouvelle pause.

Une profonde inspiration et j'ai bandé tous mes muscles, prête à bondir.

Un de mes pieds a glissé.

Crissement de gravier entre le caoutchouc de la semelle et le métal.

Raclement strident qui a déchiré le silence.

La lampe sur le casque a pivoté dans ma direction.

J'ai entrevu le visage qui se trouvait dessous.

Des éléments disparates se sont mis en place.

Un texto.

Une photo.

Des pièces. Des joueurs. Des mouvements. Des stratégies.

Et soudain s'est imposée à moi une vision d'ensemble de l'échiquier.

Chapitre 39

Un déclic dans mon esprit. Le détail qui ne collait pas avec le reste de la photo. Les parkas, les gilets fluos, trois camionneurs qui plissaient les paupières dans le soleil.

Un quatrième homme, le visage détourné. La mèche blanche qui striait ses cheveux sous la capuche bordée de fourrure.

Phil ressemble à une mouffette.

La publicité où le beau-frère de Ralph Trees souriait au volant d'un camion.

Vous l'avez ici ? Vous le voulez là-bas ? On vous le transporte en vitesse !

Fast Moving.

Farley McLeod avait laissé expirer certains de ses claims miniers. Qui avaient été rachetés par une entité appelée Fast Moving.

Entité dont Philippe Fast était le gérant.

Ce n'était pas Tyne qui s'était jeté sur moi, un pistolet dans la main.

C'était Philippe Fast.

Qui était son associé ? Tyne ? Chalker ? Où était-il allé ? Pour combien de temps ?

Peu importait. Une meilleure chance ne se représenterait pas.

J'ai passé les jambes par-dessus la barre de sécurité et me suis glissée à terre. Mes genoux ont ployé, mais j'ai tenu bon. Debout sur mes deux pieds.

— Toi, tu ne bouges pas !

L'ordre s'est répercuté sur la roche et réverbéré dans le puits.

Tout autour de moi, c'était le noir complet. J'ai supposé que nous avions descendu une rampe, mais je n'avais pas idée de son emplacement.

Fast s'est rapproché, la lampe de son casque braquée droit sur la voiturette.

J'étais une cible facile.

Quand le rayon lumineux avait balayé la rangée de barils, j'avais remarqué une pelle appuyée au mur.

J'ai plongé dans le noir, fait le tour des barils, me suis accroupie derrière et j'ai regardé par un interstice entre eux.

La lumière de Fast s'est portée vers la gauche comme s'il cherchait quelque chose. Et puis elle est revenue vers moi.

— Sors de là ! Tu retardes l'inéluctable, c'est tout.

Ne bouge pas !

— Quel vocabulaire. Impressionnant.

Le sang rugissait dans mes veines, mais j'avais une voix calme.

— Rocky m'avait dit que vous aviez le tour avec les mots.

Fast s'est agité un peu, mais il est resté sur place.

— Fast Moving. J'aime bien le jeu de mots, Phil.

Mes paroles se télescopaient dans les ténèbres, comme si elles venaient de partout en même temps.

— T'es morte, salope.

— Oh, mon Dieu. Là, vous me décevez.

J'ai cherché la pelle à tâtons, en parlant pour couvrir les bruits que je pourrais faire.

— C'est vous qui avez tué Beck ?

J'ai refermé mes doigts sur le manche de la pelle.

— Ou vous avez confié cette tâche à votre copain ?

Je l'asticotais, pour l'amener à se rapprocher.

— À moins que je comprenne de travers ? C'est lui le cerveau, hein, et vous êtes juste son homme de main ?

Fast a fait quelques pas hésitants, son pistolet braqué dans ma direction.

— Ferme ta gueule !

— Je comprends que vous ayez éliminé Beck.

J'ai écarté la pelle du mur.

— Mais Eric Skipper, pourquoi le tuer, lui ?

Fast a jeté un nouveau coup d'œil vers la gauche et s'est rapproché prudemment des barils. J'ai senti qu'il essayait de gagner du temps. Pourquoi ? Où était passé son complice ? Qu'était-il allé faire ? Ou chercher ?

— Allez, Phil. Il est évident qu'il y a un grain de sable dans l'engrenage. Puisqu'on bavarde, là, tous les deux, en attendant que votre copain revienne pour que vous puissiez m'assassiner, pourquoi ne pas me dire comment ça a dérapé ?

Les bras tremblants, j'ai abaissé la pelle.

— Très bien. Alors je vais vous donner ma version. Vous n'aurez qu'à faire « oui » ou « non » avec la tête.

— Et si tu te fermais plutôt la gueule, *fuck* ?

Fast était maintenant assez près pour que je distingue son visage. À la lueur de son casque, sa peau avait la pâleur d'un cadavre en attente d'autopsie. Une poignée de boucles blanches étincelaient sur son front.

— Vous avez appris que Farley McLeod était tombé sur une pipe de kimberlite. Un vrai filon. Peut-être grâce à Fipke, peut-être tout seul. Vous étiez copains, McLeod, Tyne et vous. À l'époque où vous étiez camionneurs, vous faisiez ensemble la route de glace. Vous étiez tous au courant des claims miniers de McLeod.

Fast a levé le canon de son pistolet. J'ai vu son doigt se crisper sur la détente.

— Vous raflez les claims que McLeod a laissé expirer. Mais il garde actifs les trois dont il dit qu'ils vont produire le gros paquet. Et ceux-là, il les a mis au nom de ses enfants. Je me débrouille comment, jusque-là ?

En me déplaçant avec la lenteur d'un glacier, j'ai posé la pelle en travers de mes genoux.

— McLeod trouve un aller simple pour l'au-delà à bord de son Cessna, et maintenant il ne reste plus que les trois *bambinos*.

Ne sachant où je me trouvais exactement, Fast balayait la rangée de barils avec le canon de son pistolet.

— Avec Tyne, vous fondez les Amis de la toundra. Ce n'est qu'une arnaque destinée à amener les enfants de McLeod à vous céder leurs droits sur ce qu'ils croient être des terrains sans valeur qui permettront de sauver les caribous. Tyne, l'homme de paille, ne parle jamais des droits miniers.

Eric Skipper découvre que cette histoire de réserve de caribous est complètement bidon et lui demande des comptes. J'imagine qu'il en profite pour prévenir Beck. Peu importe. Beck ne se laisse pas avoir, alors vous le zigouillez. Skipper aussi doit disparaître. S'il révèle la combine à Nellie, elle ne vous cédera pas son terrain.

Je continuais à le provoquer.

— Très malin, votre plan, concernant Ruben. Vous savez qu'elle n'a pas les facultés nécessaires pour signer quoi que ce soit, alors vous l'expédiez, sous un faux nom, sur les trottoirs de Montréal, en prévoyant de la déclarer morte par la suite. Les concessions appartiendront à la douce et malléable Nellie Snook, qui aime les caribous. Je suis sur la bonne voie, jusque-là, pas vrai ?

Fast était maintenant à deux pas des barils. J'entendais son souffle rauque. Je voyais le Beretta trembler dans sa main crispée.

— Quand Tyne vous raconte que Ruben est rentrée à Yellowknife, vous filez ventre à terre du Québec jusqu'ici. Il est temps de passer à la vitesse supérieure avec la petite Annaliese. Et on sait comment l'histoire se termine, pas vrai, Phil ?

Les doigts glacés, j'ai tâtonné par terre, autour de moi. Trouvé ce qui m'a semblé être un vieux gant en caoutchouc.

— Et c'est vous aussi qui avez éliminé les bébés ? C'est comme ça qu'il fonctionne, le grand méchant routier des glaces ?

Un coup de feu a retenti et ses échos se sont répercutés dans la galerie.

Des étincelles ont jailli de la roche, à côté de moi.

Des éclats m'ont criblé les joues.

Maintenant !

Restant accroupie, j'ai lancé le gant vers l'autre bout de la rangée de barils.

Fast s'est propulsé vers la gauche. Le Beretta a craché une nouvelle balle.

J'ai bondi, cramponnée à mort au manche de la pelle, et je l'ai abattue de toutes mes forces sur la bande de chair pâle entre le col et le casque de Fast.

La lame a atteint son but avec un choc mou, écœurant.

La suite des événements subsiste dans mon esprit sous la forme d'images et de sons décousus. Sur le coup, la séquence m'a fait l'impression de durer des heures. En réalité, elle n'a pas pu se prolonger au-delà de quelques minutes.

Fast est tombé comme une masse en battant des bras, les jambes agitées de soubresauts. Ne trouvant rien à quoi se raccrocher, il s'est affalé à genoux. Son Beretta lui a échappé. Propulsé par son élan, il a atterri dans le dernier baril de la rangée. Son casque s'est arraché et est tombé à terre, à l'envers.

Le baril a tournoyé, rebondi contre une paroi, basculé, roulé, et s'est écrasé sur la muraille de pierre.

Le couvercle s'est ouvert. Éclairé par le faisceau de la lampe du casque de Fast, à présent retourné, un mélange mortel de boue, d'eau croupie et d'arsenic a jailli du baril et s'est répandu sur le sol. Une forme s'est matérialisée dans ce sordide magma.

Annaliese Ruben gisait sur le côté, ses longs cheveux noirs collés sur le visage, les traits bleus et caoutchouteux dans la maigre lumière. Ses bras et ses jambes étaient étroitement repliés. Sous son menton, une main sans vie était tordue sur sa poitrine. La peau translucide pelait au bout des doigts.

Mes propres douleurs ont laissé place à une vague de pitié.

Annaliese ressemblait au pauvre petit bébé mort qu'elle avait caché sous le lavabo de sa salle de bains.

Un bruit de raclement frénétique m'a ramenée à la réalité.

Avec un hurlement guttural, Fast s'est relevé, la tête inclinée selon un angle bizarre.

J'ai resserré ma prise sur la pelle. Mon pouls battait à mes oreilles. Le sang palpitait dans ma gorge.

Redonner un coup de pelle ? Essayer d'attraper le pistolet ?

Seconde d'hésitation fatale, car elle a donné à mon adversaire l'avantage dont il avait besoin.

Se déplaçant avec une rapidité surprenante, Fast a balancé un coup de pied dans la pelle, me l'arrachant des mains et la projetant à plusieurs mètres. Puis il s'est laissé tomber à quatre pattes et a tâtonné pour retrouver son Beretta.

J'ai entendu le bruit de la pelle qui tombait dans le noir et j'ai plongé pour la retrouver.

Pas assez vite!

Avec un grondement animal, Fast m'a attrapée par les cheveux et a pointé le pistolet sur ma tête.

— Maintenant, tu vas crever!

Il m'a retournée et m'a enfoncé le canon de son revolver derrière le crâne.

Un cri m'a échappé. L'espace d'un instant, on n'a entendu que le silence troublé par un petit bruit d'eau qui coulait.

Et puis — un chuintement.

Où ça? À gauche? À droite?

À moins que je l'aie imaginé.

Fast a rappuyé son pistolet contre ma tête. Je sentais sa sueur, son gel pour les cheveux. Est-ce que ce seraient les dernières sensations que mon cerveau enregistrerait?

Dans mon esprit, j'ai vu Katy, Pete, Ryan, Birdie. Je n'ai pu retenir mes larmes. Je me suis crispée, attendant l'impact de la balle.

Et là — un raclement. Comme si quelqu'un posait le pied avec précaution sur le sol.

Fast s'est raidi et a pointé l'arme en direction du craquement.

Détonation assourdissante.

Un bulldozer m'a défoncé le côté droit. Je suis partie en vol plané et suis retombée lourdement sur le sol. Presque aussitôt, il y a eu un autre coup de feu.

Le souffle coupé, m'efforçant désespérément de reprendre ma respiration, j'ai essayé de comprendre ce qui se passait.

Du sang et des os ont jailli de l'épaule de Fast et éclaboussé le mur, dans son dos. Il a poussé un jappement suraigu et basculé avec un grand bruit de quartier de viande tombant sur un étal en bois.

Dans la lueur brumeuse projetée par le casque de Fast, j'ai deviné trois silhouettes. L'une d'elles s'est penchée sur moi, les deux autres se sont approchées de la voiturette de golf.

Toutes les trois tenaient en joue l'homme qui avait voulu m'exécuter.

Chapitre 40

Mardi, deux heures de l'après-midi. Derrière la vitre, le soleil, petite balle blanche et dure dans un ciel d'un bleu parfait, faisait miroiter l'eau de la baie, lisse et immobile.

Entre mon plongeon dans le bassin à poissons, le trajet pour le moins inconfortable dans la voiturette de golf et les éclats de roche projetés par la balle de Fast, mon visage faisait très Dresden après-guerre. Et j'avais mal à des endroits de mon corps dont j'ignorais l'existence.

Néanmoins, j'avais le moral au beau fixe. Je m'apprêtais à rentrer chez moi.

L'enlèvement de ce dimanche soir s'était soldé pour moi par des abrasions et une possible commotion cérébrale, qui m'avait valu vingt-quatre heures d'hospitalisation.

Pendant que j'étais en observation, des perfusions dans les bras et d'humeur on ne peut plus grincheuse, j'avais réussi à reconstituer l'histoire, bribes par bribes. En grande partie grâce à Ryan.

L'une des héroïnes de l'affaire était Nora, la Dick Tracy en jupon attachée à la réception de l'hôtel, qui avait vu depuis le hall un homme me plaquer contre un camion et m'arracher mon sac. Croyant à une agression, elle avait noté la plaque d'immatriculation et appelé les flics.

Quand il était apparu que le véhicule était immatriculé au nom d'Horace Tyne, Rainwater avait été prévenu. Et, à son tour, il avait prévenu Ryan.

Au cours d'un des longs moments qu'ils avaient passés ensemble, nos deux Starsky et Hutch avaient discuté de ma théorie de la double motivation. Conclu qu'elle n'était pas dépourvue d'intérêt. Et pensé qu'il se pouvait que je sois en danger.

À peu près au moment où Nora appelait la police, Ollie contactait la Division G, ayant lui aussi envisagé que je puisse avoir raison. Et craignant que je sois menacée.

Je dois l'admettre : tout le monde a fait vite. Rainwater a contacté le caporal Schultz à Behchoko. Qui est allé faire un tour chez Tyne, et a rapporté que son camion n'était pas dans l'allée.

Ryan s'est rappelé que Tyne travaillait comme gardien à temps partiel à la mine d'or Giant, et Rainwater s'est souvenu que des barils d'arsenic y étaient entreposés dans les galeries. Les deux compères sont tombés d'accord pour dire que ça sentait mauvais. Et ils en ont parlé à Ollie.

Ollie est aussitôt revenu de l'aéroport dans une voiture de location. De son côté, Ryan a quitté le QG en quatrième vitesse à bord d'un véhicule conduit par Chalker, et le trio a convergé simultanément vers la mine Giant.

Pour y arriver juste au moment où Tyne redescendait dans le puits, armé d'un pied de biche et d'une carabine à verrou Remington 700.

Le bulldozer qui m'avait renversée, c'était Chalker. Pour permettre à Ollie de descendre Fast. En réalité, c'était un flic parfaitement honnête, le seul hic étant qu'il faisait partie de la famille extraordinairement étendue de Snook.

Deux ambulances étaient arrivées en même temps à l'Hôpital territorial de Stanton. Fast y était encore. Tyne avait été transféré à la Division G, où il croupissait maintenant dans une cellule.

Quant à moi, j'étais à l'Explorer, en train de jeter mes petites culottes et mes chaussettes dans mon sac de voyage. J'avais appelé Chalker pour le remercier de s'être jeté dans la ligne de tir afin de m'éviter de prendre une balle. Pas de quoi.

Je récupérais mes affaires de toilette dans la salle de bains quand on a frappé à la porte. Pensant que c'était Ryan, je me suis précipitée.

C'était Ollie, une boîte de chocolats à la main.

— Je me suis dit que les fleurs voyageraient moins bien.

Il m'a tendu son cadeau.

— C'est pas des Godiva, mais ici le choix est plutôt limité.

— Le chocolat, ça fait toujours plaisir.

— Comment tu te sens?

— Ça peut aller.

— Mouais. Comme quelqu'un privé d'assistance respiratoire.

— Merci.

Ollie a jeté un coup d'œil derrière moi, dans la chambre.

— Tu veux entrer?

Je me suis effacée.

Il s'est laissé tomber dans un fauteuil.

— Au fait, tu as découvert comment Scar a fait pour arriver si vite à Yellowknife?

Détail sans importance, mais qui me turlupinait.

— Il avait un copain pilote de brousse qui l'a amené en avion.

— Et Unka, qu'est-ce qui lui est arrivé? ai-je demandé.

— Pour lui, les jeux sont faits.

— Et Fast?

— Il a laissé un bout d'épaule dans la bagarre, mais il survivra.

— Il est conscient?

— Oh oui. Tyne et lui font la course pour savoir qui se mettra à table le premier.

— Ils se sont mutuellement dénoncés?

— Ils espèrent négocier un accord. Il faut t'accorder ça, Tempe. Tu avais vu juste. Ruben n'avait rien à voir avec les meurtres liés à la drogue.

— Que racontent Fast et Tyne?

— Apparemment, au départ, personne ne devait y laisser sa peau. Ils avaient juste prévu de priver les enfants de McLeod de leurs droits miniers en leur racontant cette histoire de réserve de caribous bidon. Snook ferait don de sa terre volontairement. Beck, on l'y inciterait en profitant d'un moment où il était dans les vapes, soûl ou défoncé. Le problème, c'était Ruben. Elle n'avait pas les moyens intellectuels pour céder ses parts. Il fallait donc qu'elle disparaisse assez longtemps pour être déclarée morte, et que ses droits soient transmis aux deux autres.

« Le plan a commencé à dérailler quand Skipper s'est pointé. Alors qu'il pleurnichait auprès de la Commission d'étude, il a découvert que Tyne essayait de récupérer les concessions minières. Il a confronté Tyne et ils en sont venus aux coups. Apparemment, Skipper a appris que Beck avait été approché, et il est allé le voir. Quelqu'un l'a suivi, l'a abattu, a descendu Beck et a foutu le feu à la baraque. La police scientifique a salopé l'enquête. Elle n'a même pas vu qu'il y avait deux victimes et qu'elles avaient été tuées par balles. »

— En attendant, tout marchait à nouveau comme sur des roulettes pour Tyne et Fast.

Ollie a acquiescé.

— Ils n'avaient qu'à attendre que Ruben soit déclarée morte pour obtenir les concessions minières de Snook. Sauf que voilà : Ruben s'est pointée à Yellowknife, et ils ont dû la faire disparaître à nouveau. D'autant qu'ils avaient peur de ce qu'elle pourrait te raconter.

Encore une fois, ce sentiment de culpabilité qui m'envahit toujours quand je provoque la mort de quelqu'un par mes investigations. J'ai refusé de m'y abandonner.

— Je ne comprends toujours pas comment ils ont fait pour nettoyer la scène de crime aussi à fond.

— La pluie et les charognards s'en sont chargés pour eux. D'après Tyne, après avoir transporté Ruben dans son camion, ils ont récupéré tous les indices qu'ils pouvaient et dispersé des brassées d'aiguilles de pin. Ensuite, ils se sont tirés en vitesse pour transformer Ruben en soupe d'arsenic.

— Ils croyaient, ces crétins, que l'arsenic accélérait la décomposition ?

— Pourquoi ? Ce n'est pas le cas ?

— Depuis la guerre de Sécession jusque vers 1919, l'arsenic a été le principal composant des fluides d'embaumement utilisés en Amérique du Nord. En réalité, il a pour effet de préserver les tissus en tuant les micro-organismes qui provoquent la putréfaction. On l'a laissé tomber parce qu'il est vraiment trop toxique. Et persistant. L'arsenic est un élément qui ne se dégrade jamais en sous-produits inoffensifs.

— D'où le plan foireux de nettoyage à Giant.

— Exactement. La mine contient plus de deux cent mille tonnes de trioxyde d'arsenic, une poussière produite au cours du processus de grillage du minerai d'or.

— Mauvaise nouvelle.

— Très mauvaise. La poussière est soluble dans l'eau, et contient près de soixante pour cent d'arsenic. Le projet de remise en état des lieux prévoit le stockage permanent de l'arsenic dans des chambres froides.

J'avais lu tout ça quand j'étais immobilisée à l'hôpital.

— Et qu'est-ce que ça va nous coûter à nous, pauvres contribuables que nous sommes ?

— Dans les quatre cents millions de dollars et des poussières. Histoire de récupérer leur mise de fond, Tyne et Fast avaient prévu de nous fourrer, Ruben et moi, dans des barils et de nous entreposer dans l'un des frigos.

— Très *cool*.

— Très drôle.

J'ai levé les yeux au ciel. Je trouvais ça d'assez mauvais goût.

— Qu'est-ce qui s'est passé, au fond de la mine ?

— Tu vas adorer ça. Ces cretins avaient oublié la clé pour ouvrir ton baril.

— Vraiment ?

Ollie a secoué la tête d'un air solennel.

— Je vais te dire ce qui me tracasse, ai-je repris. La maison de Snook était surveillée. Comment Ruben s'en est-elle échappée, cette nuit-là, sans se faire repérer ?

— Rainwater faisait tourner ses équipes entre Ragged Ass, Unka et Castain.

J'ai réfléchi une seconde.

— Fast a-t-il dit pourquoi il était revenu dans l'Ouest ?

— Tu te rappelles l'article dans le journal à propos des bébés morts de Ruben ?

White. Le journaliste qui avait appelé le médecin légiste, à Edmonton. Qui tenait son tuyau d'Aurora Devereaux.

J'ai acquiescé.

— Fast est tombé dessus, et il a appelé Tyne, affolé, juste au moment où Tyne s'apprêtait à lui téléphoner. Quand Tyne lui a dit que Ruben était de retour à Yellowknife, Fast a compris que le plan risquait encore de dérailler.

— Qui l'avait concocté, au départ ?

— Fast prétend que c'est Tyne qui a eu l'idée de l'arnaque et qu'il n'aurait jamais accepté d'y être mêlé s'il avait imaginé que quelqu'un pourrait se faire tuer.

— Et M. Tyne donne une version différente ?

— Sur plusieurs points. D'après Fast, Tyne a tué Skipper et Beck, et il a incendié la maison. Tyne colle les meurtres et l'incendie sur le dos de Fast.

— Le célèbre code d'honneur entre truands.

— Reste une question…

Ollie a posé ses coudes sur ses genoux et s'est appuyé dessus.

— Comment McLeod a-t-il obtenu ses claims, pour commencer ?

J'y avais réfléchi.

— Tu as entendu parler de Charles Fipke ?

— Le gars qui a découvert des diamants au Canada.

— Au départ, Fipke avait désespérément besoin d'argent, et payait parfois ses employés par des moyens étranges. McLeod ne se contentait pas de conduire les camions de Fipke, il pilotait aussi ses avions. C'était peut-être leur entente. À moins que McLeod ait compris tout seul la valeur des sites. Il se peut qu'on ne connaisse jamais la réponse.

— Tu crois que McLeod a vraiment trouvé une pipe de kimberlite ?

— Snook a embauché des experts qui s'intéressent à la question.

— Elle est bien conseillée, maintenant ?

— Rainwater et son oncle ont pris contact avec elle.

Je ne doutais pas de l'existence de la pipe. L'oncle de Rainwater avait allumé sur le gravier de l'aquarium de Snook. Le contenu du petit sac de Ruben le mettrait dans la même transe, j'en étais sûre. McLeod savait. Et il avait dit à ses filles de mettre la preuve en sûreté.

— Bon, mon petit génie, maintenant explique-moi comment tu as fait la liaison entre Fast et Tyne.

— Tu te souviens de Ralph « Rocky » Trees ?

— L'homme qui sautait Ruben à Saint-Hyacinthe.

Je lui ai parlé de la publicité pour Fast Moving. La photo dans le *Yellowknifer*.

— Il y avait un lien entre Annaliese Ruben et Trees. Et Trees est le beau-frère de Fast. La photo établissait la connexion entre Fast, McLeod et Tyne.

— Joli boulot!

Une autre question m'est venue à l'esprit.

— Tu as demandé à Fast si c'était lui le client que Ruben devait rencontrer la nuit où elle a quitté Edmonton?

— L'insaisissable M. Smith? a fait Ollie avec une moue méprisante. Fast reconnaît avoir conduit Ruben à Montréal et l'avoir installée à Saint-Hyacinthe. Il dit que c'est elle qui avait voulu partir. Dieu sait ce que cette ordure a pu lui promettre.

— Qui payait les factures?

— Fast encourageait Ruben à pratiquer, disons, le plaisir à domicile. Il lui envoyait des clients. Si les rentrées d'argent diminuaient, ils comblaient, Tyne et lui, le manque à gagner. Ils considéraient ça comme des frais professionnels. Une fois que Ruben aurait cédé son claim à Snook, et que Snook aurait cédé les siens à la pseudo-fondation de Tyne, ils l'auraient foutue dehors. Ou pire.

— Des vrais sans-cœur!

— Rien de neuf sur les pères des bébés? a demandé Ollie.

— Si.

J'avais reçu un coup de fil juste au moment où je quittais l'hôpital, ce matin-là.

— Rocky était le père de l'enfant caché sous l'évier de la salle de bains. Les autres étant momifiés ou réduits à l'état de squelette, leur ADN est dégradé; l'analyse prendra plus longtemps. Et peut ne jamais être concluante.

— Tu sais ce que Fast lui avait raconté?

J'ai eu un bref mouvement de tête.

— Apparemment, le premier enfant était mort-né. Pour celui-là, il montre Tyne du doigt, d'ailleurs. Comme il ne voulait pas s'encombrer de médecins ou de contraception, il lui a raconté qu'elle avait une anomalie génétique et que tous ses bébés mourraient. Il lui a dit que, si elle en avait un autre un jour, elle devrait faire comme s'il n'avait jamais existé et dissimuler le cadavre à un endroit où on ne le retrouverait pas.

Un chaos d'émotions m'a noué la gorge. La colère. Le chagrin. La culpabilité. Et d'autres pour lesquelles je n'avais pas de nom.

J'ai retenu un soupir.

— Bon, on va déjeuner quelque part, Ryan et moi. Tu veux venir avec nous ?

— Euh, le détective Crétin et toi, vous… ?

Il a eu un haussement d'épaules.

— Tu vois ce que je veux dire.

— Non, ai-je répondu.

Pendant un instant, j'ai eu l'impression qu'il essayait de deviner ce que j'avais en tête. Et puis il s'est flanqué des claques sur les genoux et s'est relevé.

— Laisse faire.

Je l'ai raccompagné à la porte.

— Merci d'être resté, Ollie. Vraiment. C'est important pour moi.

— Je ne pouvais pas laisser le détective Crétin faire foirer l'arrestation.

— Vous faites une sacrée équipe, tous les deux.

— Tu mettras le nom sur la liste. On me le dit souvent.

Je me suis haussée sur la pointe des pieds et lui ai planté un baiser sur la joue. Il a essayé de me serrer sur son cœur dans une étreinte de nounours, mais j'ai esquivé.

— Tu sais que je donnerais ma couille gauche pour une invitation à Charlotte.

— Sergent Hasty, je vous rassure, votre couille n'a rien à craindre.

Ollie parti, j'ai fini d'emballer mes affaires. J'ai descendu ma valise au rez-de-chaussée, je l'ai roulée jusqu'à la Camry, puis j'ai rendu ma clé.

Ryan était à notre table habituelle, près de la fenêtre.

J'ai commandé un club sandwich. Ryan a pris un cheeseburger.

Nous avons mangé en silence. Un bon silence. Confortable. De temps en temps, je piquais une frite à Ryan. Il m'a fauché mon cornichon.

Je ne lui ai pas posé de questions sur Lily. C'est lui qui donnerait le tempo, qui m'en parlerait quand il voudrait. Et je l'écouterais.

Pendant ses visites à l'hôpital, nous avions disséqué tous les aspects des événements de la semaine passée. Nous n'avions ni l'un ni l'autre envie de revenir dessus.

J'ai regardé par la fenêtre. Il s'était passé tant de choses. Cela faisait-il vraiment huit jours, hier, que nous nous étions retrouvés à Saint-Hyacinthe ?

Je trempais une frite volée dans le ketchup quand un mouvement dans le jardin a attiré mon attention.

Une poubelle s'était renversée. Des ordures volaient au vent.

J'ai regardé distraitement, m'attendant à voir apparaître Rocky le raton-laveur.

Des petites pattes osseuses sont sorties à reculons de la poubelle renversée, traînant une proie que je ne voyais pas. C'était comme si une alarme avait déclenché un afflux de sang vers mon visage.

— On se retrouve à la voiture !

Sans laisser le temps à Ryan de répondre, j'ai fauché le bacon de mon sandwich et j'ai filé.

L'unique survivante d'une drôle de famille était seule sous le soleil, en haut d'une petite colline en pente douce. Des insectes bourdonnaient autour d'elle. À ses pieds, quatre trous béants, noirs et crus.

Nellie Snook. C'est Maureen King qui m'avait dit où je la trouverais. Elle m'avait parlé de son projet d'inhumer les siens.

Daryl Beck. Alice Ruben. Ronald Scarborough. Je me demandais ce qu'elle inscrirait sur la tombe commune des nouveau-nés sans nom.

Comme je traversais le cimetière de Lakeview avec Ryan, l'odeur d'herbe et de terre retournée m'a rappelé ma visite précédente.

Snook s'est retournée en nous entendant approcher. Elle nous a regardés dans un silence stoïque alors que nous arrivions près d'elle.

— Comment ça va, Nellie ?

— Ça va.

— Nous voulions vous dire, le détective Ryan et moi, combien nous étions affligés par vos deuils.

Snook m'a regardée d'un air résigné. Encore une fois, la vie n'avait pas été à la hauteur de ses aspirations. Ou peut-être que si.

— C'est très généreux de votre part, ai-je ajouté avec un geste vers les tombes.

— La famille s'occupe de la famille.

— Vous savez quand vous pourrez organiser les funérailles ?

— Mme King me tiendra au courant.

— Dites-moi si je peux faire quoi que ce soit pour vous aider. Vous avez mon numéro.

— Merci.

— C'est une proposition sincère.

Elle a hoché la tête. Nous savions toutes les deux qu'elle ne composerait jamais ce numéro.

— Nellie, ai-je dit doucement. J'ai quelque chose pour vous.

J'ai baissé la fermeture à glissière de mon coupe-vent. Une petite tête est passée par l'ouverture, le pelage feutré, plein de boue séchée.

Snook a ouvert de grands yeux.

— Tank ?

Le museau du chien s'est pointé vers Snook. Avec un petit jappement, il a bondi hors de mon blouson, sauté à terre et remué non pas la queue, mais tout l'arrière de son petit corps.

— Viens ici, mon garçon !

Snook a écarté les bras.

Tank a couru vers elle et bondi.

Snook a rattrapé le chien et enfoui son visage dans sa fourrure.

Une petite langue rose et douce lui a léché le visage.

Un long moment a passé.

Snook m'a regardée, les joues humides de salive et de larmes.

— Merci.

— C'est un plaisir.

Snook a eu un sourire. Le premier depuis que j'avais fait sa connaissance.

Le cœur serré, j'ai regagné la voiture.

Ryan a passé son bras autour de mes épaules. Nos yeux se sont croisés.

— Miss Snook va devenir une femme très riche, a-t-il dit doucement.

— Est-ce que l'argent, même une fortune, pourra jamais changer sa perception du monde ?

— Ça pourra changer son quotidien.

J'ai vu qu'il se posait une question.

— Elle pourra l'employer à la sauvegarde des caribous qu'elle aime tant.

J'ai passé une main autour de la taille de Ryan.

— Aux caribous, ai-je dit.

Et bras dessus, bras dessous, sous le ciel d'un bleu parfait, nous avons continué à marcher dans le grand soleil du printemps boréal.

REMERCIEMENTS

Je tiens à remercier Gilles Éthier, adjoint du coroner en chef du Québec, pour toutes les informations légales concernant la gestion des corps de nouveau-nés décédés dans la province; le Dr Robert Dorion, le Dr Michael Baden et le Dr Bill Rodriguez, pour leur aide en matière de sciences judiciaires lorsque certains aspects dépassaient le cadre de mes compétences.

Merci au sergent Valerie Lehaie et au caporal Leander Turner de la GRC (Gendarmerie royale canadienne), à qui je dois de précieux renseignements sur le projet KARE, le Service des personnes disparues de l'Alberta et le programme Unidentified Human Remains (Restes humains non identifiés). Merci à John Yee pour ses précieux contacts, et à Judy Jasper, qui a répondu à une myriade de questions.

Merci aussi à :

Tara Kramers, spécialiste de l'environnement, et Ben Nordahn, responsable des procédés d'exploitation, tous deux parties prenantes du projet d'assainissement de la mine Giant, qui m'ont emmenée dans les profondeurs de la terre lors d'une visite stupéfiante de cette gigantesque mine d'or, la Giant. Toute ma gratitude à Tara qui a ensuite répondu à mes nombreuses interrogations.

Cathie Bolstad, de la De Beers Canada, qui m'a renseignée sur l'exploration et le jalonnement. Gladys King, qui a répondu à mon appel au Mining Records Office de Yellowknife.

Mike Warns et Ronnie Harrison, pour leur aide sur toutes sortes de petits détails.

Kevin Hanson et Amy Cormier, de Simon and Schuster Canada, grâce à qui mon voyage à Yellowknife a pu se réaliser. Judith et Ian Drinnan, Annaliese Poole, Larry Adamson, Jamie Bastedo et Colin Henderson, hôtes chaleureux et généreux du North Words Literary Festival.

J'apprécie le soutien indéfectible de Philip L. Dubois, chancelier de l'Université de Caroline du Nord, section de Charlotte.

Merci du fond du cœur à mon agent, Jennifer Rudolph Walsh, et à mes éditrices, Nan Graham et Susan Sandon. Je tiens aussi à mentionner tous ceux qui se donnent tant de mal pour moi, et notamment Lauren Lavelle, Paul Witlatch, Rex Bonomelli, Daniel Burgess, Simon Littlewood, Tim Vanderpump, Emma Finnigan, Rob Waddington, Glenn O'Neill, Kathleen Nishimoto, Caitlin Moore, Tracy Fisher, Michelle Feehan, Cathryn Summerhayes, Raffaella De Angelis, et toute l'équipe canadienne.

Toute ma reconnaissance à ma famille qui s'accommode de mes humeurs et de mes absences. Paul Reichs, qui a lu et commenté le manuscrit alors qu'il ne demandait qu'à jouir de sa récente retraite.

Deux ouvrages ont été pour moi de précieuses ressources : *Fire into Ice : Charles Fipke and the Great Diamond Hunt* (Vernon Frolick, 2002, Raincoast Books) et *Treasure Under the Tundra : Canada's Arctic Diamonds* (L.D. Cross, 2011, Heritage House).

Et surtout, un énorme merci à mes lecteurs. Je vous suis tellement reconnaissante de lire les aventures de Tempe, de venir à mes conférences, de vous rendre sur mon site (KathyReichs. com), de me suivre sur Facebook et sur Twitter (@kathyreichs). Je vous aime !

Si j'ai oublié quelqu'un, j'en suis vraiment, vraiment navrée. Et si vous repérez des erreurs dans ce livre, j'en suis seule responsable.